KB076443

책벌레의 하극상

사서가 되기 위해서라면 뭐든지 할 수 있어

제 3 부 **영주의 양녀 III**

카즈키 미야
miya kazuki

길찾기

제3부 **영주의 양녀 Ⅲ**

프롤로그 ——————————————————— 14

인고와 인쇄기 개량 ————————————— 23

구텐베르크 모임 —————————————— 31

겨울 사교계의 시작 ————————————— 46

세례식과 데뷔 무대 ————————————— 62

어린이 교실 ————————————————— 76

다과회 ——————————————————— 90

봉납식 ——————————————————— 103

겨울 소재 수집 ——————————————— 117

슈네티름과의 싸움 ————————————— 131

겨울 끝자락으로 —————————————— 145

교재 판매 ————————————————— 159

봄의 도래와 안게리카 ——————————— 174

기원식을 향해 ————————————— 188

핫세의 처벌 ————————————— 201

선별의 문 ————————————— 214

처벌 ————————————— 225

봄 소재와 기원식 의논 ————————————— 242

여신의 목욕터 ————————————— 257

플류트레네의 밤 ————————————— 272

기원식 종료 ————————————— 285

에필로그 ————————————— 298

겨울 데뷔 무대와 어린이 방 ————————————— 309

신전장의 전속 ————————————— 331

후기 ————————————— 354

등장인물

2부 줄거리

청색 견습무녀가 된 마인은 신전에 공방을 만들어 굶주리는 고아들에게 일자리와 식사를 제공하는 한편, 구텐베르크 동지들을 모아 시행착오를 거듭하며 인쇄술에 매진하는 매일을 보낸다. 하지만, 신전장이 데려온 다른 영지의 귀족이 마인을 습격한다. 가족과 주변 사람들을 지키는 데 도움을 받기 위해 마인은 상급귀족의 딸, 로제마인이 되고 영주의 양녀가 될 결심을 굳힌다.

영주 일족

로제마인
주인공. 병사의 딸에서 영주의 양녀가 되며 이름을 바꿨다. 하지만 알맹이는 그대로이다 보니 책을 읽기 위해서라면 수단 방법을 가리지 않는다.

페르디난드
질베스타의 이복동생. 신전에서 로제마인의 보호자 역할을 하고 있다.

질베스타
에렌페스트의 아우브(영주). 페르디난드의 이복형이자 로제마인을 양녀로 맞아들인 양아버지.

플로렌치아
질베스타의 부인이자 세 아이의 어머니. 로제마인의 양어머니이기도 하다.

빌프리트
질베스타의 장남이자 차기 아우브. 로제마인에게는 의붓오빠가 된다.

칼스테드
에렌페스트의 기사단장이자 빌프리트와 페르디난드의 사촌형. '귀족' 로제마인의 호적상 아버지.

엘비라
칼스테드의 제1부인. '귀족' 로제마인의 호적상 어머니.

기사단장 일가

에크하르트
칼스테드의 장남. 페르디난드의 호위 기사였다. 기사단 소속.

람프레히트
칼스테드의 차남. 빌프리트의 호위 기사.

코르넬리우스
칼스테드의 삼남. 로제마인의 견습 호위 기사.

안게리카
견습 호위 기사. 말수가 적고 가냘파 보이는 미소녀.

오틸리에
시종. 엘비라와 친분이 있는 상급귀족.

로제마인의 측근

리카르다
필두 시종. 세 보호자의 어린 시절을 꿰고 있는 상급귀족.

브리기테
호위 기사. 기베 일크너의 여동생으로 중급귀족.

다무엘
호위 기사. 무녀 시절부터 호위 역을 맡고 있는 하급귀족.

평민 마을의 가족

귄터 마인의 아버지

에파 마인의 어머니

투리 마인의 언니

카밀 마인의 남동생

평민 마을의 상인

벤 노	………	길베르타 상회의 주인
마 르 크	………	벤노의 오른팔
루 츠	………	견습 다프라
구스타프	………	상업 길드장
프 리 다	………	길드장의 손녀
코 리 나	………	벤노의 여동생. 솜씨 좋은 재봉사

신전 시종들

프 랑	………	신전장실 담당
길	………	공방 담당
빌 마	………	고아원 담당
모 니 카	………	신전장실과 요리 조수
니 콜 라	………	신전장실과 요리 조수
프 리 츠	………	새로운 시종. 공방 담당

로제마인의 전속

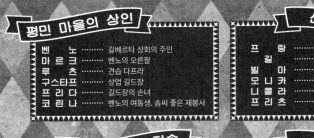

엘 라	………	전속 요리사
로 지 나	………	전속 악사

구텐베르크

인 고	………	목공방의 주인장
자 크	………	대장장이. 발상 담당
요 한	………	대장장이. 제작 담당

그 외의 귀족

오즈발트	………	빌프리트의 필두 시종
모 리 츠	………	빌프리트와 로제마인의 교사
유스톡스	………	리카르다의 아들로 수확제에 동행한 징세관
필 린 느	………	로제마인과 같은 나이의 하급귀족 소녀

그 외의 사람들

캄 펠	………	신관장에게 지도받는 청색 신관
프 리 탁	………	신관장에게 교육받는 청색 신관
잠	………	신관장의 시종
핫세 촌장	………	전 신전장과 친분이 있는 지역 유력자
리 히 트	………	핫세 촌장의 친척이자 보좌

일러스트 시이나 유우   **지도제작** 후지시로 요   **번역** 김 봄   **디자인** 백진화

편집 정성학 김일철 황정현   **마케팅** 김정훈   **주간** 박관형

제 3 부

영주의 양녀 Ⅲ

프롤로그

　프랑의 주인인 로제마인이 성에서 신전으로 돌아왔다. 평민 출신으로서 영주의 양녀가 된 로제마인에게 성은 아직 편안한 곳이 아닌지 신전의 신전장실로 돌아와 차를 마시자 로제마인은 안심한 듯 표정이 부드러워졌다. 차를 따르던 프랑은 느긋해하는 주인의 마음을 느끼며 한 발짝 뒤로 물러섰다.

　"있죠 프랑, 시종을 늘리면 어떨 것 같아요?"

　갑자기 날아온 질문에 프랑은 입꼬리를 올려 미소띤 표정을 지어내며 필사적으로 머리를 굴렸다. 어떤 경위와 이유로 꺼낸 말인지 먼저 파악하고 대처하지 않으면 이 어린 주인은 터무니없는 방향으로 돌진할 때가 있다. 예전에 고아원 아이들을 바깥에 내보낼 구실이 필요하다는 이유로 고아 전원을 시종으로 들이려고 했던 일은 정말 잊을 수가 없다.

　"로제마인 님, 어느 분이 그런 말을 꺼내셨는지요?"

　"빌마가 한 말이에요. 저는 고아원장, 공방장, 신전장까지 직함이 많은데 그에 비해 시종이 부족한 것 같다고요. 전 지금까지 신전장의 시종치고는 사람 수는 평균이라고 생각했는데 업무량을 따지면 시종 각자의 부담이 크겠다는 사실을 깨달았어요."

　빌마의 말이 맞았다. 로제마인에게는 다섯 명의 시종이 있지만 니콜라와 모니카는 요리 조수로 뺏길 때가 많은데다 아직 시종 업무를 완벽하게 소화한다고는 할 수 없었다. 실질적으로 거의 모든 일을 셋

이서 짊어져야 하는 탓에 일손이 상당히 부족했다. 그러나 프랑은 로제마인의 주머니 사정을 누구보다 잘 알았다. 게다가 이미 프랑 자신이 제안해서 델리아 대신 니콜라와 모니카를 증원했는데 여기에 더해 또다시 시종을 늘려 달라고 부탁할 수도 없는 노릇이었다.

"신관장님하고도 상담했어요. 제 시종 문제에 관해서요."

로제마인의 말에 프랑은 살짝 몸을 앞으로 내밀었다. 페르디난드 신관장은 프랑의 전 주인이다. 하지만 로제마인을 모시면서 자신에게 보고하라고 명령한 사람 또한 페르디난드이므로 프랑에겐 지금도 절반은 페르디난드가 주인인 셈이다. 시기와 때에 따라서는 로제마인보다 페르디난드의 명령과 의견을 우선시하기도 했다. 특히 로제마인의 건강 상태와 독서에 관해서는 더욱 그러했다.

"신관장님께서는 뭐라고 말씀하셨습니까?"

"음…… 업무가 원활한지 어떤지는 제가 판단할 사항이니까 사람이 부족하면 늘리면 되고, 딱히 문제가 없으면 늘릴 필요 없다고 하셨어요. 제가 버는 돈과 신전장 앞으로 들어오는 비용 외에도 신관장님이 양아버님에게 받는 양육비가 있으니까 시종 증원 문제는 프랑과 상담하라고 하셨어요. 돈 문제는 해결됐으니 제 의사에 따라 결정하면 된대요. 사람을 늘리는 편이 좋을까요?"

페르디난드에게 허가가 떨어진 사실을 알고서야 프랑은 겨우 안심하고 증원에 관해 생각해볼 수 있게 됐다.

"공방 관리자를 늘리신다면 찬성입니다. 지금은 길이 혼자서 공방 관리를 맡고 있지만, 앞으로 핫세 때처럼 공방을 늘리게 되면 길이 파견되어 부재하게 되지 않겠습니까? 그렇다면 길과 함께 공방을 관리할 회색 신관이 적어도 한 사람 필요하다고 생각합니다."

공방을 늘릴 때는 길베르타 상회가 움직일 것이다. 그때 공방 인원을 파견해 달라는 요청이 들어오면 길베르타 상회와 가장 관계가 깊고 바깥 외출이 잦은 길을 파견하게 될 것이다. 그러면 길이 없는 동안 업무상 모든 여파가 프랑에게 몰리게 된다. 고아원 남자동 지층에 공방이 있어서 여성이 최종 관리를 하기는 힘들기 때문이다. 절실하게 성인 남성의 일손이 필요한 바였다.

"알겠어요. 길과 루츠더러 공방에서 일하는 회색 신관 중에서 한 사람을 뽑게 할게요. 그 둘과 호흡을 잘 맞춰 줄 사람이 아니면 의미가 없으니까요."

프랑의 의견을 적극 수용하여 공방을 관리할 시종을 길과 루츠에게 뽑게 하겠다고 로제마인이 말했다. 이런 구석이 참 별난 주인이라고 프랑은 생각했다. 사실 페르디난드는 철저하게 실력 위주로 시종을 뽑았다. 새로운 시종이 한 사람 필요하면 눈에 들어온 자를 한꺼번에 10명 정도 뽑아 놓고 일 처리 능력을 보고 선별했고, 능력이 없다고 판단되는 자는 가차 없이 고아원으로 돌려보냈다.

"……공방 관리자는 두 사람에게 고르게 하고, 그럼 고아원은 어때요?"

"고아원 관리자까지 늘릴 필요는 없습니다. 로제마인 님께서 빌마를 고아원에서 생활하게 해 줄 구실 겸 지층에 어린 고아들을 돌볼 회색 무녀가 없는 점을 걱정하셔서 빌마를 관리자로 두셨지만, 원래 고아원에는 관리자가 없습니다. 시종 대우를 받는 고아원 관리인을 여럿 두면 로제마인 님께서 원장직을 물러나실 때 다음 원장이 곤란해집니다."

로제마인은 성인이 되기 전까지만 신전 업무에 종사한다고 페르디난드가 말했다. 그 이후에도 고아를 극진히 보호하는 체제가 오래 이어지리라고는 보이지 않았고, 다음 원장이 로제마인처럼 고아원 관리를 위해 시종을 여러 사람 쓰려 할지는 장담할 수 없었다. 로제마인 덕분에 고아원은 큰 변화를 이뤘지만, 다른 사람이 인수를 꺼리는 상태가 되는 일은 환영하기 어려웠다.

"그러고 보니 어떻게든 빌마를 시종으로 들이려고 제가 억지로 고아원에 관리자 자리를 만든 것이었지요."

프랑의 말에 로제마인은 손바닥을 주먹으로 톡 치며 납득했다. 빌마 덕분에 고아원 사정을 자세히 알게 됐지만, 그렇게 된 경위는 까맣게 잊었던 모양이다.

"그럼 신전장실은 어떤가요? 가장 사람이 필요한 곳일 텐데."

"신관장님을 모시는 시종들처럼 바로 업무가 가능한 사람을 뽑을 수 있다면 부디 충원을 부탁드리고 싶습니다. 하지만 새로 육성해야 하는 시종은 필요 없습니다. 모니카가 매우 우수하고 노력파이니, 모니카가 성장해 번듯한 시종 몫을 하게 된 후에 새 견습 시종을 뽑는 편이 낫다고 생각됩니다."

부담을 덜어주시려는 마음은 감사하지만 지금은 일상 업무와 모니카, 니콜라의 교육만으로도 벅차다고 프랑은 솔직하게 현재 상황을 전달했다. 로제마인은 살짝 씁쓸하게 웃었다.

"조금이라도 프랑의 짐을 덜어 주고 싶었는데……."

프랑도 주인이 자신을 배려해 부담을 덜어 주고 싶다고 생각해준 점은 기뻤다. 마음속에서 서서히 솟아오르는 기쁨을 꼭꼭 씹어 음미하면서 프랑은 신전장실의 현재 상태와 두 신입의 교육이 더디게 진행되는 이유를 생각해 보았다. 대답은 금방 나왔다. 본래 시종 업무가 아닌 주방 일에 모니카와 니콜라가 많은 시간을 뺏기기 때문이었다.

'긴급하게 필요한 사람은 신전장실의 시종이 아니라 요리사구나.'

"로제마인 님, 가능하면 요리사를 늘리시면 어떠십니까? 얼마 전까지 푸고와 토드와 엘라, 세 사람이 하던 일을 이제 엘라 혼자서 하기는 무리가 있습니다. 그리고 로제마인 님께서 엘라와 함께 신전을 비우시면 모니카와 니콜라가 요리를 하는데, 본래 요리는 시종의 역할은 아닙니다. 로제마인 님이 성에 가 계실 때도 신전에 남을 요리사를 준비해 주시면 감사하겠습니다."

니콜라와 모니카는 로제마인의 동면 기간 동안 엘라의 조수를 맡아 주었던 인연으로 시종이 되었다. 그런 경위가 있어서인지 두 사람은 당연하다는 듯 주방을 드나들었다. 하지만 그렇다고 시종 업무가 소홀해지면 주객전도인 셈이다.

프랑의 지적에 로제마인은 "하긴 요리는 시종이 할 일이 아니네요." 하고 대놓고 머리를 감싸 쥐며 고민하기 시작했다. 로제마인은 나름대로 귀족다운 행동을 익히려고 노력했지만 가끔 불쑥불쑥 본모습이 튀어나왔다. 프랑은 브리기테의 시야에 로제마인의 평민스러운 버릇이 보이지 않게 슬쩍 위치를 바꿨다. 로제마인이 평민 출신임을 아는 다무엘도 은근슬쩍 브리기테에게 말을 걸며 주의를 돌리는 모습이 보였다.

"프랑. 그럼 요리사를 늘리기 위해 이탈리안 레스토랑에 투입할 신입을 이번에도 이쪽에서 육성할 수 있을지 벤노에게 상담해 보겠어요. 그러면 요리사 문제는 해결되겠죠."

고개를 든 로제마인은 프랑의 예상대로 표정부터 행동까지 귀족의 모습으로 싹 바뀌어 있었다. 그런 태도 전환이 가능하다는 사실을 알

앉기에 프랑은 굳이 지적하지 않은 것이었다.

"다만 요리사는 늘린다 해도 항상 주방에 가기를 좋아하는 니콜라가 걱정이네요. 그 모습을 보면 니콜라에게는 요리사 조수가 더 맞는 듯하단 말이죠. 요리를 못 하게 막기보다는 니콜라에게 요리사 조수 자리를 맡기고, 빈자리에는 다른 시종을 투입하는 편이 나을 텐데……."

아무리 요리를 좋아한다고 해도 자기 견습 시종을 요리사 조수로 두려는 귀족은 아무도 없으리라. 하지만 로제마인의 금색 눈동자에는 이미 결정해 버린 듯한 단호한 빛이 감돌았다. 그리고 자기 시종에게 어떤 일을 시키든 주인 마음이다.

"그런 지휘는 로제마인 님께 맡기겠습니다."

"그럼 이제 공방에 가겠어요. 길과 루츠에게 누가 새 시종으로서 적임자인지 물어보고 싶어요."

프랑은 모니카를 공방에 보내 방문을 예고한 뒤 앞서서 로제마인과 호위기사 다무엘을 이끌며 공방으로 이동했다. 가을 끝자락이 다가오는 공방 안은 사람이 많아서인지 복도보다 훨씬 훈훈하게 느껴졌다. 다들 빨개진 손으로 올해 마지막 종이 제작에 몰두하고 있었다.

"로제마인 님."

로제마인 일행을 발견하고 길과 루츠가 달려왔다. 로제마인은 두 사람에게 공방 관리에 시종이 추가로 필요하다고 설명했다. 시종으로서의 자리를 지키려 열심히 노력해온 길을 자극하지 않도록 로제마인은 단어를 신중하게 고르며 말했다. 영주의 양녀가 되어서도 변하지 않은 로제마인의 모습을 보며 프랑은 후후 웃음이 나왔다.

"앞으로도 핫세처럼 공방을 늘려 갈 계획인데 그러면 그때마다 길이 공방을 비우게 되겠지요? 그동안 공방을 맡길 만한 회색 신관을 두 사람이 추천해 줬으면 해요. 길베르타 상회와 잘 맞아야 하고 길하고도 사이가 좋은 사람이어야 하는데⋯⋯."

"프리츠나 발츠가 괜찮지 않겠습니까?"

"놀트나 프리츠라면⋯⋯ 맡길 만하다고 생각합니다."

양 쪽에서 공통적으로 언급된 사람은 프리츠다. 프랑은 프리츠에 관해 알고 있는 점을 떠올렸다. 프리츠는 지금은 귀족 계급으로 돌아간 시키코자라는 청색 신관을 모시던 회색 신관이다. 주인인 시키코자는 오만방자한 데에 비해 프리츠는 인내심이 대단하다는 인상을 받은 적이 있었다. 시종 출신이라 행동거지도 나쁘지 않으니 공방뿐만 아니라 신전장실 업무도 가능할 터였다.

"로제마인 님, 제 생각에도 프리츠라면 시종으로 들이셔도 괜찮을 듯합니다."

"⋯⋯이렇게 해서 니콜라를 요리사 조수로 두고, 숙소나 생필품 등 사람을 맞이할 준비가 끝나면 공방 관리자로서 프리츠를 시종으로 들이기로 했습니다. 길베르타 상회와 상의한 후에는 새 요리사도 들어올 예정입니다."

프랑은 평소대로 신관장실에서 페르디난드에게 보고했다. 니콜라에게 요리를 맡기겠다는 부분에서 페르디난드의 눈썹이 움찔거렸지만 프랑은 끝까지 보고를 이어갔다. 보고를 전부 마치는 일을 최우선으로 삼도록 페르디난드에게 교육받았기 때문이다.

"견습 시종에게 하인의 업무를 맡기다니 별로 좋은 생각이 아니군.

요리사 조수로서 사들여서 지층으로 보내려는 속셈은 아니겠지?"

"니콜라는 시종으로 대우하면서 요리 업무를 맡길 생각이라고 합니다. ……하지만 딱히 문제는 없을 겁니다. 예술에 빠졌던 크리스티네 님께서 작시나 음악을 시종의 업무로 삼으셨듯이 드문 일은 아닙니다. 그러므로 요리를 시종의 업무로 포함해도 괜찮으리라 생각됩니다."

"로제마인에게 너무 물들지 않았나?"

페르디난드는 조금 놀란 듯이 프랑을 바라보며 진지하게 걱정하는 투로 말했다. 프랑은 자기 손을 바라보았다. 딱히 자각은 없지만 분명 다양한 방면으로 로제마인의 영향을 받았을 것이다. 페르디난드를 모시던 때와 똑같지는 않았다.

"그나저나 얘기를 듣자 하니 그대의 부담이 상당히 늘어날 것 같은데. 꼭 필요하다면 여기서 한 사람 파견하는 것은 어떤가?"

"정말 감사한 말씀이지만, 그러면 신관장님의 부담이 늘어납니다."

프랑이 거절하자 페르디난드는 가볍게 고개를 가로저었다.

"성 관련 업무가 줄어든 만큼 신전 업무는 조금 여유가 생겼다. 캠펠처럼 신입 시종을 키울 수도 있으니 로제마인에게 청원하라고 전해두어라."

로제마인이 만들어 준 시간을 로제마인을 위해 할애하는 페르디난드의 말에 프랑은 흐뭇해졌다. 정말 페르디난드에게 여유가 생겼음을 실감하며 기뻐하자, 페르디난드의 미간에 새겨진 주름도 살짝 풀렸다.

"로제마인도 그렇지만 그대도 남의 일에만 신경을 쓰는구나. 주인과 시종은 닮는 건가?"

"……예전에 로제마인 님도 똑같은 말씀을 하셨습니다."

로제마인은 예전에 프랑과 페르디난드를 진지하고 고지식한 일벌레라고 평하며 "주인과 시종은 닮는 법이군요."라고 말했다. 그 말을 듣고 페르디난드는 불쾌하게 인상을 찌푸렸다. 프랑이 모실 적에는 이런 식으로 표정을 드러내는 모습을 거의 본 적이 없다.

'신관장님도 로제마인 님께 상당히 물드신 모양입니다.'

인고와 인쇄기 개량

"로제마인 님, 길베르타 상회에서 보낸 편지를 루츠에게 전달받았습니다."

매일 있는 취침 전 보고 중에 길이 편지를 내밀었다. 나는 그 편지를 건네받고서 고개를 갸웃거렸다. 길베르타 상회가 이렇게 격식을 차리며 편지를 보낸 적은 드물었다. 평소에는 길과 루츠를 통해 '조만간 시간이 괜찮을 때 벤노 씨도 불러 줬으면 좋겠다'라든지 '주인님께서 시간을 잡아 달라고 하신다'라며 직접 연락할 때가 많았다.

'무슨 일이 있나?'

바스락거리며 편지지를 펼쳐서 훑어보니 길베르타 상회의 정식 면담 의뢰였다. 인쇄기 개량 문제로 비밀의 방에 인고를 데려가서 얘기하고 싶다는 내용이었다.

'이건 좀 곤란한데. 어쩌지?'

내 본모습을 아는 사람은 최대한 소수여야 한다. 벤노가 일부러 정식 면담 의뢰서를 보낼 만큼 필요한 일이라고 생각한다는 점은 알 것 같았다. 하지만 달리 친분이 없는 인고를 비밀의 방에 데려가서 얘기를 나누기엔 조금 망설여졌다.

무심코 "흐~음……." 하고 신음이 새어나와서 나는 서둘러 입을 틀어막았다. 그리고 얼른 미소로 표정을 고치고 답장을 기다리는 길을 올려다보았다.

"길, 답장을 쓰기 전에 자세한 얘기를 듣고 싶다고 루츠에게 전해 주세요."

"알겠습니다."

"있지, 루츠. 인고가 왜 나와 얘기하고 싶대? 인쇄기는 회색 신관들과 함께 개량하기로 얘기가 되지 않았어?"

다음날 길이 즉시 루츠를 불러왔다. 나는 고아원 원장실의 비밀의 방에서 루츠와 마주앉았다. 인쇄기 개량에 문제라도 있었던 걸까.

"인고가 공방에 찾아와서 인쇄기 개량에 대해 얘기를 나눴는데……."

지금 공방에 있는 인쇄기는 가장 단순한 형태로 만든 것이다. 금속 활자로 판을 짜고 그 조판을 고정해 둘 상자 같은 물건을 만들게 했으니, 판에 잉크를 칠하고 종이를 올린 후에 그 상자를 압착기 아래에 두고 찍어누르는 식으로 인쇄한다. 일단 압착기를 개조해 만든 기계다 보니 형태를 보나 과정을 보나 압착기와 거의 같았다. 또 원래라면 조판과 종이를 세팅한 작업대를 밀었다 당겼다 하면서 쓸 수 있어야 하는데, 지금은 옆 테이블에 종이와 잉크를 따로 준비해두고 전부 수작업으로 해결하는 셈이라 인쇄기로 쓰기엔 꽤나 불편했다. 그래서 회색 신관들에게 문제점을 들어보며 조금씩 손보기로 얘기가 됐었다.

모두가 다양한 문제점을 꼽는 가운데, 루츠가 인고에게 '이런 식으로 고칠 수 없겠는가' 하고 내가 언급한 완성형도 제안해 보았다고 한다. 인고는 처음에는 "흠흠, 그렇군." 하고 맞장구치면서 루츠의 얘기를 들었지만, 얘기가 끝나자 무서운 얼굴로 "더 자세히 아는 놈 있지?" 하고 루츠와 길에게 위협적으로 나왔다고 한다.

"더 나은 완성형을 아는 자가 있다면 그자보고 직접 의견을 내게 하래. 쓸데없는 시행착오를 시킬 셈이냐며 노발대발하더라고……. 난 아무렇지도 않았지만 회색 신관들이 우악스러운 장인한테 겁먹지, 얘기는 진행이 안 되지, 엉망진창이었어."

공방의 혼란 상태를 설명하던 루츠는 "그치만 솔직히 인고의 마음도 이해는 돼." 라며 어깨를 떨구었다.

내가 아는 인쇄기보다 훨씬 좋은 물건이 태어날지도 모르니 시행착오가 쓸데없지는 않겠지만, 장인이 완성형을 참고하고 싶다면 반론의 여지가 없었다.

"물론 나도 네가 신전장이 되어서 이제 예전처럼 바깥에도 나갈 수 없고, 쉽게 얘기할 수도 없게 됐다고는 했어. 그랬더니 평민촌을 여기저기 누비던 별난 아가씨였으니까 평민과도 마음만 먹으면 직접 얘기할 수 있지 않냐고 하지 뭐야. 지금 너도 아가씨와 인쇄기 얘기를 나누지 않느냐고 하니 되받아칠 말이 없었어."

평민인 루츠가 나와 인쇄기에 관해 얘기할 수 있는 상황이라면 실제로 제작을 담당한 장인이 얘기하지 못할 턱이 없다며 끈질기게 물고 늘어졌다고 한다. 인고는 평민촌을 마음대로 거닐며 벤노, 루츠와 함께 인고 공방까지 주문하러 갔던 나를 알고 있다. 설령 귀족이라도 평민 장인과 태연하게 대화하는 귀족 자녀라고 인식해 버린 모양이다. 하지만 아무리 그래도 보통 귀족이 얼마나 무서운지 알 만한 평민이 이렇게까지 물고 늘어지지는 않는다.

"보통 장인은 귀족과 깊이 엮이고 싶지 않아 하는데…… 괜찮아?"

"그건 그렇지만 네가 준 주문은 반드시 만족할 만한 물건으로 완성해야만 해. 공방의 미래가 걸려 있어서 인고도 필사적이야."

루츠의 말을 들어 보니 인고는 매우 젊을 때 벨프 자격을 따고 독립

한 목공방 주인장으로, 벤노보다 조금 위인 33세라고 한다. 혈연이나 혼인으로 젊은 나이에 공방을 이어받는 주인장도 있지만 독립해서 자기 공방을 가진 주인장은 대부분 40세 이상이다. 30대 전반인 인고는 상당히 젊은 축에 들어간다. 그래서 목공 협회의 주인장들에게 항상 말단 취급을 당하고 큰 계약이 잘 들어오지 않았다고 했다. 진짜 축복을 내려 주는 신전장으로 유명해진 나의 전속이 되어 협회에 인정받으면 대우도 확연히 달라질 터이기 때문에 필사적이라고 한다.

"……어라? 인고는 이미 내 전속 아니었어?"

겨울 수작업 재료나 인쇄기를 인고에게 주문한 터라 나는 이미 인고가 내 전속이 된 줄로만 알았고, 멋대로 구텐베르크 그룹에 넣었다. 내 말을 듣던 루츠가 팔짱을 꼈다.

"그게 좀 애매해. 네가 신전장으로서 핫세 신전의 설비를 갖출 때 주인님과 길드장을 통해서 목공 협회에 직접 의뢰했잖아? 그때는 완공 기한이 짧아서 어쩔 수 없었지만, 원래라면 네가 전속인 인고에게 제일 먼저 의뢰하고 그 이후에 인고가 일을 지휘하며 업무를 분담했어야 해."

핫세의 작은 신전에 관한 의뢰는 신전장의 이름으로 진행되었다. 신전장의 대리인으로서 실제로 목공 협회에 의뢰한 사람은 길드장과 벤노였다. 어디서부터 어디까지가 누구의 전속이냐 하는 점을 의논할 시간조차 아까웠던 터라 모든 공사 지휘를 목공 협회에 떠맡겼다.

하지만 대표자 중 인고의 이름은 없었다. 원래라면 내 전속으로서 일을 지휘했어야 할 인고는 목공 협회에서 얘기를 들을 때까지 금시초문이었고, 그래서 정말 내 전속이 맞는지 목공 협회의 의심을 받게 되었다고 한다. 목공 협회에 직접 의뢰한 덕에 핫세의 작은 신전은 기한 내에 완성했지만 그 탓에 현재 인고의 입장은 매우 애매해져 버렸다.

"인고가 지금까지 신전장의 의뢰를 받아 놓고도 의뢰인을 만족시키질 못해서 전속에서 제외되었다는 소문이 나돌고 있대."

그것은 장인 생명과도 직결되는 평가다. 다소 위험을 무릅쓰더라도 전속 자리를 되찾겠다고 마음먹어도 이상하지 않았다. 바쁜 일정과 효율성 때문에 주변을 살피지 못한 내가 일으킨 사태인 만큼 인고의 명예회복을 위해서도 내가 발 벗고 나서야 했다.

"……알았어. 여기서 얘기하자. 로제마인이 된 경위를 모르는 마인 시절 관련자와 교류하자니 좀 찜찜하지만 나도 가능하면 직접 얘기하고 싶긴 했어."

인쇄기가 어느 정도로 개량될지, 어떻게 바뀔지, 나도 인고에게 얘기를 듣고 싶던 참이었다. 인고가 귀족과 엮일 각오를 했다면 얘기해 봐도 괜찮을 성싶었다.

면담 의뢰 편지에 답장을 보낸 후 약속한 날에 벤노와 루츠가 인고를 데리고 고아원 원장실에 찾아왔다. 귀족과 만난다고 온몸을 씻었는지, 인고는 내가 기억하는 땀내 지독하고 수염이 듬성듬성하던 장인의 모습과 퍽 달라 보였다. 공방에서 봤을 땐 수건 같은 천을 반다나처럼 머리에 감고 있어서 몰랐는데 머리카락은 황토색이고 눈동자는 밝은 파란색 눈동자다. 꾀죄죄한 작업복 대신 예복을 입고 있어서 공방에서 봤던 주인장 모습과는 완전히 다른 사람이었다.

벤노가 귀족에게 보내는 기나긴 인사를 하고, 나도 그 인사에 대답했다. 장인이라 직접 귀족과 소통할 일이 없는 인고는 무슨 말을 해야 할지도 몰라 그저 묵묵히 무릎만 꿇고 있었다.

"그럼 저쪽으로 가실까요?"

"황송합니다."

비밀의 방에 들어가서 문을 닫자, 벤노가 인고의 어깨를 가볍게 두드렸다.

"인고, 여기서는 얘기해도 좋다. 로제마인 님께서 눈감아 주시기로 했어. 오늘은 말투에 대해선 잔소리하지 않겠지만 태도를 조심하고 폭언은 삼가라."

"그거 다행이군. 벤노 주인장과 함께 신전으로 오긴 했다만 아무 말도 못 하면 어쩌나 했어."

인고가 천천히 한숨을 내뱉었다. 그리고 진지한 파란 눈동자로 나를 보았다. 귀족을 마주한 긴장감과 불안함과 두려움이 뒤섞여 있으면서도 도망칠 수 없다는 결의를 품은 듯한 강력한 눈빛이다.

"아기씨, 아니, 신전장님인가. 하나만 묻지. 아주 중요한 사항이야. 난 신전장 전속인가?"

"전 전속이라고 생각해요. ……핫세 관련 일은 기한 문제로 목공협회에 직접 의뢰해 버린 탓에 인고에게 큰 고민거리를 안겨 버렸지만, 인고는 제 기대에 맞는 완성도를 보여준다고 평가합니다."

"……그렇군."

인고는 휴 하고 안도의 한숨을 내쉬었다. 어깨에서도 힘이 빠졌다. 상당히 마음이 복잡했던 모양이다. 인고에게 미안한 짓을 했구나, 라고 속으로 생각하고 있자니 인고가 어깨를 한 바퀴 돌리고는 이번에는 장인답게 타협을 용서치 않는 얼굴로 나를 바라보았다.

"그럼 인쇄기 개량에 관해 신전장님이 아는 정보를 전부 가르쳐 줬으면 해. 나는 조금이라도 좋은 물건을 완성하고 싶어."

만들기로 했으니 더 좋은 물건을 만들고 싶다. 더 좋은 물건에 대해 알면 남김없이 싹 다 불어, 하고 파란 눈이 웅변했다. 우라노 시절의 지식 속 구텐베르크가 포도 압착기를 개조해 만들었던 인쇄기도 조금씩 개량하며 금속 인쇄기에 이르렀다. 지금 공방에 있는 인쇄기는 완전히 목제라 구텐베르크가 만든 인쇄기에도 기능이 못 미칠 가능성이 높았다.

그런 인쇄기를 대체 어디까지 개량할 수 있을까. 나는 영상으로 보았던 플랑탱–모레투스 박물관에 전시된 인쇄기를 떠올렸다. 현존하는 가장 오래된 인쇄 공방. 가능하면 그 수준까지 개량하고 싶지만 상세한 설계도를 그릴 만큼 자세히 알지는 못한다.

"지금은 조판 상자에 종이를 얹어서 압착기 아래에 두잖아요? 하지만 가능하면 이렇게 넣고 뺄 수 있는 작업대를 만들면 매우 편해져요. 제가 아는 물건은 옆에 붙은 핸들을 이런 식으로 빙글빙글 돌려서 빼고 넣을 수 있게 되어 있거든요……."

내가 종이에 간단한 도형을 그리거나, 손짓 발짓으로 설명해 봐도 인고는 어렵다는 표정으로 신음만 낼 뿐이었다. 본 적 없는 물건을 상상하려니 힘든 것도 이해가 간다. 하물며 그것을 직접 만들어야 한다면 두말할 나위도 없다.

"지금은 전체적으로 압착기 모양이라 나사식이지만 '지레의 원리'를 이용하면 더욱 편하게 인쇄할 수 있을 거예요. 다만 어떤 식으로 지레의 원리를 이용하는지, 어떻게 설계하는지는 몰라요."

"지레의 원리? 그건 또 뭐야?"

나는 서자판에 받침점, 힘점, 작용점을 그려 지레의 원리를 설명했다. 하지만 인고는 도무지 이해할 수 없다는 표정으로 고개만 갸웃거렸다. 아직 대폭 개량은 어려울 듯하다.

"음, 받침대를 만들어서 밀고 빼는 정도는 어떻게든 되겠지만, 목재란 게 꽤 무겁거든. 부드럽게 움직이려면 금속이 필요하겠지?"

"네. 일부분에 금속을 사용하면 안정감이나 속도가 향상되겠죠. 제전속 대장장이에게 이야기를 전달할까요?"

강도나 안정감을 위해 금속을 쓸 생각이라면 요한과 자크에게도 말해 두는 편이 좋다. 그리고 등사원지 제작에 쓸 롤러를 여러 종류 설계해 준 자크라면 내 인쇄기 설명을 가능한 만큼 형태로 만들어 줄지도 모른다.

"어쨌든 신전장님 머릿속에 훨씬 엄청난 개량판이 있다는 건 알겠어. 그리고 그 개량판이 너무 어려워서 다른 놈들은 이해할 수 없다는 것도 말이야. ……최대한 실현시키려면 대장장이와도 얘기를 나눠 보고 싶군. 여태까지 신전장님의 의뢰를 받고 거래한 장인이겠지?"

"네. 갓 성인이 된 두 사람인데 여러 의뢰를 맡아서 하고 있어요. 구텐베르크로서 인쇄업을 퍼트릴 때 꼭 필요한 제 자랑스러운 장인들이죠."

내가 요한과 자크에 관해 설명하자, 인고가 흥미진진하다는 듯 눈을 반짝였다.

구텐베르크 모임

인고가 인쇄기 개량에 금속도 도입하겠다고 결심했으므로 나는 벤노에게 다음번에 요한과 자크도 함께 데리고 와 달라고 부탁했다.

"……정말 괜찮냐, 인고?"

요한과 자크를 부르는 일이 내 생각에는 당연했지만, 벤노는 말도 안 된다고 했다. 원래는 목공방이 의뢰받은 물건이면 대장간이 설계 단계부터 관여하지는 않는다고 한다. 설계는 어디까지나 의뢰를 받은 목공방이 담당하고 필요한 부품만 대장간에 부탁하는 식이라고 한다.

"난 나무밖에 취급하지 않아서 어떤 금속을 어떤 식으로 쓰면 좋을지 몰라. 전문가인 녀석에게 물어보는 방법이 최고지. 의뢰주인 신전장님이 만족하시는지가 가장 중요해."

인고는 다른 업종과 합세해서 설계하는 전례가 없는 일을 하겠다고 선언했다.

"……다른 업종 간에는 보통 의견 교환을 안 하나요?"

"가구나 문을 만들 때 대장간에 경첩이나 못을 주문하기는 하지만 설계 단계에서는 다른 업종은커녕 같은 업종 공방끼리도 상의하지 않아."

의뢰를 누가 받았는지, 이익이 누구 몫인지를 확실히 하기 위해서라고 인고가 말했다. 아마 전속을 정하는 제도도 비슷한 이유에서 생긴 것이리라고 짐작했다.

"신전장님은 귀족이셔서 장인에 대해서는 모르는 건가……."

어쩔 수 없겠다며 고개를 젓는 인고 뒤에서 벤노와 루츠가 그걸 왜 몰라? 하는 듯 게슴츠레한 눈으로 나를 한심스럽게 바라보았다.

'순수 귀족이 아니어도 몰라요. 미안.'

나는 아빠가 병사이고, 엄마와 언니 투리도 공방에 고용된 일꾼일 뿐이라 공방을 이끄는 장인의 사정에는 어둡다. 어쩌면 책 만들기에만 푹 빠져서 세상의 구조에는 전혀 흥미가 없어서인지도 모른다.

"그럼 저도 되도록 여러 가지 고칠 점을 고민해 볼게요."

"아아. 부탁한다."

인고가 돌아간 뒤 나는 인쇄기를 떠올리면서 고칠 점을 적기 시작했다. 설계도를 못 그리니 전부 글자와 그림뿐이지만, 뭔가 발상의 계기가 되기를 기대하면서.

며칠 뒤, 호출받은 요한과 자크가 주변을 두리번거리며 찾아왔다. 요한은 '이번엔 뭘 시키려는 걸까' 하는 순수한 불안감이 얼굴에 드러났다. 자크는 '원장실에 뭔가 재밌는 물건이 굴러다니진 않나' 하는 듯 호기심 넘치는 얼굴로 방을 두리번거렸다.

"따라서 인쇄기 개량에 금속을 쓰고 싶어서 두 사람을 불렀어요. 협력해 주세요."

사정을 설명하고 협력을 구하자, 요한은 바로 "알겠습니다."라고 대답했지만 자크는 불만스럽게 미간을 찡그렸다.

"협력이라고 해봤자 인쇄기는 목공방에 의뢰하신 물건 아닙니까. 저희 공방 의뢰도 아닌데 이쪽에는 아무런 이득도 없잖습니까?"

"돈은 물론 지급할 생각인데요?"

내가 고개를 갸웃거리자, 자크는 그게 아니라며 고개를 저었다.

"돈 문제뿐이 아닙니다. 다른 업종 일은 도와 봤자 대장간 협회의 평가에 반영되지 않습니다. 그래서 고객이 적고 남 일만 도와주는 요한은 기술만 좋지 평가는 낮아요. 세밀한 작업이 특출난 요한이 도와주면 의뢰받은 장인의 평가는 올라가고, 그 평가가 그대로 공방의 평판이 됩니다. 하지만 요한 개인의 평가는 올라가지 않아요. 전 그런 일은 떠맡고 싶지 않습니다."

자크의 말을 듣고 왜 요한이 기술이 뛰어난 데에 비해 평가가 낮은지 알았다.

"자크는 평가에 반영되지 않는다고 했지만, 금속 부품을 대장간에 주문하면 요한과 자크의 평가로 직결되지 않을까요? 전 인고에게 그렇게 들었는데요?"

인쇄기 주문은 인고 공방, 금속 부품 주문은 자크와 요한, 각각의 공방에 맡기면 평소의 의뢰와 크게 다를 것 없다고 생각했는데 내가 잘못 안 걸까. 인고에게 시선을 옮기자 인고는 틀리지 않았다는 듯이 고개를 한 번 끄덕여 주었다.

"……세밀한 작업은 요한이 압도적으로 잘하지 않습니까."

공방 한구석에 놓아 둔 등사원지용 롤러를 예로 들며 자크가 분한 듯이 중얼거렸다. 요한이 만든 기계는 자크가 만든 기계보다도 쓰기 편했다. 설계해 놓고도 스스로 만들지 못하고 끝나 버린 자크가 얼마나 억울하고 분해했는지 잘 안다. 요한의 높은 기술력을 인정하기에 초조한 것이다.

"부품 작업이라면 당연히 요한에게 의뢰가 가겠죠. 그럼 제 평가에는 반영되지 않을 것 아닙니까."

아무리 생각해도 결국은 요한에게 뺏기게 되어 있다며 자크가 회색 눈을 내리깔았다. 전에는 어차피 제작 가능할 리가 없다며 요한에게 자신의 설계도를 보여주거나 건네주곤 했지만, 지금은 불가능을 실현해 버리는 요한의 기술력을 대단히 경계하는 듯했다. 하지만 이래서는 곤란했다. 서로를 경계하는 태도는 자유로운 의견 교환을 억누르고 새로운 발상을 가로막는다. 나는 애매한 설명과 소망을 설계로 구현해 주는 자크의 발상력을 기대하는데 말이다.

"물론 부품을 만들 때는 요한의 실력이 확실하겠지만 발상과 설계는 압도적으로 자크가 우수하지 않은가요? 전 인쇄기 개량 작업에서 자크의 발상력에 가장 기대가 커요. 그럼 자크의 설계도를 제가 사는 형태로 대장간의 평가를 높일 수 없을까요?"

내가 자크가 해낸 발상의 결정체인 설계도를 사겠다고 하자, 자크는 생각지도 못한 말을 들은 사람처럼 눈을 동그랗게 뜨고 나를 보았다.

"설계도를 사겠다니? 무슨 생각이야? 물품이 아닌데?"

너무 놀란 나머지 본래의 말투가 튀어나온 자크를 보며 나는 또다시 문화 충격을 받았다. 이곳에서는 설계도를 거래하는 행동이 이상한 모양이다.

"설계도는 자크가 생각해 낸 물건이지요? 그 설계도에 따라 제작하고 싶어 하는 사람이 있다면 그 설계도에도 충분한 가치가 있는 것 아닌가요? 전 자크의 설계도를 사고 싶어요. 상품이 곧 설계도라고 보면 자크의 평가로 이어지지 않을까요?"

"어, 음, 그 말은 즉, 내게 설계도를 주문해서 그걸 사겠다는 말이야? ……로제마인 님은 가끔 사람 놀라게 하는 소리를 하네."

눈을 끔뻑거리는 자크가 손을 파닥파닥 움직였다. 왜 그렇게까지 깜짝 놀라는지 이해가 가지 않았다. 고개를 갸웃거리는 나를 보고는 요한은 경험자의 여유를 보이며 자크의 어깨를 두드렸다.

"자크, 로제마인 님이 깜짝 놀랄 만한 말을 하는 건 가끔이 아니야. 항상 그래."

갑자기 기도를 올리지 않은 오늘은 그나마 나은 편이다, 라며 중얼거리는 요한에게 나는 입술을 쭉 내밀었다. 그런 우리의 대화를 지켜보며 곰곰이 생각하던 자크가 회색 눈동자를 번뜩였다.

"지금까지 설계도는 손님과 의논하면서 작성하고 그대로 물품을 제작했기 때문에 설계도만 따로 파는 일은 없었습니다. 예전에 만든 상품과 똑같은 물건이 필요해지면 그 손님 소개로 다른 손님이 붙으니까 설계도를 다른 곳에 흘릴 일도 없었고……. 설계도를 판다는 생각은 해본 적도 없지만, 의뢰받은 설계도가 상품으로 취급된다면 제 평가와도 이어지겠지요."

벤노를 통해 설계도를 의뢰하겠다는 의견을 수락하면서 자크도 인쇄기 설계에 협력해 주기로 했다.

"그래서 로제마인 님은 대체 어떻게 바꾸고 싶으신데요?"

"지금 인쇄기는 전부 목제지요? 강도와 인쇄 정확도를 높이기 위해 일부를 금속으로 바꾸고 싶어요."

나는 내 머릿속의 기억을 최대한 끄집어내어 그림과 설명을 기록한 도면을 꺼내어 펼쳤다.

"우선 인쇄기에 이렇게 움직이는 작업대가 필요해요. 작업대에 조판을 얹고, 이렇게 그 위에 종이를 얹고 이 판을 접어서 종이를 고정한 뒤, 이 압착기 아래로 슥 밀어 넣고 싶거든요……."

도면을 보여주고, 손짓 발짓으로 어떻게 움직이는지 설명했다. 자크는 혼자 무언가를 중얼거리면서 귀를 기울였고, 요한은 어렵겠다는 얼굴을 했다.

"최소한 금속을 달아서 부드럽게 움직이게 하고 싶어요."

"아아, 그거라면…… 할 수 있어."

요한이 안심하며 '할 수 있다'라고 하자, 자크의 도전적인 회색 눈동자가 반짝였다.

"……최소한이라니? 그럼 최고는?"

"핸들을 돌려서 이 작업대를 움직일 수 있으면 좋을 텐데, 이해되나요?"

핸들을 잡고 빙글빙글 돌리는 시늉을 하자 자크가 팔짱을 끼며 신음했다.

"핸들로 작업대를 움직인다……?"

"실패를 감고 푸는 방식을 응용해서 받침대를 움직이는 방법도 있어요. 참고가 될까요?"

"흠, 실패라…… 그렇구나."

그렇구나, 라고 말하는 것으로 보아 뭔가 떠올린 걸까. 역시 발상의 왕 자크. 구텐베르크 칭호에 걸맞은 장인이다. 자크의 생각이 정리되기를 기다리는데 인고가 파란 눈동자로 나를 응시했다.

"신전장님, 다른 건 없어? 실현 가능성은 둘째 치고 어떤 식으로 개량했으면 좋겠는지, 어떤 물건을 만들었으면 좋겠는지 생각나는 대로 말해 봐."

인고는 '생각나는 대로'라고 쉽게 말하지만, 말한다고 과연 이들이 이해할 수 있을까.

"생각나는 대로 말해도 될까요? 아마 실현 불가능할 텐데요."

"할 수 있는지 없는지는 중요하지 않아. 방금 자크가 그랬듯이 말 한마디를 계기로 만들어 낼지도 몰라. 아니면 다른 방법에 쓰게 될지 도 모르지. 뭐든지 모르니까 생각나는 대로 말해 줘."

인고의 말에 자크가 고개를 크게 끄덕이며 기대에 찬 눈빛으로 나를 바라보았다. 이렇게까지 기대한다면 가능성은 제쳐 두고 마음껏 무리한 요구를 해 볼까.

"알겠습니다. 그럼 '스프링'을 이용한 방법도 생각해 주세요."

"스프링?"

"금속으로 만드는 물건이니까 대장간에서 취급하지 않을까요? 이렇게 생긴 물건이에요."

내가 그림을 그려 이용 방법을 설명하자 요한이 손바닥을 톡 쳤다.

"아아, 용수철 말이구나. ……그걸 인쇄기에 어떤 식으로 쓰나요?"

"몰라요."

"엥!?"

모두 나를 어이없어하며 쳐다봤지만 모르는 건 모르는 거다. 인쇄기 개량의 역사를 책으로 읽어 보기는 했어도 상세한 설계도가 실려 있지 않았고, 만일 실려 있었다고 한들 자세히 기억할 리가 없다.

"압력을 가하는 압력판의 상하운동을 돕는 물건이라는 지식 정도밖에 몰라요. 앞으로 만들 인쇄기에 넣을지 말지, 어떤 식으로 넣으면 효과가 있을지는 장인인 여러분에게 맡기겠습니다. 잘 쓰면 편리해지겠지만 반드시 써야 하는 물건은 아니니까요."

개량의 역사 속에서 내가 기억하는 정보를 나열했을 뿐이다. 원래는 훨씬 세세한 개량 사항이나 내가 모르는 연구와 시행착오 과정이

수두룩할 터이다. 그래도 내가 한 말을 반영해서 새로운 인쇄기를 만들게 된다면 인쇄기의 역사를 단숨에 100년에서 200년은 뛰어넘을 수 있게 된다. 하지만 어디까지나 '소망'이지 '필수'라고는 생각하지 않았다.

"아, 이왕 개량하는 김에 하나 더."

자크가 눈을 부릅뜨며 "고칠 게 또 있어!?" 하고 소리쳤다. 자기들이 생각나는 대로 말해 보라고 했으면서 왜 그렇게 놀랄까?

"이건 인쇄기를 근본부터 바꾸어야 하기 때문에 당장은 어려울 거예요. 지금은 압착기를 바탕으로 인쇄기를 만들고 있으니 나사식이지만 언젠가 '지레의 원리'를 쓴 인쇄기가 만들어졌으면 좋겠어요."

"아아, '지레의 원리'……."

앞서 설명을 들은 인고는 이해하지 못했던 기억을 떠올리며 미간을 찡그렸고, 요한과 자크는 어리둥절한 표정을 지었다. 나는 인고에게 했듯이 둘에게 지레의 원리를 설명했다. 이 원리도 건축이나 석공 현장에서 쓰이지 않을까, 하고 구체적인 예를 들며 설명하자 모두가 아아, 하고 납득한 소리를 냈다.

"원리는 알겠는데 그걸 어떻게 인쇄에 이용하는지는 감이 전혀 안 잡히네."

어깨를 으쓱거리는 요한의 말에 자크는 고개를 저으며 부정하고, 눈을 반짝였다.

"너 대체 무슨 소리야!? 이건 엄청난 원리라고. 작은 힘으로 커다란 물건을 움직일 수 있어. 인쇄기에서 가장 힘이 많이 드는 건 이 압착판을 움직일 때잖아? 그리고 인쇄 말고 다른 데에도 얼마든지 이용할 수 있을 거라고."

"역시 자크의 발상은 대단하네요. 맞아요. 지레의 원리도 용수철도 다른 곳에 응용할 수 있어요. 개인적으로는 용수철을 써서 침대를 만들었으면 싶지만 인쇄기가 우선이죠. 무엇보다 최우선이 인쇄기예요."

잠자리가 편안한 매트리스보다도 책이 더 중요하다. 인쇄기만 완성된다면 용수철이나 지레의 원리를 어떻게 이용해서 새로운 물건을 만들든 내 알 바 아니다.

"일단은 다양한 설계도를 그려 보겠습니다. ……사 주시기로 약속하셨지요?"

"네. 인쇄기 설계 구매로서 자크가 소속한 공방에 의뢰를 넣어 둘게요. 그리고 괜찮다고 생각되는 설계도는 전부 사들일게요."

자크가 깊은 고민에 빠진 표정을 지었다. 머릿속에 여러 가지 아이디어가 넘쳐나는 모양이다. 그런 자크를 보면서 인고가 천천히 숨을 내뱉었다.

"하아~, 젊음이란 정말 대단하네. 난 신전장님이 무슨 말을 하는지 도통 모르겠던데."

"요한과 인고는 자크가 고안한 인쇄기 중에서 실현 가능한 물건을 골라서 만들어내기만 하면 돼요. 그러니 설계는 발상이 유연하고 자유로운 자크에게 맡기세요."

이게 바로 적재적소지요, 라며 당당해하는 내게 요한은 천천히 한숨을 내쉬면서 고개를 저었다.

"지금은 그림책만 만들고 있으니 인쇄기를 급하게 개량할 필요가 없지 않습니까?"

"무슨 말이에요, 요한? 그림책을 만드는 동안에 인쇄기를 만들어

두지 않으면 나중에 곤란해지잖아요. 구텐베르크라는 자각이 부족하네요."

요한이 '자각 따위 애초에 없습니다' 라고 말하고 싶은 얼굴로 나를 바라봤지만 무시했다. 요한은 구텐베르크. 이건 양보할 수 없다.

"자크가 설계하는 동안 인고와 요한에게는 의뢰할 일이 따로 있어요."

나는 둘에게 설계도를 내밀었다. 인고에게는 활자 케이스 식자대, 그리고 스틱과 인테르(interlead)를 의뢰하기로 했다.

"'활자 케이스'와 '식자대'? ……이 '스틱'과 '인테르'라는 건 대체 어떤 물건이야?"

"활자 케이스는 금속활자 전용 보관함이에요. 활자별 사용 빈도와 개수를 고려해서 수납공간의 크기와 위치를 설계해야 해요. 식자대는 활자 케이스를 끼워두는 수납대이자 식자 작업대이기도 해요."

여기에 활자 케이스를 끼워 넣고, 여기에 원고를 놓는다, 이런 식으로 식자한다, 라고 설명하자 인고가 이해했다며 고개를 끄덕였다.

"이 스틱과 인테르는 뭐냐? 케이스와 식자대보다 훨씬 작은데?"

"스틱은 조판할 때 쓰는 길쭉한 나무 상자예요. 전에도 만들어 주셨죠?"

"시키는 대로 만들었을 뿐이라 어디에 쓰는지는 전혀 몰랐지."

스틱은 옆면이 'ㄷ'이거나 'ㄴ' 등 어딘가가 뚫려 있으니 정확히는 상자가 아니다. 한 행씩 활자를 짜넣어야 하기 때문에 길이는 A4의 가로폭 정도이며 너비는 한 손에 들어가도록 5, 6센티미터 정도이다. 식자대에서 이 스틱에 활자를 한 자씩 나열해 가는 것이다.

"스틱에 활자를 넣는다면 이 '인테르'는 어디에 쓰는데?"

"인테르는 스틱에 제일 먼저 넣는 길쭉한 막대예요. 인테르 하나로 한 행의 폭을 지정하고 행간까지 가지런히 정렬해 주는 훌륭한 물건이랍니다."

인쇄에 찍히지 않도록 금속 활자보다 높이가 조금 낮다. 인테르의 가로가 한 행의 길이이며 세로는 행간에 해당한다. 한 행을 짜 넣고 나면 매번 인테르를 끼우고 행갈이를 해야 하므로 똑같은 인테르가 여러 개 필요하다.

"겨울 수작업 때 판자를 균일한 크기로 준비해 주었던 인고네 공방이라면 인테르도 만들 수 있겠다 싶었어요. 괜찮겠지요?"

"똑같은 크기를 여럿 만드는 작업은 의외로 번거롭거든. 수습생 수련용 작업으로는 딱 좋다만……."

인고는 그렇게 말하며 떠맡아 줬지만, 설계도를 본 요한은 곤란한 표정으로 다갈색 눈을 가느다랗게 떴다. 요한에게는 다양한 공목과 절편을 의뢰했는데, 그렇게 만들기 어려운 물건은 아닐 터였다.

"요한, 어려운 부분이라도 있나요?"

"로제마인 님, '절편'이 뭔가요? 굉장히 얇은 금속판인 것 같습니다만."

"아아. '절편'은 스틱에 인테르를 넣은 뒤에 인테르에 딱 붙여서 넣어요. 활자를 미끄러지듯 짜 넣을 수 있도록 쓰는 물건이죠."

미끄러지게 할 때 쓰는 물건이므로 얇고 평평한 금속판이어야만 한다. 요한의 솜씨가 기대되는 부분이다.

"그리고 이 스페이스라는 건 이미 많이 만들지 않았는지요……."

"스페이스는 만들었지만, **쿼드**(quad)나 **저스티파이어**(justifier)는 아직이죠? 그리고 글자만 빼곡한 책을 만들려면 **포르마트**(format)도 언젠가 필요할 거예요."

스페이스는 글자와 글자 사이에 끼워서 전각보다 작은 공백을 삽입할 때 쓰는 물건이며 쿼드는 2글자보다 큰 공백이 필요한 부분에 쓰이기 때문에 길이별로 여럿 필요하다. 지금은 스페이스를 써서 문장 끝을 메우고 있지만, 긴 공백을 메울 땐 쿼드가 있는 편이 효율적이다.

저스티파이어는 여러 행 길이의 공백을 메꿀 때 쓴다. 장식적인 글자나 작은 일러스트 때문에 공백이 생길 때나, 다음 페이지로 넘기기 전 여백을 둘 때에 큼직하게 넣는다. 무게를 줄이기 위해 속을 비워 설계한다.

포르마트는 저스티파이어보다도 큰 공목인데, 커다란 일러스트를 넣을 때나 펼친 면을 한 번에 인쇄할 때 페이지의 여백에 쓴다. 가운데나 위와 아래의 여백을 만들 때 필요하다.

"그림책은 본문을 한 페이지씩만 찍으니까 필요가 없었지만, 그림책 만들기가 끝나면 쓸 거예요. 글씨가 빽빽한 어른용 책을 인쇄하려면 수량이 많이 필요하니까 미리 준비해 두고 싶어요. 기간은 여유가 있지만 인쇄기 개량과 병행해야 하니 빠르게 착수해주세요."

로제마인 님은 참 용의주도하네요, 하며 머리를 긁적이고 요한은 설계도를 소중하게 꼭 안았다.

그로부터 열흘 정도가 지나자 벤노에게 면담 의뢰가 왔다. 자크가 설계도를 완성했다고 한다.

면담을 허가하자 약속한 날 벤노와 루츠에 이어 설계도 일곱 장을 품에 안은 자크가 성취감에 찬 미소로 비밀의 방에 들어왔다. 인고와 요한도 함께다.

"그럼 자크. 품에 가득 안은 그 설계도를 보여주세요."

팔락거리며 훑어보는데 그중에 내가 머릿속에 그렸던 인쇄기에 아주 가까운 설계도가 있었다.

"이거! 이거 만들 수 있어요!? 제가 아는 물건에 가장 가까워요! 굉장해요, 자크! 설마 제 설명만으로 이렇게까지 비슷한 물건을 설계해 내다니!"

나의 격찬에 자크는 득의양양하게 웃었다. 그리고 설계도를 들여다 보며 어디를 신경썼는지, 왜 이렇게 설계했는지 설명해 주었다. 인고 와 길에게도 의견을 듣고 회색 신관들이 말한 문제점들도 꽤 반영한 듯했다. 이렇게 세심하니 고객이 많은 이유도 납득이 간다.

"잠깐만 기다려 주세요, 로제마인 님. 이 설계는 지레의 원리도 활용해서 정말 대단해요."

설계도를 차례차례 노려보며 비교하던 요한이 내가 꼽은 것과 다른 설계도를 집어 들었다.

"……넌 그냥 까다로운 설계에 도전해 보고 싶은 거 아냐? 네 시선 좀 봐라, 세밀한 부분만 들여다보고 있잖아!"

자크의 지적에 요한은 순간 겸연쩍은 표정을 짓다가도 금세 "맡겨 만 준다면 반드시 완성할 수 있어. 응?" 하고 설계도를 가리키면서 다 갈색 눈동자를 반짝였다.

"이봐, 다들 진정해. 잠깐 기다려 봐."

우리의 모습을 지켜보던 인고가 팔을 펼치며 우리를 제지했다. 눈을 끔뻑이며 인고를 쳐다보자, 인고는 "아~" 하고 관자놀이를 긁적 이면서 모두를 둘러보았다.

"우선 자크. 설마 이렇게 다양한데다 세심한 설계를 완성할 줄은 몰랐다. 잘 해냈어. 나 혼자였다면 이런 설계는 못 해냈을 거야."

"아, 뭐, 일이기도 하고…… 내가 자신있는 분야니까."

대놓고 칭찬을 들어서 조금 부끄러운지 자크가 피식 웃었다. 인고도 웃음으로 답했다. 그러곤 조금 곤란한 표정으로 나를 보았다.

"다음은 신전장님. 당신이 아는 인쇄기에 가까운 물건이 제일 낫다고 말했지만, 다른 설계도도 장단점을 보면서 자세히 검토해 줬으면해. 기쁜 마음은 알겠는데 진정 좀 하고."

내가 인고에게 혼나는 모습을 보면서 벤노와 루츠가 몰래 피식거렸다. 그 둘을 가볍게 노려보면서 나는 다른 설계도로 손을 뻗었다.

"그리고 요한. 어려운 제작에 도전하고 싶은 마음은 장인에겐 중요한 정신이야. 하지만 정말 쓰기 편할지, 고객이 만족하는 물건일지 고민은 해 봤나? 상품을 만들 때 그 점이 가장 중요해. 자기 기술력을 과시한다고 좋은 상품이 나오지는 않아."

"……죄송합니다."

인고의 지적에 모두가 다시 설계도를 자세히 검토하기로 했다. 이 부분을 도입할 수 없는지, 이쪽을 이렇게 만들어 보면 어떤지 등 다양하게 의견을 교환했다. 그렇게 자크가 설계도를 여러 번 고쳐 그린 끝에 제법 선진적인 인쇄기 설계도가 완성되었다. 인쇄 역사가 200년치는 진보한 셈이다.

"겨울철 대공사로군."

인쇄기 제작 작업을 맡은 장인들은 모두 의욕이 넘치는 도전적인 눈빛이었다. 다들 다음 봄까지는 완성하자며 서로를 격려했다.

'나의 구텐베르크에게 지혜의 여신 메스티오노라의 축복이 있길.'

겨울 사교계의 시작

겨울이 성큼 다가오는 기운이 느껴졌다. 바람은 피부를 찌르듯 차가워지고, 난로를 때도 아침이면 이불에서 나오기 힘들어지는 계절이 왔다. 요새는 신전 문을 지나는 마차들이 잇따라 귀족문을 통해 귀족 마을로 들어가는 모습이 창문에서 보였다. 가을 수확제를 끝내고 겨울 사교계를 대비해 귀족 마을로 이동하는 무리였다. 작년에는 고아원 원장실에서 지낸 탓에 전혀 몰랐는데, 신전장실의 창문에서는 귀족문의 상황이 훤히 보였다.

"저기, 프랑. 제 겨울 예정은 어떤가요? 언제 성에 가는지 신관장님한테 들은 바가 있나요?"

"로제마인 님은 겨울 세례식이 끝난 후에 성으로 거주지를 옮기시게 될 겁니다."

프랑이 그렇게 말했다. 페르디난드의 연락을 전해 주러 온 잠도 가볍게 고개를 끄덕였다.

"눈발 속에서 귀족 마을과 신전을 왕복하기가 매우 고되실 테니 부디 몸조심하십시오."

잠은 페르디난드의 열혈 넘치는 신관 육성 교육이 일단락되면 내 시종이 되기로 했다. 내가 "프랑의 고생이 이만저만이 아니니 우수한 시종을 한 사람 주세요." 하고 페르디난드를 졸라서 빼내 왔다. 페르디난드는 잠의 후임이 육성되고 나면 상관없다며 허가해 주었다.

지금까지 페르디난드의 전언을 가져올 때마다 프랑의 업무를 가끔

도와주던 잠이 시종이 되어 준다면 큰 도움이 될 거라고 프랑이 말했다. 길은 낮시간 대부분을 공방에서 보내기 때문에, 여성의 비율이 높은 방에서 일해야 했던 프랑은 대화가 통하는 동성 동료가 생겨서 몹시도 기쁜 모양이었다.

페르디난드는 신전 업무를 하면서도 한편으로 기사단과 성에 드나들지 않게 되면서 생긴 짬은 청색 신관과 회색 신관 교육에 쏟아부었다. '신관장님의 시종이 되면 어쩔 수 없이 일류가 된다'는 소문이 회색 신관들 사이에 퍼질 정도로 열혈 지도가 이루어졌다. 요즘엔 약에 의존하지 않게 된 페르디난드는 실로 생기가 돌았다. 다음에 내줄 과제를 고민하며 과제를 만드는 작업도 즐기는 것 같아 다행이었다. 그리고 열혈 지도에 애쓰는 사람은 비단 페르디난드뿐만이 아니었다. 페르디난드의 기존 시종들도 하나가 되어 후임 교육에 동참했다. 참으로 든든하다.

내가 추천한 청색 신관 캠펠과 프리탁은 페르디난드의 열정적인 지도에 울상이면서도 과제를 달성해야 급료를 받을 수 있으므로 생활비 향상을 위해 노력했다. 결국은 그들의 시종까지도 함께 훈련받는 셈이 되었다. 페르디난드라는 공동의 적에 대항하면서 시종과 주인의 유대도 더 끈끈해졌는지, 일심동체가 되어 과제에 몰두했다. 하지만 그 흐뭇한 모습을 흐뭇하게 바라보고 있다간 내게도 과제가 떨어질지도 모르니 주의해야 했다.

"로제마인 님, 오늘은 길베르타 상회가 납품하러 오는 날입니다."

프랑이 나를 힐끗 쳐다보며 그렇게 말했다. 그러자 내 입에서 우후훗, 하고 웃음이 새어 나왔다. 그렇다. 오늘은 투리와 엄마가 겨울 사교 데뷔 행사 때 쓸 머리장식을 납품하러 오는 날이다. 다섯 점 종이 울릴 때까지는 겨울 세례식의 기도문을 연습하고 주의사항을 몸에 익혀야 하지만, 그 뒤에는 비밀의 방에서 납품을 받는다. 오늘은 투리와 카밀에게 줄 선물도 준비한 터라 기대감에 엉덩이가 들썩거렸다.

"로제마인 님, 이제 고아원 원장실로 이동하시겠습니까?"

바로 며칠 전 시종이 된 프리츠가 나를 데리러 왔다. 프리츠는 머리카락은 다갈색에 눈동자는 진한 갈색이며 매우 차분하고 온화한 용모다. 몇 년 전까지만 해도 신전에서도 손꼽히게 오만방자한 청색 신관을 모셨던 경험이 있어, 매우 참을성이 강하고 감정적으로 변한 적이 거의 없다고 한다. 길과 루츠가 약간의 언쟁을 일으키면 중재해주는 프리츠는 예전부터 공방 내의 숨은 공로자 같은 존재였다고 한다.

시종이 되어도 매일 길과 함께 공방에 가는 프리츠는 나와는 아침과 취침 전 보고 외에는 얼굴을 마주칠 일이 거의 없다. 하지만 성녀 전설에 침투된 회색 신관이라 내 앞에서는 매우 긴장되는지 미소와 말투도 어색하고 딱딱했다.

"모니카, 프리츠. 걸음 속도를 주의해서 조절해 주십시오. 그리고 일행과 맞추는 것도 잊지 마시길."

"알겠습니다, 프랑."

나는 두 사람과 호위 기사를 이끌고 고아원 원장실로 이동했다. 내가 도착하자마자 문까지 마중을 나간 길이 루츠와 엄마, 투리를 데리고 왔다.

"기다리셨습니다, 로제마인 님."

"이야기는 저쪽에서 듣겠습니다. 모니카, 길에게 목제 상자를 건네주세요."

내가 다무엘과 길에게 비밀의 방으로 가자고 눈빛으로 재촉하자, 내 말뜻을 이해한 듯 두 사람이 가볍게 고개를 끄덕였다. 브리기테는 한 걸음 뒤로 물러났고, 모니카도 길에게 목제 상자를 건네주고는 똑같이 물러섰다.

"이쪽이 주문하신 물품입니다. 부디 확인 부탁드리겠습니다."

비밀의 방문이 완전히 닫히자, 루츠가 목제 상자를 테이블 위에 고이 올리고 뚜껑을 열었다. 비녀를 꺼내 드는 동작이 전보다 훨씬 신중하고 공손해졌다. 혹시 투리와 함께 연습한 걸까.

꺼내든 물건은 주문대로 커다란 빨간 꽃을 부케처럼 모아서 하얀 새의 깃털로 장식하여 겨울 귀색인 빨강과 흰색을 강조한 머리 장식이다. 데뷔하는 날에 입을 의상과 색깔을 맞췄다.

'데뷔 의상은 좀 산타클로스 같은 거구나.'

겨울 귀색인 빨강을 기초로 한 의상은 포근하고 따뜻하도록 손목과 목 주변에 하얀 모피를 둘렀다. 솔직히 배색이 좀 마음에 들지 않았지만, 신이 나서 디자인을 고르던 리카르다에게 아무 말도 할 수 없었다. 어차피 산타 같다고 말한들 누가 알아 줄 리도 없고.

"주문대로네요. ……꽂아 주겠어요?"

엄마에게 싱긋 미소지으며 비녀를 꽂아달라고 했다. 그리고 "어울리나요?" 하고 가볍게 머리를 흔들며 물어보았다. 투리가 주먹을 꽉 쥐고 "물론이지!" 하고 미소로 대답했다. 정겨운 분위기에 자연스럽게 미소를 띤 순간, 크흠, 하고 다무엘이 헛기침을 했다. 투리가 깜짝 놀라 다시 바꿔 말했다.

"……잘 어울리십니다."

"투리가 만든 물건인데 당연히 잘 어울려야죠."

내가 싱긋 웃자, 투리는 말없이 '그렇지?'라고 말하고 싶은 얼굴로 미소지었다.

"로제마인 님, 남편이 핫세 행 호위로 임명되어 매우 기뻐했습니다. 출장비가 나온다 하여 문을 지키는 병사들 사이에서는 경쟁이 치열했다고 합니다."

"신전에서 먹은 요리가 맛있었다고 했습니다."

다무엘의 눈치를 보면서 엄마와 투리가 얘기해 주었다. 아주 작은 정보지만 기뻤다.

"기뻐해 줬다니 저도 기분이 좋네요. 봄에 신관들을 다시 핫세에 돌려보낼 예정이라 그때도 병사들에게 호위를 부탁할까 합니다."

아빠의 얘기를 듣고, 고아원 아이들의 얘기를 하고, 자연스럽게 성장한 카밀 얘기로 화제가 넘어갔다. 요즘 카밀은 뭔가를 잡고 일어서려고 고군분투 중이라고 한다. 내 기억 속에는 잠든 모습과 신전 문 뒤에서 엄마에게 안긴 모습밖에 없는데 어찌나 성장이 빠른지 놀라울 따름이다. 하지만 고아원에 사는 디르크가 며칠 전에 첫걸음마를 해 냈다는 소식을 빌마에게 들었으니 카밀도 당연히 성장했을 것이다.

"……길."

"이것이지요, 로제마인 님?"

길이 모니카에게 전달받은 목제 상자를 테이블 위에 올리고 뚜껑을 열었다. 상자 속에는 투리와 카밀에게 줄 선물이 들어 있다. 나는 델리아와 빌마와 함께 천으로 만든 공을 꺼내어 가볍게 테이블 위에 통통 드리블했다. 방울 소리가 딸랑딸랑 울렸다.

"이 공은 속에 방울이 있어서 던지면 소리가 나니까 갓난아기도 가지고 놀 수 있어요. 천 재질이라 손에 집기도 쉽고, 몸에 맞아도 아프지 않잖아요? 길베르타 상회의 상품으로 내면 어떨까요?"

쓰지 않았다면 아직 집에 방울이 남아 있을 터이다. "투리가 참고할 제품 견본으로 써주세요."라는 명분으로 카밀의 선물을 건네자, 엄마는 내 의도를 눈치 채고 받아 주었다.

"그리고 머리 장식을 만들어 준 답례로 이것을 투리에게 하사하겠습니다. 집에서 읽으세요."

나는 투리에게 그림책 제3탄을 건넸다. 책 사이에 편지를 끼워 둬서 두께가 약간 두툼해졌다. 그림책을 손에 든 투리도 사이에 낀 편지를 알아챈 모양이다. 투리는 희미하게 입꼬리를 올리고는 그림책을 펼치지도 않은 채 오랜만에 보는 토트백에 그림책과 천으로 만든 공을 얼른 집어넣었다.

아직 쓰고 있구나, 하고 쳐다보는 나를 엄마가 지그시 바라보았다. 엄마는 내게 손을 뻗으려다 말고 거두고는 걱정스럽게 표정이 어두워지더니 어색한 미소를 지었다.

"로제마인 님, 추위가 심해지는 계절이 왔습니다. 열이 나거나, 오래 앓아누우시지 않으시도록 몸 건강에 주의하셨으면 합니다."

"네. 당신과 가족들도 부디 몸조심하시길 바랍니다."

가을 성인식이 끝나고 눈이 쌓이기 시작한 아침에 겨울 세례식이 있었다. 카밀이 감기에 걸리면 안 되니 오지 말라고 미리 말해 둔 터라 가족의 모습은 없었다. 하지만 카밀이 천으로 만든 공을 신나게 던지며 논다는 루츠의 전언 덕분에 나는 만족했다.

겨울 세례식을 마치고, 신전에서 지낼 청색 신관에게 나와 페르디난드가 신전을 비울 동안 해야 할 일을 알렸다. 캠펠과 프리탁은 과제를 쌓아 놓자 히이이이익! 하고 숨을 들이켰지만, 페르디난드가 보내는 무언의 압박에 거스르지도 못하고 받아들였다.

그렇게 정신없이 지내는 동안 성에 갈 날이 왔다. 엘라와 로지나는 마차를 타고 출발했고, 나는 마차를 타기 전에 배웅하러 나와 준 시종들을 돌아보았다.

"길, 프리츠. 빌마와 함께 고아원을 잘 부탁해요. 특히 겨울 동안 전력을 다해 인쇄에 착수해 주세요."

"로제마인 님도, 어, '**영업**' 힘내십시오."

길의 격려에 나는 귀족 자제들에게 전력을 다해 교재를 팔겠다고 미소로 대답했다.

"로제마인 님, 몸 건강관리를 제일로 생각하시어 무리하지 않도록 조심해 주십시오."

"고마워요, 프랑. 여러분도 건강에 주의하세요."

내가 시종과 인사하는 옆에서 페르디난드도 자신의 시종들에게 세세한 주의 사항을 전달했다.

"캠펠과 프리탁에게 봉납 의식 준비를 맡겼으니 보좌를 부탁한다."

"알겠습니다."

어느샌가 페르디난드의 시종들 사이에서도 서자판이 쓰이고 있었다. 잠의 부탁으로 프랑이 길을 통해 루츠에게 주문한 것이 계기였다고 한다. 지금은 우리뿐만 아니라 페르디난드와 캠펠, 프리탁의 시종들에게도 필수 아이템이 되었다.

"그럼 다녀오겠습니다."

"일찍 돌아오시기를 고대하겠습니다."

에렌페스트에 눈이 내리는 겨울날, 나는 신전에서 성으로 주거지를 옮겼다.

"어서 오십시오, 로제마인 님. 잘 오셨습니다, 페르디난드 님."

양아버님의 수석 시종인 노르베르트가 우리를 맞이하여 북쪽 별채에서 가장 가까운 대기실로 안내해 주었다. 나와 페르디난드는 느긋하게 차를 마시면서 리카르다에게 겨울 일정을 들었다.

"사흘 후인 땅의 날에 세례식이 있습니다."

겨울 세례식은 사교 시즌의 시작을 알리는 행사다. 그 뒤에 올해 세례를 받은 아이들의 데뷔 무대가 있다. 모든 귀족이 모인 가운데 귀족 대열에 끼게 되는 아이를 소개하는 것이다.

"······세례식? 설마 제가 진행해야 해요?"

"아니, 겨울 세례식은 데뷔 무대와 함께 치른다. 그대는 데뷔 무대에 출석하니 올해는 내가 세례식을 진행하게 됐지. 내년에는 그대가 신전장으로서 해야 할 테니 잘 봐 둬라."

'신관장이 신전장 대리로 세례식을 진행하는구나. 에이, 일러스트 판매만 금지당하지 않았으면 떼돈 벌었을 텐데······ 아깝다.'

"로제마인, 시커먼 꿍꿍이가 가득한 표정이군."

"실행도 못 하는데 생각 좀 하면 어때서요. 하아."

페슈필 연주회의 회계 보고서에 넣으려고 했던 작은 일러스트도 즉시 퇴짜를 맞았고, 그럼 팔지 않고 나눠주기만 하면 괜찮으냐고 물었더니 바보냐며 혼이 났다.

"공주님, 쓸데없는 생각은 마시고 제 얘기에 귀를 기울여 주십시오. 데뷔 무대에서는 지금까지의 성장과 앞으로의 가호를 빌며 신들께 음악 봉납을 거행합니다. 연주 순서는 지위가 낮은 자부터 시작해서 올라갑니다."

"그럼 전 빌프리트 오라버니 앞 순서네요."

귀족은 서열을 중요시한다. 영주의 친아들이며 후계자로 점찍은 빌프리트보다 상급 귀족이었다가 양녀가 된 내가 아랫사람이다. 그래서 연주 순서는 내가 먼저이겠거니 하고 말했는데 리카르다는 가볍게 고개를 저었다.

"아니요, 로제마인 님이 양녀가 된 사실을 모두에게 알릴 목적도 있으니까 제일 마지막 순서이십니다. 공주님의 여름 세례식에 참석하지 못했던 귀족도 모이는 자리니까요."

"음, 그게 더 좋겠군."

페르디난드가 리카르다의 말에 수긍하는 게 의아하여 나는 고개를 갸웃거렸다.

"어째서죠? 서열이 뒤바뀌어도 괜찮은 건가요?"

"명분상 영주의 자식에게 서열은 없다. 애초에 아직 후계자도 결정되지 않았으니까."

"그렇지만 양녀와 친자식은 엄연히 다르잖아요."

"진짜 의도는 따로 있다. 양녀를 소개한다는 명목으로 로제마인을 뒤로 보내야 빌프리트가 덜떨어져 보이지 않겠지. 그렇지, 리카르다?"

페르디난드의 시선을 받은 리카르다는 하는 수 없다는 표정으로 고개를 끄덕였다.

"빌프리트 도련님도 아주 큰 성장을 보여주고 계세요. 하지만 몇 년이나 노력해 오신 공주님과 고작 한 계절 노력하셨던 도련님과는 극명한 실력 차이가 납니다."

"그렇군요. 알겠어요."

리카르다에게 세례식과 데뷔 무대까지의 역할과 흐름을 들은 뒤, 페르디난드가 신전 봉납식 일정을 리카르다에게 전달했다. 신전과 성을 왕복해야 하므로 면담이나 어린이 방에서 보낼 시간은 얼마 되지 않았다.

"면담 의뢰도 많겠지만 로제마인의 몸 상태를 최우선으로 두고 예정을 짜도록. 너에게 전부 맡기마."

"알겠습니다, 페르디난드 도련님."

의논을 마친 뒤, 페르디난드는 귀족 마을 내의 자택으로 돌아가겠다며 자리에서 일어났다. 하지만 그대로 돌아가는 줄 알았더니, 나를 내려다보며 주의 사항을 조잘조잘 늘어놓기 시작했다.

"리카르다에게 약을 맡길 테니 몸 상태에는 항시 주의할 것. 도서실에는 출입하지 말고, 시종을 시켜 방으로 책을 가져오게 할 것. 모르는 귀족과는 직접 말을 섞지 말고 시종에게 대응을 맡길 것. 그리고……."

"도련님, 이젠 제가 조금씩 공주님께 주의를 드릴 테니 그 정도로 마무리하시지요. 한 번에 너무 많은 말씀을 하시면 공주님 머리에 안 들어갑니다."

리카르다가 손뼉을 짝짝 치며 잔소리를 막자, 페르디난드는 "여기에 나 외에도 잔소리쟁이가 있었다는 걸 깜빡했군." 하고 중얼거리며 방을 나갔다. 이제 페르디난드와는 사흘 후 세례식에서 보게 된다. 당분간은 페르디난드의 잔소리 없이 조용히 지낼 수 있을 것 같다.

나는 리카르다의 제안으로 옷을 갈아입고 빌프리트의 상황을 보러 가기로 했다.

"빌프리트 도련님도 단기간에 아주 많이 성장하셨지만 최근에는 조금 우쭐해지셔서 또 약간씩 게으름을 피우십니다. 어쩜 그런 점까지 질베스타 님과 똑 닮으신 건지."

리카르다는 곤란한 듯하면서도 그리운 듯한 복잡한 미소를 지었다. 리카르다가 미리 면담 의뢰를 해 뒀는지 나는 수월하게 빌프리트의 방으로 들어갔다.

"빌프리트 오라버니, 제법 진도가 나가셨다면서요? 과제표를 봐도 괜찮을까요?"

"자, 이거다. 어때? 나 굉장하지?"

빌프리트가 훗, 하고 코웃음 치며 당당하게 표를 내밀었다. 거의 메워진 표를 보아 제법 노력했음을 한 눈에 알 수 있었다. 그와 동시에 막바지를 눈앞에 두고 '이쯤 하면 괜찮겠지'라는 방심이 훤히 들여다보였다. 아마 주변 사람들도 '여기까지 했으면 충분하다'라며 칭찬했으리라. 예전의 빌프리트에 비하면 충분할지도 모르지만, 이 표는 영주의 자제가 해야 할 가장 기본적인 과제다. 완벽하게 끝내지 않으면 실격이다.

"어머, 정말 잘해 주고 계시네요. 하지만 아깝게 제시간에 못 맞추셨군요."

아직 칠하지 않은 과제가 다섯 개 남았다. 제 시간에 맞출 수 있을지 없을지 애매한 상황이었다. 하지만 나는 애매하다는 말은 삼키고, 일부러 실패했다는 식으로 말하며 빌프리트를 위로했다.

"아쉽지만 너무 실망하진 마세요, 빌프리트 오라버니."

내 말에 시종들이 웅성거렸고, 빌프리트가 눈을 부릅떴다.

"무슨!? 아, 아쉽다니! 아직 데뷔 무대까지 며칠 남았잖아!"

"……고작 사흘 남았는데요? 정말 맞출 수 있으시겠어요?"

"물론이지! 얼른 시작하자, 모리츠."

부추기자 의욕에 불이 붙은 모양이다. 빌프리트가 모리츠를 불러 맹렬한 기세로 공부하기 시작했다. 그 모습을 잠깐 지켜본 뒤, 나는 리카르다와 함께 슬그머니 방을 나왔다.

내 방에 돌아온 나는 신전에서 옮긴 짐을 시종들에게 정리하게 하고, 리카르다가 도서실에서 가져와 준 책으로 느긋한 독서 시간을 즐겼다.

저녁 자리에서는 빌프리트가 과제 하나를 또 끝냈다고 오즈발트가 보고했고, 부모가 칭찬했다. 빌프리트가 당당하게 나를 쳐다보았다.

"어때, 로제마인. 난 한다면 하는 사람이야."

"대단하세요. 빌프리트 오라버니 말씀대로 시작하지 않으면 아무것도 할 수 없답니다. 그 깨달음이야말로 가장 큰 발전이에요."

빌프리트의 의욕을 부추기자, 질베스타가 씁쓸한 표정으로 불만을 호소했다.

"로제마인, 페르디난드를 어떻게 좀 해 봐라."

"……네? 뭘 어떻게요?"

나는 몰랐던 사실이지만 질베스타는 지금까지 몇 번이나 올도난츠로 도와 달라는 SOS를 페르디난드에게 보냈다고 한다. 하지만 전부 '미안하지만 신전장의 허가 없이는 못 간다'며 매정하게 거절했다고 한다.

"그럼 신전장을 연결하라고 했더니 신전장은 자리를 비웠다느니, 바쁘다느니 핑계를 대며 연결해 주지도 않아."

'아이고, 신관장님의 음흉한 웃음이 훤히 보이네.'

하지만 그렇다고 지금 페르디난드를 일손을 도우라며 성으로 보내 버리면 예전과 뭐가 다르겠는가.

"성에 문관도 많으니 어떻게든 해결하실 수 있잖아요. 애초에 페르디난드 님은 정치 세계에서 발을 떼겠다는 의사를 대외적으로 보여주려고 신전에 들어오셨어요. 그런데 그런 사람이 성에 드나들면서 정치에 관여하는 게 이상하지 않나요?"

물론 내밀하게 도와 왔겠지만 원래는 해서는 안 되는 일이다.

"페르디난드 님은 지금 신전에서 후임 양성에 열정적으로 임하고 계세요. 큰 정변을 겪으면서 귀족이 대폭 줄었다고 들었는데 이곳은 중립적인 입장이라 여파가 적어서 비교적 평화롭죠? 그러니까 지금 이 기회에 여러 인재를 육성해서 힘을 길러 두어야 해요."

페르디난드만 믿고 의지하다가 혹여 주위에 분쟁이라도 일어나면 붕괴는 시간문제다.

"……그러니까 네 말은 페르디난드를 나한테 넘길 생각이 없다?"

"어머, 꼭 그렇지는 않아요. 페르디난드 님이 아니면 모르는 용건이고, 성의 문관이 신전까지 질문하러 직접 찾아왔을 땐 상대해주라고 전해 둘게요."

어지간한 일이 아니면 귀족이 일부러 신전까지 찾아올 리가 없다. 좋다고 신전에 찾아올 만한 사람은 단 한 사람뿐이다.

"로제마인, 그래서는 질베스타 님이……."

"양어머님, 그럴 걱정은 접어 두셔요. 설마 아우브 질베스타께서 영주가 되려고 노력하는 아들 앞에서 부끄러운 모습을 보이실 리가 없잖아요."

쐐기를 강하게 박아 버리자 질베스타가 빌프리트와 똑같은 울컥한 얼굴로 시선을 피했다. 그때 빌프리트가 반짝이는 눈빛으로 반론이라는 이름의 결정타를 날렸다.

"로제마인, 아버님이 얼마나 대단하신 분인데. 절대 부끄러운 행동을 하실 리가 없지."

'이제 더는 농땡이 치지 않겠지? 빌프리트 오라버니, 굿 잡!'

빌프리트의 의욕을 부추기면서 로지나와 함께 개인 연습에도 애쓰는 동안 에렌페스트의 모든 귀족이 모이는 연회 당일이 왔다.

나는 귀족의 세례식 때처럼 이른 아침부터 목욕하고, 아침을 먹은 뒤 연회 의상을 입고 머리를 땋았다. 준비를 마치고 북쪽 별채에서 본관 대강당과 가장 가까운 방으로 이동했다. 아주 이른 시간부터 이동하는 이유는 내 걸음 속도를 고려하고 또 기수를 보고 놀랄 사람들을 배려해서다.

오늘 데뷔하는 아이들을 모아 두는 대기실에서 세 점 종까지 대기했다. 내 곁에는 시종 리카르다와 페슈필을 든 전속 악사 로지나가 함께 있다. 오늘 호위는 코르넬리우스와 안게리카다. 그런데 두 사람 모두 망토와 브로치를 차고 있었다. 황금색으로도, 언뜻 밝은 황토색으로도 보이는 망토는 작년 토론베 토벌 때 기사단이 두르던 망토와 똑같아 보였다.

"코르넬리우스와 안게리카의 망토가 똑같네요? 기사단 망토인가요?"

"아닙니다. 이 망토와 브로치는 귀족원에 들어갈 때 모두가 아우브 에렌페스트께 하사받는 것입니다. 오늘 이 망토를 걸친 사람이면 귀족원 소속인 셈입니다."

아무래도 귀족원의 교복 같은 역할인 듯하다. 더 자세히 물었더니 이 색은 에렌페스트를 나타내는 색이며 귀족원에서는 영지에 따라 다른 색 망토를 두른다고 했다.

"빨리 왔네, 로제마인."

"안녕하신지요, 빌프리트 오라버니."

대기실에 빌프리트가 왔고, 그 후부터 하나둘씩 자식을 데려온 귀족이 들어왔다. 대기실 안쪽에 앉은 우리를 대신해서 리카르다와 오즈발트가 귀족을 맞이했다. 또래 아이들이 있어도 마음대로 얘기할 수도 없었다. 아이들 부모와의 관계를 생각해야 하니 멋대로 대화하지 말라는 주의를 들어서였다.

'아, 여자애도 있네.'

싱긋 웃으며 손을 흔들었지만 난감해하는 표정만 되돌아왔다. 자중하는 편이 좋을 듯하다. 나는 창밖으로 시선을 옮겼다. 본관 대기실 창문에서는 아침 일찍부터 기수와 마차를 탄 귀족들이 속속들이 성에 도착하는 모습이 보였다.

대기실에 들어온 아이는 총 여덟 명. 근래 평균은 열 명이라는데 올해는 조금 적은 모양이다.

"가자, 로제마인."

세 점 종이 울리자, 빌프리트가 어린 신사처럼 긴장한 얼굴로 내게 손을 내밀었다. 아무래도 빌프리트의 에스코트를 받으며 대강당으로 입장하는 모양이다.

빌프리트와 함께 걷기 시작했지만 꽤 걸음이 빨라서 종종걸음이 되었다. 세례식 때 바닥에 질질 끌리며 의식을 잃었던 기억을 떠올리고 나는 빌프리트의 팔을 살짝 잡아당겼다.

"빌프리트 오라버니, 너무 빨리 걷지 말아 주세요."

"……이게 빠르다면 넌 페슈필 연습보다 걷는 연습이 필요한 거 아니냐?"

"그럴지도 모르겠네요. 이미 너무 늦었지만요……."

내가 어깨를 으쓱거려 보이자 긴장이 풀렸는지 빌프리트가 웃었다.

영주의 자제인 우리를 선두로 아이들이 줄줄이 대강당 앞에 섰다.

"안으로 들어가시면 제단 앞까지 쭉 걸어가십시오."

나와 빌프리트가 고개를 끄덕이자, 리카르다와 오즈발트가 서서히 대강당 문을 열었다.

"새로운 에렌페스트의 자식을 맞이하라!"

강당에 크게 울려 퍼지는 페르디난드의 목소리와 함께 지금까지 본 적이 없을 정도로 어마어마하게 많은 귀족이 일제히 우리에게 시선을 돌렸다. 호기심과 흥미로움에 찬 수많은 시선에 순간 기가 죽었다. 아마 빌프리트도 마찬가지이리라. 나는 숨을 삼키며 빌프리트의 팔에 낀 손에 살짝 힘을 주었다. 깜짝 놀란 빌프리트가 나를 쳐다본다.

"가요."

시선을 맞추며 가볍게 고개를 끄덕이고, 우리는 함께 한 발짝 내디뎠다.

세례식과 데뷔 무대

성결식 때와 비슷하면서도 훨씬 사람이 많았다. 우리는 호기심 어린 평가의 시선을 온몸으로 받으며 대강당 한가운데를 걸었다. 발걸음을 재촉하는 악사의 연주를 들으며 나는 빌프리트와 보조를 맞추기 위해 열심히 다리를 움직였다.

대강당에 모인 귀족들은 칼스테드와 똑같은 기사단 차림과 유스톡스가 입은 문관 차림, 시종 의상, 그리고 귀족답게 하늘하늘한 옷을 입은 자들로 크게 나눌 수 있었다.

의상에 쓰인 천과 장식으로 보건대 입구에 가까운 자일수록 하급 귀족이고, 무대에 가까울수록 신분이 높은 듯하다. 대충 기사나 문관끼리 모여 있지만, 그 속에는 반드시 화려하게 차려입은 여성과 예복이나 귀족원 망토를 걸친 아이가 함께 있었다. 대체로 가족 단위로 모여 있는 듯했다.

'어머님이나 오라버니들은 앞쪽에 계신가?'

그렇게 생각할 때 최전선 중앙쯤을 차지한 엘비라와 그 뒤에 선 에크하르트가 보였다. 램프레히트와 코르넬리우스가 없는 이유는 두 사람이 호위 임무 중이기 때문이다.

무대 중앙에 설치된 제단 앞에 의식용 신관복을 입은 페르디난드가 서 있다. 무대 왼쪽에는 영주 부부, 호위 기사와 시종이 나란히 서 있다. 질베스타와 플로렌치아와 함께 나를 쳐다보는 칼스테드를 발견하고 나는 싱긋 웃어 보였다.

무대에서 오른쪽에는 페슈필을 든 악사들과 로지나가 서 있고, 그 주변에 마술구 반지를 낀 귀족들이 있다. 그 옆에 코르넬리우스와 안 게리카가 있고, 램프레히트의 얼굴도 보였다. 세례를 받는 아이의 관 계자들이 모여 있는 셈이다.

'그렇구나. 난 이제 영주의 양녀니까 어머님과 오라버니는 관계자 무리에 끼지 않는구나.'

평소처럼 상급 귀족의 위치에 서서 가족 무리에 끼지 않은 엘비라 와 에크하르트를 보니 가슴 한구석이 쓸쓸해졌다.

'리카르다와 오즈발트는 어디 있지?'

우리를 대강당 문 앞에까지 이끌어 준 리카르다와 오즈발트도 관계 자 자리에 보이지 않았다. 그렇게 생각하고 찾았더니, 우리와 다른 입 구로 들어왔는지 리카르다와 오즈발트가 사람들 틈을 헤집고 들어오 는 모습이 보였다.

우리가 무대 앞에서 걸음을 멈추자, 페르디난드가 손을 살짝 움직 여서 무대 위로 올라오도록 지시했다. 그 지시에 따라 우리는 무대 위 로 올라가 가로로 정렬했다.

귀족 마을에서 집이 멀어서 미처 태어난 계절에 신관을 부르지 못 한 귀족 자제도 포함해서 총 네 명의 세례식이 시작되었다. 공동 세례 식은 내가 거행할 때와 거의 똑같은 흐름이었다. 페르디난드가 쩌렁 쩌렁한 목소리로 신화를 읊은 뒤, 아이의 이름을 한 명씩 불렀다.

"필린느."

호명된 여자아이가 앞으로 나왔다. 조금 전 대기실에서 난감한 표 정으로 나를 본 여자애다. 필린느는 페르디난드가 내민 마술구 봉을 잡았다. 나도 세례식 때 잡았던 마력을 흡수하는 마술구다. 필린느가 손에 쥔 봉을 빛나게 하자 귀족들 사이에서 박수가 터져 나왔다. 이 마술구를 빛낼 정도의 마력이 있어야만 귀족으로 인정받는다고 한다. 다만 태어나자마자 마력을 재고, 자라서 또 재며 몇 번에 걸쳐 확인하기 때문에 세례식에서 빛을 내지 못하는 경우는 거의 없다지만.

그리고 마술구를 메달에 꾹 눌러 마력을 등록한다. 메달에 마력을 등록하면 그 아이는 에렌페스트의 정식 귀족으로 인정받은 셈이다.

필린느의 아버지가 무대 위로 올라와 필린느의 손에 마력을 방출하는 반지를 선물했다.

"내 딸로서 신과 모든 이들에게 인정받은 필린느에게 반지를 선물한다."

"필린느에게 흙의 여신 게두르리히의 축복을."

"황송합니다."

페르디난드에게 축복을 받은 필린느가 작은 마석이 박힌 반지에 마력을 담아 페르디난드에게 축복을 되돌렸다. 부드럽고 작은 붉은 빛이 아지랑이처럼 페르디난드에게 날아갔다. 그 응답에 등 뒤의 귀족들이 박수쳤다.

'엥? 고작 그 정도면 돼?'

내가 세례식을 진행할 때 보호자 세 팀에게 보낸 축복의 규모와 천지차이였다. 그때 나는 2백 명 정도 모인 모든 귀족에게 축복을 내렸다.

'그래. 그때 모두가 술렁거렸어! 아무리 생각해도 정상이 아니었어! 평범한 귀족 세례식을 먼저 봤더라면 그런 비상식적인 짓은 하지 않았을 텐데!'

아무리 후회한들 이미 늦었다. 그리고 뭐라고 불평했든 성녀 전설을 만들 계획이었던 페르디난드에게 구슬려 넘어갔을 터이다. 내가 이기는 장면이 상상이 안 된다.

모두의 세례가 끝난 후에는 데뷔 무대다. 올해 일 년 내에 세례를 받고 귀족 대열에 합류한 귀족 자제를 축하하며 신들에게 앞으로의 가호를 빌고 음악을 봉납하는 행사다. 보통 자신이 태어난 계절의 신에게 바치는 곡을 연주하며 노래를 불러야 한다.

무대에 나란히 서 있던 우리는 무대 왼쪽으로 이동했고, 영주의 시종들이 무대 중앙에 의자를 놓았다.

페르디난드가 "필린느." 하고 연주할 아이의 이름을 불렀다. 리카르다가 가르쳐 준 연주 순서를 떠올리며 생각해 보니 필린느가 우리 중에서 가장 신분이 낮다. 필린느가 긴장한 표정으로 무대 중앙에 놓인 의자에 앉자, 그녀의 악사가 페슈필을 들고 무대로 올라왔다. 악사에게 페슈필을 건네받은 필린느가 자세를 잡았다.

'어라? 잘 못 하네?'

처음엔 필린느만 못하는 줄 알았다. 그런데 그다음도, 그다음도 썩 잘하지 않았다. 순서가 절반 정도 끝났을 때쯤 나는 의아해졌다. 데뷔 무대의 연주 실력이 이 정도라도 문제없다면 나나 빌프리트에게 내려진 과제는 대체 뭐였단 말인가. 내가 생각했던 귀족의 기초 레벨보다도 실력이 낮았다. 그렇게 생각했는데 신분이 올라간 후반부 연주자부터는 점점 능숙했다. 공간을 울리는 페슈필 소리가 전혀 다르다는 사실을 깨닫고 그제야 이해했다.

'교육비의 차이구나.'

오호라. 만약 연주 순서가 반대였다면, 신분이 높은 자부터 연주했다면 뒷사람들이 불쌍해졌을 것이다. 집으로 불러들일 수 있는 악사며 교사의 차이, 그리고 악기의 차이가 그대로 소양의 수준이 된다. 빌프리트와 내게 바라는 기준이 높은 이유도 마찬가지다. 최고급 교사와 악기에 둘러싸여 자랐는데도 신분이 낮은 자에게 져 버린다면 귀족사회에서 체면을 세울 수 없을 것이다. 역시나 상급 귀족의 자제는 연주를 꽤 잘했다. 벼락치기로 배운 빌프리트보다 약간 나은 정도지만. 다시 말해 빌프리트가 완전히 부족해 보일 정도로 잘하지는 않았다.

"……연습해 두길 잘했네요, 빌프리트 오라버니."

빌프리트가 긴장감에 딱딱하게 굳은 얼굴로 "응." 하고 끄덕였다. 그때, 페르디난드가 이름을 불렀다.

"괜찮아요. 오라버니는 노력하셨잖아요."

내가 살짝 등을 밀어 주자, 빌프리트는 똑바로 무대로 걸어 나가서 중앙에 놓인 의자에 앉았다. 전속 악사가 들고 온 페슈필을 받아들고 자세를 잡은 빌프리트가 연주를 시작했다. 실전에 강한 점도, 주목을 받아도 태연한 강심장도 질페스타의 혈육이라서일까. 빌프리트는 많은 사람의 시선 속에서도 유연하게 페슈필을 연주하는 듯했다. 그 모습은 영주의 자제다운 위풍당당하고 여유 있는 모습이었다.

힐끗 시선을 돌렸다. 플로렌치아가 글썽거리는 눈으로 미소를 지으며 빌프리트를 바라보고 있었다. 모정이 넘치는 눈부신 눈빛에 엄마의 얼굴이 떠올랐다. 빌프리트가 조금 부러워졌다.

빌프리트는 조금씩 음이 끊기긴 해도 당황하지 않고 끝까지 페슈필 연주를 마쳤다. 성취감 넘치는 미소로 빌프리트가 무대에서 내려왔다.

"로제마인."

페르디난드가 내 이름을 불렀고, 나도 다른 아이들처럼 무대 중앙에 놓인 의자에 앉았다. 그러자 대강당에 쭉 늘어선 귀족들이 한눈에 들어왔다. 귀족은 전부 8백 명 정도 있다고 들었는데, 그보다 더 많은 것 같은 느낌에 사로잡혔다.

강당을 둘러보다가 중앙 최전선에 있는 엘비라와 에크하르트와 눈이 마주쳤다. 두 사람 모두 걱정 따위 일절 없는 여유로운 미소로 이쪽을 바라보았다. 에크하르트 바로 옆에 유스톡스의 모습도 보였다. 오히려 관계자 자리에 있는 다무엘과 브리기테가 더 걱정스러운 얼굴이고, 코르넬리우스와 안게리카는 기대에 찬 눈빛으로 나를 바라보고 있었다. 리카르다는 나를 안심시키려는 듯 웃으며 고개를 살짝 끄덕였다.

내가 강당을 둘러보는 동안 질베스타가 귀족들에게 양녀가 된 경위를 포함해 세례식 때보다 더 과장된 성녀 전설을 연설하기 시작했다.

'제발 그만! 부풀리지 마!'

마음속으로 절규하면서도 나는 필사적으로 미소를 유지했다. 내게 집중되는 시선에 견디기 어려워지기 일보 직전에 부끄러운 소개가 끝나고, 로지나가 페슈필을 들고 와 주었다.

"로제마인 님이라면 괜찮으실 거예요."

힘을 실어주듯이 로지나가 조그맣게 웃었다. 미소와 신에게 감사를 올리는 일을 잊지 말라며 속삭이는 조언에 나는 억지로 웃으며 페슈필을 들었다.

"그럼 신에게 기도를 바치며 음악을 봉납하겠습니다."

자신이 태어난 계절의 신에게 감사하며 음악을 봉납하므로 페르디난드는 내게 불의 신 라이덴샤프트에게 바치는 곡을 선곡해 줬다. 내게는 익숙하고 연주하기 쉬운 곡이긴 하지만, 페르디난드에게 남몰래 걸었던 장난이 내게 돌아와 버렸다.

'나 내 무덤을 팠어요. 내가 연습한 곡은 신관장님이 편곡한 만화 주제가야! 신이시여, 마음만은 진심을 담을 테니 부디 용서해 주세요!'

마음속으로 빌면서 신에게 실례되지 않도록 진심을 담아 연주하며 노래를 불렀다. 그 순간이었다. 축복의 기도를 입에 담았을 때처럼 마력이 반지로 스르륵 빠져나가는 느낌이 들었다.

'뭐, 뭐야!?'

가사에 맞춰 퍼져 나간 마력이 축복이 되었다. 서둘러 마력의 흐름을 막았지만 이미 늦었나 보다. 푸른빛이 반지에서 튀어나왔다. 축복이 된 푸른빛이 무대와 대강당 위에 쏟아져 내렸다.

나를 바라보는 모두의 얼굴이 아연과 경악에 휩싸였다. 도움을 요청하는 눈빛으로 힐끗 쳐다보자, 페르디난드는 눈을 꼭 감고 관자놀이를 누르고 있었다. 그 표정으로 보아하니 엄청난 일을 저지른 것 같다. 하지만 여기서 연주를 멈춰도 되는지 판단할 수가 없었다. 결국, 나는 끝까지 연주했다. 연주가 끝난 후에도 드문드문 박수소리만 나올 뿐, 대부분의 참석자는 곤란한 표정을 지었다. 손뼉을 친 사람은 나와 관계된 사람들뿐이었다.

'아아아아아아! 이상한 분위기로 만들어서 미안해요! 일부러 그런 게 아니에요!'

페슈필을 로지나에게 건네고 천천히 일어나자, 페르디난드가 성큼

성큼 걸어왔다. 뭔가 싶어 올려다보니 페르디난드가 나를 번쩍 안아 올렸다.

"에렌페스트에 은총을 내려 준 성녀에게 축복을!"

그 목소리에 부응하듯 귀족들이 일제히 슈타프를 번쩍 들어 올렸다. 축복의 빛이 솟아오르며 곳곳에서 "역시 성녀야."라는 목소리가 들렸다.

'성녀 전설을 더 부추겼어, 이 사람이!'

힉! 하고 내가 숨을 들어마시는 동시에 페르디난드가 "손 흔들고, 웃어." 하고 짧게 명령했다. 연습해 온 우아한 미소로 손을 흔들자, 터질 듯한 큰 박수가 일었다.

나는 페르디난드에게 안긴 채로 웃으며 손을 흔들면서 무대에서 내려왔고, 곧장 대강당에서 쫓겨났다. 빠르게 성큼성큼 걷는 페르디난드는 자기가 쓰던 빈 대기실에 들어가서야 나를 내려주었다.

"로제마인, 받아라."

페르디난드는 벨트에 매달려 짤랑거리던 마술구 주머니 속에서 도청 방지 마술구를 꺼내어 내 손에 쥐여 줬다. 내가 마술구를 꼭 쥠과 동시에 두 사람 모두 하아, 하고 지친 한숨을 내뱉었다. 페르디난드가 나를 날카롭게 노려보았다.

"로제마인, 그 축복은 뭐지?"

"몰라요. 멋대로 나왔어요."

오히려 내가 묻고 싶다. 내 대답에 페르디난드가 언짢은 표정으로 팔짱을 꼈다.

"연습 때는 안 그랬는데 왜 갑자기 축복이 되는가?"

"……그야 연습 때는 진지하게 빌지 않잖아요."

연습 중에는 손가락 움직임이나 음계를 쫓느라 신에게 빌 여유가 없었다며 조그맣게 덧붙이자, 페르디난드가 손끝으로 관자놀이를 톡톡 두드리기 시작했다.

"진지하게 빌었더니 그렇게 됐다, 이건가?"

"네. 반지가 마력을 멋대로 빨아들여서 저도 깜짝 놀라서 서둘러 마력을 멈추려고 했는데, 한 박자 늦었나 봐요. 다음부터는 반지를 빼고 연주하는 편이 좋겠어요."

마력이 방출된 이유는 마술구 반지를 끼고 있어서다. 내 제안에 페르디난드가 천천히 고개를 가로저었다.

"세례를 받은 귀족은 항시 마술구 반지를 껴야 한다. 처음부터 마력을 억제하도록 의식하든지, 아예 완벽한 성녀가 되든지 둘 중 하나다."

"의식적으로 마력을 억제하긴 좀 어려운데요. 대체로 멋대로 흘러나가서 깜짝 놀라거든요. ……그리고 성녀 전설도 이제 충분하지 않나요? 이젠 필요 없을 것 같은데."

내가 꽁무니를 빼자, 페르디난드는 조금 고민하더니 가만히 나를 내려다보았다.

"특별함에는 이유가 있는 쪽이 좋다. ……영지에 도움이 되는 성녀라면 마력이 많아도 기피하지는 않겠지."

거대한 힘을 가진 자로서 영지에 도움이 되지 않는 존재는 제거되거나 종종 박해를 당하기도 한다며 페르디난드가 눈을 내리깔았다. 그 씁쓸한 표정에 나는 아무 말도 하지 못하고 입을 꾹 다물었다.

똑똑 노크 소리가 들리고, 리카르다가 들어왔다.

"대강당은 다들 성녀 얘기로 떠들썩합니다. 도무지 수여식을 진행할 분위기가 아니라서 먼저 점심시간을 갖게 됐어요. 페르디난드 도련님께서는 어서 옷을 갈아입어 주세요."

리카르다에게 이끌려 나는 식당으로 이동했다. 도중에 "공주님, 잘하셨어요." 하고 리카르다가 칭찬해 주었다. 나의 세례식, 성결식, 빌프리트의 교육 과정을 통해 내가 평범한 어린애가 아닐 줄은 이미 알고 있었다며 리카르다는 일부러 가벼운 어조로 말했다.

"귀족들은 공주님을 잘 모르는 사람이 더 많아서 다들 당황했지만 저희는 다 알고 있었답니다. ……로제마인 공주님. 공주님이 가진 거대한 마력은 귀족으로서 명예랍니다. 그러니 그렇게 곤란한 표정을 짓지 마세요."

나를 달래 주려는 리카르다의 말에 조금 마음이 가벼워진 나는 안도의 숨을 내쉬었다.

점심을 먹고 대강당으로 돌아갔다. 다음은 귀족원 신입생에게 망토와 브로치를 수여하는 수여식이 열린다. 올해 신입생은 총 14명으로 내 동기보다 제법 많았다.

우리와 다른 곳에서 점심을 먹은 로지나가 합류했다. 그런데 항상 점잖게 미소 짓는 로지나의 표정이 어째서인지 조금 이상했다.

"로지나, 무슨 일 있나요?"

내가 말을 걸자, 로지나는 당황한 기색이 더욱 역력해진 얼굴로 나를 바라보았다.

"로제마인 님. ……조금 전에 크리스티네 님께서 제게 말을 걸어 주셨어요."

로지나가 내 시종으로 들어오기 전에 모셨던 예술 무녀 크리스티네의 이름에 나는 정신이 번쩍 들었다. 크리스티네가 친구처럼 대한 덕분에 예술에 푹 빠져 살던 로지나는 고아원 생활에 적응하지 못했고, 나의 시종이 되어서도 처음에는 다른 시종들과 충돌하며 고생했다. 크리스티네와 재회하고 곤혹스러워하는 로지나를 본 나는 불안해졌다.

"뭐라 말하던가요? 혹시 상처받는 말 같은 걸……."

내 질문에 로지나는 천천히 고개를 가로저으며 부정했다.

"아니요. 크리스티네 님은 절 데리러 오려고 하셨대요."

"……네?"

생각지도 못한 말에 나는 눈을 재차 끔뻑거렸다. 로지나는 당혹감 속에 기쁨을 숨길 수 없는 표정으로 말을 이었다.

"귀족원을 졸업하시고 성인이 되어 생활이 자유로워지면 저를 데리러 올 예정이었대요. 설마 로제마인 님의 악사가 될 줄은 몰랐다며."

기쁨에 찬 로지나의 파란 눈동자가 흔들렸다. 행복해 보이는 표정에 내 가슴은 철렁이며 흔들렸다. 역시 로지나에겐 예술에 조예가 깊고 함께 예술을 즐길 줄 아는 주인이 더 좋은 걸까.

"……로지나는, 크리스티네 곁으로 돌아가고 싶어요?"

심장이 두근거린다. 만약 돌아가고 싶다고 한다면 나는 로지나를 크리스티네에게 보내야 할까. 가슴 앞에 두 손을 꼭 쥐고 로지나를 올려다보자, 로지나는 몇 번 눈을 깜빡이더니 천천히 고개를 저었다.

"전 지금 생활에 만족합니다. 돌아갈 생각은 없어요. 다만 크리스티네 님께서 버리고 가셨다고 생각했던 제 마음에 큰 위로를 받은 느낌이 들었어요."

"그렇군요. 다행이에요."

상처 입은 로지나의 마음이 치유되어서 다행이다. 로지나가 떠나지 않아서 다행이다. 내가 안도의 한숨을 내쉬자, 로지나가 곤란한 얼굴로 나를 바라보면서 키득거렸다.

"로제마인 님. 걱정하지 않으셔도 전 로제마인 님의 전속 악사예요."

떠나보내기 싫었던 내 마음이 로지나 눈에 훤히 보였던 모양이다. 크리스티네에게 느낀 약간의 질투심을 들켜서 조금 부끄러워진 나는 시선을 피해 무대 쪽을 보았다.

"그럼 지금부터 수여식을 거행하겠다. 귀족원 신입생은 앞으로!"

문관의 목소리에 무대 쪽을 보았지만, 무대가 전혀 보이지 않았다. 내 주변을 호위 기사와 시종, 그리고 페르디난드와 엘비라까지 다른 이가 다가오지 못하게 둘러쌌기 때문이다. 우뚝 솟은 거대한 덩치에 둘러싸여서 무대가 보이지 않는다. 누가 목말이라도 태워주지 않으려나 생각하면서 모두의 의상 사이로 수여식을 바라보았다.

무대 중앙으로 걸어 나간 질베스타가 한 사람씩 망토와 브로치를 건네고, 열심히 배우라며 격려하는 모습이 언뜻언뜻 보였다. 수여식이 끝나면 문관이 귀족원으로 이동할 날을 공지했다. 코르넬리우스와 안게리카가 각자의 일정을 몇 번인가 중얼거렸다. 아무래도 학년마다 이동하는 날이 따로 있는지 두 사람의 일정이 조금 달랐다.

"페르디난드 님, 귀족원은 어디에 있나요?"

"중앙에 있다. 학생들은 겨울 동안 거기서 생활하게 되지. 전이 마법진은 구조상 한 번에 많은 인원이 이동하지 못해. 그래서 학년끼리 이동하게 되어 있다."

수여식이 끝남과 동시에 대강당이 술렁이더니 여기저기서 잡담이 시작되었다. 수여식 후에는 귀족들이 정보를 교환하는, 이른바 사교의 장이 되는 듯하다. 이럴 때 어떻게 행동하면 좋을지 고민하는데, 페르디난드가 내 어깨를 톡톡 두드렸다.

"로제마인, 안색이 좋지 않구나."

"어머나, 세상에. 오늘은 이만 방에서 쉬는 편이 좋겠어요."

페르디난드와 엘비라가 내 얼굴을 들여다보며 그렇게 말했다. 나는 아직 팔팔했지만 더는 말썽을 일으키기 전에 얼른 퇴장하라는 말임을 눈치채고 리카르다와 호위 기사에 둘러싸인 채 대강당을 퇴장하기로 했다.

그러는 도중에도 사람들이 자기들끼리 속닥거리는 목소리가 들려왔다.

"정말 성녀다운 마력이었어요. 꼭 친해지고 싶군요."

"어머나, 고작 마력이 조금 많다고 성녀라니 말도 안 되죠."

"저 성녀는 필시 제 조카딸이 틀림없습니다."

'으윽, 시선이 따가워.'

노골적으로 응시하지는 않지만, 곁눈질로 흘끗거리는 의식하는 시선이 내게 쏟아졌다. 입장했을 때보다 훨씬 주목받고 있다는 사실이 피부로 느껴졌다. 뛰쳐나가고 싶은 충동을 꾹 참으며 나는 고개를 숙이지 않게 최대한 고개를 빳빳이 들고 귀족답게 걸었다.

어린이 교실

겨울 동안 어른은 무엇보다 사교를 우선시한다. 타 영지의 경계와 맞물린 땅을 소유한 기베를 통해 타 영지의 정보가 흘러들어오고, 영주 회의로 중앙에 다녀온 영주와 그 시종들을 통해서는 중앙의 소문과 정보가 흘러들어온다. 귀족원 동기끼리 정보를 얻거나, 기베끼리의 모임에서 올해 수확량이나 마수 피해 등을 의논하거나, 여성들은 친목 모임에서 다양한 소문을 주고받으며 매우 바쁜 시간을 보낸다.

그동안 세례식을 마친 아이들은 한 방에 모아 놓는다. 앞으로 같이 귀족원에 가서 동기나 선후배로서 함께 생활할 또래 아이들끼리 지내게 된다. 형제자매에게 들은 조언을 토대로 자신이 귀족원에서 수학할 코스를 선택하고, 같은 코스를 지향하는 아이들끼리 모여서 조금이라도 교류를 하려고 한다. 어른만큼 능숙하지는 않지만 사교술을 이곳에서 배우게 되는 셈이다. 동시에 신분 차를 이해하고 귀족다운 행실을 익히기를 어른들은 기대한다.

"올해부터는 그 자리에 빌프리트 도련님과 로제마인 공주님도 참가하시게 됩니다."

아침식사 후, 리카르다가 앞으로 우리가 할 행동에 대해 술술 설명해 주었다.

"어린이 방은 앞으로의 측근을 고르고 키우는 장이 됩니다. 귀족원에서 함께 생활하다 보면 연대감이나 신뢰감이 생기기 쉬운 관계로, 아무래도 나이가 가까운 사람부터 측근으로 삼을 때가 많지요."

그 측근의 자리를 차지하려고 자식의 뒤에서 부모가 은밀하게 움직인다고 리카르다가 조금 엄격한 얼굴로 말했다.

"공주님, 부디 아이들 뒤에 반드시 친족이 엮여 있다는 사실을 잊으시면 안 됩니다."

고개를 끄덕인 나는 기수를 타고 아이들이 모이는 방으로 향했다. 오늘은 호위 기사가 넷이나 붙었다. 신입생과 재학생들도 귀족원에 출발하기 전까지는 같은 방에 모여서 아이들 수가 많기 때문에 학생들이 전부 이동할 때까지 호위 기사가 많이 필요하다고 한다.

"오늘은 최상급생들이 이동하는 날이라 옮길 짐들이 많나 봐요?"

아이들이 지낼 본관 어린이 방으로 이동하는 도중에 커다란 짐들을 수북하게 쌓아 올린 짐차 무리가 보였다. 이 모든 짐차가 귀족원에 가는 학생들의 것이라고 한다. 짐과 함께 귀족원 소속을 나타내는 망토와 브로치를 단 자들이 드나드는 모습이 있었다.

"매년 귀족원에 익숙한 최상급생부터 이동하고, 마지막에 신입생이 이동합니다."

"망토와 브로치를 차지 않은 사람도 있는 것 같은데요?"

"그들은 시종입니다. 원칙상 시종은 딱 한 사람만 귀족원에 데려갈 수 있습니다."

학생들은 본가의 시종을 데리고 귀족원으로 이동한다고 한다. 시종이 더 필요하면 시종 코스를 선택한 사람을 고용하고, 호위가 필요하다면 기사 코스에 있는 사람을 고용하며, 과제를 해내기 위해서는 문관 코스를 듣는 사람을 고용한다고 한다. 그래서 세례를 받은 아이들은 귀족원 얘기를 듣고 싶어 한다. 자신이 어느 코스에 적성이 맞는지 고민할 정보로 쓰기 위해서라고 한다.

귀족원으로 이동할 준비를 하던 자들이 내가 탄 레서버스를 보고 깜짝 놀라 두 번, 세 번 뒤돌아본다. 그 놀란 얼굴에 익숙해진 나는 딱히 신경 쓰지 않고 나아갔다. 내 측근들도 주변이 놀라는 상황에 익숙해졌는지 아무 일도 없는 것처럼 나아갔다.

　"로제마인 공주님, 이곳이 겨울 동안 귀족 자제들끼리 교류를 나누는 어린이 방입니다. 학생들이 귀족원에 출발하기 전까지는 조금 비좁겠지만……."

　내가 레서버스를 정리하기를 기다렸다가 리카르다가 방문을 열었다. 그 순간, 즐겁게 재잘거리던 아이들이 입을 딱 멈추고 문 방향을 주목했고, 서둘러 무릎을 꿇기 시작했다.

　리카르다는 그 모습을 당연한 얼굴로 바라보면서 "공주님, 이쪽으로 오시지요." 하고 방 안쪽에 준비된 의자로 향했다. 내가 그 의자에 앉자, 리카르다는 차를 끓이러 움직였고, 호위 기사는 의자를 둘러싸듯이 섰다. 그 뒤부터는 줄곧 인사 타임이었다. 한 줄로 쭉 늘어선 아이들에게 인사를 받았다.

　"처음 뵙겠습니다. 레베레히트의 아들, 하르트무트라고 합니다. 로제마인 님. 생명의 신 에이비리베의 엄격한 선별을 통한 특별한 만남에 축복을 기도함을 허가해 주십시오."

　"허가합니다."

　"생명의 신 에이비리베여, 새로운 만남에 축복을."

　끝이 없는 자기소개에 도무지 전부 기억할 여력이 없다. 일단은 누구의 자제인지 부모 이름을 함께 밝히긴 하니까 전 신전장의 밀서를 토대로 작성한 '요주의 목록'에 실린 사람만 기억해 두었다. 난 애썼다. 전 신전장의 목록도 도움이 됐다.

아이들이 내게 인사하려고 줄을 지었고, 그 뒤에 빌프리트가 들어오자 또 그 앞에 인사하려는 줄이 생겼다. 인사를 끝낸 아이들은 줄이 끊기기 전까지 우리에게 말을 걸 수도 없어 먼발치서 귀족원 재학생들에게 질문했다. 재학생들도 자기들이 밟은 길을 선뜻 가르쳐 주는 모습이 보였다. 왜 그 코스를 선택했는가, 어떤 수업이 있는가, 어떤 교사가 있는가, 그런 질문이 드문드문 들려와서 조금 흥미로웠다.

'가볍게 말을 걸면 안 됐지만, 나도 저런 식으로 대화하고 싶어.'

인사를 끝낸 나는 주변을 둘러보았다. 내 주변엔 호위 기사뿐이다.

"다무엘은 왜 기사가 되기로 했나요?"

"문관인 형님을 도우려면 기사가 낫겠다고 생각해서입니다."

정보를 수집하는 점에서도 같은 곳에 소속되기보다 다른 곳에 소속되는 편이 다양한 정보를 모을 수 있다. 그래서 다무엘은 문관으로서 우수한 형에게 도움이 되는 쪽을 선택하려고 생각한 듯하다.

"브리기테는 어째서죠?"

"전 어렸을 적부터 몸을 움직이기를 좋아했고, 제 고향 일크너는 산과 숲이 많아서 조그만 마수가 많았습니다. 그래서 마수를 쓰러뜨리는 능력을 가진 사람이 있으면 다들 좋아할 것 같아서입니다."

해를 끼치는 마수를 퇴치하고자 기꺼이 자신을 희생한 브리기테의 의지가 멋있었다. 슈첼리아의 밤 때 분투하던 모습을 떠올리며 나는 재차 고개를 끄덕였다. 그리고 코르넬리우스에게로 시선을 옮겼다.

"코르넬리우스는 왜 기사가 되려고 했나요?"

"아버님도 형님도 기사라서 시종이나 문관이 되겠다는 생각은 해 본 적이 없었습니다."

하긴 그런 가정환경이라면 그랬을 거라며 나는 납득했다. 머릿속에

아들을 단련시킬 생각밖에 없었던 칼스테드는 내가 딸이 되어도 뭘 어떻게 해야 하는지 모르겠다고 했을 정도다. 아들을 기사로 만들기 위해 인정사정없이 훈련시켰을 게 틀림없다.

나는 마지막으로 안게리카에게로 시선을 옮겼다. 가장 지망 이유를 듣고 싶은 상대였다. 엷은 하늘색 머리에 진한 파란 눈동자를 가진 아담하고 여리여리한 안게리카는 시종이면 몰라도 브리기테처럼 기사로 보이지 않았다. 지금까지 보인 업무 처리 솜씨로 보아 속도에 특화한 전투 방식을 쓰며 영주의 딸을 호위하는 기사로 발탁될 정도로 강하다는 건 알겠다. 하지만 안게리카가 왜 기사를 꿈꿨는지 물어볼 기회가 없었다.

"안게리카는 왜 기사가 되려고 했나요?"

"공부가 싫어서입니다."

예상외의 말에 나는 재차 눈을 깜빡거렸다. 안게리카는 지극히 진지한 표정으로 다시 말을 반복했다.

"가장 공부하지 않아도 되는 코스가 기사였기 때문입니다."

"그, 그랬군요."

"로제마인 님께서 공부를 좋아하는 주인이셔서 다행입니다. 기사단장님께서도 서로의 부족함을 충족해 주는 관계가 좋은 주종관계라고 하셨습니다."

자기 대신 머리를 써 달라는 말로 들렸다. 책을 좋아하지 않는 모습에서 공부를 싫어하겠다고 생각하기는 했지만 설마 기사를 지원한 동기가 공부가 싫어서일 줄은 몰랐다. 역시 사람은 겉으로 판단하면 안 되는 법이다.

"모두 제각각 이유가 있네요. 전 문관이 되고 싶어요. 문관이 되어서 이 성의 도서실을 관리하는 사서가 될 거예요."

　도서관 사서는 문관 안에서 선택된다. 귀족원에 가서 문관이 되고, 최종적으로 사서가 된다. 나는 사서가 되기 위해서라면 어떤 노력이라도 불사를 생각이었다. 미래 설계를 털어놓으면서 도서실에서 지낼 상상에 넋이 빠졌다. 그때 굉장히 말하기 어려운 듯 브리기테가 쭈뼛거리며 입을 열었다.

　"로제마인 님은 영주의 양녀이시니 영주 후보생 코스로 확정되어 있습니다."

　"네? 전 양녀라서 영주가 될 수 없는데요?"

　"영주의 자제는 모두 영주 후보생입니다. 로제마인 님은 그러려고 양녀가 되신 것 아닙니까?"

　나는 영주의 모친을 방패삼은 전 신전장과 타 영지 귀족에게 대항할 수 있는 뒷배가 필요해서 영주의 양녀가 되었다. 하지만 주변에는 나의 강대한 마력을 영지를 위해 쓰고자 아우브인 질베스타가 양녀로 들였다고 설명했다. 물론 내 마력을 에렌페스트를 위해 쓰기로 한 결정 사항에 이의는 없다. 하지만 귀족원에서 영주 후보생 코스여야 하고, 문관이나 사서가 되지 못한다는 생각은 하지도 못했다. 나는 어차피 차기 영주가 될 빌프리트를 보좌하면서 신전 도서실을 내 마음대로 개조하거나, 성 도서실의 사서가 될 생각이었다.

　"저기…… 문관이 될 수 없다니, 설마 전 사서가 될 수 없다는 뜻인가요?"

　"글쎄요, 어떨까요? 영주의 자제가 사서가 된다는 말은 들은 적이 없습니다."

　영주의 양녀는 영주를 보좌하고, 영지를 위해 정략결혼으로 타 영지와 관계를 이어 줄 의무가 있는데 성에 눌러앉아 사서가 되는 건 양녀의 본분이 아니라고 했다.

'말도 안 돼!'

절망적이다. 눈앞이 새까매졌고, 순간 의식이 멀어졌다.

"로제마인 님!? 정신 차리십시오!"

정신을 차려 보니 페르디난드가 있었다. 미간에 짙은 주름을 새기고 불쾌하기 짝이 없는 표정으로 나를 내려다보고 있었다.

"신관장님! 전 사서가 될 수 없는 건가요!?"

나는 몸을 벌떡 일으키고는 울먹거리며 물었다. 페르디난드는 "호칭이 틀렸어." 라고 지적한 뒤, 귀찮다는 표정을 숨기지도 않고 한숨을 깊게 내뱉었다.

"모임 중에 새파랗게 질린 리카르다가 뛰쳐 들어와서 무슨 일인가 했더니…… 그런 거였군."

"쉽게 말씀할 일이 아니에요! 제 인생이 걸린 중대한 문제예요! 페르디난드 님, 전 사서가 못 되나요? 전 사서가 되려고, 책에 둘러싸인 직장에 취직하려고 책을 만들기 시작한 거였어요. 그런데 사서가 될 수 없다니……."

꺼이꺼이 울면서 호소하는 나를 가만히 내려다보던 페르디난드가 손끝으로 관자놀이를 톡톡 두드리면서 입을 열었다.

"로제마인, 진정해라. ……어렵긴 하다만, 그대가 문관이 되는 길이 아예 없지는 않다."

"정말인가요!?"

한 가닥의 희망에 고개를 확 들어 구세주인 페르디난드를 지긋이 올려다보았다. 페르디난드가 피식 웃었다.

"영주 후보생 수업을 전부 이수하며 문관 수업까지 들으면 된다."

의외의 말에 내 입이 쩍 벌어졌다. 영주 후보생 코스 수업을 전부 들으면서 문관 코스 수업까지 전부 이수하라니. 그런 무모한 해결책을 제시한 페르디난드를 빤히 바라보았다.

"그런 게, 가능한가요?"

"전례가 있다. 가능성이 없진 않지."

"전례라니…… 설마, 페르디난드 님이세요?"

영주 후보생이면서 문관 코스까지 이수했을 법한 사람이라면 이 사람 말고 누가 또 있을까. 내 말에 페르디난드는 별거 아니라는 듯이 가볍게 고개를 끄덕였다.

"그래. 나도 영주 후보생이었지. 하지만 문관과 기사 코스까지 전부 이수했다."

'무슨 초인이세요?'

페르디난드가 문관 업무도 하고 기사단 소속이기도 하면서 영주까지 보좌했던 사실을 간과했다. 나는 어질어질한 머리를 감싸 안았다.

"대부분 학생은 겨울 동안에만 귀족원에서 지내지만 신청만 해 두면 다른 계절에도 지낼 순 있다. 난 호출이 있는 날 빼고는 거의 귀족원에서 지냈다."

돌아가려고 마음만 먹으면 전이 마법진으로 바로 돌아갈 수 있고, 이래저래 트집을 잡으려 드는 성보다 귀족원이 훨씬 편했던 터라 비어 있는 시간을 전부 활용하여 세 코스를 제패했다고 한다.

"페르디난드 님과 똑같은 능력을 기대하진 말아 주세요! 전 평범한 사람이니까요!"

"흠. 평범한 사람에게 사서는 무리다. 노력할 마음이 없다면 처음부터 포기해."

페르디난드는 이것으로 이야기는 끝이다, 라는 듯이 손을 저었다. 이대로 대화가 끝났다가는 정말 사서가 되는 길이 굳게 닫혀 버리게 된다. 그것만은 죽어도 싫었다. 도전해 보기도 전에 사서의 길을 포기할쏘냐.

나는 주먹을 꽉 쥐고 페르디난드를 올려다보았다. 간단히 포기할 내가 아니란 걸 알았다는 듯이 페르디난드의 입꼬리가 씩 올라갔다.

"전 절대 포기하지 않아요. 이제 평범한 사람이 아니라 기인, 괴짜를 목표로 삼겠어요."

"기다려라. 그대는 이미 괴짜다. 목표로 삼을 방향은 그쪽이 아니야."

페르디난드가 왼손을 펼쳐 내 눈 앞을 가리며 나의 결의를 일찌감치 막았다. 그리고 녹초가 된 목소리로 내가 갈 길을 알려 주었다.

"수업을 어떻게 들을지는 귀족원에 들어간 뒤에 상담해줄 테니 혼자서 멋대로 폭주하지 말도록. 그대는 제일 먼저 유레베를 만들어서 그 허약한 몸을 어떻게든 해결하는 쪽이 우선이다. 지금 이대로는 영주 후보생의 수업조차 이수하기 힘들 거다."

"……그렇겠네요."

어차피 귀족원에 가 봐야 알 수 있을 문제는 나중에 생각하라는 말이었다. 사서가 될 길이 남아 있다면 그걸로 상관없었다. 나는 안심하고 그 문제는 뒤로 미루기로 했다.

"인쇄업 판로를 확대하기 위해 귀족 아이들에게 카루타와 그림책을 유행시킨다 하지 않았나? 문관 코스 문제는 둘째 치고, 지금은 그

쪽이 먼저다."

"네. 알겠습니다."

한 줄기의 희망을 발견하고 활기가 생긴 나는 안게리카와 코르넬리우스를 포함한 학생들이 모두 귀족원으로 이동한 다음 날, 카루타를 들고 어린이 방에 갔다.

"학생들이 귀족원으로 이동했으니 오늘부터는 이 멤버로 겨울을 지내게 됐네요. 오늘은 모두와 친목을 다지기 위해 카루타라는 장난 감을 가지고 왔답니다. 이걸로 함께 놀도록 해요."

일곱 살부터 아홉 살 아이들을 학년별로 나눠서 카루타 대결을 펼쳤다. 경험자인 나와 빌프리트는 아홉 살 그룹에 섞여서 카루타를 했고, 간단히 승리했다. 빌프리트는 좋아했지만 나는 주변 아이들의 표정을 보아 일부러 져 줬음을 눈치채고 빙그레 웃어 보였다.

"당분간은 경험자인 우리가 강하겠지만, 겨울 동안 한 번이라도 우리를 이기지 못한 사람에겐 도무지 측근을 맡길 수가 없겠네요, 그렇죠, 빌프리트 오라버니?"

내 말에 빌프리트는 "응?" 하고 고개를 살짝 갸웃거렸고, 주변 아이들의 표정은 한껏 굳어졌다. 아이들은 우리의 비위를 맞춰서 측근 자리를 얻어내라고 부모에게 단단히 주의를 들었을 터이다. 아이들에게 접대를 시킬 생각은 추호도 없었다. 나는 그들에게 접대가 아니라 교육을 해야 했다.

"우리도 주인으로서 걸맞기 위해 노력해야겠지만, 측근은 우수한 사람이어야 하잖아요."

"흠, 그렇지."

아이들을 부추기고 다시 카루타를 시작했지만, 초보자가 경험자를 상대로 이길 턱이 없었다. 당연히 나와 빌프리트의 압승이었다. 빌프리트도 이제 제법 강했다. 최선을 다하지 않았다면 나도 빌프리트에게 졌을지도 모른다. 아마 내년 겨울쯤에는 지지 않을까.

'난 그림패는 빨리 발견하는데 집는 속도가 부족하단 말이지.'

"다음 대결을 기대할게요. 내일부터는 가장 우수한 사람에게 과자를 선물하겠어요."

어린이 방에도 과자가 나오긴 하지만, 윗사람부터 먹어야 한다는 규칙 때문에 다른 아이들은 우리보다 적게 먹었다. 달콤하고 맛있는 과자를 포상으로 걸자 아이들의 눈빛이 바뀌며 카루타를 노려보았다.

이날은 카루타만 가져와 봤지만 다음날부터 우리와 똑같은 교육 커리큘럼을 어린이 방에 도입했다. 아침을 먹고, 기사단과 훈련하는 시간에 모두가 달릴 때 나는 걷기 연습을 했다. 에크하르트가 날 전속으로 담당하며 쓰러지지 않게 엄중히 감시했다.

세 점 종이 울리면 공부 시간이다. 카루타를 하고, 그림책을 낭독하고, 각자 능력에 맞는 책을 베껴 쓰기도 했다. 기본 글자를 전부 외운 빌프리트는 그림책 문장을 베껴 쓰게 되었다. 이는 상급 귀족이라면 일곱 살, 중급이나 하급 귀족이라면 여덟 살에 해당하는 진도였다. 영주의 자제로 치면 평범한 수준을 따라잡았다고 할 수 있었다. 나는 시종이 도서실에서 가져와 준 책을 읽으며 내용을 정리하거나, 다음에 만들 그림책 본문을 썼다. 더없이 행복한 시간이었다.

수학 시간에는 일반적인 연습 문제와 함께 트럼프를 사용해 더하기를 적용한 블랙잭 같은 게임을 했다. 계산을 어려워하는 아이들이 인상을 잔뜩 찌푸린 얼굴로 게임에 몰두하는 모습이 재미있었다. 계산을 잘하는 아이는 트럼프로 과자를 차지해 갔다.

페슈필도 모두 같은 시간대에 연습하기로 했다. 좋은 교사를 고용하지 못해 실력이 늘지 않은 아이도 있어서였다. 겨울 동안만이라도 로지나처럼 실력이 좋은 영주 후보생 전속 악사에게 교육을 받으면 달라질 터였다.

영내 아이들의 기초 능력 향상을 위한 활동은 이미 플로렌치아에게 허가를 받았고, 교사들에겐 겨울 특별 수당을 지급하기로 한 덕분에 교사들도 전혀 싫은 기색 없이 가르쳐 주었다.

"어린이 방이 이렇게 질서가 잡혔던 일은 처음입니다."

매년 어린이 방을 감시했던 시종이 감탄하듯 웃으며 나와 빌프리트의 방식을 칭찬해 주었다. 여태까지는 겨울 어린이 방에서 권력을 휘두르는 상급 귀족 자제와 괴롭힘을 당하는 하급 귀족 자제 사이를 적당히 중재하느라 동분서주했다고 했다.

"자, 베껴 쓰기가 끝났으니 그림책을 읽읍시다."

빡빡한 수업에 익숙지 않은 아이들을 위해 계속해서 공부 내용을 바꿔 갔다.

빌프리트가 질렸는지 어떤지를 기준으로 삼아 모리츠가 아이들에게 그림책을 읽어 주었다. 커다란 삽화가 있고, 본문이 짧아서 이해하기 쉽게 정리된 신화 그림책에 아이들은 눈을 반짝이며 푹 빠져들었다. 가장 초롱초롱한 눈빛으로 그림책 낭독에 집중한 사람은 필린느였다. 겨울에 세례를 받은 하급 귀족의 딸로 윤기가 흐르는 연한 적황색 머리색에 새순처럼 황록색의 눈동자를 가진 소녀다. 점잖고 얌전한 아이가 그림책 낭독 시간이 되면 가장 앞에 앉아서 끝까지 그림책을 바라보았다. 자유 시간에도 그림책을 들고 생글거리는 모습이 나에게 호감을 주었다.

"어때, 필린느. 이 그림책은 로제마인이 만든 거다. 굉장하지?"

'왜 빌프리트 오라버니가 자랑하는 거야?'

마치 자기 일처럼 자랑스러운 얼굴로 떵떵거리는 빌프리트의 모습에 나는 키득거렸다. 그러자 필린느가 상기된 얼굴로 "로제마인 님." 하고 반짝이는 순진무구한 눈으로 나를 바라보았다. 가슴 앞에 두 손을 꼭 쥐고, 마치 사랑을 고백하는 사람처럼 주저하더니 중대한 결심이라도 한 듯한 얼굴로 입을 열었다.

"저, 저도 그림책을 만들어 보고 싶어요!"

"어떤 그림책을 만들고 싶어요? 뭔가 아는 이야기가 있나요?"

책 만들기에 흥미가 있는 아이는 두 손 들고 환영이다. 내가 미소로 환영하자, 필린느는 수줍게 양손으로 볼을 감싸고 고개를 숙였다.

"제 어머님이 해 주셨던 이야기를 그림책으로 남기고 싶어요."

필린느의 엄마가 세상을 뜬 뒤 새엄마가 들어왔지만 새엄마는 그 이야기를 몰랐다고 했다. 친엄마가 들려준 이야기를 잊고 싶지 않다는 필린느의 말을 듣고, 나는 내가 필사적으로 써서 남겨둔 엄마의 이야기를 떠올렸다. 귀족이 이해하지 못하는 이야기라는 이유로 내버려뒀었는데, 이야기를 정리해서 투리와 카밀에게 선물하고 싶어졌다.

"그럼 이야기해 줄래요? 필린느는 아직 글을 못 쓰죠? 제가 필린느의 엄마가 들려줬다는 이야기를 적어 줄게요."

나는 필린느의 엄마가 해 줬던 이야기를 들으며 술술 써 내려갔다. 그리하여 엄마의 이야기를 베껴 쓰는 것이 필린느의 겨울 과제가 되었다.

다과회

어린이 교실의 시간표에 아이들이 익숙해질 무렵, 어른들의 정보수집 활동도 일단락했는지 이번에는 교우 관계를 넓히기 위한 사교 타임이 이어졌다. 올해는 특히나 질베스타의 모친이 유폐되어 물러남으로써 영내의 세력 판도에 큰 변화가 있었다. 그래서 누구나 새로운 관계를 찾거나, 파벌을 강화하거나, 몸을 지키기 위해 분주해진 듯했다.

"이것이 오늘 면담 일정입니다."

최근에는 리카르다가 들고 온 면담 의뢰 편지를 훑어보는 일이 일과에 추가되었다. 일단 의뢰 편지를 쭉 읽어보긴 하지만, 영주 부부와 수석 시종에게 허가를 받은 사람만이 나와 빌프리트와 면담할 수 있었다.

그런데도 굳이 편지를 보여주는 이유는 편지를 읽으면서 누가 누구와 이어져 있는지, 어느 파벌을 주의해야 하는지 리카르다가 내게 가르쳐 주기 위해서였다. 지금 내가 가장 주의해야 할 상대는 나의 생모로 설정된 로제마리의 친족이라고 한다. 그중 일부는 겨울 사교장에서 '로제마인은 내 조카딸이다'라며 사람들에게 떠벌리는 모양이었다. 내가 계속 면담 의뢰를 거절하자 주변은 회의적으로 보는 듯하지만, 그들이 어떻게 접촉하려 들지 알 수 없다고 한다.

"공주님께서는 면담해 보고 싶은 사람이 있습니까?"

"어머님께서 초대해 주시는 다과회에는 참가하고 싶어요. 페슈필 연주회 후에 회계 보고를 하기로 약속했었거든요."

엘비라가 여는 다과회라면 양어머님인 플로렌치아도 참가하므로 쉽게 허가가 떨어질 터였다. 친모인 엘비라와 교류하겠다는데 리카르다도 거절할 수 없었다.

"알겠습니다. 질베스타 님께 보고해 두지요. 달리 오늘 면담 의뢰 중에 만나보고 싶은 분은 계십니까?"

"……음. 헨릭은 만나보고 싶어요."

나는 조금 신경 쓰이는 면담 의뢰 편지를 집어들었다.

"헨릭은 다무엘의 형님이시죠? 용건은 제게 사과와 감사의 말을 전하고 싶다는 내용이고……."

작년 토론베 퇴치 때 다무엘의 편을 들어준 것부터 다무엘을 호위 기사로 거둬 준 데까지에 대한 사죄와 감사의 말과 함께, 가능하면 직접 만나서 인사를 드리고 싶다고 적혀 있었다.

"음, 그리고 브리기테의 오라버니와도 만나고 싶어요. 일크너는 임업이 매우 발달한 곳이라니까 제지업에 도움이 되는 얘기를 듣게 될지도 몰라요."

일크너에서 나는 나무는 에렌페스트 주변 나무와 다소 종류도 다를지도 모른다. 새로운 종이 재료가 있을지 기대되었다. 내가 들뜬 마음으로 얘기하자, 리카르다가 몇몇 편지 중에서 한 통의 편지를 집어 들었다.

"공주님. 그럼 안게리카의 친족과도 면담하셔야 합니다. 이대로는 호위 기사의 친족 중에서 안게리카의 친족만 공주님과 면담하지 못하게 되니까요."

엘비라도 헨릭도 브리기테의 오빠도 각각 면담해야 할 이유가 있지만, 제삼자의 눈으로 보면 전부 호위 기사의 친족들이다. 안게리카 혼자만 면담이 없으면 양녀의 비위를 거스른 모양이라느니, 신뢰를 얻지 못했다느니 하는 평가로 이어질 가능성이 있다고 리카르다가 지적했다.

"……그럼 안게리카의 친족과도 면담할까요? 다만 다른 사람보다 안게리카는 아는 게 적어서 뒤로 미루게 되겠지만요."

대화를 하려면 조금 정보를 얻은 후여야 한다. 내 말에 리카르다가 "알겠습니다." 하고 고개를 끄덕였다.

"저기, 리카르다. 호위 기사뿐만 아니라 시종의 친족과도 면회해야 하지 않을까요?"

"제 친족 중에 좋다고 나설 사람은 유스톡스일 테니 그러실 필요 없습니다. 정말 쓸데없는 것만 모으고 싶어 하는 괴짜 녀석이거든요."

정보와 소재 수집에 정열을 불태우는 유스톡스는 친모인 리카르다에겐 문제아인 모양이다. 다른 시종의 친족과는 딱히 면담할 필요도, 이유도 없다는 리카르다의 판단으로 호위 기사의 친족만 만나기로 했다.

당연하게도 제일 먼저 허가가 떨어진 건 엘비라의 다과회였다. 다만 허가만 빨리 떨어졌을 뿐, 파벌 전체가 모이는 최대 규모의 다과회인 터라 날짜는 한참 뒤였다.

며칠 뒤, 호위 기사의 친족과 면담하는 건이 전부 허가되었다. 일정을 조정하면서 가장 먼저 면담하게 된 사람은 다무엘의 형인 헨릭이었다. 나는 리카르다와 호위 기사 다무엘과 브리기테를 거느리고 레서버스를 타고 본관으로 향했다.

면담이 정해진 날부터 다무엘이 "로제마인 님과 형님의 면담 자리에 동석하면 정신적으로 괴로워질 겁니다."라며 삼자 면담을 앞둔 학생처럼 말했다. 그래도 다무엘을 호위에서 뺄 수는 없었다. 코르넬리우스와 안게리카가 귀족원에 가 있으니 지금 내 호위 기사는 다무엘과 브리기테뿐이기 때문이었다.

　"오래 기다리셨습니다."

　내가 방에 들어가자 헨릭은 무릎을 꿇고 기다리고 있었다.

　"다무엘의 형인 헨릭이라고 합니다. 로제마인 님, 생명의 신 에이비리베의 엄격한 선별을 통한 특별한 만남에 축복을 기도함을 허가해 주십시오."

　"허가합니다."

　인사를 마친 헨릭이 고개를 들었다. 문관이라더니 과연 성실하고 점잖은 분위기를 풍기는 잘생긴 사내였다. 다무엘보다 머리카락과 눈동자 색조는 조금 진하지만 용모는 매우 닮았다.

　앞으로 친분을 맺자는 내용으로 면담이 흘러갈 줄 알았건만, 그렇지는 않았다. 헨릭은 오로지 작년 토론베 토벌 때 다무엘이 저지른 행태를 사과했고, 처벌당하지 않게 헤아려 준 점을 고마워했다. 신분상 다무엘은 시키코자와 똑같은 처벌을 받았을 확률이 높았으며, 실제로 그런 처벌을 받았다면 하급 귀족인 헨릭에게도 분명히 누가 미쳤을 것이라고 했다.

　"로제마인 님께 크나큰 해를 입혔음에도 불구하고 못난 동생을 호위 기사로 삼아 주신 점, 깊은 감사의 말씀 올립니다."

　한 번 처벌받은 기록은 지울 수 없지만 피해자인 내가 다무엘을 측근으로 받아들이면서 그도 시키코자에게 당한 피해자라는 인상을 강하게 남길 수가 있었다. 무엇보다도 영주 일족의 호위 기사로 발탁된 일은 하급 귀족 출신인 다무엘에게는 생각할 수도 없는 출세라는 것이다.

형으로서 얼마나 감사한지 전하고 싶었다며 헨릭이 안도하듯 말했다. 앞으로도 동생을 잘 부탁한다는 말을 끝으로 헨릭과의 면담은 깔끔하게 끝났다.

"동생을 끔찍이 생각하는 형이네요."

내가 그렇게 말하자, 다무엘은 학교에서 가족 얘기가 나온 남학생처럼 쑥스러워하는 표정으로 고개를 휙 돌렸다.

헨릭과 면담이 끝난 이틀 뒤에는 브리기테의 오빠인 일크너 자작과 면담이 있었다. 방에 들어가 긴 인사를 끝내자마자 나는 얼른 본론으로 들어갔다.

"기베 일크너에겐 나무에 관해서 물어보고 싶었답니다."

일크너 자작은 붉은 머리에 녹색 눈동자를 가진 브리기테와 닮은 남성이었다. 이십 대 전반으로 보였다. 브리기테를 아주 조금 더 늠름하게 바꾼 느낌이다. 토지를 소유한 귀족으로 살아서인지 귀족다운 면모가 보이면서도 시골에서 자란 소박한 분위기도 띠었다.

"임업이 발달했다고 브리기테에게 들었습니다. 일크너에서는 어떤 나무를 재배하나요? 이 주변과는 종류가 다른가요?"

"로제마인 님은 나무에 흥미가 있으십니까?"

가볍게 눈을 끔뻑거린 일크너 자작은 조금은 기쁜지 표정이 부드러워졌다. 브리기테가 고향을 얘기했을 때 보여주었던, 자신이 다스리는 땅을 자랑스럽게 생각하는 얼굴이다.

"네, 나무로 종이를 만드는 사업을 시작했거든요. 더욱 좋은 종이를 만들기 위해 다양한 나무를 시험해 보고 싶다는 마음이 항상 있지요. 신기한 마목이 있으면 꼭 시험해 보고 싶군요."

"호오. 나무로 종이를 만든단 말입니까? 그건…… 대단히 흥미롭군요. 말씀처럼 귀족 마을 주변에 자라는 나무와는 조금 종류가 다릅니다. 도움이 될지는 모르겠으나 특수한 마목도 있습니다."

그렇게 말하며 일크너 자작이 몇 가지 나무 이름을 들려주었다. 하지만 그중 들어 본 적 있는 이름은 얼마 없었다. 내가 아는 나무는 가구나 건축 자재에 쓰이는 튼튼하고 단단한 나무뿐이었다. 아무래도 그런 나무는 임업이 번창한 일크너 주변에서 잘라낸 후 강을 통해 에렌페스트로 들여오는 모양이다.

"전부 내가 모르는 나무들이네요. 여기와는 나무 종류가 다르군요. 한 번 일크너를 방문해서 어떤 다양한 나무가 있는지 직접 눈으로 보고 싶어요."

"공주님, 즉흥적으로 가볍게 발언하시면 안 됩니다."

리카르다가 엄격한 얼굴로 내 말을 잘랐다. 이 면담은 공식적인 자리다. 이곳에서 내가 뱉은 말은 상대가 결정 사항으로 받아들여도 불평할 수 없다고 한다.

"……네, 리카르다의 말처럼 주의하겠지만, 이번은 가볍게 한 얘기가 아닙니다. 당장은 아니더라도 나무를 확인하러 한 번은 임업이 발달한 땅에 직접 방문할 생각이었어요."

"그때는 꼭 일크너에 방문해 주십시오. 진심으로 환영하겠습니다."

당분간은 바빠서 몇 년 뒤가 될지도 모르겠지만 종이를 개량하기 위해 언젠가는 일크너를 방문하리라 약속하고 면담을 끝냈다.

"오늘 귀중한 시간을 내 주셔서 감사할 따름입니다."

"저도 기베 일크너와 대화할 수 있어서 정말 즐거……."

"오오, 로제마인 님이 아니십니까!"

면담을 끝내고 방에서 나가자 복도에 낯선 귀족이 있었다. 우연히 지나가다가 우리의 모습을 본 그 귀족이 얼른 다가왔다.

"몸이 허약하시다고 들었는데 이젠 완전히 건강해지셨나 봅니다. 그럼 그런 촌구석 귀족을 만나시기 전에 먼저 꼭 친분을 다져야 할 귀족을 만나셔야지요."

어디의 누구인지 모르겠지만 일크너 자작보다 지위가 높은 귀족인 듯하다. 대화에 방해가 되지 않도록 몇 걸음 뒤로 물러서는 일크너 자작을 보고 그렇게 판단했다.

"아아, 멀리서 모습을 뵈었을 때부터 느꼈지만 로제마인 님은 제 여동생인 로제마리와 똑 닮으셨습니다."

'아아, 그 귀찮다는 설정상 생모의 친족이구나.'

나는 인사도 않고 이름도 대지 않은 귀족에게서 시선을 돌려 리카르다를 보았다. 그러자 곤란한 듯 손으로 뺨을 감싸고 있던 리카르다가 한 걸음 앞으로 나왔다.

"무례합니다. 물러서시지요."

"리카르다 님. 무례하다니요. 전 로제마인 님의 외숙부입니다. 로제마인 님, 뭐라고 한마디 해 주시지요."

야심과 기대로 번뜩이는 눈빛으로 쳐다보는데 어쩌라는 것인지 모르겠다. 한마디 하라니, 내 머릿속에 떠오른 말은 '꺼져' 외에는 없었다. 그리고 자기소개도 하지 않은 낯선 귀족과 직접 말을 섞지 말라고 페르디난드에게 단단히 주의를 들었다.

"기베 일크너, 덕분에 오늘은 즐거운 시간이었습니다. 또 만날 날을 기다리고 있겠어요."

나는 낯선 귀족을 무시하고, 무료하게 기다리던 일크너 자작에게 인사한 후 발걸음을 돌렸다. 신분이 높은 자가 먼저 떠나지 않으면 일크너 자작도 그 자리에서 움직일 수 없기 때문이다. 작별 인사가 흐지부지해졌지만 이로써 일크너 자작도 그 자리에서 뜰 수 있을 터이다.

"로제마인 님!"

자리를 뜨는 일크너 자작과 레서버스를 꺼내 올라탄 나를 번갈아 보며 귀족이 애탄 목소리로 불렀지만, 엮이면 안 된다. 로제마리의 친족은 전 신전장처럼 골치 아픈 일을 일으키는 타입이라고 보호자들이 입을 모아 말했다. "생모 얘기는 들은 적이 없어서 모릅니다. 제 어머님은 엘비라 님이세요."라는 태도로 나가면 된다고 했다. 이번에는 소개도 인사도 없으니 그보다도 기본적인 문제지만.

"……리카르다, 모르는 귀족과 말을 섞지 말라고 했죠?"

"그럼요, 공주님. 똑똑히 기억하고 계셨군요."

리카르다가 무언의 미소로 귀족을 퇴치했고, 나는 방으로 돌아왔다. 보호자 세 사람에게도 보고해 두는 편이 좋다고 판단하여 오틸리에에게 보고를 부탁했다.

결론적으로 세 사람 모두 '상대하지 않아도 된다'는 답변이 돌아왔다. 세례식과 데뷔 무대에서도 친모의 이름을 공표하지 않았으니 긍정도 부정도 하지 말고 그저 엮이지 않게만 주의하면 된단다. 정말 그렇게만 처리해도 되는 걸까 의아했다. 하지만 면담 의뢰 편지만 매일 보낼 뿐 딱히 그렇다 할 접촉은 없기에 귀찮은 친족은 내버려 두기로 했다.

안게리카의 친족과 면담하는 날이 되었다. 면담하는 방에 들어가자 안게리카의 부모로 보이는 남녀가 무릎을 꿇고 기다리고 있었다. 거기까지는 평범했다. 그런데 내가 자리에 앉자마자 안게리카의 부모가 입을 열었다.

"대단히 죄송합니다!"

"……네?"

인사보다도 먼저 머리를 조아리며 사죄하자 나는 눈을 끔뻑거렸다. 대체 무슨 상황이람. 내가 어리둥절해 하자, 리카르다가 앞으로 쓱 나와 갑자기 사죄한 이유를 물어봐 주었다.

"갑자기 무슨 영문인지요?"

"……저기, 안게리카가 돌이킬 수 없는 큰 실수를 저지른 것이 아닙니까? 그것 말고는 로제마인 님께서 저희를 부르실 이유가 생각나지 않아서……."

내 딴에는 호위 기사 중에서 안게리카의 가족에게만 인사하지 않는 것도 좋지 않겠다는 생각에 일단은 만나서 평범한 인사를 나눌 생각이었는데, 놀랍게도 안게리카의 부모는 호출된 이유가 딸의 실수여서 일족 전체에 처벌이 떨어질 거라고 생각했던 모양이다.

"안게리카가 귀족원에 입학하기 전에 기사가 되겠다고 선언할 때도 놀라게 하더니, 영주의 양녀를 호위하는 기사로 발탁되었을 땐 눈앞이 캄캄했습니다. 우리 딸이 고귀한 공주님의 호위를 잘 해낼 리가 없지요. 반드시 역정을 살 거라고 생각했습니다. 이번 호출을 받고 걱정이 확신으로 바뀌었습니다."

안게리카는 수많은 시종을 배출한 집안에서 태어났음에도 불구하고 공부를 싫어했고, 시킨 일 외에는 스스로 움직이지 않아 눈치가 빨라야 하는 시종에는 전혀 맞지 않는 아이였다고 한다. 나의 호위 기사가 된 후로 부모는 언제 무슨 사고를 저지를까 불안한 매일을 보냈다고 했다.

"안게리카는 본인 입으로 공부를 싫어한다고 하긴 했지만 명령을 위반하지도 않았고, 좋은 주종 관계가 되고 싶다고 했답니다."

머리 쓰는 일은 내게 맡기겠다는 뜻이긴 했지만, 지나치게 신경을 쓰느라 녹초가 된 부모에게 있는 그대로 전할 필요는 없으리라. 업무는 충실히 하고 있다는 말을 전하고 얼른 면담을 끝냈다.

안게리카의 부모와 면담이 있고 또 며칠이 지났다. 엘비라의 파벌이 모이는 다과회에 출석하여 페슈필 연주회의 회계를 보고하는 날이 찾아왔다. 여자들만 모이는 다과회에 남자는 출입금지다. 오늘은 호위 기사 다무엘에게 휴가를 주고 브리기테와 동행했다. 시종은 리카르다와 오틸리에 두 사람이다. 오틸리에는 회계 보고서를 인쇄한 종이를 담은 목제 상자를 안고 있었다.

"여러분, 안녕하신지요."

나는 이날을 위해 회계 보고서를 인쇄했다. 페르디난드에게 몇 번이나 퇴짜를 먹으면서 완성한 회계 보고서다. 이것을 리카르다와 오틸리에가 다과회에 온 멤버들에게 나누어 주었다. 회계 보고서를 인쇄하려면 약간의 비용이 발생했다. 하지만 엘비라의 파벌에게만 나눌 정도고 일반 종이의 절반도 안 되는 크기라 대단한 금액도 아니었다. 앞으로 기부나 인쇄물 판매에 협력받기 위한 약간의 투자인 셈이다.

"그럼 여러분께 회계 보고를 하겠습니다. 나눠드린 종이를 봐 주세요. 페르디난드 님의 페슈필 연주회로 모인 기부금 액수와 쓰인 용도가 적혀 있습니다. 여러분의 협력 덕분에 고아들의 업무 환경을 갖추었고, 겨울을 날 준비를 마칠 수 있었습니다."

보고에는 딱히 관심이 없는 듯했다. 매상에 깜짝 놀라긴 했지만 기부금의 용도를 친절하게 보고하는 경우는 드문지 "어머, 제법 꼼꼼하게 나와 있네요."라는 반응이었다. 오늘 다과회에 출석한 귀부인들은 회계 보고가 아니라 모두가 모인 곳에서 일러스트를 또 팔지 않을까 하는 기대감이 더 컸던 모양이다. 숫자와 글자가 빼곡한 회계 보고서를 보고 노골적으로 실망한 표정을 짓는 귀부인도 있었다. 엘비라도 실망한 얼굴이다. 회계 보고가 끝나고 잡담이 시작되자 빌마가 그린 아름다운 일러스트를 갖고 싶다고 제각기 호소했다.

"로제마인 님, 연주회에서 팔던 페르디난드 님의 초상화는 정말 훌륭했어요. 그날부터 매일같이 초상화를 보고 있답니다."

"전 이번에야말로 꼭 사려고 하는데 또 언제 판매하시나요?"

"또 연주회를 열 계획은 없으신가요?"

'모두 눈이 이글거리고 있어. 그렇게 신관장님 일러스트가 갖고 싶은가?'

이만한 열기라면 떼돈이 굴러들어올 듯하다. 솔직히 나도 가능하다면 이 떼돈을 벌 기회가 몇 번은 더 찾아왔으면 했다. 하지만 결코 두 번은 없겠지.

"안타깝게도 초상화가 아우브 에렌페스트의 손에 들어가서 페르디난드 님의 눈에까지 들어가 버린 관계로 두 번 다시 초상화를 팔지 않기로 억지로 약속해야 했습니다."

다시는 일러스트를 팔지 못하게 됐다는 사실에 귀부인들은 숨을 죽이며 비탄에 빠졌다. 특히나 슬퍼한 사람은 돈이 조금 부족해서 부득이하게 일러스트 구입을 포기했던 영애였다.

"사실은 이 회계 보고서에도 작은 그림을 넣을까 했어요. 그런데 그것도 반대하셔서 고민하고, 고민한 끝에 완성한 게 이 회계 보고서 예요."

"……로제마인, 뭔가 장치라도 해 뒀나요?"

플로렌치아가 웃음을 머금은 목소리로 말하며 나를 힐끗 쳐다보았다. 기대에 찬 눈으로 엘비라도 나를 향해 몸을 내밀었다.

"로제마인 님이라면 뭔가 해 주실 줄 알았죠."

모두가 일제히 내게 주목했다. 나는 크흠 하고 헛기침을 하고, 회계 보고서를 손에 들었다.

"보고만 마치고 버리기엔 이 종이가 아까워서……. 종이도 잉크도 절대 싸지 않으니까요."

후후 하고 웃으며 나는 종이를 뒤집었다. 그곳에는 언뜻 보기에 낙서 같은 수많은 선이 그어져 있다. 페르디난드에게는 앞면만 보여줬고, 뒷면을 봐도 모르게끔 쓸데없는 선까지 잔뜩 그려 넣었다. 누가 봐도 그냥 낙서다.

"리카르다, 칼을 주세요."

나는 리카르다에게 종이칼을 건네받고, 선을 보면서 종이를 반으로 잘랐다. 그리고 주목 속에서 수리검 모양으로 종이를 접기 시작했다. 깔끔하게 접으면 양면에 표정이 다른 페르디난드 그림이 완성되는 구조였다.

"어머나!"

내가 만든 수리검을 보고, 엘비라가 감탄사를 질렀다. 앞뒤를 휙휙 뒤집으면서 한숨을 내쉰다.

"어떻게 하면 되나요!?"

"제발 가르쳐 주세요!"

난데없이 다과회가 종이접기 교실이 되었다. 나는 접는 방법을 가르치면서 모두를 쭉 둘러보았다.

"이건 이번 다과회에 출석한 분들에게만 드리는 물건이니 비밀에 부쳐 주세요. 또 알려지면 이번에야말로 정말 인쇄 자체를 허락해 주지 않으실 거예요."

"물론이지요. 비밀은 반드시 지키겠어요. 만약 비밀이 새어나가도 여기에 모인 사람 중에 있을 테니 범인을 잡기도 쉽겠지요."

이 수리검이 페르디난드의 손에 넘어가는 날엔 범인이 무사할지 걱정될 정도로 엄청난 결속력이었다. 이렇게 다과회가 마무리되었다.

봉납식

"빌프리트 오라버니, 사흘 후부터 봉납식이라 저는 당분간 자리를 비울게요. 돌아왔을 때 카루타로 절 이기시도록 연습해 주세요."

어린이 교실에서 카루타 대결을 내 승리로 끝난 뒤에 이렇게 말했다. 그러자 분해서 발을 동동 구르던 빌프리트가 나를 홱 돌아보았다.

"뭐? 잠시 비운다고? ……애들아, 우리에게 이길 기회가 왔다! 이번에야말로 로제마인을 이기자!"

패배한 분통보다도 다음의 승리에 마음이 팔린 빌프리트가 말했다. 그 목소리에 몇몇 남자아이가 덩달아 의욕을 불태우며 "네! 꼭 이깁시다!" 하고 주먹을 불끈 쥐며 대답했다.

"좋았어! 작전 회의다! 로제마인은 들으면 안 되니까 절로 가."

어린이 교실에서 경쟁 상대가 생긴 빌프리트는 타고난 승부욕이 좋은 쪽으로 작용하여 순조롭게 성장해 갔다. 이번 겨울 목표를 '카루타로 로제마인 이기기'로 정한 순간부터 동료를 모으더니 무엇인가 작전 회의를 펼치는 모습이 천진난만한 초등학생 남자애들 같아서 흐뭇해졌다.

"로제마인 님은 얼마나 신전에 머무시나요?"

필린느의 새순 같은 황록색 눈동자가 불안하게 나를 바라보았지만 명확하게 대답할 수 없었다. 전 신전장이 빠진 빈자리가 얼마나 크게 영향을 미칠지, 질베스타가 멋대로 떠맡은 작은 성배를 어찌할지, 올해 봉납식에는 몇 가지 불안 요소가 있기 때문이다.

"작은 성배를 전부 채우는 데 얼마나 걸릴지 몰라서 정확하게는 말할 수 없어요. 필린느, 시간이 있으면 이 내용도 베껴 쓰도록 하세요."

나는 필린느의 어머니가 해준 두 번째 이야기를 건네두었다. 내가 쓴 기록은 언젠가 책을 만들기 위해 원고로 보관할 생각이지만, 필린느가 스스로 베낀 글은 나중에 실로 엮어서 책자로 만들어주려 한다.

"감사합니다, 로제마인 님."

환해진 얼굴로 필린느가 원고를 받아들었다. 필린느와 마주보며 웃는데 옆에서 몇몇 여자아이가 달려왔다.

"로제마인 님, 로제마인 님. 저도 어머님께 이야기를 듣고 왔어요."

"신화 그림책도 멋지지만 전 음유시인이 들려주는 기사 이야기도 그림책으로 읽어 보고 싶어요."

나는 귀여운 여자아이들에게 둘러싸여서 아이들이 말하는 이야기 내용을 순서대로 기록하면서 다음에 만들 책을 구상했다. 그렇게 보내는 동안 사흘이 흘렀다.

"리카르다, 좀 움직이기 힘드네요."

신전에 돌아가는 당일은 눈보라가 심해서 시야 확보가 어려웠다. 쌓인 눈 때문에 마차로는 도무지 이동이 어려워 오늘은 기수로 이동하기로 했다. 리카르다가 내 몸 상태를 걱정하며 추위를 막아 주겠다고 옷을 한껏 껴입힌 탓에 갑갑하고 움직이기가 힘들었다.

"무슨 말씀이세요, 공주님? 이런 눈보라 속에서 기수를 타고 가시는데, 공주님처럼 허약하신 분은 더 입혀도 부족할 정도랍니다."

"제 기수는 벽과 지붕이 있어서 눈과 바람을 차단해 주니까 그렇게 춥지 않아요."

리카르다가 한껏 신경쓰는데도 겨우내 두 번이나 고열로 앓아누운 탓에 리카르다는 더 과민해져 있었다. 겨울 동안 평균 다섯 번은 앓아누우니까 신경 쓰지 않아도 괜찮다고 했지만 다섯 번이나 앓아누우며 지내지 말았어야 한다며 오히려 리카르다의 투지에 불을 지핀 결과가 되었다.

리카르다에게 구슬려서 뚱뚱해질 때까지 껴입은 상태로 현관에 향하자 홀에서 노르베르트가 기수를 꺼내라고 했다. 레서버스를 등장시키고 엘라와 로지나, 호위로는 브리기테를 타게 했다.

기수가 준비되기를 기다리던 페르디난드와 다무엘은 토론베 토벌 때와 똑같은 전신 갑옷에 망토를 두른 차림이었다. 이 눈보라 휘날리는 날씨에 금속 갑옷을 입었다간 동상에 걸리는 건 아닐까. 그런 나의 의문에 페르디난드가 피식 웃었다.

"이 갑옷은 마술구의 일종이라 그런 걱정은 필요 없다."

웬걸. 언뜻 금속으로만 보였던 갑옷이 마술구의 일종이며 방한과 내화 기능이 내장되어 있을 줄이야. 성능은 재질로 쓴 마석의 마력 함유량이나 속성 수, 그리고 본인이 가진 마력의 양에 따라 변동이 있다고 한다.

'그럼 마력이 많고 다양한 마석을 가진 신관장님보다 다무엘이 추위에 힘든 거 아냐?'

"페르디난드 님과 다무엘도 레서버스에 타지 않으시겠어요?"

"주변을 경계해야 하니 사양하마. 그대가 그 기수를 타고 움직일 수 있다면 문제없다. 자, 가자."

기사단은 눈보라 속에서 출현하는 마수를 퇴치하기 위해 출동하기도 하는지 두 사람 모두 딱히 문제는 없다고 했다. 기사는 예상보다 훨씬 가혹한 직업인 듯하다.

노르베르트의 신호로 문이 열렸다. 페르디난드와 다무엘이 기수 위로 뛰어 올라타고 출발했다. 나도 두 사람의 뒤를 쫓아 눈보라 속으로 레서버스를 움직였다.

"눈보라 속을 이동한다고 했을 땐 걱정했는데 여긴 참 쾌적하네요."

로지나의 말대로 눈보라를 맞는 일도 없고, 사고도 없이 무사히 신전에 도착했다. 단, 이것도 눈보라에 시야가 새하얗게 가린 날씨 속에서 우리를 이끌어 준 페르디난드와 다무엘 덕분이다. 각각 파란색과 황토색으로 펄럭이는 두 망토가 없었다면 나는 신전에 다다르지 못했을지도 모른다. 하늘을 날면 방향감각을 완전히 상실하기 때문에 너무 위험했다. 눈 쌓인 길을 운전하기도 겁나지만 눈 내리는 하늘 위에서 운전하는 일은 훨씬 무서웠다.

나름대로 재빨리 레서버스를 정리하고, 눈에 발목이 잡혀 넘어져 가면서 신전으로 몸을 날리듯 달려 들어갔다. 그러자 프랑과 모니카가 허둥지둥 마중하러 문밖으로 뛰쳐나왔다.

"어서 오십시오, 로제마인 님."

"다녀왔습니다, 프랑, 모니카."

역시 이런 눈보라 속에서는 기수를 눈으로 확인할 수 없었던 모양이다.

"로제마인, 신관복으로 갈아입은 후 봉납식 회의를 하러 신전장실로 갈 테니 그대도 옷을 갈아입고 대기해라."

"알겠습니다."

나는 프랑과 모니카가 둘이나 붙어서 눈을 털어 주는데, 기수를 타고 눈보라 속을 날아온 페르디난드와 다무엘은 전혀 눈사람이 되지 않았다. 기사단의 갑옷은 대단했다.

갑옷을 벗으러 다무엘이 먼저 호위 전용 방으로 향했고, 그동안 브리기테가 전신에 갑옷을 찬 채 내 호위를 맡았다. 프랑은 다무엘의 방에 차를 대접하러 갔다. 브리기테가 옷을 갈아입으러 가면 그때는 니콜라가 호위의 방에 차를 내어가게 되어 있다.

나도 옷을 갈아입었다. 기수에서 내려 신전까지 그 짧은 거리를 걷는 동안 가차없이 눈을 맞은 내 얼굴과 머리를 모니카가 닦아 주었고, 리카르다가 겹겹이 껴입혔던 옷을 마치 양파 껍질을 벗기듯 한 장씩 벗기면서 신전장복으로 갈아입혀 주었다. 몸이 가벼워지고 활동하기 편해졌다.

옷을 갈아입고 따듯한 차를 마시면서 한숨 돌리고 있으니, 갑옷을 벗고 신관복으로 갈아입은 페르디난드가 방에 들어왔다.

"시종에게 보고를 듣자 하니 캠펠과 프리탁이 순조롭게 준비를 끝냈다는군. 당초 예정대로 내일 땅의 날부터 봉납식을 시작하겠다. 오늘은 느긋하게 쉬도록."

"알겠습니다. ……그러고 보니 전 신전장이 빠진 영향이 얼마나 큰지, 양아버님께서 떠맡아버린 작은 성배가 얼마나 되는지 확인되었나요?"

가뜩이나 청색 신관이 적어서 마력도 부족한 상태다. 그런 상태에서 질베스타가 작은 성배를 떠맡겨서 걱정이 태산 같았다. 나중 일을 고려하여 '자기 뒤처리는 자기가 하세요!'라고 말은 했지만, 겨울 사교 때문에 분주한 영주가 신전까지 마력을 봉납하러 올 리가 없다는 것쯤은 충분히 알고 있다. 페르디난드가 "방법은 있다."라고 했는데 어떻게든 해결된 걸까.

"영주 부부에게 제대로 책임을 다하게 했으니 문제없다."

페르디난드는 그렇게 말하며 허리춤에 찬 주머니 속에서 마석 두 개를 꺼냈다. 마력을 흡수할 때 쓰는 마석에 마력이 가득 담겨 있었다. 저만한 마력을 채우려면 상당히 많은 마력이 필요했을 터였다.

"……설마 영주 부부에게 마력을 붓게 하신 건가요!?"

"설마. 영지 유지에 필요한 마력을 쏟고 있는 두 사람에게 그런 일을 시킬 리가 없지."

"신관장님이라면 시켰을 수도 있겠다고 생각한 것뿐이에요. 자기 뒤처리 정도는 자기가 해라, 라면서 마력을 왕창 빼앗아 온 줄……."

최악의 예상이 어긋나서 안심했다. 손바닥 위에서 마석을 천천히 굴리던 페르디난드가 입꼬리를 씩 올렸다.

"올해는 전 신전장보다 훨씬 마력이 풍부한 죄인이 있지 않으냐. 단순히 신전에서 쓸 마력의 양만 생각하면 작년보다 풍부하다. 영지를 위해서라도 그들은 처벌하지 말고 오래 살려 둬야겠지."

그 사악한 미소로 살펴보건대 "스스로 못 내겠다면 죄인한테서 짜내라."라며 영주 부부와 협상해서 유폐 중인 질베스타의 친모와 빈데발트 백작에게 마력을 빼앗았으리라. 이용할 수 있는 것은 철저하게 이용하는 페르디난드의 자세는 참으로 믿음직스럽다. 단, 아군일 때만.

"청색 신관에게 마석을 다루는 방법을 가르친 후에 봉납식을 거행하겠다. 마력은 풍부하니 작년보다는 빨리 끝날 거다."

마력의 그릇이 작아서 강대한 마력을 잘 다루지 못하는 청색 신관에게 마석 취급 방법을 가르치기가 힘들지만 나머지는 수월하다며 페르디난드가 단언했다.

"난 지금부터 캠펠과 프리탁에게 마력 다루는 방법을 가르치러 갈 테니 그대는 얌전히 기다리도록. 오늘은 고아원 출입도 금지다. 아프지 않게 주의해라."

원래라면 신전장인 내가 봉납식 시작부터 끝까지 예배실에 붙어 있어야 하지만, 컨디션과 마력 봉납을 최우선으로 하기로 결정했다. 올해는 신관장인 페르디난드가 봉납식의 전체 과정을 지켜보기로 했다.

"봉납식 기간에 겨울 소재 건으로 호출도 있을 터이다. 건강만은 최고를 유지하도록."

봉납식이 거행되는 날은 아침부터 목욕하고 의식용 의상을 입었다. 작년과 달리 신전장의 의식용 의상 위에 어깨띠 같은 금색 천을 두르고 은색 띠를 죄었다. 그것 외에 몸에 두르는 장식은 전부 붉은색이다. 비녀는 데뷔 무대에서 쓴 것과 똑같은 물건을 꽂았다. 로지나에게 지시를 받으면서 내게 의상을 입히는 모니카와 니콜라도 조금씩 익숙해진 듯하다. 의상을 차려입는 시간이 제법 빨라졌다.

"다 되었습니다. 어떻습니까, 로지나?"

"예. 잘 했어요."

로지나에게 합격점을 받았으니 이젠 의식 준비가 끝나기를 기다리면 된다. 내가 없는 동안 있었던 일에 대해 프랑과 모니카에게 보고를 들으면서 기다리니 잠이 찾아왔다.

"로제마인 님, 모든 준비가 끝났다고 합니다."

프랑과 잠의 뒤를 따라 나는 예배실로 이동했다. 신전장실이 예배실에서 가장 가깝기 때문에 올해는 이동이 편했다. 긴 옷자락을 밟지 않게 조심조심 걷자 예배실 앞에서 대기하던 회색 신관들이 우리의 걸음 속도에 맞춰 문을 열어 주었다.

예배실 안에는 작년과 똑같이 설치된 제단 위에 신구와 작은 성배가 쭉 진열되어 있었다. 양측 벽면에 놓인 햇불이 예배실을 은은하게 데웠다.

"오래 기다리셨습니다."

작년과 달리 예배실에는 페르디난드 혼자가 아니었다. 캠펠과 프리탁도 함께였다. 각자 마력을 채운 마석을 들고 긴장한 표정으로 나를 기다렸다.

"……자, 시작하자."

내게 앞으로 나오도록 재촉한 페르디난드는 제단을 향해 무릎을 꿇고 양손을 붉은 천에 올렸다. 캠펠과 프리탁도 페르디난드에 이어 무릎을 꿇었다. 마석을 붉은 천 위에 놓고, 그 위에 살짝 양손을 올렸다. 나는 페르디난드의 옆을 지나 몇 걸음 앞에서 똑같이 무릎을 꿇었다. 한 번 제단을 올려본 후, 붉은 천에 손을 대고 고개를 숙였다.

작년에는 페르디난드를 따라 기도문을 복창하면 그만이었지만 올해는 내 축사에 맞춰 모두가 복창해야 했다. 가볍게 숨을 들이마시고, 입을 열었다.

"나는 세상을 창조한 신에게 기도와 감사를 바치는 자."

내가 기도문을 외자, 뒤의 세 사람이 복창했고, 낮은 목소리가 예배장에 쩌렁쩌렁하게 울렸다.

"높고 정정한 천공을 관장하는 최고신은 어둠과 빛의 부부신. 넓고 호호막막한 대지를 관장하는 다섯 대신. 물의 여신 플류트레네. 불의 신 라이덴샤프트. 바람의 여신 슈첼리아. 흙의 여신 게두르리히. 생명의 신 에이비리베. 살아 있는 모든 생명에 은혜를 내려 주신 신들에게 경의를 표하며, 고귀한 신력의 은혜에 보답할지어다."

기도문을 외는 동안 내 몸에서 마력이 스르륵 흘러나왔다. 마력을 흡수한 붉은 천이 반짝거렸고, 빛의 파도가 된 마력이 제단으로 흘러가기 시작했다. 빛의 파도는 내 뒤에서도 잇달아 흘러나왔고, 기세를 타듯 내 마력이 더욱 빠져나갔다.

"슬슬 멈춰라."

페르디난드의 목소리에 나는 고개를 들고 빨간 천에서 손을 뗐다. 흘러가는 빛의 파도를 바라보며 가득 찬 작은 성배의 수를 세었다. 작년에는 페르디난드와 둘이서 한 번에 7, 8개를 채웠지만 이번에는 한 번에 40개에 달하는 작은 성배를 채웠다.

"이 정도라면 내일이면 끝나겠네요."

"아니. 마석의 마력이 거의 바닥을 보이는구나. 끝나려면 사흘은 걸릴 거다."

페르디난드는 캠펠과 프리탁에게 회수한 마석을 바라보며 그렇게 말했다. 그의 말대로 마석이 거무튀튀해져 있었다. 마력이 얼마 남지 않았다는 증거다.

"캠펠, 프리탁, 수고했다. 방으로 돌아가서 쉬어라."

"두 사람 덕분에 편했어요. 느긋하게 쉬세요."

한 번도 다뤄 보지 못한 거대한 마력을 다루느라 녹초가 된 두 사람에게 퇴실을 허가했다. 두 사람은 제각기 "감사합니다." "실례하겠습니다." 라는 작별 인사를 고하고 예배실을 나갔다.

"캄펠과 프리탁 외의 청색 신관을 모두 불러오거라. 나머지는 한꺼번에 끝내겠다."

페르디난드가 문밖에서 대기하는 회색 신관을 향해 명령하자, "알겠습니다."라는 대답과 함께 발소리도 없이 회색 신관들이 물러났다.

"앞으로 사흘만에 끝난다면 작년보다 훨씬 수월하겠네요."

작년은 페르디난드와 둘이서 거의 모든 작은 성배를 채우는데다 영주와 신전장이 떠맡긴 다른 영지의 작은 성배까지 채워야 했다. 그 상태로 귀족의 사교에도 참여할 각오까지 했는데 예상보다 편해서 자연스럽게 웃음이 나왔다.

"작년과 달리 열흘이나 더 걸릴 일은 없다. 겨울 소재를 채집할 예정일 전까지는 문제없이 봉납식이 끝날 거다. 그대가 쉬면서 체력과 마력도 회복할 여유가 있어 한숨 돌렸다."

류엘 열매에 마력을 담기란 여간 어렵지 않고, 내 마력으로 물들이려면 많은 마력이 필요하다. 봉납식에서 마력을 써 버리면 그 극도로 쓴 약으로 억지로 마력을 회복해야 했기에 여유가 있어서 솔직히 다행이었다.

'그 작은 성배만 없었다면 더 빨리 끝났을 텐데.'

그렇게 생각하면서 나는 질베스타가 멋대로 추가한 작은 성배에 시선을 돌렸다.

"신관장님, 양아버님이 떠맡은 작은 성배는 대체 어디 물건인가요?"

"에렌페스트의 서쪽, 프뢰벨타크의 성배다."

페르디난드의 말에 나는 에렌페스트 주변 지도를 머릿속에 떠올렸다. 서쪽 영주와 에렌페스트의 영주는 사이가 좋다고 들은 적이 있다.

"서쪽 영주와는 사이가 좋다고 했죠?"

"관계는 양호한 편이다. 하지만 영주 부부가 나란히 프뢰벨타크의 부탁에 약하다는 게 문제지."

지금까지는 페르디난드가 협상에 나서서 에렌페스트에 유리한 조건을 붙이기도 하고 시기에 따라 프뢰벨타크의 부탁을 거절하기도 했다고 한다. 앞으로 자신이 나서지 않게 되면 영주 부부는 프뢰벨타크의 의도대로 휘둘릴 거라고 페르디난드가 말했다.

"양아버님은 그렇다 치고 양어머님까지도요?"

"프뢰벨타크의 영주 부부는 에렌페스트 부부의 오빠와 누이다. 동생들은 아무래도 손위 형제에게 약한 법이지."

질베스타의 둘째 누나가 프뢰벨타크로 시집갔고, 프뢰벨타크 영주의 여동생인 플로렌치아가 에렌페스트로 시집온 것이라고 했다. 프뢰벨타크는 에렌페스트와 달리 몇 년 전에 중앙에서 일어난 정변에 크게 휘말린 땅이다. 선대 아우브는 그 사건에 휘말려 처형당했고, 뒤를 이은 플로렌치아의 오빠는 영지를 재건하는 데 필사적이라며 페르디난드가 설명했다. 여러 가지 의미로 에렌페스트보다 상황이 어렵다고 한다.

"두 사람 다 형제와 사이가 좋았던 만큼 도와주고 싶은 마음이 크겠지만 그 피해가 에렌페스트에까지 미쳐서 어려운 상황이었지. 그랬는데 그대가 큰 힘이 되어 줬다, 로제마인."

"신관장님, 그렇게 말하면서 또 나를 양아버님의 협상 자리에 세우려는 속셈이죠?"

으으으, 하고 쏘아보자 페르디난드는 시치미 뗀 얼굴로 눈썹을 실룩거렸다.

"그대가 신전장이고 난 보잘것없는 신관장이니까."

"신관장님은 보잘것없다는 말의 뜻을 조사해 보시는 편이 좋을 거예요. 웬일로 착각하셨대?"

후후후후, 호호호호 하고 서로 마주 보며 웃는데 청색 신관들이 찾아왔다. 입구에 서서 겁먹은 얼굴을 한 모두를 보고, 페르디난드가 내게 퇴실을 재촉했다.

"신전장은 먼저 돌아가서 쉬도록."

"그럼 먼저 실례하겠습니다. 뒷일은 잘 부탁드립니다."

페르디난드에게 뒤를 맡긴 나는 청색 신관에게 싱긋 웃어 보인 뒤내 방으로 돌아왔다. 그리고 모니카를 불러 의식용 의복에서 평상복으로 갈아입었다.

"프랑, 봉납식이 예상보다 일찍 끝날 것 같아서 성에 돌아갈 날도빨라질 것 같아요."

"언제쯤 될지 아십니까?"

"신관장님이 사흘은 걸린다고 하셨지만 그 외에는……. 아, 그렇지. 다음 땅의 날에 저도 소재 회수에 동행해야 한다고 하셨어요."

내가 예정을 전달하자, 프랑은 서자판에 기록하며 조금 고민하듯턱에 손을 댔다.

"봉납식 도중에 소재를 회수한 후 돌아와서 다시 봉납식에 참가하기로 했던 당초 예정보다는 로제마인 님의 몸에 부담이 훨씬 덜하겠군요. 신관장님께서 준비하신 약들도 필요 없어지겠습니다."

끔찍하게 맛없는 약이 든 상자를 보면서 말하는 프랑에게 나는 고개를 크게 끄덕였다.

"덕분에 저도 한숨 놓았죠."

"그럼 로제마인 님. 신전에 계시는 동안 이 서류를 훑어봐 주시겠습니까?"

프랑이 가져온 것들은 성에서 지내는 동안 쌓인 편지와 서류였다. 글자만 훑어보면 되는 간단한 일이라 나는 기쁘게 서류 업무를 시작했다. 대부분은 '수확제에 와 주셔서 감사하다. 기원식 때도 잘 부탁한다'는 의례적인 서한이었지만 전 신전장에게 보내는 개인적인 편지가 하나둘 섞여 있었다.

"……이건, 그 사람일까요?"

전 신전장에게 보내는 사랑의 밀서가 있었다. 필적 감정 전문가는 아니지만 필체가 비슷해 보였다. '꼭 부탁드리고 싶은 일이 있습니다. 이제 당신밖에 믿을 사람이 없어요.' 라는 글이 쓰여 있다.

'아무리 부탁이 있다고 해도 말이지.'

이미 죽어 버린 전 신전장과 만날 수 있을 턱이 없다. 심지어 편지에서 만나자고 지정한 약속 날은 이미 훨씬 지나 버렸다. 보낸 이도 받는 이도 없는 편지 앞에서 나는 팔짱을 끼고 신음했다. 그것 참, 어찌해야 할까.

"일단 전 신전장은 사망했다는 답장을 쓰고, 보낸 사람이나 보낼 방법은 신관장님께 상담해야겠어요."

편지에 동봉된 답장용 편지지에 평소대로 답장을 썼다. 전 신전장 앞에 오는 편지의 답장은 항상 똑같다. 장황한 긴 인사문 뒤에 '전 신전장은 아득히 멀고 높은 곳에 올랐습니다.' 라고 쓰고 마지막 인사말을 덧붙였다. 핫세 촌장과 달리 비밀스러운 애인은 귀족인 듯하니 문제없이 의미가 통할 터이다.

"응. 이만하면 되겠죠."

일단 펜을 놓고, 잉크가 마르길 기다렸다. 봉투에 넣으려고 반으로 접은 순간, 마력이 반지에서 종이로 흐르기 시작했다.

"꺅!?"

받은 편지와 답장용 편지는 내 마력을 빨아들인 뒤 올도난츠 같은 새의 모습으로 변해 슝 하고 날아가 버렸다.

"로제마인 님, 괜찮으십니까?"

"네, 괜찮아요, 브리기테. 좀 놀라서 그래요. 마술구인지 몰랐거든요."

그 편지가 마술구였다니. 답장용 편지에 마력을 담으면 보낸 이에게 돌아가는 구조라면 보낸 이의 이름도, 수신자도 쓸 필요 없다.

"신관장님의 의식이 끝나면 알려 주세요. 꼭 얘기해 둬야겠어요."

겨울 소재 수집

　페르디난드에게 보고하겠다고 마음먹은 나는 봉납식이 끝나기를 얌전히 기다렸다. 지금까지 전 신전장 개인에게 온 서한이나 편지는 모두 편의를 요청하는 평민이 보낸 것으로, 귀족에게 받은 편지는 없었기 때문이다. 아마도 전 신전장과 타 영지 귀족의 구속 및 영주 모친의 유폐가 에렌페스트 귀족들 사이에 알려져 있기 때문이라고 생각했다. 하지만 영주의 모친과 그 일파의 구속은 상당히 충격적이고 민감한 사안이다. 이 사실이 타 영지에 새어나가지 않게 전 신전장의 죽음을 포함해 함구령이 내려진 상황인지도 모른다. 그럴 가능성이 뇌리를 스치자, 내 얼굴에서 핏기가 가셨다.

　'어쩌면 내가 엄청난 일을 저질러 버렸는지도 몰라.'

　입술이 바싹바싹 마르는 초조함을 느끼며 의식이 끝나길 기다리고 있자니 하얀 새가 날아왔다. 올도난츠와 비슷하지만 조금 덩치가 작은 그 새는 책상 위에서 두 통의 편지로 바뀌어 눈앞에서 팔랑거리며 떨어졌다. 편지를 손에 집어 보았다. 한 통은 내가 쓴 답신이고, 나머지 한 통은 내 편지의 답신이었다. 전 신전장의 죽음에 관한 애도의 말과 '알려 주셔서 감사합니다'라는 내용이 공손하게 쓰여 있었다. '자세히 알려 달라'라든지 '어떻게 그런 일이!' 같은 이성을 잃은 문장이 아니라서 안도의 한숨을 내쉬었다. 답신용 편지지는 동봉되어 있지 않았다. 답신은 필요 없다는 뜻이라고 판단했다.

"로제마인 님, 봉납식이 끝났다고 합니다."

줄줄이 복도를 걸어가는 청색 신관들의 발소리가 들리고, 뒤이어 페르디난드와 회색 신관이 오늘 봉납식에서 마력을 채운 작은 성배를 가져왔다. 프랑이 작은 신전을 둘 찬장 문을 열자 몇몇 회색 신관이 분담하며 작은 성배를 진열해 갔다. 그 모습을 바라보면서 나는 페르디난드에게 편지에 관한 얘기를 하려고 말을 걸었다.

"신관장님, 저기, 전 신전장 앞으로 편지가 왔는데요……."

피곤한지 고작 그런 일로 일일이 묻지 말라는 귀찮은 태도로 페르디난드가 손을 휘휘 저었다.

"아아, 또 왔는가. 평소대로 죽었다고 전해라."

"그렇게 전했습니다. 그랬더니 애도의 답장이 도착해서……."

"그래? 그럼 그걸로 됐겠지."

오늘 봉납식에서 전 신전장과 친목이 두터웠던 청색 신관들에게 시달렸는지, 페르디난드의 미간에 깊은 주름이 생겼다. 오늘은 심각한 얘기는 하지 않는 편이 좋겠다고 생각하긴 했지만, 내 걱정거리를 없애 버리고 싶었다. 나는 천천히 숨을 들이쉬고, 페르디난드에게 말했다.

"저기, 신관장님. 한 가지만 가르쳐 주세요."

"뭔가? 할 말이 또 있나?"

날카롭게 쏘아보는 페르디난드의 눈빛에 순간 겁먹었지만 고개를 끄덕였다.

"전 신전장이 사망한 사실이 다른 영지에 흘러가지 않게 함구령이라도 내렸나요?"

"아니. 딱히. 영주의 모친이 처벌을 당해 유폐된 사실은 에렌페스트의 약점이 될 가능성도 있기 때문에 함구령이 내려지긴 했지만, 전신전장의 생사에 관해서는 없다. 지금까지 서한으로 답신을 보냈으면서 이제 와서 무슨 말이지?"

"아니요, 그럼 됐어요. 피곤하실 텐데 꼬치꼬치 물어서 죄송합니다."

'세이프. 큰 실수를 하진 않았나 봐.'

비밀 애인인 듯한 사람에게 전 신전장의 죽음을 알려도 딱히 문제는 없는 듯해서 가슴을 쓸어내렸다.

'끝까지 추궁하지 않으셔서 다행이다.'

사실 전 신전장의 순정을 페르디난드에게 폭로하면 사자를 한 번 더 죽이는 행위라는 생각에 가슴이 아팠다. 이용할 수 있는 것은 철저하게 이용하는 페르디난드다. 이름도 모를 그녀가 어떤 꼴을 당하게 될지 생각만으로 끔찍했다.

한 번도 본 적이 없는 마술구 편지라서 당황해 버렸지만 페르디난드가 말한 대로 전 신전장 앞으로 온 편지는 지금까지 여러 통 있었다. 비록 마술구였지만 그녀의 편지도 그중 하나일 뿐이다. 그렇게 생각하니 단숨에 마음이 편해지면서 어깨에 힘이 빠졌다.

페르디난드가 추측했던 대로, 사흘만에 봉납식이 끝났다. 작년과 마찬가지로 눈보라가 몰아치는 날씨 속에서 우리가 떠맡은 모든 작은 성배에 마력을 담았다.

"로제마인은 모든 작은 성배를 다시 확인하고 문을 꼭 잠가 놓도록. 캠펠과 프리탁은 회색 신관들이 의식 제단을 정리하고 신구를 예배실에 제대로 돌려놓는지 감시하거라."

"네."

페르디난드에게 지시받은 대로 우리는 움직이기 시작했다. 회색 신관에게 마력을 담은 작은 성배를 옮겨 신전장실 찬장에 진열하게 했다. 그 뒤에 모든 작은 성배가 완벽하게 진열되었는지 프랑과 모니카와 함께 확인하고, 찬장 문을 잠갔다. 최종 확인을 하고 만족하는데 문 뒤에서 작은 종소리가 울렸다. 페르디난드의 시종이 쓰는 종소리다.

"로제마인 님, 신관장님께서 입실 허가를 구하십니다. 어쩌시겠습니까?"

제대로 잠갔는지 어떤지 확인하기 위해서이리라. 입실 허가를 내리자 긴 막대기를 든 페르디난드가 들어와서 내 앞에 그것을 내밀었다.

"로제마인, 이것에 마력을 담아라. 되도록 빨리 그대의 마력으로 채우도록."

페르디난드가 내민 물건은 예배실에 되돌려놨던 신구였다. 불의 신 라이덴샤프트의 창을 건네받은 나는 멍하니 바라보다가 서둘러 손잡이를 잡았다. 그와 동시에 손잡이 부분에 박힌 작은 마석에 마력이 흘러들어가는 느낌이 들었다.

"저기, 신관장님. 이 신구를 제 마력으로 채우다니요? 대체 뭣 때문에요?"

봉납식 때는 그때까지 일상적으로 봉납하던 신구의 마력까지 작은 성배에 흘려 보낸다. 그래서 이제 막 봉납식이 끝난 지금의 신구는 마력이 전혀 남지 않은 텅 빈 상태다. 이 창을 채우려면 상당한 마력이 필요하다. 불가능하진 않지만 이유를 알 수 없었다.

"이 창을 그대의 무기로 쓰기 위해서다. 그대에게 무기가 없지 않은가? 이 신구를 그대의 무기로 쓰려면 그대의 마력을 채울 필요가 있다."

페르디난드는 눈썹을 실룩이고 마력을 차단하는 가죽 장갑을 벗으면서 별거 아니라는 듯이 설명했지만 내 걱정은 그게 아니었다. 제단에 장식해 두는 신구를 내 무기로 써야 하는 상황이 상식적으로 이해가 안 갔다.

"확실히 전 무기가 없기는 하죠. 그런데 이거 신구인데요!? 라이덴샤프트의 창이예요! 제 무기로 써도 되는 물건이 아니잖아요!?"

"그대의 무기로 쓸 만한 마술구가 딱히 없어서다. 기사단에 있는 무기를 쓸 수 있다면 나 역시 그걸 줬겠지만 여느 사람보다 체력도 팔힘도 없는 그대가 소재 채집을 하려면 어쩔 수 없었다."

가을엔 소재 채집을 실패한 터라 겨울엔 반드시 성공하고 싶었다. 그러려면 무기가 필요했고, 페르디난드가 알고 있는 한 라이덴샤프트의 창밖에 없다면 어쩔 수 없을지도 모른다.

"……그치만 이건 신구잖아요. 정말 괜찮아요?"

"아우브에게도 허가를 받았고, 신전의 비품을 신전장이 쓴다는데 무슨 문제가 있나? 무기가 없으면 곤란하니 불평 말고 마력을 넣거라."

페르디난드의 말을 들으니 왠지 내가 쓸데없는 고집을 부린 듯한 기분이 들었다. 영주인 질베스타가 허가를 내렸다면 괜찮겠지. 그냥 체념한 나는 몇 시간에 걸쳐 라이덴샤프트의 창에 마력을 넣었다. 그런데도 왠지 천벌 받는 짓을 한 것 같은 찜찜한 기분은 도무지 사라지지 않았다.

'신님, 아주 잠깐만 빌려주세요. 반드시 돌려드릴 테니까 화내진 말

아 주세요!'

신구인 창에 마력을 채우고 나는 고아원으로 향했다. 봉납식이 끝
나면 되도록 서둘러 성에 돌아간다고 들었기 때문에 고아원의 상태를
확인하고 싶었다.

"길, 프리츠. 수작업 진행 상황을 보고해 주세요."

그림책 인쇄와 카루타, 트럼프 제작 상황을 길과 프리츠에게 물어
확인했다. 내친김에 성의 어린이 방 상황을 둘에게 보고했고, 빌마에
게는 고아원 상황을 보고받았다.

"귀족 아이들 사이에서도 카루타와 트럼프가 유행하고 있어요. 그
림책도 평판이 좋아요. 모두가 빌마의 그림을 좋아해요. 귀부인들 사
이에서도……."

남몰래 수리검 일러스트를 만든 공범자 빌마가 "끝까지 안 들켰으
면 좋겠네요." 하고 조그맣게 웃었다.

"우후후, 실은 다음 것도 생각하고 있어요."

"로제마인 님, 신관장님께 또 혼나십니다."

내가 "괜찮아요. 대책도 세워 뒀어요." 라고 말하며 씩 웃자, 빌마
는 "어머!" 하고 소리 내며 웃었다. 나를 보는 빌마의 눈이 완전히 말
괄량이를 보는 눈빛이었다.

대화하는 우리 뒤에서는 여자아이들이 부지런히 뜨개질을 했다. 아
이들을 가르치는 사람은 핫세에서 온 노라다. 핫세에서는 겨울 수작
업으로 뜨개질을 했는지 어리지만 뜨개질이 능숙한 마르타도 옆에서
델리아를 가르쳤다. 내 시선을 좇던 빌마가 눈웃음치듯 싱긋 웃었다.

"다들 따뜻하게 지내고 싶어서 뜨개질에 열심이에요. 노라도 배우

기만 하다가 가르치는 입장이 된 이후로는 쑥쑥 성장하고 있답니다."

핫세에서 신전 고아원으로 들어온 네 명의 신입 중에서 가장 먼저 신전 생활에 익숙해진 사람은 제일 어린 마르타였다. 토르와 릭은 숲에서 채집하거나 공방에서 종이를 만들며 조금씩 주변과 어울리게 되었다. 하지만 가장 연장자인 노라는 환경의 변화에 적응하지 못했다. 오랜 세월 몸에 익혀 온 습관을 바꾸기는 어렵다. 심지어 자기보다도 어린 아이들에게 배우기만 하는 환경에 점차 자신감을 잃어버렸던 모양이다. 많은 사람과 공동생활을 해야 하는 이곳에서 동생과도 교류가 줄어서 매우 침울해 하더라고 빌마가 알려주었다.

"뜨개질 방법을 모두에게 가르치면서 자신도 이곳에 도움이 된다고 실감하고, 목표가 생겼나 봅니다. 웃는 날도 많아졌어요."

"그렇군요, 문제없이 모두가 잘 지내는 것 같아 안심했어요. 앞으로도 잘 부탁해요."

"알겠습니다, 로제마인 님."

고아원 상황도 확인했고, 시킨 대로 라이덴샤프트의 창에도 마력을 채웠다. 나는 '언제든지 성에 이동할 수 있습니다'라고 페르디난드에게 보고했다. 내일이라도 가겠느냐고 얘기를 나누고 있을 때 흰 새가 날아왔다. 올도난츠가 책상 위에 착지하여 날개를 접었다.

"페르디난드 님, 즉시 돌아와 주십시오. 겨울의 주인이 나타났습니다. 올해는 슈네티름입니다."

조바심 난 칼스테드의 목소리로 세 번 같은 말을 전달한 올도난츠는 마석으로 돌아갔다. 페르디난드는 슈타프를 꺼내 마석을 가볍게 두드리고 "올도난츠."라고 외었다.

"부대 편성은 맡기마. 준비해 둬. 당장 가겠다."

페르디난드가 슈타프를 획 휘두르자, 올도난츠가 날아갔다. 슈타프를 사라지게 한 페르디난드가 험악한 표정으로 나를 돌아보았다.

"기뻐해라, 로제마인. 최고급 마석을 손에 쥘지도 모르겠다. 당장 준비해서 성에 가자. 채집용 옷을 입고, 방한에는 만반의 준비를 해 두거라."

이 마수 퇴치가 겨울에 해야 할 소재 채집인가, 하고 새파랗게 질린 채 나는 방에 달려갔다. 프랑을 시켜 엘라에게 주방 일을 멈추고 성에 갈 채비를 하게 했다. 로지나도 성에 돌아갈 준비를 시작했다. 함께 대화를 들은 호위 기사도 안색을 바꾸며 움직였다. 내가 옷을 갈아입는 동안은 브리기테가 호위하고, 다무엘은 갑옷을 차려입기 위해 방을 나섰다.

나는 모니카와 니콜라의 도움을 받으며 옷을 갈아입었다. 춥지 않게 방한 대책으로 속옷을 겹쳐 입고 채집 때처럼 바지와 상의를 입었다. 따뜻한 소재로 만든 상의를 껴입은 순간 갑갑해졌지만 나는 두툼한 윗도리를 또 한 장 걸쳤다. 며칠간 멎을 기색 없이 불어오는 눈보라 속을 헤치며 가야 한다. 옷은 몇 겹이든 든든히 겹쳐 입어야 한다.

"……브리기테, 겨울의 주인이 뭔가요?"

시종들이 옷을 갈아입혀 주는 사이 나는 브리기테에게 물었다.

"매년 겨울이 되면 나타나는 마수 중에 가장 강한 마수를 겨울의 주인이라고 부릅니다. 마력이 상당히 강력하고 눈보라를 일으키는 마수입니다. 잡지 않으면 봄의 도래가 늦어지니 출현하자마자 최소한의 기사만 성에 남기고 에렌페스트의 기사단이 총출동하여 잡습니다."

겨울의 주인이라고 불리는 강한 마수는 매년 나타난다고 한다. 다만 종류가 가지각색인데 슈네티름이라는 마수는 상당히 강한 쪽에 속한다고 했다. 마수의 마석을 채집한다는 말은 슈첼리아의 밤에 기사들이 했듯이 무기로 마물을 사냥해야 한다는 뜻일까.

"……그 겨울의 주인을 제가 잡아야 해요?"

"기사단이 약하게 만들면 마지막에 로제마인 님께서 숨통을 끊으시고 마석을 손에 넣으시면 될 겁니다. 모두 함께 있으니 그렇게 걱정하지 않으셔도 괜찮습니다."

브리기테가 날 안심시키려는 듯 웃어 줬지만 눈곱만큼도 안심되지 않았다. 브리기테나 에크하르트처럼 재빨리 움직이는 나를 도무지 상상할 수가 없었다.

"브리기테, 교대다."

전신을 갑옷으로 감싼 다무엘이 돌아오자, 브리기테가 준비하러 방을 나갔다.

모니카와 니콜라가 내 머리를 묶어서 폭신폭신한 털모자를 씌우고 페르디난드에게 빌린 가죽 장갑을 끼워 주었다. 이 장갑은 마력이 통하도록 가공한 기사단의 연습용 장갑이라고 했다. 장갑은 마술구 반지와 마찬가지로 내 손에 딱 맞게 크기를 바꾸었다.

"다무엘은 겨울의 주인을 어떻게 생각해요? 내가 잡을 수 있을까요?"

"……죄송합니다. 전 작년에 견습생 신분으로 강등되었기 때문에 아직 겨울의 주인 사냥에 동행한 적이 없습니다. 동료에게 듣기론 상당히 강한 녀석이라고 합니다."

견습생은 귀족원에 있는 동안에 사냥이 있어서 성인 기사만 동행할 수 있다. 그러나 다무엘은 기사 2년차였던 작년 겨울에 토론베 토벌

때의 벌로 견습생 신분으로 강등되었고, 내 호위 기사로 신전에 박혀 있었다. 다무엘에게도 이번이 첫 토벌인 셈이다.

　모두의 준비가 끝났다. 나는 라이덴샤프트의 창을 들고 귀족문에서 가장 가까운 출입문으로 향했다. 마력을 채워서 내 무기가 된 창은 무게감이 느껴지지 않았다. 조금 넓어진 문 앞에는 페르디난드의 기수가 이미 대기하고 있었다.

　"프랑, 잠. 신호를 보내면 문을 열어라. 로제마인은 여기서 기수를 꺼내어 시종들을 태워라. 브리기테, 동승을 부탁한다."

　프랑과 잠이 문으로 달려가 대기하고, 나는 페르디난드에게 지시받은 대로 실내에서 레서버스를 등장시켜 엘라와 로지나를 태웠다. 브리기테와 나도 올라탔다.

　"로제마인, 겨울의 주인이 날뛰기 시작하면 눈보라가 격해져 시야가 더 나빠질 거다. 기사들이 최대한 가까이서 날아갈 테지만 놓치지 않게 조심해라. 브리기테, 부탁한다."

　"네!"

　페르디난드는 망토를 펄럭이며 전신을 갑옷으로 무장한 몸으로 보이지 않는 가벼운 동작으로 기수에 올라타 고개를 들어 전방을 응시했다.

　"문을 개방하라!"

　프랑과 잠이 손잡이를 잡았다. 아주 조금 문을 연 순간 어마어마한 눈보라가 들이치더니 쾅 하고 거대한 소리를 내며 단숨에 문을 열어젖혔다. 눈보라에 맞서듯 페르디난드의 기수가 문 밖으로 뛰쳐나갔다. 페르디난드의 파란 망토를 향해 나도 기수를 움직였다.

신전을 빠져나와 귀족문을 넘은 즉시 내 뒤에서 출발한 다무엘이 레서버스를 뛰어넘어 페르디난드와 나란히 달렸다. 내 앞에 파랑과 황토색 망토가 펄럭였다. 나는 두 사람의 망토를 표적으로 삼아 기수를 몰았다. 무거워 보이는 우중충한 회색빛 하늘이 거침없는 눈발을 휘날렸다. 온통 새하얀 시야는 사방팔방으로 눈이 날아오는 듯해서 바람이 어느 방향으로 부는지도 알아볼 수 없었다. 두 사람의 망토가 없다면 언제 추락해도 이상하지 않았다.

"로제마인 님, 조금 오른쪽으로 돌려 주십시오. 슬슬 성이 나옵니다."

조수석에 앉은 브리기테가 안내한 덕분에 나는 페르디난드와 다무엘을 놓치지 않고 성에 도착할 수 있었다. 페르디난드가 올도난츠를 보내는 모습이 보였다. 그러자 노르베르트가 나타나 재빨리 문을 열어 주었다.

"엘라, 로지나. 지금 바로 내리십시오! 우리는 기사단 집합 장소에 갈 겁니다."

브리기테의 말에 엘라와 로지나가 고개를 크게 끄덕이고 노르베르트가 열어 준 문으로 달려갔다.

현관문이 닫히는 것을 확인한 페르디난드가 왼팔을 상하로 움직이더니 기수를 다시 몰기 시작했다.

"이미 기사단은 집합했으니 지금부터 기사단 제1 훈련장에 가겠답니다."

브리기테가 페르디난드의 사인을 읽고 말해주었다. 그 말을 따라 나는 기수를 움직였다.

기사단이 훈련하는 훈련장은 여러 군데인데 하나같이 넓었다. 기수를 타고 싸우는 연습도 있으니까 당연하리라. 건물도, 주위를 감싼 눈도 하얘서 어디부터 어디까지가 훈련장인지 구별이 되지 않았다. 한 훈련장을 향해 페르디난드의 기수가 날아갔다. 다무엘이 기수에 탄 채 어느 문 곁에서 표식처럼 기다려 주어서 그 문을 통해 내가 먼저 들어갔다.

"오래들 기다렸다."

페르디난드의 말에 모두가 일제히 무릎을 꿇었다. 나도 레서버스에서 내려서 페르디난드 옆에 나란히 섰다. 겨울의 주인은 최소한의 호위 기사를 남기고 총력을 기울여야 겨우 잡을 수 있는 마수라는 말은 과장이 아니었는지 훈련장 안에는 이미 기사들로 즐비했다. 에렌페스트에 상주하는 기사는 50명 정도라고 들었는데, 오늘은 지방을 지키는 기사까지 집합하여 언뜻 봐도 250명은 돼 보였다.

"올해도 겨울의 주인이 나타났다. 상급은 슈네티름의 네 다리를 절단하는 공격에 전력을 기울여라. 중급은 권속을 퇴치. 하급은 로제마인의 기수 주변에서 대기하면서 잔챙이들을 처리하라."

"네!"

"브리기테는 로제마인의 기수에 함께 타고 지정 위치에 도착하면 중급에 합류해라. 다무엘은 하급과 함께 행동해라."

"네!"

페르디난드의 지시를 듣고 다무엘이 정렬한 기사단 쪽으로 달려갔다. 그 모습을 바라보자니 페르디난드가 나를 내려다보았다.

"로제마인은 내가 부를 때까지 기수에서 대기해라. 지정한 위치에서 절대 움직이지 마."

"네. 저기, 페르디난드 님. 제가 모두에게 무운을 빌어 줘도 괜찮을 까요?"

내가 할 수 있는 일은 얼마 없다. 전장에서 혼전이 벌어진 후에 빌 기보다는 여유가 있을 때 빌고 싶었다. 페르디난드는 언짢은 표정으로 기사들을 둘러보더니 천천히 고개를 끄덕였다.

"……마력은 최대한 보존해야 한다만. 올해는 겨울의 주인의 마석 을 넘겨받게 될 테니. 뭐, 괜찮겠지."

페르디난드의 허가를 받고 나는 반지에 마력을 담았다. 기사단이 총출동해야 사냥할 수 있다는 강대한 마수를 이길 수 있기를 빌었다.

"불의 신 라이덴샤프트의 권속, 무용(武勇)의 신 앙리프의 가호를 모두에게 내려 주시옵소서."

푸른빛이 반지에서 튀어나오고, 기사단의 머리 위에 쏟아져 내렸 다. 인원수가 많아서 생각보다 많은 마력을 소비했다.

"출정 준비!"

페르디난드의 목소리에 모두가 일제히 일어나 기수를 준비하기 시 작했다. 나도 기수에 올라타려고 했는데 페르디난드가 불러 세웠다.

"로제마인, 방금 마력을 제법 쓰지 않았나? 싸움이 시작되기 전 에 이걸 마셔 둬라. 그리고 마력을 보존해야 하니 기수 크기를 조절하 도록."

기수를 브리기테와 둘이 탈 2인용 크기로 조절하고 기수에 올라타 서 나는 페르디난드에게 건네받은 약을 바라보았다. 마수를 퇴치하려 면 마력은 필수다. 페르디난드 기준으로 제조되어 맛보다 효과를 중 시한 심각하게 쓴 회복약을 나는 울며 겨자 먹기로 단숨에 들이켰다. 피로와 마력을 회복시켜 주는 약이다. 입안이 써서 미칠 것 같지만 몸 상태는 만전을 기하는 편이 좋다.

"그럼 출정이다!"

선두를 달리는 사람들은 칼스테드와 상급 귀족 기사들이다. 상급 기사들의 후미는 페르디난드가 맡았다. 나는 페르디난드와 상급 기사들의 인도에 따라 중급 기사들에게 둘러싸인 형태로 이동했다.

북쪽에서 강력한 마력이 느껴져 그곳을 향해 기사단이 질서정연하게 이동했다. 눈보라에 맞서듯 강력한 마력이 흐르는 근원지로 마수를 몰았다. 하늘을 나는 주변의 기사들이 이따금 철컹철컹 소리를 내며 이쪽을 보러 왔다. 레서버스를 보려는 건지, 투구를 여닫을 때 내는 소리가 무서웠다.

강한 마력에 다가가면 다가갈수록 점점 눈보라가 심해졌다. 눈보라가 자아낸 소용돌이 중심에 거대한 그림자가 보인 순간, 페르디난드가 내게 대기를 명령했다.

"로제마인은 여기서 대기해라. 창을 쥐고, 언제든지 기수에서 뛰쳐나올 수 있게 준비해라."

페르디난드의 말을 듣고 브리기테는 레서버스 바깥에 출현시킨 기수에 올라탔다. 브리기테가 지정받은 중급 기사의 대열로 날아갔고, 페르디난드가 파란 망토를 펄럭이며 상급 기사들 전열로 향했다. 내 주변을 하급 기사들이 둘러쌌다.

슈네티름과의 싸움

눈보라에 휘말리지 않게 공중에 띄운 레서버스 주위를 기사들이 둘러싸고 지켰다. 실눈을 뜨고 소용돌이치는 눈보라를 올려다봤지만 주위에 몰아치는 새하얀 눈 때문에 만족스럽게 시야가 확보되지 않았다. 근처에 있는 기사들의 황토색 망토조차 흐릿흐릿할 정도다.

"로제마인 님, 다무엘입니다."

기수에 탄 갑옷이 가까이 다가와서 말을 걸었다.

"페르디난드 님께 명령을 받았습니다. 들어가도 괜찮겠습니까?"

"들어오세요."

내가 레서버스의 조수석 문을 출렁이며 열자, 다무엘이 자기 기수의 날개 위를 걸어서 조수석으로 들어왔다. 그리고 기수를 마석으로 되돌렸다.

"페르디난드 님이 뭐라고 하시던가요?"

다무엘은 조금 시선을 피하면서 페르디난드가 "불안하니까 네가 붙어 있어라." 라는 말을 하더라고 알려주었다. 다무엘은 두루뭉술하게 말했지만 이해하기 쉽게 정리하면 '내가 부르러 갈 때까지 로제마인을 꼼짝 못 하게 하고, 문제를 일으키지 않게 감시하라'는 내용이었다. 아무래도 내 신용도는 제로인 듯하다.

"특히 마력 보존을 중시하라고 말씀하셨습니다. 감정이나 눈앞의 상황만 보고 기도하는 상황을 막으라고."

"으……."

페르디난드는 내 속을 완전히 읽고 있었다. 절대 안 하겠다고 단정할 수 없었다. 내가 입을 우물거리자 곤란한 듯 다무엘의 눈썹이 처지며 불쌍한 표정을 지었다.

시키코자가 벌인 짓에 말려들어 1년간 견습생으로 노력한 다무엘이 울상을 지으며 호소하자, 나는 고개를 끄덕일 수밖에 없었다. 그래도 "최대한 참아 볼게요."라는 말이 최선이었다.

"……이게 로제마인 님의 기수인가요? 겉보기도 그렇지만 안도 대단하네요."

조수석에 앉은 다무엘이 여기저기 더듬으며 "우와.", "오오." 하고 작은 비명을 질렀다.

"우후후후, 의자도 편안하지요?"

"네. 브리기테가 한 말이 맞았군요."

조수석에 편안하게 앉은 모습이 마음에 든 것 같다. 그런데 브리기테는 굳이 말하자면 말수가 적은 타입이다. 살짝 올라가는 입꼬리 외에는 감정을 보이지 않는다. 내가 들뜬 가슴으로 "브리기테는 뭐라고 하던가요?" 하고 브리기테의 의견을 묻자, 다무엘은 기억을 더듬듯 살짝 위를 쳐다보고 눈을 내리깔았다.

"이동이 목적이라면 로제마인 님의 기수가 실로 편안하지만, 무기를 들고 싸운다고 가정하면 기수 위에 올라타는 편이 무기를 휘두르기 쉽다고 했습니다."

"하긴 기사는 싸워야 하니까 이 기수로는 좀 어렵겠네요. ……하지만 싸움과 이동으로 기수 용도를 구분하면 되지 않나요?"

그렇게 제안했지만, 다무엘이 말하길 한순간에 기수를 등장시키려면 명확한 이미지와 습관이 필요하기 때문에 용도에 따라 기수를 나누는 방법은 신속함이 중요한 기사에게는 어렵다고 한다.

"로제마인 님은 크기를 자유자재로 바꾸시지만, 원래는 그렇게 간단하진 않습니다."

다무엘은 내가 자유자재로 바꾼다고 말했지만 나는 늘 자동차를 떠올린다. 1인용부터 마이크로버스까지 통틀어 자동차로 그림을 떠올리기 때문에 크기 변화에 저항이 없는지도 모른다.

"아아, 시작됐어요. 잘 보십시오. 저기가 기사단장과 페르디난드 님이십니다."

소용돌이치는 눈보라 중심의 좌우에 강한 빛이 하나씩 보였다. 그 빛을 가리키며 다무엘이 말했다. 하지만 눈을 마구 비벼 봐도 페르디난드도 칼스테드도 보이지 않았다. 그저 크기가 똑같은 빛만 보였다.

"멀리서는 잘 안 보이겠지만 저것은 슈첼리아의 밤에 골체를 쓰러뜨렸던 공격입니다."

"한 방에 골체를 쓰러뜨렸던 그 공격 말인가요?"

"로제마인 님, 준비하세요! 굉장히 강력한 충격이 옵니다!"

다무엘의 날카로운 목소리와 함께 소용돌이치는 눈보라를 향해 두 개의 빛이 세차게 부딪쳤다. 좌우에서 빛이 꼬리를 그리면서 날아가 소용돌이와 부딪쳤다. 무심코 귀를 틀어막을 만큼 거센 굉음이 울렸다.

순간 소용돌이가 흐트러졌다. 그 짧은 순간에 눈보라가 그치면서 대검을 휘두른 두 사람의 모습이 보였다.

페르디난드가 골체를 쓰러뜨렸을 때 썼던 공격이라면 식은 죽 먹기게겠지. 그렇게 태평하게 생각한 직후, 소용돌이 근처에 있던 기사들이 잇따라 대열을 무너뜨리며 튕겨 날아갔다. 기사들의 움직임으로 파도 같은 파동이 이쪽을 향해 몰려온다는 것을 눈으로 확인했다.

'온다!'

방어 태세를 취한 순간 기수째로 날려버릴 듯한 충격이 덮쳐 왔다. 나는 핸들을 꽉 쥐고 마력을 쏟아부으며 충격을 견뎠다. 주변 기사들도 비틀거리면서도 어떻게든 견디는 모습이 보였다. 폭발이 일어난 곳에서 떨어진 이곳까지 이만한 충격이 올 정도라면 중심에 가까운 곳은 대체 얼마나 충격이 컸던 걸까.

충격을 견뎌낸 나는 주변을 돌아보았다. 주변이 쥐죽은 듯 조용해졌다. 하지만 눈보라의 소용돌이는 여전히 그곳에 있었다.

"……이겼나요?"

"아뇨. 슈네티름은 그렇게 만만한 상대가 아닐 겁니다."

다무엘이 내 말을 부정하며 전방을 응시했다. 오오오오오오오, 하고 땅속에서부터 울리는 듯한 신음이 들렸고, 동시에 눈보라가 한층 심해졌다. 소용돌이 같던 눈보라가 회오리처럼 강력해지고 거대해졌다.

'이런 걸 이긴다고?'

침을 꿀꺽 삼킨 직후, 회오리처럼 소용돌이치는 눈보라에서 잇따라 하얀 덩어리가 튀어나와 사방으로 튀는 것이 보였다. 멀리서는 조그마한 작은 덩어리로 보였지만 가까이 다가오니 기사들의 기수보다도 약간 크다. 뭘까 싶어 가만히 응시해보았다. 흰 덩어리 하나하나가 동물과 비슷한 형태로 변해 주변 기사들을 덮치는 모습이 보였다. 표범 같은 존재, 토끼 같은 존재, 늑대 같은 존재. 크기도 종류도 제각각인 존재들이 기사들을 덮쳤고 기사들도 맞서 싸웠다.

"저게 뭐죠?"

"겨울의 주인의 권속, 슈네티름이 마력으로 만든 부하입니다."

다무엘은 전방을 응시한 채 짧게 대답했다. 그 흰 동물들은 슈네티름의 마력에서 태어났다고 한다. 권속을 눈보라로 만드는지 권속이 출현함과 동시에 소용돌이치던 눈보라의 기세가 약해지면서 점차 중심에 있던 거대한 마수의 모습이 드러났다.

"저게 슈네티름……."

눈보라가 약해진 소용돌이 중심에는 슈첼리아의 밤에 거대해졌던 골체보다 더 거대한 마수가 있었다. 슈네티름의 모습은 마치 눈 호랑이 같았다. 백호처럼 흰 바탕에 검은색 무늬가 들어간 거대한 몸에 입에는 거대한 송곳니가 길게 삐져나와 있고, 날카로운 발톱을 가졌다. 부리부리하게 큰 눈은 마수의 특징인지 새빨갛고 날카롭게 빛나 보였다. 멀리서 봐도 거대한 산에 페르디난드와 칼스테드의 기수가 주변을 날며 공격을 가하는 모습이 마치 고양이 주변을 날아다니는 파리 같았다. 그만큼 크기 차이가 어마어마했다.

슈네티름은 주변을 날아다니는 기사들을 시야에 잡으려고 눈동자를 여기저기 굴렸다. 거대한 몸에 비해 민첩성이 뛰어나 보였다. 공격하려는 기사들을 뿌리치려는 앞발의 움직임이 날쌔다. 그리고 슈네티름이 날뛰면 그와 동시에 눈보라가 일었다. 신음을 내며 포효하면 눈보라가 일면서 권속이 우후죽순처럼 생겼다.

"정말 괜찮을까요?"

페르디난드와 칼스테드, 두 사람이 동시에 공격해도 상처 하나 입히지 못하는 슈네티름을 이길 수가 있긴 한 걸까. 아무리 생각해도 쓰러뜨릴 것 같지가 않다. 내가 불안에 사로잡혀서 다무엘을 쳐다보자,

다무엘도 심각한 표정으로 슈네티름을 응시했다.

"제법 장기전이 될 것 같습니다."

다무엘의 예상은 옳았다. 슈네티름이 울부짖으면 눈보라가 일면서 그 속에서 권속인 흰 마수가 수없이 나타났다. 그렇게 강하지는 않은지 기사들이 비교적 쉽게 쓰러뜨렸지만, 쓰러진 마수들은 다시 눈보라처럼 사방으로 흩어져 슈네티름에게로 되돌아갔다.

"또 옵니다."

권속의 수가 줄어들면 슈네티름 주변 눈보라가 조금씩 강해졌다. 슈네티름은 눈보라에 가려지기 직전에 또다시 땅속부터 진동하는 듯한 신음을 내다가 점차 주변 일대에 울리는 우렁찬 소리로 울부짖었다. 그 목소리에 눈보라 속에서 점차 권속이 태어났다. 갓 태어난 권속들이 기사들을 덮쳤고, 중급 기사들이 응전하며 계속해서 물리쳤다. 하지만 이 싸움은 끝이 없었다. 초반에는 유리해 보이던 싸움이 시간이 지날수록 팽팽해졌고, 차츰 기사들 쪽이 고전하는 상황으로 바뀌었다.

"로제마인 님의 축복이 있어도 이렇게 고전하다니……."

슈첼리아의 밤에도 나는 무용의 신 앙리프의 가호를 빌었다. 그때 그 가호를 받은 기사들은 움직임이 확연히 달라졌었다. 이번에는 그 가호를 받고서도 고전하는 것 같았다.

"위험해! ……아, 젠장."

중급 기사들만으로는 권속을 완벽히 억제하지 못했다. 하급 기사들이 이쪽을 향해 날아오는 권속을 퇴치하느라 필사적이다. 다무엘이 당장이라도 뛰쳐나가 공격에 가세하고 싶은 얼굴로 어금니를 깨물며 갑옷 덮개에 싸인 손을 쥐었다 폈다 했다. 가세하고 싶은 마음도, 기사로서 싸우고 싶은 마음도 이해되었다. 하지만 다무엘의 임무는 나의 호위다. 가도 좋다고 말해주고 싶지만 명령위반이 될 법한 말은 할 수 없다.

"저도 뭔가 할 수 있는 일이 있다면 좋을 텐데……."

"무용의 신 앙리프의 가호도 내려 주셨는데 이 이상은……. 페르디난드 님께서도 마력을 보존하라고 엄명하셨습니다. 잊으셨습니까?"

다무엘은 곤경에 빠진 동료를 목격하면서도 이제 마력을 쓰지 말라며 내게 못을 박았다. 알고는 있지만 보기만 해서는 너무 괴롭다. 입술이 바짝바짝 마르는 초조함에 가슴이 타들어간다. 사람들이 고전할수록 더더욱.

"에렌페스트의 기사단은 매년 겨울의 주인과 싸웁니다. 겨울의 주인 중에서도 슈네티름은 거대한 상대지만 쓰러뜨리지 못할 상대는 아닙니다."

겨울을 상대로 싸우는 셈이다. 장기전이 당연하다. 매년 치르는 일에 내가 뛰쳐나간다면 그냥 어리석은 행위에 불과했으리라.

"상급 기사들도 싸우고 있습니다. 로제마인 님의 임무는 마력을 보존하고 대기하시는 겁니다."

저도 모르게 가까이서 싸우는 기사들에게로 시선이 갔다. 중급과 하급 기사들이 계속해서 태어나는 권속을 쓰러뜨리는 동안 상급 기사들은 거대한 눈 호랑이에 공격을 가했다.

거대한 슈네티름에게 맞서는 몇몇 기수가 보였다. 여기저기서 보이는 작은 빛이 슈네티름을 향해 날아갔다. 페르디난드와 칼스테드보다 위력은 적지만 비슷한 공격이리라. 하지만 몇 개의 빛을 맞아도 슈네티름의 움직임에는 전혀 변화가 없었고, 공격이 먹히지 않는 듯했다.

잠시 교착 상태가 이어졌다. 쓰러뜨려도, 쓰러뜨려도 권속은 계속해서 나타났다. 그들을 필사적으로 퇴치하는 기사들. 점점 고전하면서 이대로 기세가 밀리는 것 같았다. 하지만 그렇게 되지는 않았다. 기사들은 각자 준비한 약을 마시고 체력을 회복하면서 싸움을 이어 갔다. 다무엘이 말한 대로 장기전을 각오하고 만반의 준비를 한 듯하다.

"……고전하기 전에 회복약을 먹었으면 좋았을 텐데……."

"언제까지 싸움이 이어질지 모르니 약도 아껴야지요."

얼마나 시간이 흘렀는지 모르겠다. 쓰러뜨려도 권속이 계속해서 태어나는 상황은 여전했지만, 슈네티름을 둘러싼 눈보라가 조금씩 옅어지면서 한 번에 태어나는 권속의 수가 조금씩 줄어드는 듯했다.

"조금은 슈네티름도 약해진 것 같습니다."

다무엘이 그렇게 말했을 때 슈네티름의 좌우로 또다시 강렬한 빛이 솟았다. 첫 공격에 버금가는 강렬한 빛이다. 다무엘이 희망에 눈을 반짝이고, 몸을 살짝 내밀면서 슈네티름 쪽을 바라보았다.

"기사단장님과 페르디난드 님이다!"

승기를 찾은 눈빛에 나도 핸들을 꽉 쥐고 몸을 내밀면서 눈을 부릅떴다.

두 사람이 쏜 빛이 슈네티름의 오른쪽 앞발을 집중적으로 노렸다. 교차하듯 날아간 빛이 앞발에 파고들면서 폭발했다. 슈네티름의 체내에서 폭발해서인지 충격은 여기까지 오지 않았다. 온 힘을 다한 두 사람의 공격에 슈네티름의 오른쪽 앞발이 산산조각이 나며 떨어졌다.

그 순간, 주변에 대치한 상급 기사들이 일제히 왼쪽 앞발을 목표로 공격을 퍼붓기 시작했다. 한 곳에 집중한 공격이 제법 효과가 있었던 모양이다. 슈네티름이 괴성을 질렀다.

지금까지 권속을 만들어낼 때 내던 신음과는 전혀 다른 고통과 분노에 찬 괴성을 지르며 슈네티름이 날뛰었다. 그러자 갑자기 주변에 눈보라가 말끔히 걷혔다. 동시에 기사들에 맞서 싸우던 권속이 갑자기 사라졌다.

"이긴, 건가요?"

"모르겠습니다. 다만 눈보라가 걷혀…… 안 돼! 상처가 아물고 있어!"

이번에야말로 승리를 확신했는데 그렇지 않았다. 눈보라를 일으키던 힘을 자신의 상처를 아물게 하는 데 쓴 것이다. 집중 공격을 당한 슈네티름의 왼쪽 앞발 구멍이 점점 메워졌다. 조금 시간은 걸리겠지만 이대로라면 힘들게 잘라 놓은 오른쪽 앞발도 재생되어 버릴 것이다.

내가 눈을 부릅뜨고 슈네티름을 바라보는데 굉장한 기세로 이쪽을 향해 날아오는 기수가 눈에 들어왔다.

"로제마인 님, 페르디난드 님께서 오십니다!"

다무엘은 방해가 되지 않게 내리겠다고 소리치고 레서버스 바깥에 자신의 기수를 꺼내어 옮겨 탔다. 나도 즉시 라이덴샤프트의 창을 잡고 페르디난드가 오기를 기다렸다.

"로제마인, 오거라!"

페르디난드가 레서버스를 향해 손을 내밀었다. 오라고 해도 레서버스는 공중에 떠 있다. 출렁이며 문을 열긴 했지만 어떻게 해야 할지 모르겠다. 내가 창을 든 채 우왕좌왕하자, 페르디난드가 혀를 차더니 슈타프를 꺼냈다.

슈타프를 붕 휘두르자 빛의 띠가 튀어나와 내 몸을 돌돌 말았다. 어? 어? 하고 눈을 끔뻑거리는 사이에 낚싯바늘에 걸린 생선처럼 강하게 끌려갔다.

"번거로운 녀석."

"······버, 번거롭게 해서 죄송합니다."

나는 레서버스를 마석으로 되돌리고 페르디난드의 기수로 이동했다. 레서버스를 탔을 때와 달리 송곳처럼 찌르는 공기에 피부가 따갑고, 이동하는 엄청난 속도에 눈을 뜨기도 괴롭다.

"슈네티름이 완전히 재생하기 전까지가 승부다. 절대 놓치지 마라."

"······네."

"양손으로 꽉 쥐고, 전력을 다해 마력을 쏟아부어라."

페르디난드의 왼팔이 내 몸 앞을 둘러 떨어지지 않게 받쳐 주었다. 나는 라이덴샤프트의 창을 양손으로 꽉 쥐고 마력을 쏟아부었다. 이미 마석의 색이 변한 창에는 마력이 가득 차 있을 터였다. 그런데도 마력은 끊임없이 흘러 들어갔다.

화창하게 갠 하늘이 흐려지면서 다시 눈이 내렸다. 슈네티름은 왼발에 난 상처가 완전히 나았는지 공기를 가르며 거세게 휘둘렀다. 오른쪽 앞발도 절반 정도는 재생된 듯했다.

"멀었다."

머리 위에서 페르디난드의 목소리가 들렸다. 나는 점점 가까워져 가는 슈네티름을 응시하면서 창에 마력을 넣었다. 페르디난드가 고삐를 위로 잡아당기자 기수가 끝없이 상공으로 올라갔다.

"아직 멀었어."

온 힘을 쏟아 마력을 흘려보냈다. 포화 상태가 된 듯 마력이 파직파직 불꽃을 튀겼다. 라이덴샤프트의 창끝이 파랗게 빛나기 시작했다.

"언제든지 던질 수 있게 오른손을 들어라."

나는 페르디난드의 말에 고개를 끄덕이고, 라이덴샤프트의 창을 투구하듯이 잡고 자세를 취했다. 페르디난드는 "꽉 잡고 있거라." 라고 말하면서 창에 닿지 않게 자신의 오른손으로 내 손목을 잡았다. 고삐를 쥔 페르디난드의 왼팔이 안전 바처럼 단단히 내 배에 감겼다.

"간다!"

페르디난드의 그 한 마디에 기수는 바로 아래를 향해 직하하며 돌격했다. 기세좋게 아래로 돌진하는 것이다. 자유낙하보다도 무섭다. 페르디난드의 망토가 펄럭이는 소리밖에 들리지 않았다. 공기가 뺨을 때리는 감각과 위 속 내용물이 위로 솟구치는 부양감에 자연스레 눈물이 솟아올랐다. 속으로 비명을 지르며 나는 페르디난드와 함께 슈네티름을 향해 거침없이 돌진했다.

"던져!"

페르디난드가 우렁찬 소리를 지르며 내 오른쪽 손목을 잡고 투구하듯 움직였다. 내가 할 수 있는 건 타이밍을 맞춰 파랗게 빛나는 창에서 손을 떼는 것뿐이었다.

내 손에서 창이 떨어졌음을 확인한 페르디난드가 얼른 기수의 방향을 틀었다. 거세게 방향을 튼 탓에 몸을 짓누르던 중압의 방향도 바뀌었다. 생각지 못한 중압에 나는 "큭." 하고 신음했다.

다음 순간, 땅 울림과 함께 발밑에서부터 굉장한 충격이 왔다. 페르디난드는 기수를 상공으로 움직이며 충격을 피하고 잠깐 공중에서 멈춰 세웠다. 배를 감싼 페르디난드의 왼팔에 간신히 매달리는 나와 달리 페르디난드는 상체를 내밀어 아래를 내려다보았다.

"토벌 완료했다. 마석을 회수하러 가자."

계획대로라며 담담하게 말한 페르디난드는 슈네티름이 있던 곳으로 하강했다.

"정신 차려라, 로제마인. 마석은 반드시 그대가 회수해야 한다. 의식을 잃거나 쓰러지는 건 나중에 해."

무슨 그런 지독한 말을, 하고 생각하면서 나는 천천히 숨을 내쉬었다.

땅이 움푹 파인 구멍에 라이덴샤프트의 창과 마석이 있었다. 슈네티름의 몸은 온데간데없었다. 라이덴샤프트의 창은 상처 하나 없었고, 마력이 텅 빈 상태로 마석에 꽂혀 있었다. 페르디난드가 말한 대로 나는 라이덴샤프트의 창을 뽑아 마석을 회수했다. 하얀 마석이 내 마력으로 거의 옅은 노란색으로 물들어 있다.

"조금 모자라군. 그대로 마력을 넣어 물들여라. 만약 마력이 부족할 것 같으면 이 가죽 주머니에 싸서 가지고 돌아가면 다음 날 마력을 넣을 수도 있다만……."

다른 마력에 물들 가능성은 되도록 배제하고 싶다고 페르디난드가 말했다. 힘들게 얻은 최고 품질의 소재가 눈앞에 있는 셈이다. 나도 최대한 좋은 상태로 마무리를 짓고 싶었다.

"할게요."

나는 마석을 잡고 마력을 넣기 시작했다. 그동안 기사들은 회복과 치유를 하며 철군 준비를 했다.

"올해 토벌은 예상보다 빨리 끝났군. 로제마인 덕분이다."

칼스테드가 내 머리에 손을 툭 올리고, 씩 웃었다. 굉장히 고전한 것 같았는데 전에는 더 힘들었던 모양이다. 무용의 신의 가호를 주고, 내가 전력을 다해 최후의 일격을 가해 준 덕분에 일정이 대폭 단축되어 편하게 끝냈다고 칼스테드는 말했다.

"아아, 완전히 물든 것 같구나."

페르디난드의 말에 나는 내 마력으로 물든 마석을 바라보았다. 첫 소재 채집에 성공했다. 안도의 한숨을 내쉬고 마석을 채집 주머니에 넣었다.

다음 날은 눈보라가 걷혀 쾌청한 날씨였다. 성에 박혀 지내던 아이들은 오랜만에 눈이 멎자, 환호성을 지르며 바깥으로 뛰쳐나갔다고 한다. 스케이트 같은 놀이나 썰매를 즐겼다고 했다. 이렇게 쾌청한 날씨면 고아들은 파루를 따러 갔겠지.

모두가 즐겁게 뛰어노는 동안, 나는 고열이 나 이불 속에 있었다.

'히잉, 파루 케이크 먹고 싶다~'

그런 중얼거림에 다무엘만이 깊이 고개를 끄덕이며 대답해 주었다.

겨울 끝자락으로

겨울의 주인을 토벌한 뒤부터 조금씩 맑은 날이 늘었다. 물론 눈이 내리는 날도 있었고 여전히 매섭게 추웠지만 이 무렵부터 귀족원에 간 학생들이 하나둘 돌아왔다. 필수 수업과 과제를 끝낸 사람부터 돌아오는 듯하다.

견습 기사는 기사단 연습에 참여하거나 기사단 모임에 얼굴을 내밀었고, 견습 문관은 문관의 업무를 돕거나 문관 모임에 참여했다. 일정이 없을 때는 아이들 방에 얼굴을 내밀 때도 있어서 덩치 큰 아이들이 가끔 보이기 시작했다.

지금은 귀족원에서 돌아온 학생들과 빌프리트가 카루타로 승부를 겨루는 중이었다. 글자도 제대로 못 읽을 거라며 얕봤던 동생들에게 참패하자 학생들의 안색이 창백해졌다.

"……좋았어! 이겼다!"

"네, 빌프리트 님. 저희 형님을 이겼어요!"

가벼운 마음으로 도전을 받아들였다가 그림패엔 거의 손도 대지 못한 학생들은 깜짝 놀란 표정을 지었다. 경험자와 초심자는 승부도 안 되는 법이다. 자신의 남동생 혹은 여동생에게 완패해서 머리를 싸쥐는 학생들도 보였다.

"어때요? 모두 오라버님, 누님을 이길 정도로 강해졌지요?"

아직 카루타 승부에서는 내가 최강이다. 아무리 덤벼도 날 이기지 못한다며 점점 풀이 죽는 빌프리트의 자존심을 세워 주고자 승부 상대를 미리 준비해 본 것이다.

"오라버니들은 이미 글자를 아니까 그림패만 외우면 금방 승패를 뒤집을지도 몰라요. 이번 겨울 동안은 동생들도 지지 않겠지만요. 오라버니들도 힘내세요."

영주의 아들인 빌프리트는 그렇다 치고, 자기들 동생에게 진 상태로는 오빠나 누나로서의 체면이 구겨졌는지 성으로 돌아온 학생들은 의외로 진지하게 카루타에 몰두하기 시작했다.

"로제마인 님."

어린이 방은 시선이 많은 곳이라 코르넬리우스도 내게 '님'을 붙여 불렀다. 나는 코르넬리우스를 돌아보며 "왜 그러죠?" 하고 천천히 고개를 기울였다.

"이 카루타는 여러 종류가 있는 것 같은데, 파는 물건입니까? 지금까지 이런 물건은 본 적이 없는데……."

"어머? 코르넬리우스는 본 적이 없으신가요? 제가 가을 중순에 빌프리트 오라버니가 글자를 외울 때 쓸 교재로 성에 가져다드렸는데요."

내 호위 기사인 코르넬리우스는 빌프리트의 방에 들어가지 않고 문밖에서 대기하는 터라 카루타를 보지 못했다고 했다.

"글자를 외우는 교재라고 하셨는데, 신들의 이름을 외우는 물건처럼 보입니다만?"

"네. 신의 이름은 물론이고 어느 권속이며 무엇을 관장하는 신인지 이걸로 배울 수 있어요."

나는 그림책과 카루타를 보면서 겨울 동안에 어떤 것들을 하며 보냈는지 설명했다.

"로제마인 님, 그건 내년에 제가 귀족원에서 배울 내용입니다……."

코르넬리우스의 말에 주변을 돌아보니 카루타를 보며 어깨를 축 떨군 학생들 몇몇이 있었다. 아무래도 올해 귀족원에서 배운 신에 관한 내용을 기억해 내느라 쩔쩔매는 듯하다.

"그럼 이번 겨울에 카루타를 갖고 놀았던 아이들은 내년 성적이 더 우수하겠네요. 겨울 끝 무렵에 성에서 판매할 예정인데 조금 일정을 앞당겨서 귀족원 학생들에게도 파는 편이 좋으려나요?"

경쟁 상대가 없으면 성장도 더디다고 중얼거리자, 코르넬리우스가 고개를 크게 끄덕였다. 내년 수업에는 편해지겠다며 주먹을 불끈 쥐었다. 그 모습이 흐뭇하고 믿음직스러웠다. 그러다 문득 공부가 싫어서 기사가 되었던 안게리카가 걱정이 되었다.

교재 판매의 허가를 신청하기 위해 나는 리카르타에게 부탁해서 질베스타에게 면담을 신청했다. 그러자 그쪽에서도 할 얘기가 있다며 금방 일정이 정해졌다.

"아아, 로제마인. 잘 왔다."

질베스타와 만나는 것도 오랜만이다. 겨우내 점심은 물론이고 저녁까지 귀족들과 회식이니 연회니 초대받았는지, 거의 만나지 못했다.

질베스타의 뒤에는 칼스테드가 서 있고, 페르디난드의 뒤에는 에크하르트가 서 있었다. 에크하르트가 성 안에서 페르디난드를 호위하는 모습을 보는 건 처음이었다. 까다로운 대화를 해야 했기에 내 호위는 다무엘이다.

"로제마인, 겨울의 주인을 토벌하는 데 큰 활약을 했다고 칼스테드에게 들었다."

"제가 아니라 페르디난드 님과 기사단이 활약했어요. 제가 한 일은 신구에 마력을 넣는 것뿐이었습니다."

나는 레서버스에서 대기하며 기사들의 보호를 받았을 뿐이다. 신구에 마력을 넣은 것도 마석이 필요해서였고, 기사들의 공격으로 약해진 마수에게 페르디난드의 보조를 받으며 최후의 일격을 가했을 뿐이다. 자신만만하게 '제가 좀 활약했죠'라고 말할 처지가 아니었다.

"아니다. 네가 내린 무용의 신 앙리프의 가호 덕분에 숨통을 끊은 셈이야. 기사단의 피해도, 필요 경비도 상당히 절약되었다."

칼스테드가 껄껄 웃었고, 페르디난드는 만족스럽게 고개를 끄덕였다.

"다른 소재를 희생한 보람이 있었다. 덕분에 최고 품질의 겨울 마석을 손에 넣었다."

원래라면 다 함께 마수를 서서히 약하게 만들고, 빈사 상태가 되면 해체해서 소재를 회수한다고 한다. 마석을 캐면 다른 부분까지 눈 녹듯이 녹아 버린다. 그래서 마석을 건드리지 않게 주의하면서 모피와 고기, 뼈 등, 쓸 수 있는 물건은 전부 골라낸다는 모양이다.

이번에는 마석을 약의 소재로 써야 해서 품질을 중시한 데다 순수히 내 마력만으로 캐야 한다는 목적이 있었기 때문에 내 마석 외의 소재는 수확을 포기했다. 소재를 팔아 기사단의 귀중한 수입이 돼야 했을 돈은 이번에 내가 보상해 주기로 했다. 마석 값과 호위 비용이라고 생각하면 아깝지 않았다.

"그럼 로제마인의 얘기를 들어 보자. 교재와 그림책 판매라고 했나?"

"맞습니다. 이미 보고를 드린 대로 올해 겨울은 어린이 방에서 카루타와 그림책, 트럼프를 쓰면서 입학 전의 모든 아이가 우리와 똑같은 커리큘럼으로 공부했어요."

"그래서 어떻게 됐지?"

영지 아이들의 수준을 끌어올릴 목적으로 시작한 어린이 교실의 결과를 질베스타가 솔깃해하며 물었다.

"결과적으로 하급 귀족도 포함해서 모두가 기본 글자를 전부 쓰게 되었고, 카루타로 신의 이름과 속성을 암기했습니다. 그리고 한 자릿수 덧셈 뺄셈은 할 수 있게 되었습니다. 페슈필은 좋은 교사를 들이지 못해 부모에게 배운 하급 귀족들도 제법 실력이 향상되었어요."

좋은 교사에게 배울 기회가 지금 시기밖에 없다고 판단한 하급 귀족 아이들은 필사적으로 페슈필을 연습했다. 그 모습을 본 중급과 상급 귀족 아이들도 하급 귀족에게 지지 않겠다며 아득바득 연습했다. 그 결과 전체 레벨이 성큼 올랐다.

"코르넬리우스 오라버니에게 귀족원에 신들의 이름을 외우는 수업이 있다고 들었습니다."

"아아, 그래. 귀찮고 힘든 수업이지. 힘들게 외워 봤자 쓸 기회는 고작 한 번이었던가. 솔직히 그다지 관계도 없는 신에 관해서는 조금씩 잊어 가는 법이지."

수업만 이수하기 위한 암기식 공부가 되어 버린다는 뜻이다. 질베스타가 그렇게 돌려 말하며 어깨를 으쓱거렸다. 마찬가지로 미소를 짓는 칼스테드와 에크하르트도 그 말에 공감하는 듯했다.

"지금은 그 수업을 듣는 학생보다 빌프리트 오라버니가 신들에 관해 더 잘 알아요."

"……뭐라? 빌프리트가?"

눈을 휘둥그레 뜬 질베스타가 깜짝 놀란 표정을 지었다. 놀라는 것도 당연하다. 초가을에는 기본 글자도 절반밖에 못 쓰던 빌프리트가 지금은 귀족원 학생보다 신에 대해 잘 안다니, 대체 누가 믿을까.

"귀족원에서 돌아온 학생들이 지금 빌프리트 오라버니와 아이들에게 이기려고 노력 중입니다. 동생들에게 질 수 없다며 필사적이에요. 그렇게 경쟁 상대가 많을수록 배우는 힘이 커지니까 되도록 빨리 카루타와 그림책을 팔고 싶어요. 성내에서 판매를 허가해 주시겠습니까?"

아이들끼리 놀 수 있게 내가 가져온 카루타는 전부 세 벌. 지금은 경쟁률이 높아서 서로 하려고 난리다. 그런 경쟁이 붙으면 이기는 쪽은 역시 형과 누나들이다.

"알겠다. 허가하마. 어린이 방에서 교재를 판매하는 데 문제는 없느냐?"

"네. 아무리 그래도 제가 직접 귀족들에게 팔 수는 없는 노릇이니 제 어용상인으로 길베르타 상회의 입장도 허가해 주세요."

페슈필 연주회에서는 시종을 총동원해서 판매했지만 판매는 원래 시종의 업무가 아니다. 게다가 방문객이 많은데다 업무가 넘쳐나는 겨울에 쓸데없는 일을 늘리고 싶지 않았다.

"길베르타 상회라……. 뭐, 괜찮겠지. 일정과 절차에 관해서는 어린이 방 담당 시종과 의논하도록. 확실하게 결정되면 보고해라. 널리 팔려면 귀족들의 평판이 필요하겠지?"

"양아버님께 보고는 올리겠지만 평판은 필요 없어요. 이번에는 아이가 있는 귀족에게만 한정해 판매할 생각이에요. 아이들 사이에서만 소문이 나면 충분합니다."

질베스타는 물론 페르디난드와 칼스테드까지 의아한 눈으로 나를 보았다.

"어째서지? 그때 그 그림처럼 넓게 팔고 싶었던 게 아니었느냐?"

"많은 사람에게 팔고 싶은 마음은 있지만, 수작업으로 만드는 상품이라 수량이 한정적이에요. 저와 친분을 맺고 싶어 하는 귀족들이 우르르 몰리면 곤란해요."

아이들 수보다는 많이 제작해 뒀지만 모든 귀족이 사기엔 상품이 턱없이 부족하다. 친분을 목적으로 구매해 버려서 정작 필요한 사람이 못 사게 되면 의미가 없다.

"흠. 아이들을 교육해서 실적을 올린 네게 맡기마. 하고 싶은 대로 해도 좋다."

"감사합니다, 양아버님."

판매 허가가 떨어졌으니 일단 신전에 돌아가서 상품을 가져와야 한다. 그 김에 길베르타 상회에도 연락을 넣어야겠다. 서자판에 메모한 나는 시선을 올렸다.

"제가 드릴 얘기는 끝입니다. 양아버님께서 하실 얘기는 무엇인가요?"

"아아, 네 레시피가 하도 평판이 좋아서 말이다……."

"그럼 겨울 동안 귀족들을 깜짝 놀라게 하는 일에는 성공했나 보네요."

귀족과의 만남이 엄격하게 제한된 나와 빌프리트는 회식에는 얼굴을 내밀지 않아서 요리를 먹은 귀족들이 어떻게 반응했는지 잘 몰랐다. 그랬는데 회식에 초대받은 귀족들이 제법 요리에 관심을 기울였

다고 한다. 영주 모친의 실각과 더불어 요리까지 겹쳐 예년보다 회식
에 초대받고 싶어하는 사람이 많았다고 했다.

"레시피를 꼭 알고 싶다는 사람이 정말 많아."

아마 레시피를 미끼로 여러 거래에서 유리한 조건을 잡은 모양이
다. 레시피를 전파할 방법을 생각해 달라고 질베스타가 말했다.

"맛있는 음식은 생활의 기본이죠. 차라리 레시피 책이라도 만들까
요? ……양아버님이나 아버님의 요리사에게 가르친 레시피를 실어서
대금화 2닢에."

30개의 레시피를 대금화 3닢에 산 질베스타의 눈꼬리가 치켜 올라
갔다.

"로제마인, 우리가 샀을 때보다 싸지 않으냐?"

"그야 당연하죠. 아무도 모르는 정보와 이미 남들이 아는 정보는
가치가 다른걸요. 그리고 레시피집만 파는 거예요. 직접 가르쳐 줄 요
리사도 없잖아요."

아직 납득 못하는 얼굴인 질베스타에게 나는 어깨를 으쓱거려 보
였다.

"제 레시피는 기존 조리법과 달라서 사전 준비 순서가 많고 번거로
워요. 레시피만 안다고 완벽하게 똑같은 요리를 만들진 못할 거예요.
레시피집을 팔아도 몇 년 동안은 요리사에게 정확한 순서를 가르친
양아버님이 선망과 칭송을 받게 되실 테고, 더 확실한 칭송을 모으고
싶으시다면 앞으로도 새로운 레시피를 팔게요."

내 돈을 또 갈취할 속셈이냐며 질베스타는 눈썹을 치켜 올렸지만
당연한 소리다. 금전 거래는 정확해야 한다. 나는 기사단에게 지불할
마석 값을 벌어야 하니까.

"어쨌거나 바로 만들 수 있는 물건이 아니니까 레시피집을 만들어서 팔려면 내년 겨울은 되어야 할 거예요. 거래 소재로 쓰시려면 최대한 가치를 끌어올려 두는 편이 좋을지도 몰라요. 차라리 대금화 2닢이 아니라 선착순 100명 한정으로 팔아서 가치를 올려 볼까요?"

희귀 아이템이라는 인상을 주면 좋을지도 모른다. 그 외의 사람들에게 다음 해까지 레시피를 손에 못 넣게 하면 조금 더 가치가 오를 터이다. 으음, 하며 레시피집 가치를 어떻게 올릴지 고민하자니 질베스타가 음습한 눈빛으로 페르디난드를 보았다.

"……페르디난드. 이것도 네 교육 성과냐?"

"길베르타 상회가 이렇게 가르쳤겠지. 난 장사에 관해서는 문외한이다."

페르디난드는 "전부 내 책임으로 돌리지 마라." 라고 질베스타를 노려보며 콧방귀를 뀌었다. 그래도 질베스타는 "아아, 미안하게 됐네." 하며 전혀 미안한 기색이 없는 얼굴로 가볍게 손을 저었다. 그러다 갑자기 굳은 표정을 짓고 나를 바라보았다.

"로제마인, 또 하나 의논해 둬야 할 얘기는 핫세에 관해서다. 페르디난드에게 일단 보고는 받았다만, 넌 핫세를 어떻게 운영할 생각이냐?"

나는 등을 꼿꼿이 펴고 페르디난드를 힐끗 쳐다본 뒤, 질베스타에게로 시선을 돌렸다.

"핫세가 어떤 결론을 낼지가 가장 중요하겠지만 신전을 습격한 책임을 촌장파에게 덮어씌워서 귀족을 대하는 태도를 고쳐 버리려고 해요. 귀족에게 어떻게 대응해야 하는지는 길베르타 상회 사람이 소문과 체험담을 섞어 정보를 흘려 주고 있어요."

"흠. 그런데 작은 신전을 습격한 죄를 처벌 한 번으로 끝낼 셈이냐? 신관을 파견하지 않으면 농민들에겐 괴로울 수는 있겠다만 딱 한 번이라면 큰 고생도 아닐 거다."

영주 일족을 습격한 벌치고는 너무 가볍다며 질베스타가 나를 지긋이 응시했다.

"마을을 관장하는 자의 실수는 공동체의 책임이 된다. 고작 기원식의 신관 파견을 한 번 제한하는 정도로 마무리를 짓기엔 죄가 너무 무거워."

델리아에게 내릴 벌을 생각해야 했던 때와 같은 압박감과 긴장감에 나는 마른침을 꿀꺽 삼켰다. 영주 일족 습격은 중죄다. 그 사실을 마을 전체가 뼈저리게 깨닫고, 질베스타도 납득할 만한 벌이 뭐가 있을까. 나는 필사적으로 머리를 굴렸다.

"……그, 그럼 10년 정도 세율을 높이는 방법은 어떨까요? 세수를 늘리려면 농민이 필요해요. 핫세 같은 작은 마을을 뭉개 버리는 정도야 양아버님에겐 식은 죽 먹기겠지만, 훗날을 고려하면 오랫동안 야금야금 우려내는 편이 좋지 않겠어요?"

수많은 사람이 반역죄로 처벌당하는 것보다 돈으로 해결하는 편이 훨씬 낫다. 내 딴에는 정말 온당한 벌이라고 생각했지만 질베스타의 표정은 살짝 굳어졌다.

"……관대한 건지 엄격한 건지 모를 녀석이군. 찔끔찔끔 괴롭힐 바에야 눈 딱 감고 죽이는 편이 친절하지 않겠나. 나중에 덜 성가실 테고."

위험하기 짝이 없는 제안에 나는 고개를 세차게 저었다. 귀족 입장에서는 뒤탈이 없도록 없애 버리는 편이 덜 성가시고 빠른 방법일지 모르나 죽으면 끝이다.

"뭐, 세수가 늘어난다면 환영이다. 핫세는 촌장파를 처벌하고 10년 간 증세하는 것으로 마무리를 짓도록 하지."

"그럼 기원식에 가도 되나요? 수확이 없으면 증세도 힘든걸요."

"아니. 올해 파견은 없다. 이건 결정된 사항이야."

질베스타의 진한 녹색 눈동자가 강압적으로 날카롭게 빛났다. 나는 수락했다. 영주가 내린 결정을 뒤집을 힘은 내게 없고, 핫세의 죄를 이보다 더 완화할 수도 없으리라.

"핫세에는 네가 가서 벌을 공표하고 오면 좋겠지. 성녀의 자비로 처벌이 경감되었다고 선언하고 와. 다만 핫세 주민들이 이번 죄를 이 해하고 있지 않았을 때는…… 알지?"

이해하지 못했을 때는 완전히 전멸시키겠다는 뜻이다. 그리고 나 스스로 자비로운 성녀라고 선언하고 오는 일이 핫세에게 관대한 처벌 을 내리려고 한 내게 내리는 벌인 듯하다. 페르디난드가 꼴좋다는 듯 이 입꼬리를 올리며 나를 내려다보았다.

"또 하나. 기원식 말인데…… 네가 직접 축복을 내린 땅과 작은 성 배만 건네준 땅의 수확량이 확연히 달랐던 모양이다."

질베스타가 목패 몇 개를 나열했다. 징세관이 수확량과 징수한 물 품을 기록한 자료인 듯하다. 확인해 봤지만 눈에 띄게 큰 차이는 보이 지 않았다.

"……기베의 토지와 직영지의 수확량에 그렇게 큰 차이는 없는 데요?"

"다른 곳과 차이가 없는 점이 다르다는 말이다. 최근 신관과 무녀 의 감소로 직영지의 수확량은 다른 곳에 비해 확연히 적었다. 그런데 올해는 기베의 토지와 맞먹는 수확이 들어왔어."

기베들은 작은 성배로 받은 마력에 더해 자신들이 통치하는 땅이 비옥해지도록 자신의 마력을 붓는다. 그래서 청색 신관의 질이 떨어진 최근에는 귀족의 땅과 직영지가 명백한 차이를 보였다고 한다.

"······로제마인. 미안하지만 올해 기원식도 네가 에렌페스트를 돌아 줬으면 한다."

내가 예전에 엄청 바쁘다며 호소했기 때문인지 질베스타가 매우 말을 꺼내기 곤란하다는 표정으로 입을 열었다. 솔직히 신전장으로서 신관장인 페르디난드를 성의 업무 때문에 부려먹는 지시는 거부한다 해도 영주가 영지를 위해 필요하다는 의뢰를 거절할 수는 없었다. 또다시 회복약에 절어 살아야 하는 가혹한 날이 시작된다고 생각하니 우울해졌지만 달리 방법이 없다.

내가 "알겠습니다." 하고 수락하자, 페르디난드가 나를 두둔하듯 앞으로 나와 한숨 섞인 목소리로 질베스타를 불렀다.

"단, 로제마인은 직영지만 한정해서 돌겠다. 작은 성배를 기베의 땅에 가져가는 일은 다른 청색 신관에게 맡기지. 그렇지 않으면 청색 신관의 일거리를 뺏는 꼴이 되고, 봄에 예정된 소재 채집에도 차질이 생긴다."

"그래, 직영지만 돌면 상관없어. 그렇게 부탁한다. 이것으로 이야기는 끝이다."

질베스타의 승낙을 얻자, 페르디난드가 관자놀이를 톡톡 두드리기 시작했다. 아마 머릿속으로 기원식 일정을 짜는 게 분명하다.

"로제마인, 넌 이만 퇴실해도 좋다."

"그럼 길베르타 상회가 상품을 판매할 때 맡기셨던 작은 성배도 가지고 오겠습니다."

질베스타와 페르디난드는 아직 의논할 거리가 남은 듯했다. 둘에게 인사하고 퇴실한 나는 레서버스를 타고 어린이 방으로 이동했다.

"여러분, 아우브 에렌페스트께서 허가해 주셨습니다. 카루타와 그림책과 트럼프를 이 방에서 판매하겠어요. 원하시는 분은 부모님과 상의해 보세요."

나는 어린이 방에서 노는 아이들에게 말했다. 기쁨에 얼굴이 활짝 펴진 아이들이 등을 꼿꼿이 펴고 내 쪽으로 걸어왔다.

"카루타를 사면 여름 저택에 돌아가서도 할 수 있어요?"

"그럼요. 내년 겨울까지 단단히 연습해 주세요."

처음으로 형을 이긴 소년은 의욕에 찬 미소로써 대답했다. "카루타를 사서 연습하면 금방 내가 이겨." 라며 소년의 형이 씩 웃었다.

"로제마인 님, 그림책은 전부 파실 건가요?"

"물론이에요."

오히려 그림책 보급이야말로 나의 최고 목표다. 가능하면 새 그림책을 만들어 팔고 싶을 정도다. 본문은 완성되었고, 빌마의 그림도 거의 완성했을 터이다. 서두른다면 신작도 팔 수 있을지도 모른다.

'판매 일정을 조금 여유롭게 잡고, 아이들 수만큼만 먼저 책을 제작하게 할까?'

그런 생각을 하는데, 코르넬리우스와 또래로 보이는 여자아이가 망설이면서 내게 물었다.

"로제마인 님, 전 내년 수업을 듣기 전에 신을 외워 두고 싶습니다. 가을과 겨울 권속 그림책은 없습니까?"

"……아직 준비되지 않았어요. 가을의 권속은 공방에 부탁하면…… 여러분이 돌아가는 무렵에는 완성되겠지만, 겨울 권속 그림책은 내년이 되어야 해요."

루츠와 길에게 일단 부탁은 해 보겠지만 판매 일정 전에 완성될지 확실치 않다. 정확하지 않으면 약속하지 않는 편이 좋다.

"너무 잘 만들어진 그림책이라 갖고 싶었는데……."

"그렇게 기대해 줘서 고마워요. 어디 보자, 성결식 무렵에는 완성될 테니까 그때 성을 방문하시는 귀족분들에게만이라도 팔아도 되는지 아우브 에렌페스트께 상담해 보지요. 그러면 귀족원에 들어가기 전엔 맞출 수 있을 거예요."

성결식 자체는 성인들의 행사지만, 그 앞뒤로 판매일을 설정하면 기수를 가진 학생은 구매하러 올 수도 있다.

기대하고 있겠다며 단아하게 미소를 짓고 영애는 물러났다. 대신 다른 영애가 부모를 졸라 꼭 사겠다며 들뜬 목소리를 냈다. 모두가 뭘 사 달라고 할지 신나게 떠든다. 그 모습을 곁눈질로 보면서 어린이 방을 담당하는 시종들과 교재 판매 일정에 관해 의논하고 있는데, 문득 침울해진 필린느가 눈에 들어왔다.

교재 판매

　신전에 돌아가서 나는 벤노와 연락을 취해 달라고 길에게 부탁했다. 눈이 그칠 때를 엿봐서 상점에 편지를 보냈다. 그러자 겨울은 일정이 적으니 오후에 면담하고 싶다고 휘갈겨 쓴 벤노의 답장을 들고 길이 돌아왔다.

　"그럼 오후부터 고아원 원장실에서 회의할 수 있게 준비해 두겠다고 루츠에게 전해 주세요."

　"알겠습니다."

　점심을 먹으러 돌아가면서 루츠가 전언을 전달해 줬는지 다섯 점종에 길베르타 상회 사람들이 찾아왔다. 벤노와 마르크와 루츠였다. 얼른 비밀의 방으로 들여보내고 나는 루츠에게 찰싹 매달렸다. 겨울 동안 전혀 만나지 못한 외로움을 보충하면서 벤노에게 성에서 교재를 판매하게 되었다고 오늘의 용건을 꺼냈다.

　"성에서 판다고!? 잠깐 기다려!"

　"네? 그렇게 못 기다려요. 어서 팔아야 하거든요."

　"그게 아니야! 지금 우리에겐 성에 데리고 갈 만큼 교육받은 점원이 없어."

　주거래 고객인 하급 귀족을 중심으로 조금씩 중급이나 상급 귀족으로 판로를 넓히고 있는 길베르타 상회다. 내 연줄로 단숨에 엘비라라는 큰 고객을 얻었지만, 상품을 가져갈 사람이 벤노와 마르크밖에 없는 상황으로 알 수 있듯이 성에 보내도 될 만큼 만큼 귀족의 행동거지를 익힌 점원이 한참 부족한 듯했다. 이탈리안 레스토랑에서 식사 시중을 들도록 서둘러 예의범절을 가르친 사람은 있지만 그들도 성에 보내기엔 불안했다.

"……점원이라. 그럴듯한 옷을 입히고, 제 시종과 잘 교육받은 회색 신관 중에서 몇 명을 데려가실래요? 이번에는 주문을 받을 필요 없이 완성된 상품만 팔면 되거든요. 행동거지에 큰 문제가 없고 계산만 할 수 있으면 충분할 거예요."

귀족의 거래는 주문부터 시작하는 주문제작이 기본이다. 보통 식물지처럼 소모품이 아닌 한 이미 만든 상품을 그대로 파는 경우는 없다. 최근에 파는 린샴도 상급 귀족용은 주문제작이다. 계절에 따라 어려 종류의 기름이나 스크럽 재료를 바탕으로 만든 몇 가지 샘플을 들고 가면 귀족 각자가 자기 취향에 맞춰 주문한다. 나는 미리 만들어 오는 샘플 중에서 사는데, 상급 귀족의 주문 형식을 갖추기 위해 마치 새로 주문하는 상품처럼 주문서를 제출하곤 했다.

"겨울 수작업으로 만든 물건을 그대로 팔 생각이야? 성에서 귀족을 상대로 주문을 받는 게 아니라?"

벤노의 눈이 휘둥그레졌지만, 나는 고개를 끄덕였다.

"그대로 팔 거예요. 당장 필요한 물건이잖아요. 만약 내년에 받아도 좋으니 완성도가 높은 물건을 주문하겠다는 귀족이 있으면 벤노 씨와 마르크 씨가 응대하면 돼요. 대신 당장 필요하다는 분에게는 상품을 그대로 팔려고 하니까 계산을 할 줄 아는 회색 신관을 써도 문제없어요."

"……알겠다. 우리 쪽에서는 나와 마르크와 레온이 가겠다. 그리고 성인이 된 회색 신관으로 두 사람 정도 골라 줘. 성에 데리고 가려면 옷을 맞춰야 하니까."

아무리 그래도 회색 신관복 차림으로 성에 데리고 갈 수는 없다. 길베르타 상회의 관계자들과 함께 성에 간다면 제대로 된 옷이 필요하다.

"길, 누가 좋을까요? 한 사람은 작은 성배도 옮겨야 하니 프랑으로 해야겠지만요."

"프리츠는 청색 신관을 모신 경험이 있으니 괜찮을 겁니다."

"그럼 프랑과 프리츠에게 부탁해야겠어요."

데리고 갈 인원이 정해지면 다음은 가격과 수량 확인이다.

"금액은 그림책이 소금화 1닢, 카루타가 대은화 5닢, 전체가 검은색인 트럼프는 대은화 3닢이고, 색깔 잉크를 쓴 트럼프는 소금화 1닢이에요."

식물지나 잉크 가격을 내리는 데 성공한 덕분에 원가가 떨어진 만큼 제일 초기에 부자에게 팔았던 그림책보다 저렴해졌다. 카루타 그림은 아무래도 빌마에게 전부 그리게 할 수 없는지라 등사판 인쇄를 이용했다. 그리고 판자를 쓰는 카루타는 종이보다도 원가가 싸다. 트럼프는 카루타보다 장수가 적어서 더 싸진다. 다만 희소성 있는 색깔 잉크를 사용하면 매우 아름다운 반면 가격이 뜀박질한다. 다른 사람과 차별화를 두고 싶은 상급 귀족용인 셈이다.

"수량은 일단 100개씩 준비할게요. 애들 인원수를 고려해도 그 정도면 충분하겠죠."

"알겠다. 100개씩 목제 상자에 담아서 가지."

판매 방법에 관해서도 다양하게 논의했다. 상대가 귀족이라 평민에게 파는 방법과 똑같을 수 없는 점이 가장 큰 문제였다. 어떻게 팔지 의논하고 있으니 마르크는 "먼저 준비에 들어가겠습니다." 하며 혼자 돌아갔다. 벤노는 프랑과 프리츠에게 협력을 구한 후 두 사람의 치수를 재고 판매 교육을 시작했다. 길과 루츠는 공방에 가서 상품을 확인하고 상자에 넣는 작업을 개시했다.

급하게 서두르는 길베르타 상회의 모습을 보다가, 다무엘이 입을 꾹 다물고 고개를 살짝 숙였다. 시선을 떨군 침울한 표정이 어린이 방에서 본 필린느의 표정과 겹쳐졌다.

"다무엘, 무슨 일인가요? 뭔가 생각난 게 있으면 말해 줘요. 우리가 미처 알아채지 못한 점이 있을지도 모르니까요."

나는 모든 방면에서 상식이 없고, 벤노는 귀족과 사업상의 거래는 해도 평민이며 장사를 하러 성에 출입하는 일은 처음이다. 귀족인 다무엘이 자기 눈에 보인 문제점을 알려주지 않으면 당일에 말도 안 되는 실패를 저지를지도 모른다.

"그럼 제 생각을 말씀드리겠습니다……. 로제마인 님께서 만드신 그림책은 매우 훌륭하고, 다른 책보다 가격이 저렴한 점은 알겠습니다. 하지만 하급 귀족에게는 여전히 쉬이 살 수 있는 가격이 아닙니다. 신분차를 느끼고 억울해하는 아이가 있지 않을까 걱정이 됐습니다."

다무엘이 "저도 유복한 귀족은 아니니까요."라고 덧붙였다. 특히나 가난한 하급 귀족은 평민 부자보다도 가난하다. 그런 간단한 사실도 미처 생각하지 못한 스스로에게 분했다. 이해하고 익히기 쉬운 책은 우수한 교사를 고용하지 못하는 하급 귀족에게 더욱 필요하지만, 책 구입에도 재산이 크게 영향을 미쳤다.

"귀족 누구나 살 수 있는 가격이라고는 할 수 없지요. ……하지만

이 이상 가격을 낮출 수는 없습니다."

벤노가 나를 힐끗 쳐다보았다. 귀족에게 팔 상품의 이문을 낮추는 짓을 벤노가 허락할 리도 없을뿐더러 앞일을 생각하면 처음부터 냅다 싸게 팔 수도 없는 노릇이다.

"이것도 일단은 가격을 내린 금액이니까요. 하지만 어떻게 해야 누구나 원하면 책을 구할 수 있을지 고민해 봐야 할 것 같아요. 뭔가 좋은 방법이 없을까요? 루츠, 어떻게 생각해요?"

"살 수 없다면 빌릴 수밖에 없겠지요."

책은 비싸다. 개인이 소유하면 부의 상징이 될 정도로 고가다. 구매는 물론이고 대여도 쉽지는 않다. 신전 도서실은 신전 관계자 외에는 출입 금지고, 신전 관계자라도 청색 신관이나 청색 무녀가 아니면 책을 빌릴 수도 없으며 신전장이나 신관장의 허가가 필요하다. 성의 도서실에서는 신분을 증명해야 하고 보증금을 준비해야 책을 빌릴 수 있다. 더럽히거나 훼손했을 때 변상금으로 쓰이므로 그 보증금마저 비싸다. 도서관의 무료 대여 원칙 따위 이곳에서는 말도 안 되는 것이다.

"현재 쉽게 못 빌리는 상황이라면 앞으로 어떻게 하면 쉽게 빌려줄 수 있을지 생각해 보면 어떻겠습니까?"

"……보증금이 비싸서 빌리기 힘들다면 보증금을 싸게 하자는 말인가요?"

대여비를 싸게 하고 오염이나 훼손이 있으면 변상을 보장하겠다는 부모의 친필 동의서를 받아 두면 어떨까. 권력 남용인지도 모르지만, 영주의 양녀인 내 소유의 책을 빌려주는 형태로 시작한다면 책을 조심스럽게 다룰 테고, 문제가 생겼을 때 변상을 철저하게 받아낼 수 있을 거다.

"빌릴 때 필요한 돈도 새로운 이야기 하나와 교환해 주면 해결되지 않을까요?"

필린느나 다른 소녀들은 내게 몇 가지 이야기를 해 주었다. 그 이야기의 원고료로 돈을 준다면 책 구입비로는 부족하겠지만 책이나 교재 대여비는 되지 않을까.

"1화가 아니라 글자 수로 생각하는 편이 좋을 겁니다. 이야기마다 길이가 다르니까요."

"그러네요. 원고료를 지불할 때 그렇게 할게요."

글자 수로 계산해서 아이들의 아르바이트 비용으로 원고료를 준다면 난 새로운 이야기도 손에 넣을 수 있다. 글씨가 예쁘지 않은 아이에게는 글씨 공부도 되고 용돈도 버니 일거양득이 아닐까. 내가 혼자 들떠 있는데, 벤노의 얼굴이 굳어졌다.

"로제마인 님, 돈이 관련된 사항입니다. 즉흥적인 생각으로 무턱대고 이래저래 바꾸시는 건 좋지 않습니다. 사전에 신관장님과 의논하시고 준비가 끝난 후에 실행해 주십시오."

벤노의 적갈색 눈이 화가 나 있다. '미치도록 바쁠 때 잡생각은 마라.'라고 말하고 있다. 벼락이 떨어지기 일보 직전이다. 내가 영주의 양녀가 아니었다면 이미 떨어지고도 남았다.

"원고료는 조금 더 생각하는 편이 좋겠네요. 이번에는 저렴한 금액으로 대여하는 방안을 시도해 볼까요?"

호호호, 하고 벤노의 분노를 피하면서 나는 마음속 서자판에 기록했다. 책 대여점과 저렴하게 이용할 사설 도서관을 기초로 하급 귀족에게 교재를 대여하는 방안을 생각해 보자.

눈 깜짝할 사이에 판매 당일이 되었다. 나는 신전 정면 현관에 레서버스를 꺼내고 모두가 짐을 옮기는 모습을 바라보았다. 100개씩 준비한 그림책과 트럼프, 카루타가 목제 상자에 가득 차 있다.

프랑과 프리츠는 길베르타 상회의 상인으로서 함께 가기로 했기 때문에 마르크나 레온과 똑같은 옷을 벤노에게 받아서 입었다. 신관복 외에도 평민촌 외출복을 입어 왔던 프랑과 달리 프리츠는 다른 옷이 낯선지 어딘지 모르게 불안해 보였다.

"로제마인, 진심으로 여기에 길베르타 상회 사람을 태울 생각인가?"

페르디난드가 레서버스를 보고 조금 언짢은 표정을 지었다.

"이런 눈 속인걸요? 마차를 타면 도중에 오도 가도 못 하게 될지도 모르잖아요?"

내가 두텁게 쌓인 눈을 가리키자, 페르디난드가 팔짱을 끼고 눈과 상인들을 번갈아 보았다.

"그대의 말도 이해되지만, 귀족이 상인과 상품을 싣고 성에 간 전례가 없다."

"괜찮아요. 전 전례가 될 각오가 되어 있어요."

"평생 그대 하나뿐일 거다."

페르디난드는 한숨 섞인 말로 그렇게 말하고, 시선을 내게서 주위로 돌렸다.

"프랑, 프리츠. 제멋대로 부리는 주인 때문에 고생하겠지만 힘내라. 그리고 벤노. 마음고생이 심하겠지만 앞으로도 로제마인과 함께하는 한 비슷비슷한 일이 몇 번이고 벌어질 거다. 스스로 사서 하는 고생이다. 포기해라."

페르디난드의 말을 듣고 나를 힐끗 쳐다본 모두가 온순한 표정으로 고개를 끄덕였다.

'포기하란 말도 그렇고, 하나같이 동의하다니 너무하지 않아?'

모두의 반응에 볼을 뾰로통하게 부풀리며 레서버스의 입구를 크게 열었다.

"준비가 끝났으면 타세요."

차에 익숙해진 프랑이 가장 먼저 올라타고, 벤노가 불길한 물건을 보는 듯한 얼굴로 올라탔다. 마르크는 평소처럼 웃으면서, 레온은 여기저기 더듬으며 "와아." 하고 소리 지르며 들어왔다. 프리츠는 조심조심 올라타다가 입구가 출렁이며 닫히자 "우왓!" 하고 비명을 질렀다.

"안전띠를 꽉 매 주세요. 프랑, 장착 방법을 가르쳐 주세요."

프랑이 "알겠습니다." 라고 대답하고 안전띠를 매는 방법을 가르치는 동안, 조수석에 브리기테가 올라탔다. 오늘같이 상인이 동승하게 되면 호위가 필수라고 한다.

레서버스가 하늘을 달리기 시작하자 뒷좌석이 소란스러워졌다. 하늘을 나는 경험이 없는 평민이라 당연하지만, 대부분이 '어지럽다'든가 '속이 울렁거린다'는 의견이었다. 하늘을 달리는 레서버스에 폴짝폴짝 뛰며 좋아하던 길과 니콜라의 반응과 비교해 보면 오늘 손님들은 나이가 많아서 그런지 머리가 굳은 것 같다.

"어서 오십시오, 로제마인 님."

내 기수에서 줄줄이 내리는 사람들을 보고 노르베르트의 눈이 휘둥그레졌다. 역시 내 기수에서 평민이 잇따라 내리자 놀란 듯하다. 목제 상자를 내리는 그들을 보고, 노르베르트는 당혹스러운 표정으로 한 번 눈을 지그시 감고, 천천히 한숨을 내쉬었다.

"로제마인 님, 이들은 길베르타 상회 사람들입니까?"

"네. 이건 아우브 에렌페스트에게 받은 허가증입니다. 노르베르트, 이대로 어린이 방에 가겠어요. 안내해 주세요."

"……알겠습니다. 그럼 이쪽으로."

노르베르트가 아주 짧게 망설인 후, 싱긋 웃었다. 동시에 기수를 정리하던 페르디난드가 관자놀이를 누르며 한숨을 깊게 내쉬었다.

"로제마인, 원칙상 평민인 상인은 다른 입구로 들어가야 한다."

영주 일가가 출입하는 현관과 상인이 드나드는 장소가 전혀 다르다는 지적에 순간 아차 하고 고개를 푹 숙였다. 굳이 생각하지 않아도 기본적으로 알아야 하는 상식이었다. 상인과 영주의 양녀 신분은 귀족 마을로 들어가는 문이 성에 들어가는 문도 다르다. 상인은 하인들이 쓰는 평민용 출입구를 통해 들어가게 되어 있는 듯했다.

"저기……. 죄송해요. 제가……."

곤란해져서 고개를 기울이며 올려다보자, 페르디난드가 가볍게 고개를 저었다.

"미안하다, 노르베르트. 나도 출발 준비를 하는 모습을 보기 전까지 설마 로제마인이 상인들을 기수에 태워 데려갈 생각일 줄은 알아채지 못했다. 그때부터 마차를 준비하기엔 시간이 걸릴 것 같기에 이 사달이 났지. 로제마인, 이곳에 내리는 다른 상인은 없으니까 이번에는 넘어가겠지만 앞으로는 조심해라. 노르베르트, 미안하지만 이번만 여기서 안내해 줬으면 좋겠군."

"알겠습니다. 페르디난드 님."

나는 1인용 레서버스를 타고 노르베르트와 페르디난드를 따라갔다. 우리들 뒤로 상품이 가득한 목제 상자를 안은 길베르트 상회 사람들이 줄을 이었다.

"로제마인 님, 안녕하십니까."

"안녕하세요, 여러분. 이쪽 준비가 다 될 때까지 놀고 있으세요."

아이들의 기대에 찬 눈빛은 평소대로였고, 거기에 오늘은 나를 바라보는 부모들도 많았다. 나와 친분을 맺을 절호의 기회라며 벼르고 있으리라.

"늦었잖아, 로제마인."

잔뜩 골이 난 채 빌프리트가 맞이했다. 빌프리트에게는 오늘 판매의 도우미 역할을 부탁했었다. 처음 맡은 업무에 의욕이 넘친 나머지 빌프리트는 조금 콧대가 높아져 있었다.

"빌프리트 오라버니는 저쪽에서 다 같이 카루타를 하면서 모여 주신 부모들께 어떻게 갖고 노는 물건인지 보여주세요. 사용법을 알아야 구매 의욕도 생기니까 아주 중요한 임무예요."

"음. 그럼 한판 해야지."

이번 겨울에 생긴 빌프리트의 추종자들이 "넷!" 하고 씩씩하게 대답하고 카루타를 늘어놓았다. 남자아이들이 솔선해서 카루타 시범 대결을 벌이자 어른들이 하나둘 호기심 어린 얼굴로 모였다. 남자아이들과 달리 따분해하는 여자아이들을 발견하고 나는 말을 걸었다.

"여러분은 아버님과 어머님들에게 그림책을 읽어 드리세요. 얼마나 글을 익혔는지 부모님께 자랑하는 거예요."

"네, 로제마인 님."

꺅꺅 소리 지르며 여자아이들이 그림책을 안고 자기 부모에게 달려가서 읽어 주기 시작했다. 평소 부모님이 해 주셨던 대로 오늘은 자기가 부모들에게 읽어 주는 것이다. 조금 긴장했는지 책을 읽어 주는 아이들의 목소리가 떨렸다.

"코르넬리우스는 친구와 트럼프 게임을 해 주세요."

내가 트럼프를 건네자, 코르넬리우스는 "전 로제마인 님의 호위입니다만." 하고 마뜩찮은 표정으로 트럼프를 보았다. 하지만 내 측근 중에 학생에게 상품을 권유할 수 있는 사람은 한 사람뿐이다.

"지금 안게리카가 없으니 학생이 코르넬리우스뿐인걸요. 잘 부탁할게요."

"……그렇군요. 그 이유라면 제가 적임자죠. 분부대로 하겠습니다."

안게리카는 아직 귀족원에서 돌아오지 않아서 부탁할 수도 없다. 학생들을 거느리고 트럼프로 블랙잭 등의 게임을 시작한 코르넬리우스 쪽에도 어른들이 모여들었다.

귀족들의 시선을 시범 승부로 돌린 후, 나는 얼른 시선으로 길베르타 상회에게 신호를 보내고 판매 준비에 돌입했다. 의논한 대로 어린이 방 한구석에 준비된 진열대를 보고 나는 담당 시종들의 노고를 치하했다.

"진열대를 준비해 줘서 고마워요. 그럼 벤노, 상품을 진열해 주세요."

"알겠습니다, 로제마인 님."

사전에 말을 맞춘 대로 상품을 진열하고, 순조로운 계산을 위해 잔

돈을 준비했다. 상품을 나열한 진열대 앞에는 나와 빌프리트가 상품을 구입하는 귀족들과 대화를 나눌 의자 두 개와 책상을 준비해 두었다.

그리고 방 전체를 둘러볼 수 있는 위치에 이번 교재 판매의 감시역인 페르디난드의 자리를 준비했다. 귀족들이 어떻게 움직이는지, 앞으로 길베르타 상회가 성에 드나들기에 적합한지, 내가 바보 같은 실수를 하진 않는지, 이곳에 앉아 주의 깊게 관찰하기로 했다. 준비하는 동안 페르디난드는 흥미롭다는 표정으로 모든 선전 활동을 하나하나 들여다보았다.

귀족과 거래가 가능한 벤노와 마르크는 어떤 식으로도 대응할 수 있게 나와 빌프리트 자리의 양옆에, 레온이 트럼프, 프랑이 그림책, 프리츠가 카루타 쪽에 섰다.

"로제마인 님, 준비가 완료되었습니다."

벤노의 말에 고개를 끄덕인 나는 빌프리트가 이기길 기다렸다가 모두에게 말을 걸었다.

"오래 기다리셨습니다. 지금부터 길베르타 상회가 주최하는 교재 판매를 실시하겠습니다."

빌프리트는 옆에 있는 소년에게 카루타 정리를 떠넘기고 달려와서 의자에 앉았다.

"구매를 검토하시는 분은 이쪽으로 와 주세요. 오늘은 교재를 판매하는 만큼 자녀와 동행한 분께 우선권을 드리겠습니다."

내가 싱긋 웃자, 아이를 데려온 귀족이 앞으로 나와 무릎을 꿇었다. 아이들에겐 인사를 받았지만 부모에게는 아직 인사받지 않은 탓에 줄줄 이어지는 기나긴 인사를 나누어야 했다. 물론 이 순서도 신분

순이다. 이 장황한 인사치레를 혼자서 대응하기 어려워서 빌프리트에게 도우미를 부탁한 것이다. 굳이 말하자면 주로 남자아이는 빌프리트의 앞에 서고, 여자아이가 내 앞에 서곤 했다. 역시 동성의 측근 자리를 먼저 노리는 모양이다.

장황한 인사가 끝나자 나는 두 사람에게 일어서라고 말한 뒤, 주문서를 내밀었다.

"기베 그레첼은 무엇이 필요하신가요?"

"로제마인 님의 그림책이 너무나도 훌륭한데다, 딸아이가 여동생도 좋아할 거라며 카루타와 트럼프까지 전부 갖고 싶다고 조르더군요……. 귀여운 딸의 부탁이니 전부 사겠습니다."

그레첼 백작은 펜을 들고 온화한 미소를 지으며 자기 옆에서 주문서를 바라보는 딸을 내려다보았다. 진홍색 머리가 인상적인 소녀가 우후훗, 하고 득의양양하게 웃는다.

"로제마인 님의 그림책이 얼마나 읽기 쉬운데요. 아버님도 보시면 아실 거예요."

책을 칭찬해 주는 소녀에게 싱글벙글 웃어주며 주문서를 확인하고, 내 옆에서 대기 중인 벤노에게 건넸다.

"이쪽에 다 준비되어 있습니다."

그레첼 백작의 시종과 벤노가 주문서대로 금액과 물품을 교환하면 매매 종료다.

"부디 공부에 잘 활용해 주세요."

"네, 로제마인 님."

그레첼 백작이 자리를 뜨자 다음 귀족이 다가왔다. 또 인사다. 힐끗 옆을 보니, 빌프리트가 당당한 태도로 귀족을 응대하며 귀족이 쓴 주문서를 마르크에게 전달하고 있었다.

"기베 쾰른베르거, 이건 공부에 아주 큰 도움이 된다. 나도 이것으로 글자와 신의 이름을 외웠어. 그대들도 노력해라."

"감사합니다, 빌프리트 님."

긴 행렬을 나와 빌프리트 둘이서 처리해 갔다. 모든 교재를 사는 사람은 역시 금전적 여유가 있는 상급 귀족들뿐이었다. 중급 귀족쯤 되면 형제가 함께 쓰도록 카루타와 트럼프를 사는 자가 많았고, 한 권 값도 비싼 그림책까지 전부 사는 사람은 적었다. 카루타의 그림패에도 신이 등장하므로 그림책보다 카루타를 먼저 사게 되는 듯하다. 하급 귀족은 간신히 하나만 골라서 사는 느낌이 강했다.

그런데도 부모가 사 준 카루타와 트럼프를 들고 내년의 승리를 기대하며 의욕을 불태우는 아이는 그나마 나은 편이었다. 아무것도 가지지 못하고 부럽게 바라보는 아이도 몇몇 있었다. 처음부터 구매를 포기했는지 부모가 오지 않은 아이들이다. 그중에는 우울해 보이는 필린느도 있다.

"필린느, 부모님은 안 오세요?"

"……네. 오늘은 용무가 있으셔서."

말하기 어려운 듯 억지로 웃는 필린느 옆에는 마찬가지로 부모가 오지 않은 다른 아이가 자기에게 말 걸지 말라는 듯이 슬쩍 시선을 피했다.

"그렇군요. 그럼 겨울 끝 무렵에는 지금 이 그림책과 카루타를 빌려주는 방법도 생각하고 있으니 원하는 사람은 부모님과 상담해 보세요."

"로제마인 님, 마음은 감사합니다만……."

돈이, 라며 소리 없이 입술만이 오물거린다.

"제 교재를 빌릴 때 필요한 건 돈이 아니에요."

네? 하고 모두가 일제히 고개를 들고, 얼빠진 표정으로 나를 보았다. 예상대로의 반응에 키득키득 웃으며 나는 입가에 손을 대고 비밀 얘기를 하듯 속삭였다.

"제가 원하는 건 처음 듣는 이야기예요. 다양한 이야기를 모아 주세요."

"로제마인 님, 그건 제 어머니가 들려준 이야기인데요?"

"네. 필린느는 벌써 세 가지나 들려줬지요? 그러니 그림책을 세 권 빌릴 수 있어요."

필린느를 비롯한 하급 귀족 아이들의 표정에 웃음꽃이 활짝 피었다.

"로제마인 님, 저도 알고 있는 이야기를 해 드리면 카루타를 빌릴 수 있나요?"

"그럼요. 제가 모르는 얘기라면 카루타를 빌려드릴게요. 하지만 더럽히거나 훼손하지 않도록 소중하게 써 주세요. 만약 교재가 파손되면 변상금을 내야 될 테니까요."

"네!"

소중하게 쓰고 더럽히거나 파손했을 때는 변상하겠다는 부모의 친필 동의서를 받기로 하고, 내가 모르는 이야기와 교환해서 봄부터 다음 겨울까지 교재를 빌려주기로 했다.

봄의 도래와 안게리카

교재 판매는 순조로웠다. 판매가 끝날 때쯤에 엘비라도 찾아와 코르넬리우스를 위해 모든 상품을 구입해 주었다. 그리고 벤노에게 방그레 웃으며 "슬슬 린샴이 떨어져 가니 주문을 받으러 오셔요."라는 말을 완곡하게 돌려 말했다. 상급 귀족인 엘비라가 주문을 넣게 되면서 길베르타 상회의 주목도가 한층 올라갔다. 벤노는 싱긋 웃으며 알겠다고 대답했지만, 내 눈에는 눈동자가 살짝 흔들리는 게 보였다. 성에서 귀족의 주목을 한 몸에 받은 셈이다. 시선에서 느껴지는 중압감과 긴장감이 엄청나리라. 세례식과 데뷔 무대에서 주목을 받았던 나는 충분히 공감이 갔다.

'히…… 힘내요, 벤노 씨!'

교재 판매가 끝난 뒤에는 린샴을 노린 부인 몇몇이 말을 걸었고, 벤노와 마르크가 그들을 대응하며 상담이 시작되었다.

"페르디난드 님, 교재 판매 완료를 보고하고 전의 그 물건을 드리러 아우브 에렌페스트와 면담을 하고 싶어요……."

"아아, 내가 다녀오마. 그대는 여기 있어라."

페르디난드가 벤노와 마르크를 보면서 그렇게 말했다. 작은 성배가든 목제 상자를 가까이에 있던 시종에게 넘기고 질베스타의 집무실로 향했다. 프랑과 프리츠, 레온은 남은 교재를 정리하고 돈을 관리했다.

판매와 거래가 끝나자, 길베르타 상회의 관계자, 프랑과 프리츠를 데리고 신전으로 돌아갔다. 나는 신전에서 하룻밤만 자고 바로 성에 돌아와야 했다. 매상 보고는 며칠 뒤에 받기로 했다.

다음 날, 어린이 방에서 자기 교재를 품에 안은 아이들에게 잃어버리지 않게 교재에 자기 이름을 써 놓으라고 말했다. 모두가 똑같은 물건을 가진 셈이다. 서명은 기본이다.

"트럼프는 이쪽에, 카루타는 이쪽에, 그림책은 이쪽에 자기 이름이나 가문명을 쓰세요. 똑같은 물건이라 헷갈리지 않아야 하니까요."

형제끼리 나눠서 가문 이름을 쓰는 아이도 있고, 전부 구입한 자기 교재를 보며 "이걸 다 쓰라고?" 하고 한숨을 내쉬는 아이도 있었다. 차마 두고 볼 수가 없어 내가 "오늘 쓸 교재에만 쓰고, 나머지는 집안 사람들에게 도와 달라고 해도 돼요."라고 말하자, 상급 귀족 아이들이 노골적으로 가슴을 쓸어내렸다.

"오늘은 그림책만 쓸 예정이니 그림책에만 서명을 쓰세요."

나는 어린이 방의 상황을 지켜보면서 하급 귀족 아이들이 들려주는 새 이야기를 기록했다. 지금까지 여자아이들에게만 들었는데, 남자아이의 이야기를 듣는 건 처음이었다. 도중에 말을 끊고 "어라?" 하고 갸웃거리는 모습이며, 명백하게 즉흥적으로 지어낸 터무니없는 이야기가 웃겨서 제법 재미있었다.

다가오는 봄이 눈에 보이는 듯 눈이 흩날리는 날씨에도 맑은 날이 늘었다. 당연히 아이들이 바깥에서 노는 날도 늘었다. 나도 체력 보강 차원에서 바깥에 나갔다. 기수 발착지 주변에는 인공적으로 만든 눈더미가 있는데 그곳에서 썰매 같은 도구를 타고 놀 수 있었다. 나는 썰매와 눈싸움에 참여할 생각이었다.

"가요, 로제마인 님."

의욕적으로 달리기 시작했건만 눈 속을 몇 걸음 달리다가 철퍼덕 넘어지고, 몇 걸음 걷다가 엉덩방아를 찧는 내게서 아이들이 하나둘 멀어졌다. 몇 번을 도전했지만 결국 단 한 번도 눈더미에 도달하지 못했다. 썰매 타기는 숨이 차서 포기했고, 눈덩이를 뭉치려고 몸을 웅크릴 때 날아온 눈덩이에 맞아 의식을 잃는 바람에 열이 나서 놀지도 못하고 끝났다.

'그래도 설중행군이라도 한 느낌이라 체력이 조금 붙은 것 같아.'

그러는 동안 겨울의 끝이 점점 다가온다. 귀족원의 졸업식과 성인식이 있어서 졸업생 부모와 영주 부부, 수업을 이수하고 돌아온 학생들이 귀족원으로 향했다. 행사가 끝나면 귀족원에서 일제히 돌아온다. 모두가 돌아오면 귀족 모두 함께 봄을 축복하는 연회가 열리고 겨울 사교계가 끝난다. 그리고 각자 소유하는 땅으로 돌아가게 된다.

그 봄을 축복하는 연회 전, 학생들이 잇따라 귀족원에서 돌아오는 가운데 안게리카의 부모로부터 연신 송구스럽다는 내용이 담긴 면담 신청이 들어왔다. 그렇게나 죄송스러워하던 그들이 면담을 신청해 올 줄 몰랐기에 의아해하면서도 면담 일정을 잡았다.

면담 당일, 내가 방에 들어갔을 때 안게리카와 그 부모가 무릎을 꿇고 대기하고 있었다. 부모는 안게리카를 사이에 끼고 나란히 무릎을 꿇고 고개를 푹 숙였다. 내가 방에 들어가고, 리카르다가 문을 닫음과 동시에 부모의 입에서 "대단히 죄송합니다!" 하고 비명 같은 소리가 나왔다.

"……네? 무, 무엇이 말이죠?"

"저희의 교육 부족으로 인해 로제마인 님께 폐를……."

앞선 면담보다도 비통하게 울리는 사죄에 나는 눈을 끔뻑였다. 갑자기 왜 뜬금없이 사죄하는지 모르겠다. 안게리카의 부모는 위 근처를 누르며 당장에라도 죽을 것 같이 새파랗게 질린 얼굴로 설명을 시작했다. 웬걸, 안게리카가 귀족원에서 올해 수업에 합격하지 못했다는 것이다.

'봄부터 보강이 정해져서 당분간 호위 임무를 맡지 못한다니.'

부모는 안게리카를 내 호위 기사에서 제명해 달라며 떨리는 목소리로 빌었다. 이보다 더 추태를 부리기 전에 방지하고자 하는 듯했다. 하지만 내 호위 기사에서 제명되면 앞으로 안게리카의 장래에 상당히 영향이 클 터였다. 영주 양녀의 호위 기사로 임명된 것이야 명예로운 일이지만, 성적 부진을 이유로 잘린다면 귀족으로서 큰 실점이 된다.

"리카르다, 이럴 땐 어떻게 하면 좋을까요? 봄엔 기원식이 있어서 당분간 성을 비울 예정이라 안게리카가 봄 중에 보강을 끝내 주면 그렇게 곤란하지 않은데……."

"공주님께서 하고 싶으신 대로 하시면 됩니다."

리카르다는 능력 부족을 이유로 잘라 버려도, 장래성을 보고 내버려 둬도 괜찮다고 말했다. 주인인 내가 마음대로 선택해도 상관없는 듯했다.

"안게리카는 어쩌고 싶나요?"

"……제가 이대로 모셔도 괜찮으십니까?"

멍한 표정으로 안게리카가 물었다. 나는 고개를 끄덕였다.

"노력해서 여름 전까지 돌아와 준다면 이대로 호위를 맡아 줬으면 좋겠어요."

내 말에 안게리카의 부모는 서로의 얼굴을 마주 보고 매우 곤란한 표정을 지었다.

"로제마인 님께서 자비로우시고 마음씨가 고운 분이라는 사실은 알고 있습니다만, 안게리카는 곁에 두시더라도 로제마인 님께 도움이 되지 않습니다. 주인의 평판을 떨어뜨리는 측근은 필요 없습니다. 부디 다시 생각해 주십시오."

부모의 말은 영주 일족을 섬기는 시종다운 발언이었다. 능력 없는 자는 잘라 버리고 일족을 부흥시켜야 하는 귀족다운 말이다. 하지만 내 귀에는 슬프게 들렸다. 아무리 허약하고 쓸모없어도 나를 소중히 아껴 줬던 가족을 떠올리면 그 차이가 와닿아 기분이 우울해졌다. 나를 생각해 주는 마음은 고맙지만, 부모라면 안게리카를 더 생각해야 하지 않은가. 귀족의 사고방식에 완전히 받아들이지 못한 나의 고집이겠지만 그렇게 생각했다. 그렇게나 지독했던 빌프리트의 시종과 호위 기사에게도 갱생의 기회를 주었던 터이다. 나는 안게리카에게도 기회를 주고 싶었다.

"당신들의 충고는 가슴 깊이 새기겠습니다. 하지만 전 여름까지 상황을 보고, 안게리카를 해임할지 어떨지 결정하고 싶군요."

나는 천천히 고개를 가로저으며 부모의 호소를 거절했다. 안게리카의 부모는 포기한 표정을 지었고, 안게리카는 나를 보더니 "알겠습니다." 라며 고개를 숙였다.

"겨울 동안 어린이 방의 아이들도 신의 이름을 암기한걸요. 분명 안게리카도 할 수 있을 겁니다."

나는 그렇게 말하며 일어서서 안게리카의 부모에게 퇴실을 명했다.

"그럼 지금부터 안게리카가 어떤 수업을 들었고 어디서 막혔는지,

또 무엇을 모르는지 얘기를 나눠 볼까요.”

안게리카의 부모가 퇴실하는 모습을 끝까지 확인한 후 나는 그 자리에서 바로 '안게리카의 성적 올리기 부대'를 결성했다. 부대에는 호위 기사 전원을 강제로 멤버로 투입했다. 기사가 아니면 수업 내용도 모르기에 시종과 문관은 필요가 없다. 내 방에는 남성 출입이 금지이므로 일단 면담실에서 작전 회의를 했다.

“안게리카는 어떤 수업을 통과하지 못한 건가요?”

귀족원에서는 성적을 구두로 전달하고 성적표를 따로 배부하지 않아 나는 안게리카가 무엇을 잘하고 무엇을 못하는지도 몰랐다. 못하는 부분을 중점적으로 공부하면 된다고 생각해 질문했더니 안게리카가 짙은 파란색 눈동자를 반짝이며 또박또박 대답했다.

“앉아서 하는 수업 전부입니다.”

그 순간, 모두의 말문이 막혔다. 브리기테는 눈을 꼭 감았고, 다무엘은 입을 쩍 벌렸다.

“……안게리카, 그건 너무…….”

“이론 수업은 그렇게 어렵지도 않잖아?”

다무엘은 문관인 형을 위해 기사가 되기로 했지만 사실 문관 쪽에 더 재능이 있다고 한다. 하급 귀족이라 마력도 적은 탓에 이론보다 실기에 고생하는 모양이었다.

“저기, 안게리카. 그럼 대체 어떤 수업을 듣고 있죠?”

“……잘 모릅니다.”

고개를 갸우뚱거리는 안게리카의 대답에 코르넬리우스의 눈꼬리가 치켜 올라갔다.

“신들의 이름을 외우고, 기본 병법을 배우고 있잖아! 진짜 수업을 듣긴 하냐!?"

안게리카는 귀족원 3학년이다. 그 3학년의 수업 내용을 당사자인 안게리카가 가장 몰랐다. 내년을 대비해 미리 정보를 입수한 코르넬리우스가 더 자세히 알 정도다. 나는 페르디난드처럼 관자놀이를 꾹 누르고 싶어졌다.

"다무엘, 브리기테, 코르넬리우스. 수업 내용을 자세히 가르쳐 주겠어요?"

"물론입니다."

안게리카에게 물어 봤자 시간만 아깝겠다고 판단하고 나는 다른 세 사람에게 얘기를 듣기로 했다. 브리기테와 다무엘의 기억에 더해 코르넬리우스가 모은 정보를 듣는 편이 더 정확할 것이다.

"음, 모두가 한 말을 정리하면 신들의 이름과 관장하는 분야를 익힌 후 자신과 상성이 높은 신의 가호를 받는 것이 공통 과제고, 기본 병법과 무기의 특성을 배우고 활용하도록 하는 것이 기사의 과제라는 거죠?"

"수업을 세밀하게 나누자면 더 많지만, 그 정도만 확실하게 해낸다면 어느 수업이든 낙제점을 받지는 않을 겁니다."

실기는 고생했지만 이론은 비교적 우수했다는 다무엘이 '어떻게 낙제점을 받을 수 있는지 모르겠다'며 의아해했다. 브리기테도 다무엘에게 동의하며 고개를 끄덕였다. 브리기테는 전 과목이 평균점이었다고 한다. 뭐든지 고생은 딱히 하지 않았다고 했다.

안게리카와 가장 가까운 사람을 꼽자면 코르넬리우스일까. 성적이 마력과 실기에 치우쳤고, 이론은 솔직히 어렵다고 했다. 그래도 상급 귀족으로서 부끄럽지 않은 성적은 유지하는 듯했다.

"낙제점이라고 하면 시험이 있나요?"

"네. 처음에 어떤 수업인지 설명하고 시험을 칩니다. 그 시험에서 불합격인 사람은 수업을 듣습니다. 그리고 수업 마지막에 시험이 한 번 더 있습니다."

다무엘의 설명에 브리기테가 다무엘을 노려보면서 어깨를 으쓱했다.

"마지막 시험이 있다고는 해도 다무엘은 수업 마지막까지 남은 적이 없지 않습니까?"

"무슨 뜻인가요?"

내가 고개를 갸웃거리자 다무엘이 설명해 주었다.

"수업이 이미 아는 내용이라면 수업 외의 시간에 선생님께 예약을 잡고 시험을 칠 수 있습니다. 전 남은 시간을 실기에 투자했죠. 이론을 일찍 이수해도 겨울 마지막까지 귀족원을 나가지 못했습니다."

손위 형제에게 배웠거나 귀족원 기숙사 생활을 하면서 선배에게 배워 아는 등, 시험에 합격할 자신이 있는 학생은 수업을 일찍 수료할 수 있다고 했다. 그래서 학생들이 성에 돌아오는 시기가 제각각이었던 모양이다.

"빈 시간이 생기면 마술구 제작 방법을 배우거나, 개인 무기를 강화하거나, 취미 수업을 듣기도 하고, 다른 영지 학생과 친목을 쌓기도 있습니다."

페르디난드는 분명 죽을힘을 다해 수업을 이수했으리라. 한 번에 시험을 연달아 합격하면서 주변으로부터 떠받들며 칭송받는 모습이 눈에 훤하다. 하지만 정작 본인은 주변 칭찬 따위 신경도 쓰지 않고 오로지 다음 수업에만 집중했음이 분명하다.

"……보강 수업을 듣고, 시험에 합격하면 되는 거죠? 그럼 안게리카와 코르넬리우스가 함께 공부하도록 해요. 여기서 함께 배워 두면 코르넬리우스도 내년에 편해지잖아요."

그렇게 해도 괜찮다고 말하고는 코르넬리우스가 안게리카를 걱정스럽게 바라보았다.

"로제마인 님, 신들의 이름을 외울 때 그 카루타를 쓰십니까?"

"네, 그래요. 코르넬리우스, 가져와 주겠어요?"

"알겠습니다."

어린이 방에서 아이들이 노는 모습만 보았을 뿐 참여해본 적이 없는 호위 기사들에게 코르넬리우스의 개인 카루타를 쓰게 했다. 초보자만 모인 대결에서 이긴 사람은 다무엘이었다. 코르넬리우스는 분한 듯했지만 안게리카는 져도 분하지 않은 모양이었다. 조금 더 향상심을 가져 주지 않으면 성장이 더딜 터였다.

"……아이들처럼 뭔가 상이 있으면 의욕이 생길지도 모르겠네요. 안게리카는 뭔가 갖고 싶은 물건이 있나요?"

안게리카가 그 말에 눈을 크게 뜨더니, 처음 보는 진지한 얼굴로 고민하기 시작했다. 이따금 허리에 찬 단검의 손잡이를 매만지면서 미간을 찌푸렸다.

"다른 분들도 제가 들어줄 수 있는 범위라면 원하는 바를 들어줄게요. 이번 일은 본래 업무가 아니니까 추가 급료든 뭐든 말해 보세요."

나는 '안게리카의 성적 올리기 부대'에 협력해 준 호위 기사들을 둘러보았다.

"그럼 전 추가 급료를 받고 싶습니다."

다무엘은 가볍게 웃으며 그렇게 말했다. 하지만 브리기테는 볼에 손을 대며 고개를 갸웃거렸다.

"전 일크너에 도움이 되었으면 좋겠지만 구체적으로는 떠오르지 않습니다."

약혼이 취소된 소문이 퍼져 정략결혼도 할 수 없게 된 몸이라 조금이라도 오라버니에게 도움이 되고 싶다며 브리기테가 말했다. 그 체념한 표정에 나는 뾰로통하게 입술을 내밀었다. 브리기테는 굉장히 좋은 사람이다. 할 수만 있다면 좋은 사람을 찾아 결혼했으면 했다.

'하지만 나도 참견할 만한 인맥도 없고, 소통 능력도 없단 말이지.'

코르넬리우스는 새로운 과자나 요리가 좋다며 주먹을 불끈 쥐었다. 기사단이나 귀족원의 동기 모임에 가져가고 싶은 듯했다. 새로운 레시피를 거머쥔 칼스테드의 아들로서 유행을 선도하고 싶다고 했다. 상급 귀족답다고 해야 할지, 요리에 환장했다고 해야 할지 애매하다.

"알겠어요. 그럼 다무엘에겐 대은화 다섯 닢. 코르넬리우스에는 다른 사람도 먹어 본 적 없는 새로운 과자를 드리도록 할게요. 브리기테에게는 가치가 비슷한 상이 뭐가 있을지 좀 더 고민해 보죠."

"감사합니다."

가볍게 미소 짓는 다무엘도, "타당한 보수다."라고 중얼거리는 코르넬리우스도 크게 의욕을 불태우지는 않았다. 조금 더 성공 보수를 올려야 하나 조금 고민했다.

"방금 제가 말한 건 안게리카가 시험에서 떨어졌을 때 지급할 보수예요. 만약 안게리카를 시험에 합격시켜 준다면 다무엘에게는 소금화 한 닢. 코르넬리우스에게는 만든 요리가 아니라 아무에게도 주지 않은 레시피를 하나 제공할게요. 브리기테에게도 비슷한 보수를 드리죠."

다무엘과 코르넬리우스의 눈이 크게 뜨이더니 먹이를 발견한 육식 동물처럼 날카로운 빛을 뿜으며 안게리카를 보았다. 브리기테는 구체적인 보상을 제시하지 않아서인지 침착했다.

"안게리카, 원하는 물건은 정했나요?"

뒤돌아보니 안게리카가 내 앞에서 무릎을 꿇었다. 그리고 단검 칼자루를 어루만지면서 우물쭈물 입을 열었다.

"정말 아무거나 괜찮습니까?"

"제가 들어줄 수 있는 범위라면 상관없어요."

고개를 살짝 떨어트렸던 안게리카가 결의를 품은 눈으로 얼굴을 들었다.

"전 로제마인 님의 마력을 받고 싶습니다."

무슨 말인지 모르겠다. 내가 "……마력, 이요?" 하며 고개를 갸웃거리자, 안게리카는 계속 만지작거리던 단검 칼자루로 시선을 보냈다.

"전 지금 이 검을 강화하는 중입니다. 그래서 로제마인 님의 마력을 받고 싶습니다."

설명이 어설픈 안게리카와 무기나 마력에 관해 잘 모르는 나 사이에 의사소통이 막혔다. 고개를 갸웃거리며 서로를 바라보았다.

"로제마인 님, 조금 설명해 드려도 괜찮으시겠습니까?"

보다못해 브리기테가 우리들 사이에 끼어 들어주었다.

"안게리카가 들고 있는 검은 마력을 먹고 성장하는 마검이라 불리는 무기입니다. 주인의 마력은 물론이고, 다양한 마력을 담으면 다양성이 자라납니다. 안게리카는 마검을 성장시키려고 자기 외의 다른 마력이 갖고 싶은 겁니다."

자기 마력을 부으면서 한편으로는 사냥한 마수의 마석에 담긴 마력을 쏟아넣기도 하고, 다른 사람과 뭔가를 교환하여 마력을 받기도 하며 마검을 성장시켜야 하는 모양이었다. 흠흠, 하고 고개를 끄덕이며 듣는데, 안게리카가 아차 싶은 얼굴로 입을 열었다.

"저기, 로제마인 님. 제 강점은 속도입니다. 그래서 전투 중에는 대부분의 마력을 신체 능력을 강화하는 데 씁니다."

애써 설명을 붙이려는 의도였겠지만 역시 안게리카의 어눌한 설명으로는 의미를 이해하기 힘들었다. 의아해하는 내게 다무엘이 통역해 주었다.

"로제마인 님은 기사단의 전투를 보신 적이 있으시지요? 대부분 슈타프를 변형해서 싸우는데, 슈타프는 변형과 유지에 마력이 필요합니다. 안게리카는 마력을 신체 능력 강화에 쓰기 때문에 슈타프가 아니라 마력을 축적해서 성장시킨 마검을 사용합니다. 조금이라도 유리하게 싸우려면 마검의 성장이 중요합니다."

"기사단 사람들에게 협력을 받으면 되지 않나요?"

그렇게 하면 순식간에 마검이 성장할 것 같았다. 내 말에 다무엘이 고개를 저었다.

"자기 마력을 그렇게 쉽게 남에게 넘겨줄 사람은 없습니다."

긴급하게 호출이 들어온 전투에서도, 자신의 마력으로 물들인 마석을 만들 때나 회복약을 만들 때도 마력은 필수다. 하급 귀족이라 누구보다 마력이 적은 다무엘은 물론 중급 귀족인 브리기테도 타인에게 마력을 넘기는 아까운 행동은 하지 않는 듯했다. 그만큼 마력은 상당히 가치가 높았다.

"전 안게리카에게 마력을 줘도 상관은 없어요. 다만 제가 마력을 줄 때 뭔가 주의점이나 신경 써야 하는 점이 있나요?"

"안게리카가 지금까지 쏟아부은 마력의 양만 넘지 않으면 됩니다. 정말 괜찮으시겠습니까?"

"다만 안게리카에게는 그게 성공 보수예요. 여름까지 모든 이론 시험에 합격해야 해요."

지금까지 관심을 거의 보이지 않던 안게리카의 짙은 파란 눈동자가 처음으로 생기 있는 빛을 발했다. 안게리카가 강한 결의를 담은 눈으로 나를 보며 단검의 칼자루를 꽉 쥐었다.

"저는 이 검을 위해서라도 반드시 시험에 합격해서 로제마인 님의 마력을 받겠습니다."

"안게리카에게 의욕이 생겼으니 얘기가 빨라지겠네."

신들의 이름과 속성은 카루타로 익히고, 기본 병법은 다무엘의 형인 헨릭이 베낀 책을 바탕으로 게빈넨이라는 마력을 쓴 체스 유사품의 말을 써서 외우기로 했다. 이론 합격을 위해 단기 집중 커리큘럼을 짠 사람은 다무엘이었다.

"귀족원이 문을 닫는 땅의 날에 공부 모임을 열겠습니다. 다들 괜찮습니까?"

어째서인지 다무엘이 의욕적이다. 소금화 한 닢이 상당히 매력적이었나 보다. 코르넬리우스도 의욕에 불탔다.

"내 카루타를 빌려줄 테니까 죽을 각오로 외워, 안게리카."

"고맙습니다, 코르넬리우스, 다무엘."

이렇게 하여 '안게리카의 성적 올리기 부대'의 정면 승부가 시작되었다.

기원식을 향해

　호위 기사들로 구성된 안게리카 공부 모임이 시작되었다. 봄을 축복하는 연회가 끝나면 안게리카는 보강을 하러 귀족원에 돌아가야 하는 터라 그 전까지 기사 기숙사에서 견습생들과 함께 카루타 맹훈련에 돌입했다고 한다. 그림패를 잡을 때 슥 하고 팔을 재빠르게 움직여서 잡아야 한다고 코르넬리우스가 가르쳤다.

　기본 병법은 내가 세례식 직후에 앓아누웠을 때 램프레히트가 가져온 책의 내용을 중심으로 공부했다. 책을 읽었을 때는 마력을 소비한 직후이기도 해서 전혀 이해가 가지 않았다. 하지만 게빈넨이라는 마력을 쓰는 체스 유사품을 써서 다무엘이 해설해 준 덕분에 나도 조금은 알 것 같기도 했다.

　"그럼 다무엘. 이럴 땐 어느 쪽으로 움직이면 좋은가요?"

　"좋은 질문입니다, 로제마인 님. 그럴 때는 이런 식으로 움직이는 게 정석입니다."

　다무엘이 말을 움직이면서 책에 실린 병법의 정석을 몇 가지 가르쳐 주었다. 실제로 말을 움직이며 해설을 들으니 머릿속에 쏙쏙 들어오는지, 안게리카는 줄곧 감탄했다.

　"이 문장이 그런 의미였군요. 수업에서도 게빈넨을 써 줬더라면……."

　상부의 명령대로 마력과 힘만 쓰며 움직였던 안게리카와 코르넬리우스도 조금은 병법에 흥미가 생긴 모양이다. 책을 보면서 게빈넨의 말을 움직이는 두 사람의 모습을 보며 브리기테가 다무엘을 흘긋 보았다.

"다무엘은 이렇게 병법을 익힌 건가요?"

"형님이 가르쳐 주셨습니다. 거의 게빈넨을 쓰면서 병법을 공부했죠."

게빈넨은 기사단 안에서 종종 가지고 노는 게임이지만, 갖고 놀려면 마력이 필요하다. 굳이 말하자면 중급에서 상급 귀족의 장난감이다. 하급 귀족인 다무엘이 능숙하게 쓰는 모습이 브리기테의 눈에는 조금 이상해 보였던 모양이다.

"형님이 귀족원에 재적하던 무렵에 게빈넨이 크게 유행했다고 합니다. 영지 대항전으로 기수를 사냥하거나 디터라는 경기에 참가할 때도 페르디난드 님께서 게빈넨으로 작전을 세우고 설명해 주셨다고 들었습니다. 병법은 수업을 듣지 않아도 모두가 기본적으로 알았다더군요."

다무엘이 페르디난드를 동경하고 존경하는 건 그러한 형의 이야기가 큰 영향을 끼쳤는지도 모른다.

'……그나저나 알면 알수록 신관장님은 정말 만능꾼이야.'

"로제마인 님이 귀족원에 들어가시게 될 무렵이면 아마 카루타와 그림책이 크게 유행하고 있지 않겠습니까? 그만큼 효과가 엄청납니다. 다른 영지에는 더 비싸게 팔아도 좋다고 봅니다. 새로운 유행을 만든다면 에렌페스트의 입장도 강해지겠지요."

브리기테가 카루타와 그림책을 보면서 그렇게 말했다.

"전 아직 영지 외의 사정을 배우지 못했는데, 에렌페스트는 약한가요?"

"에렌페스트는 정변 때 중립을 유지해서 지금 순위는 중간 남짓입니다."

다른 영지보다 정변의 여파가 적어서 비교적 안정적이라 지금은 중간쯤이지만 그 전까지는 25개 영지 중에서도 밑에서 세는 편이 빠른 위치였다고 한다.

"순위는 올라갔지만 정변에서 패배해 실각한 다른 영지의 영향력이 떨어져서 그렇습니다. 에렌페스트 자체는 힘이 크지 않습니다."

"그렇군요. 그럼 다른 영지 귀족에게는 교재에 관해서 비밀에 부쳐두고 당분간은 에렌페스트의 학력 향상에 집중하도록 해요."

나는 교재와 학력 향상과 에렌페스트의 영향력에 관해 브리기테에게 들은 이야기를 질베스타와 페르디난드에게 전달했다. 영주에게는 정세가 불안한 지금 에렌페스트의 영향력이 강화된다면 바랄 나위도 없는 일이었다고 한다.

봄을 축복하는 연회에서 에렌페스트 아이들의 학력이 겨울 동안 대폭 향상된 점과 길베르타 상회의 교재에 관해서 타 영지에는 숨겨야 한다는 점을 선언해달라고 질베스타에게 부탁했다. 그리고 귀족원에 가져가더라도 절대 기숙사 밖으로는 가지고 나가지 말라는 엄명도 내리게 했다.

봄을 축복하는 연회가 끝났다. 이별을 아쉬워하는 아이들과 인사를 나누면서 하급 귀족의 부모에게는 친필로 동의서를 쓰게 해서 교재를 소중히 쓸 것을 약속받았다. 대여한 그림책과 카루타를 기뻐하며 끌어안은 아이들의 웃음에 나는 안도의 한숨을 내쉬었다.

"로제마인 님, 다음 겨울까지 더 많은 이야기를 모아 올게요."

"네, 필린느. 저도 새로운 그림책을 준비해 놓고 기대하고 있을게요. 꼭 글씨 연습 삼아 직접 써 보도록 하세요."

기베와 기베의 땅에 사는 귀족들은 각자의 땅으로 돌아갔다. 그와 동시에 안게리카는 귀족원으로 돌아가야 했다. 요 며칠간 눈에 띄는 발전을 보였으니 이대로만 힘내 줬으면 했다.

"땅의 날에는 돌아오겠습니다."

"야무지게 수업을 듣고, 카루타와 게빈넨 연습도 잊지 마세요."

안게리카는 부모가 사 준 개인 카루타와 그림책, 게빈넨을 품에 안고 귀족원으로 돌아갔다. 그녀의 부모는 안게리카가 공부에 관련된 교재를 원하자 눈을 크게 뜨며 화들짝 놀랐지만, 얼른 구매하고 눈물을 글썽이며 내게 연신 고마워했다.

귀족들이 차례차례 줄어드는 시기에 맞춰 나와 페르디난드도 신전으로 돌아와 겨울 성인식과 봄 세례식을 치렀다. 다음 날에는 기원식을 치르러 출발해야 했기에 청색 신관들과 회의를 열어 누구를 어디에 파견할지 페르디난드가 결정한 사항을 발표했다. 직영지는 나와 페르디난드가 분담해서 돌기로 했다.

회의가 끝난 후에는 페르디난드에게 기원식과 채집에 관해 상세한 얘기를 듣기로 했다. 나는 내 방에서 니콜라가 끓여 준 차를 마시면서 한숨 돌렸다. 니콜라가 가져온 과자 접시를 내 앞에 조심스럽게 올렸다.

"로제마인 님은 정말 너무 바쁘시네요. 몸은 괜찮으세요?"

"전 아직 괜찮아요. 기원식은 니콜라와 시종들도 동행해 주는걸요. 매일매일 마차로 움직이면서 바쁠 거예요. 힘들겠지만, 잘 부탁해요."

"네!"

문 너머로 종소리가 들리고, 페르디난드와 자료를 안은 잠이 들어왔다.

"프랑, 잠. 이 지도를 펼쳐 봐라. 작년 기원식과 마찬가지로 우리는 오전과 오후에 기수를 타고 겨울 저택을 돌 예정이다. 올해는 직영지뿐이라 조금은 여유가 있겠지."

페르디난드는 영지의 지도를 프랑과 잠에게 펼치게 하고, 이번 기원식으로 순방할 순서를 가리키기 시작했다. 설명을 듣자 하니 분명 회의 때까지만 해도 반반 나뉘어 있던 구역이 전부 내가 도는 식으로 말이 바뀌어 있었다.

"저기, 신관장님? 회의 때는 신관장님이 이 주변을 돌기로 했던 것 같은데요?"

내가 고개를 갸웃거리자, 페르디난드는 어이없다는 눈빛으로 나를 보았다.

"나와 그대가 함께 행동하니까 전부 도는 거다. 그 정도는 알아차려라. 애초에 영주가 직접 직영지를 돌라고 부탁하지 않았던가. 잊었는가?"

"기억하곤 있어요. 그치만 어차피 기도로 마력을 듬뿍 주면 되는데 그건 신관장님도 할 수 있는 일이잖아요. 분담할 수 있다면 하는 편이 좋지 않나요?"

직할지를 전부 돌았던 작년 기원식은 체력과 마력을 약으로 억지로 회복하는 정말 가혹한 여행이었다. 하지만 페르디난드는 내 말을 콧방귀 한 번으로 날려 버렸다.

"그대가 받은 부탁이고, 그대가 떠맡기로 했으니 그대의 임무다. 난 감시역일 뿐이다."

끝까지 기원식은 내 임무이고 페르디난드는 보좌라고 한다. 페르디난드가 말을 이었다.

"그리고 기원식 도중에 봄의 소재를 채집할 예정인데, 가을처럼 예상치 못한 사태가 일어날 가능성도 있다. 걱정하며 소식을 기다리거나, 뜬금없이 올도난츠로 호출받을 바에야 처음부터 함께 행동하는 편이 내게도 심리적 부담이 적지."

"으…… 그땐 정말 고마웠습니다. 이번에도 잘 부탁할게요."

슈첼리아의 밤에 일어났던 일을 떠올린 나는 페르디난드에게 동행을 부탁했다. 페르디난드의 존재 하나로 안전도가 확연히 다르고 안심되기 때문이다.

"로제마인, 에크하르트가 기원식에 동행하고 싶다는데 상관없는가?"

"에크하르트 오라버니는 신관장님의 호위 기사니까 전 딱히 상관없는데요?"

"아니. 원칙적으로 신관으로서 움직이는 내가 호위 기사를 거느릴 순 없지. 영주의 양녀인 그대에게 딸린 임시 호위 기사라는 명목으로 동행하게 되는 셈이다."

귀족 마을을 나와 영지를 순방하는 딸을 걱정한 칼스테드가 기사단장의 권한으로 영주의 양녀에게 호위 기사를 붙이는 식으로 이야기가 되었다고 한다.

"봄의 소재 채집 때도 싸우게 된다면 전력은 많은 편이 좋겠지요?"

"그래. 그래서 그대만 괜찮다면 에크하르트를 데리고 갈까 한다.

그리고 핫세 마을의 경과를 기록할 문관도 동행해야 하는데, 유스톡스로 괜찮은가?"

자기가 말을 꺼내 놓고도 페르디난드는 더욱 미간을 찌푸리며 상당히 언짢은 표정을 지었다.

"전 익숙한 유스톡스가 안심이긴 한데, 신관장님은 왜 그런 표정을 지으시나요?"

"유스톡스가 의욕적일 때는 제대로 되는 일이 없어서다."

페르디난드의 한숨과 함께 의논이 마무리되고 기원식에 동행할 멤버가 정해졌다.

"오늘 길베르타 상회의 회동에는 초대된 사람이 제법 많군요."

고아원 원장실로 향하는 도중에 뱉은 프랑의 말에 나는 조그맣게 웃었다. 오늘은 벤노, 마르크, 루츠에 이어 코린나와 투리까지 불렀다.

"한 번에 끝내야 할 일이 많이 있어서요."

내가 고아원 원장실에 도착했을 즈음엔 이미 길베르타 상회 사람들이 와 있었다. 벤노가 대표로 인사를 나눴다. 그 뒤 나는 코린나와 투리에게 시선을 돌렸다.

"코린나가 의상을 지어 줬으면 해요. 성결식 전까지 부탁하고 싶어요."

"……로제마인 님은 아직 성인이 아니신데, 어느 분의 의상인지요?"

코린나가 눈을 재차 깜빡였다. 나는 싱긋 웃으며 브리기테를 손짓해서 불렀다.

"여기 있는 제 호위 기사, 브리기테의 의상이에요."

"저, 저 말입니까?"

"브리기테가 가장 아름다워 보이게 만들어 주세요. 그게 제가 주는 보수입니다."

나는 쩔쩔매는 브리기테를 비밀의 방으로 유도했다. 지금까지 들어와 본 적이 없는 비밀의 방에 브리기테는 긴장된 모습으로 발을 디뎠다. 코린나와 조수로 온 투리도 불러들였다.

"프랑, 핫세에 갈 신관들에 관한 얘기를 전달해 주세요."

"알겠습니다."

프랑에게 뒤를 맡긴 나는 모니카를 데리고 방문을 닫았다.

"작년 성결식 때 브리기테를 보고 의상이 너무 안 어울린다고 생각했어요. 그래서 생각했죠. 브리기테처럼 키가 큰 여성에게 어울리는 의상을요."

나는 모니카가 들고 있는 디자인화를 테이블 위에 나열해서 브리기테에게 보여주었다.

"이것은 '아메리칸 슬리브'라는 의상이에요. 목 아래부터 겨드랑이 부분까지 비스듬히 크게 커트해서 어깨를 노출하는 디자인이 특징이죠. 그리고 팔꿈치 위에 리본을 묶어서 소매만 달아요."

홀터 네크라인처럼 천이나 끈으로 묶는 형태가 아니고 뒤에도 앞부분과 똑같이 되어 있어서 등을 크게 노출하지는 않는다.

"허리는 몸에 딱 맞게 조여 주고, 치마 부분은 천을 넉넉하게 써서 주름을 만들면 충분히 화려해 보일 거예요."

사실은 심플한 머메이드 라인으로 멋진 몸매를 강조하고 싶지만, 귀족의 의상에는 천을 잔뜩 써야 한다. 브리기테의 풍만한 가슴과 훈련으로 다져진 등에서 허리까지 내려오는 라인을 아름답게 보여주는 디자인을 중시해서 허리부터는 천을 낙낙하게 쓰기로 했다. 일단 귀족 여성에게 금기시된 스타일은 피하고 의상을 디자인해 봤다.

"모양이 신기하네요."

"요즘 유행하는 옷은 어깨가 부풀고, 옆으로 퍼져 보이잖아요? 몸집이 작거나 마른 여성이라면 귀여워 보이겠지만, 브리기테는 키가 커서 옆 라인을 강조해야 예뻐 보여요. ……어때요? 브리기테가 마음에 안 든다면 만들 필요도 없지만요."

내가 브리기테를 흘긋 쳐다보자, 브리기테는 표정을 누그러뜨리며 미소를 지었다.

"아닙니다. 이 디자인으로 부탁드립니다. 로제마인 님께서 저를 위해 생각해 주신 의상이고, 지금 유행하는 옷이 저 같은 여기사에게 어울리지 않는 것도 알고 있었습니다. 유행을 따를 수밖에 없는 저희로서는 어울리지 않는 의상이라도 입어야 했습니다만 영주의 양녀이신 로제마인 님께서 만들어 주신 의상이라면 앞으로 이 새로운 의상도 유행하게 될 겁니다."

브리기테는 자기뿐만 아니라 몸매가 비슷한 다른 여기사들이 입을 수 있는 의상이라는 점을 생각해 내 제안을 받아들여 주었다.

"코린나, 투리. 브리기테의 치수를 재고 천과 색감을 정해 주세요. 브리기테, 제가 줄 수 있는 금액은 대은화 다섯 닢입니다. 안게리카가 합격하면 소금화 1닢을 줄게요. 이 금액을 염두에 두고 예산 내에서 의상을 만드세요."

코린나 앞에 종이와 잉크를 나란히 두고 자유롭게 쓸 수 있게 한 후, 나는 작은 망치처럼 생긴 마술구를 모니카에게 건넸다.

"모니카, 치수 측정과 얘기가 끝나면 이것을 망치로 두드리세요. 그럼 바깥의 마석이 빛나면서 제게 알려줄 겁니다. 전 벤노와 얘기하고 올 테니까요."

"알겠습니다."

브리기테의 의상 제작을 코린나와 투리에게 맡기고 나는 비밀의 방에서 나왔다. 방 밖에서는 교재 판매의 회계 보고를 마치고 신관들을 핫세로 보낼 절차에 관한 의논도 거의 끝나 가던 참이었다. 이미 몇 번이나 왕래한 곳이라 회의도 순조롭게 끝난 듯하다.

"로제마인 님. 며칠 전에 핫세의 상황을 살펴보고 왔습니다."

눈이 녹은 날을 틈타 핫세의 상황을 보러 가 준 마르크에게 설명을 듣자 하니, 겨우내 심각하게 논의를 거듭한 결과 촌장파는 완벽하게 고립되었다고 했다.

"농민에게 기원식 금지는 즉 영주에게 버림받은 것과 마찬가지입니다. 새 신전장으로 취임한 영주의 딸이 영주를 설득하고 있다는 소문을 들으면 누구나 새 신전장파로 기우는 건 당연한 흐름입니다."

핫세 주변 농민들은 어리석은 촌장을 비난했고, 영주의 딸인 신전장에게 중재를 부탁하자는 쪽으로 의견이 굳어졌다고 한다. 전 신전장은 이미 사망했고 칸토나가 담당에서 제외되었으며 작은 신전에 가한 공격이 영주 일족을 향한 공격으로 간주된다는 사실을 한꺼번에 알게 된 핫세 주민들은 굳게 닫힌 겨울 저택에서 대혼란에 빠졌다고 했다.

"신전을 공격한 주민들 얘기를 들어 보니 작은 신전을 새 신전장이 멋대로 지은 신전이라고만 생각하고, 하얀 건물이 영주 일족이 지은 건물인 줄은 몰랐다고 합니다. 영주를 공격할 의도는 없었다, 촌장의 명령이었다는 말만 반복하더군요. 저희가 책임을 질 사람이 필요하다고 퍼트린 소문을 들었는지 촌장은 쥐죽은 듯 사는 듯합니다."

에렌페스트에서는 누구나가 귀족이 사는 하얀 건물을 건드리면 절대 안 된다는 사실을 알고 있다고 한다. 집 밖으로 나간 적이 없었던 나는 몰랐지만 에렌페스트의 기본 상식인 듯했다.

"특별히 조사해 줘서 고마워요, 마르크."

"도움이 되어 영광입니다. 봄이 되면 영주의 정식 명령을 받은 문관과 기사가 책임자를 잡으러 올 것이라는 소문을 흘려 뒀습니다. 아마 그들은 정신적으로 쫓기며 괴로움에 시달리고 있을 겁니다."

마르크의 음흉한 미소에 충성심도 지나치면 무서워진다는 사실을 깨달았다. 나는 살짝 시선을 피해 프랑을 보았다. 하지만 프랑 또한 섬뜩한 미소를 짓고 있었다.

"위험한 상황을 피해야 하니 이번에도 핫세까지 문의 병사에게 호위를 부탁할까 합니다. 루츠, 이것을 동문의 병사장에게 전달해 주세요."

나는 루츠에게 호위 의뢰 편지를 건넸다. 투리에게 전달할까도 생각했지만 모두가 있는 앞에서 내가 투리에게 호위 병사를 의뢰하는 편지를 건네는 상황은 그림이 이상하리라.

"잘 알겠습니다."

그때 비밀의 방 앞에 박힌 마석이 빛나며 브리기테의 치수 측정이 끝났음을 알렸다. 방문을 열어서 네 사람을 내보냈다. 방에서 나온 브리기테에게 어떤 천과 색깔을 주문했는지 보고받으면서 투리를 힐끗 쳐다보았다. 눈을 마주치고 서로 빙그레 웃었지만 재봉사의 조수인 투리에게 내가 말을 걸 만한 용건은 없었다. 나는 머리를 싸매고 투리에게 말을 걸 용건을 찾았다.

"이렇게 주문하기로 했습니다."

"그렇군요. 마음에 들어 해서 다행이네요. 그럼 코린나. 독특한 의상이라 힘들겠지만, 당신의 실력을 기대할게요. ⋯⋯그리고 투리."

투리가 고개를 홱 들었다. 나는 후후 웃으며 머리 장식을 주문했다.

"브리기테의 머리색, 의상의 색감과 분위기에 어울리는 머리 장식을 생각해 주세요. 기원식에서 돌아오면 다시 코린나와 투리를 호출하겠습니다."

분주한 기원식 전보다는 더 차분한 분위기에서 느긋하게 얘기하고 싶었다. 내 의도가 통했는지 투리가 조그맣게 웃었다. 그리고 목제 상자 하나를 살짝 꺼냈다.

"로제마인 님, 봄 머리 장식은 필요 없으십니까? 기원식에 떠나시는 로제마인 님을 위해 겨울 동안 만든 것입니다."

"당연히 받아야지요."

거절할 턱이 있나. 목제 상자에서 꺼낸 머리 장식은 크로커스와 비슷한 봄을 알리는 하얀 렌퓨르 꽃을 황록색부터 진한 녹색까지 색감이 다양한 초록색으로 감싼 디자인이었다.

투리가 머리 장식을 꽂아주었다. 나는 가볍게 머리를 흔들었다. 머리 장식에 달린 담쟁이 비슷한 이파리 장식이 살랑살랑 흔들렸다.

"매우 잘 어울리십니다."

투리가 만족스럽게 웃었다. 새 머리 장식과 투리의 미소에 나도 대만족이다.

핫세의 처벌

우리가 기원식에 출발하기 전에 핫세에 갈 신관들은 길베르타 상회의 마차를 타고 병사들의 호위를 받으며 출발했다. 매번 아빠만 지명되는 이유가 처음에 일부러 신전까지 모시러 갔기 때문이라는 소문이 퍼졌는지, 이번에는 호위 병사들이 신전 뒷문에 총출동해 있었다.

"귄터, 이번에도 잘 부탁합니다."

내가 깊은 미소를 띠고 말을 걸자, 아빠는 사뭇 진지한 표정으로 무릎을 꿇었다.

"맡겨 주십시오. 무사히 핫세까지 모두를 보내 드리겠습니다."

"믿고 있습니다. 며칠 뒤에 핫세에서 봬요."

병사들에게 부탁하는 내 옆에서는 아주 절친이 된 마르타와 델리아가 이별을 아쉬워했다. 토르를 비롯한 다른 두 아이는 핫세에 돌아가게 되어서 기쁨에 찬 표정이었다. 작은 신전에 새로 부임하게 된 신관들은 에렌페스트에서 처음 나가게 되는 여정에 긴장감이 역력했다.

길베르타 상회 관계자들과 신관들을 핫세에 보내고 이틀 뒤 아침, 나와 페르디난드의 시종들과 요리사를 태운 마차가 핫세의 작은 신전을 향해 출발했다. 벤노 일행보다 이틀 늦게 출발한 이유는 핫세의 촌장 앞으로 쓴 편지를 벤노 편으로 보냈기 때문이다.

편지에는 반역자를 처벌하러 핫세를 방문할 날짜가 적혀 있었다. 이 편지의 답장은 기다릴 필요가 없었다. 날짜를 쓴 사람은 나지만,

영주의 인장이 찍혔으니 이른바 명령서인 셈이다.

　내가 다섯 점 종에 맞춰 기수를 타고 핫세로 출발할 때쯤이면 편지는 이미 도착해 있으리라. 지금쯤 핫세 관계자들은 점심도 목구멍에 넘어가지 않는 긴장감과 불안에 떨고 있을 터였다. 죄상을 전달하고 촌장을 처벌해야 하는 내 마음도 솔직히 무겁다. 핫세의 운명에 고뇌하면서 나는 펜을 놓고 다 쓴 종이를 정리해 프리츠에게 건넸다.

　"프리츠. 이건 겨울 그림책에 넣을 본문이에요. 빌마에게 전달해서 제가 기원식에 나가 있는 동안 그림을 그려 달라고 부탁해 줘요."

　프리츠와 길에게는 가을 중반에 있을 성결식까지 가을 권속과 겨울 권속 그림책을 만들도록 부탁해 두었다. 가을 권속 그림책은 그림도 거의 완성된 상태라 인쇄만 하면 끝이지만, 겨울 권속 그림책은 겨우 본문만 완성된 참이다.

　아침 일찍 시종을 내보낸 내 방에는 공방을 관리하는 프리츠와 기수를 타고 함께 행동하기로 한 프랑만 남았다.

　그리고 두 사람 외에도 지금 내 방에는 평소에 공방에서 일하는 회색 신관이 몇몇 있었다. 청색 신관을 모신 경험이 있는 회색 신관만 모은 이유는 전속 요리사를 핫세에 보내서 시종이 거의 남지 않은 페르디난드를 오늘 점심 식사에 초대했기 때문이다.

　"저기, 프랑. 요리 쪽은 괜찮은가요? 푸고에게 맡겨도 문제없긴 하겠지만."

　엘라가 기원식에 출발해 버린 탓에 오늘 점심식사를 위해서는 길드장과 프리다에게 부탁해서 푸고와 조수 한 명을 빌렸다. 이탈리안 레스토랑에서 일할 후임 요리사의 교육이 끝난 푸고는 영주의 양녀인 나와 연줄을 만들고 싶었는지, 오늘 의뢰를 두말없이 받아들여 줬다.

"익숙지 않은 주방이지만 고아원 원장실 주방과 물건 배치도 크게 다르지는 않아서 문제없이 요리하고 있습니다. 신관장님께서도 만족하실 겁니다."

"에크하르트 오라버니와 유스톡스도요."

점심을 먹고 짧은 휴식을 취한 뒤 다섯 점 종에 맞춰 기수로 출발할 예정이라 에크하르트와 유스톡스까지 점심에 초대할 필요는 없었다. 하지만 올도난츠로 매우 기대하고 있다는 전언을 받아 버린 탓에 하는 수 없이 초대해야 했다.

"그것보다 로제마인 님. 신관장님께서 도착하기 전에 어서 쓰시지요……."

프랑의 지적에 나는 푸고를 통해 프리다에게 보낼 편지를 쓰기 시작했다. 푸고와 조수를 빌려준 감사 인사와 이탈리안 레스토랑에 낼 만한 계절 메뉴에 더해 '기원식이 끝나면 또 먹으러 갈게요'라는 추신을 덧붙였다. 편지를 봉하고 프리츠에게 건넸다.

"출장비를 줄 때 푸고에게 맡기세요. 프리다에게 전달하라고 전해 주고요."

문 너머에서 손님의 방문을 알리는 종이 작게 울렸다. 신관장의 종소리다. 프랑이 문을 열자, 잠을 거느린 페르디난드, 그 뒤에는 에크하르트와 유스톡스가 있었다.

"로제마인, 점심 준비를 맡겨 버려서 미안하구나."

"아니예요. 핫세까지 기수로 이동하고 싶다는 제 고집을 들어주셨는걸요. 신관장님께는 감사하고 있습니다."

"우리 몫까지 준비하게 해서 미안하다, 로제마인."

이어서 에크하르트가 멋진 미소를 지으며 들어왔다. 칼스테드와 마찬가지로 엄청난 대식가인 에크하르트는 조금이라도 좋으니 미안한 표정을 지어 주기를 바랐는데, 내가 쩨쩨한 걸까.

오랜만에 푸고가 만든 점심을 먹고 나서 프랑이 끓여 준 차를 마시면서 곧 출발할 핫세에 관해서 이야기를 나눴다. 에크하르트와 유스톡스에게 핫세의 현재 상황을 설명해야 했다. 페르디난드가 건넨 도청 방지 마술구를 모두가 손에 쥔 것을 확인하고, 나는 말을 꺼냈다. 영지에 인쇄업을 확장하고, 내가 드나들기 수월하게 신전이 딸린 고아원 겸 공방을 세워 달라고 제안한 것이 이 모든 사태의 시작이었다.

"제가 너무 몰랐어요."

그 당시에 나는 세례를 받은 직후라 아직 귀족에 관해 아무것도 몰랐다. 그래서 평민촌 건축 공방에 의뢰해서 고아원과 공방을 세울 생각이었다. 실제로 고아원과 공방뿐이라면 평민촌 장인에게 부탁해도 문제가 없었다. 하지만 나는 신전이 필요하다고 말해 버렸다. 신전은 귀족의 피를 이은 청색 신관이 드나드는 곳이다. 이 발언을 기화로 하여 하얀 건물을 세우기로 결정되어 버린 셈이다.

"제가 귀족에 관해 제대로 알았더라면 작은 신전이 필요하다는 말은 하지 않았을 테고, 아우브를 식사에 초대한 자리에서 그런 요구를 입에 담지 않았을 거예요."

"질베스타도 요리에 심히 만족해서 도량이 넓어지지 않았더라면 당장에 뛰쳐나가지는 않았겠지. 나도 그대가 귀족의 상식에 무지하다는 점을 깊이 헤아렸어야 했다."

평소라면 나와 질베스타의 폭주를 막았을 페르디난드마저도 내가 요리로 질베스타와 자신을 후하게 대접해서 내게 유리한 입장에서 요구를 관철하려고 한다고 착각했다. 그때 페르디난드는 내심 '드디어 로제마인이 귀족다워졌구나'라며 기뻤다고 한다. 생각과 상식이 엇갈리면 이렇게 무서운 법이다.

"결국, 그날 핫세에 작은 신전을 세우게 되었죠."

놀랄만한 속사정에 눈에 휘둥그레진 에크하르트와 달리 유스톡스는 흥미롭다는 듯이 눈을 반짝였다.

"호오. 진실이란 항상 놀라움으로 가득하군요. 이래서 제가 정보 모으기에 빠지는 겁니다. 그래서 어떤 문제가 일어났습니까? 자, 어서 가르쳐 주시지요."

평민촌 장인들을 총동원해서 핫세의 작은 신전을 사람이 살 수 있는 환경으로 갖추고 고아들을 맞이하게 되었다. 고아를 거두려고 한 이유도 애초에 핫세의 부담을 덜어 주고 싶어서였고, 딱한 처지에 놓인 고아들을 구해 주고자 하는 뜻이었다.

"팔릴 뻔한 여자아이와 그 형제를 구하긴 했어요. 하지만 제 행동으로 핫세 마을은 궁지에 빠져 버렸죠. 전 핫세 고아들이 주민들의 공유 재산이라는 사실을 길베르타 상회 관계자에게 듣기 전까지는 몰랐던 거예요."

"고아의 처지 따위 모르는 게 당연하지 않습니까? 에렌페스트에서 세례를 받은 아이는 직장에서 돌보게 되어 있으니까요."

유스톡스의 말에 에크하르트가 "그랬어?" 하고 중얼거렸다. 에렌페스트의 평민 고아가 어떤 처지인지를 알다니 유스톡스는 아무리 생각해도 평범한 귀족이 아니다.

"촌장은 전 신전장에게 부탁하면 뭐든 해결해 줄 수 있을 거라고 생각했나 봐요. 자신에게 강력한 후원자가 있다고 착각한 촌장은 여자아이들을 되찾으려고 작은 신전을 공격했습니다."

"잠깐만! 작은 신전은 페르디난드 님께서 만드신 하얀 건물이 아니냐!"

에크하르트가 눈을 부라리며 언성을 높였다. 나는 고개를 끄덕였다. 귀족의 주거지인 하얀 건물은 영주의 허가를 받은 영주 일족만이 세울 수 있는 건물이다. 그곳을 공격한 행위는 영주 일족을 향한 공격으로 간주된다. 나도 몰랐던 사실이지만, 몰랐다는 말로 해결될 간단한 문제가 아니었다.

"작은 신전의 방호 마술 덕분에 피해는 전혀 없었지만 핫세는 반역자 마을이 되었습니다."

"당장 토벌을!"

갑자기 슈타프를 꺼내든 에크하르트를 페르디난드가 한숨으로 제지했다.

"에크하르트, 진정해라. 핫세는 로제마인의 교재다. 멋대로 부수면 곤란하다."

"……교재, 라 하셨습니까?"

"그렇다. 반역죄를 범한 핫세는 어찌 되든 상관없는 마을이다. 로제마인이 사람의 마음을 움직여서 자신을 따르게 하는 방법을 배우고 원하는 결말을 얻도록, 범죄자를 처벌하는 방법을 익히도록, 그리고 자기 행동이 얼마나 큰 영향을 끼치는지 배우도록 교재로 쓰고 있지. 로제마인이 핫세를 박살내기 싫어하니 살려 두고 싶으면 반 촌장파를 내세워 반역자인 촌장을 고립시키라는 과제를 냈다. 그래서 오늘 촌장과 그 일파를 처벌하러 가려는 것이다. 그러니 방해는 마라."

피식 웃는 페르디난드의 말에 에크하르트가 의아한 표정으로 나를 보았다.

"하얀 건물을 공격한 평민은 그저 악일 뿐이지 않느냐. 당연히 제거해야 마땅해. 넌 대체 뭐가 그리 싫은 것이냐?"

에크하르트의 말에서도 알 수 있듯이 나와 귀족의 상식은 완전히 다르다. 신음하며 생각한 나는 공감을 기대하기는 어렵지만, 나의 기본 상식을 설명해 보았다.

"제 상식에서 영주는 백성을 지키기 위해 존재해요. 자신이 지켜야 할 마을 하나를, 수많은 백성을 간단히 없애 버린다는 사고방식을 도무지 이해할 수가 없었어요. 하나 밖에 없는 목숨을 없애기보다도 반성하게 해서 살려 주는 편이 좋지 않습니까?"

"살려 준다고? 대체 뭐를 위해서?"

진심으로 이해하기 어렵다는 듯 에크하르트가 미간을 잔뜩 찌푸렸다.

"귀족에게 평민은 세를 내는 사람이지요? 그럼 세를 거두면 된다고 생각했어요. 전 양아버님께 10년간의 증세를 핫세에 내릴 벌로 제안했어요."

"……흠. 평민과 귀족은 근본부터가 전혀 다르구나."

내가 평민의 딸임을 아는 에크하르트는 사고방식의 차이를 귀족과 평민이라서 다르다고 생각한 듯하다. 턱을 천천히 쓰다듬으며 납득했다고 말했다.

"그래. 로제마인의 말대로 영주는 백성을 지킨다. 마력을 채우고, 살아갈 장소를 제공해 주지. 세를 내는 평민을 영민으로 인정하고, 살아갈 권리를 주지만, 지켜야 하는 자는 순종적인 백성에 한해서다. 영주의 은혜도 모르는 반역자 따위를 살려 둘 필요도 없지 않으냐."

영주는 자신의 마력으로 땅을 활성화하여 사람이 살 수 있는 환경을 만들어 주고 유지하고 있다. 그렇게 영주와 귀족의 마력에 은혜를 받아 놓고 반역죄를 범하는 평민은 제거함이 당연하다고 했다.

"하지만 핫세 주변 농촌까지 포함하면 천 명이 넘는 주민이 있습니다. 직접 관여하지 않은 농민을 제외한다고 쳐도 핫세 주민만 2백 명 가까이나 됩니다. 핫세를 뭉개 버리면 세수가 줄고, 결국 영주도 귀족도 곤란해지지 않을까요?"

인정으로 공격해도 소용없고 계급에 따른 상식 차이를 설명한들 통할 턱이 없다. 그래서 세수라는 방향으로 공격해 보았다. 하지만 내 말은 전혀 효과가 없었다.

"지금은 곤란하지 않다."

"딱히 곤란하지 않을 것 같습니다."

페르디난드와 유스톡스의 즉답에 나는 눈을 깜빡였다. 미간에 깊은 주름을 새기면서 페르디난드가 불쾌한 듯 입을 열었다.

"귀족과 신관이 부족해서 땅에 채울 마력까지 전체적으로 부족하다. 지금은 존재하는 이들을 살리기 위해 최대한 옅게 마력을 흘려보내는 실정이다. 그대가 신전에 들어와서 각지를 돌며 기원식을 치러 준 덕분에 약간의 여유가 생겼지만, 아직 마력을 제공하는 귀족보다 소비하는 평민이 훨씬 많지. 마을 하나가 없어졌다 해도 아무렇지도 않다. 오히려 고마울 따름이지."

"자, 잠깐만요!"

생각지도 못한 발언에 나는 벌떡 일어났다. 페르디난드는 "경박하게 갑자기 일어서는 것 아니다."라고 주의를 준 뒤, 나를 날카롭게 노려보았다.

"그대의 주장을 받아들여 무례하면서 어리석은 촌장을 즉결 처형하지도 아니하고, 촌장 외의 주민을 가능하면 구하고 싶다는 그대에게서 최적의 해답이 나오기를 이렇게 기다려 주고 있지 않은가."

페르디난드를 심술쟁이라느니 마귀라느니 욕했지만, 아무래도 페르디난드 딴에는 최대한 내게 양보해 주고 있었던 모양이다. 하지만 그런 페르디난드의 모습이 미온적으로 보였는지 에크하르트가 불만스럽게 나를 째려보았다.

"로제마인, 은혜도 모르고 영주 일족에게 무기를 들이댄 어리석은 자는 없어져야 마땅해. 굳이 성가시게 살려두지 말고 얼른 없애 버리면 되지 않으냐?"

"아니야, 에크하르트. 난 오랫동안 야금야금 우려먹자는 공주님 의견에 찬성해. 어린애가 세금을 바치는 나이까지 성장하려면 시간이 걸리니까 성인이 너무 줄면 곤란하지. 평민은 별거 아닌 전염병에도 금방 죽으니까 어느 정도 대책은 필요해."

징세관인 유스톡스다운 의견에 내 어깨가 축 처졌다. 역시 귀족의 사고방식에는 도무지 적응되지 않는다.

"슬슬 핫세로 출발하자. 오늘은 촌장파를 반역자로 처벌할 거다. 로제마인의 계획이 얼마나 많은 사람의 마음을 움직였는지 보자꾸나. 그대가 바라던 대로 반 촌장파가 늘었길 바란다."

페르디난드의 입꼬리가 올라갔다. 내 심장이 꽉 조여드는 느낌이 들었다.

신전의 정문 현관에 기수를 꺼냈다. 내 레서버스에 함께 탈 사람은 프랑과 잠이다. 그리고 호위로 브리기테가 조수석에 탔다. 언제부터

인지 조수석은 브리기테의 지정석이 되어 있었다.

"공주님, 이 짐을 공주님의 기수에 실어도 되겠습니까?"

유스톡스가 커다란 상자를 옮기는 회색 신관들과 함께 다가왔다. 자물쇠로 튼튼하게 잠긴 커다란 상자였다. 성인 남자 한 사람이 겨우 옮길 수 있는 크기로 내가 앉아도 충분해 보였다.

일반적인 기수로 옮기기에는 힘든 크기라 나는 바로 승낙했다.

"그럼요. 괜찮아요. 실으세요."

회색 신관이 들고 온 상자를 프랑과 잠이 레서버스에 실었다. 내가 레서버스에 올라타려고 할 때 유스톡스가 씩 웃었다.

"저도 이 기수에 태워 주십시오, 로제마인 공주님."

"유스톡스!"

당장에 페르디난드의 호통이 떨어졌다. 수확제 때와 똑같은 전개다. 혹시 유스톡스는 학습 능력이 없는 걸까. 내가 고개를 살짝 떨군 직후, 유스톡스가 홋 하고 깊이 웃었다.

"전 이 상자의 관리자라 상자와 떨어지면 안 됩니다. 페르디난드 님도 이것이 얼마나 중요한지 알고 계시지요? 아니면 문관이 떨어져 있어도 좋다는 말씀이십니까?"

한 방 먹였다는 듯 자신만만한 유스톡스와 호통치고 싶은 욕구를 꾹 참으며 험악한 표정을 짓는 페르디난드가 잠시 서로를 노려본다. 10초 후, 페르디난드가 내게 시선을 보냈다.

"로제마인, 아무쪼록 유스톡스가 하는 말은 한 귀로 흘려라. 정신이 팔리면 추락할 수도 있다."

"페르디난드 님의 허가가 떨어졌군요. 자, 태워 주시죠, 공주님."

"네? 응? 방금 그 말이 허가였어요?"

페르디난드는 갈팡질팡하는 내게서 홱 등을 돌려서 얼른 기수를 꺼내고 유스톡스는 "어서요, 어서." 하고 독촉했다. 두 사람을 번갈아 보며 나는 하는 수 없이 레서버스의 출입문을 열었다.

"프랑. 안전띠 매는 방법을 가르쳐 드리세요."

"알겠습니다."

신이 난 유스톡스를 레서버스에 태우고 출발한 것까지는 좋았다. 하지만 "공주님, 이건 뭡니까? 어떻게 씁니까?" 하고 질문이 끊이질 않는 유스톡스 때문에 정신이 사나웠다. 처음에는 정중하게 상대해 줬지만 정신이 팔리면 추락한다던 페르디난드의 발언이 사실이 될까 무서웠다.

"유스톡스, 정신 사나워요. 제발 조용히 하세요."

"공주님, 그럼 마지막 질문입니다. 이 기수는 어떻게 만드신 겁니까?"

"어떻게 만들었냐고 물어보셔도……. 이런 모양새라고 떠올리고 만든 거라 설명하기 어렵네요."

"그거참 유감스럽네요. 똑같은 기수가 갖고 싶었는데 말이지요……."

핫세까지 가는 하늘 드라이브는 그렇게 긴 시간이 걸리지 않았다. 우리는 이윽고 핫세에 도착했다.

수확제 때와 똑같은 광장에 내려서려는 우리를 위해 주민들이 일제히 자리를 비켜 공간을 내 주었다. 수확제 때와 달리 자리를 비우는 동시에 모두가 무릎을 꿇었다. 고개를 깊이 떨군 모두의 옆모습이 침통해 보였다. 어두운 분위기를 감지했는지 떠드는 아이도 없었다. 불안한 얼굴로 부모 곁에 꼭 달라붙거나 어른과 똑같이 무릎을 꿇었다.

상황의 심각성을 모두가 인식한다고 느껴지는 무거운 분위기에 나는 입술을 꾹 다물었다. 정말 촌장의 처벌만으로 끝날까. 앞을 걷는 페르디난드를 올려다봤지만 페르디난드의 진의는 알 수 없었다.

"길베르타 상회로부터 편지를 받고 기다리고 있었습니다."

무대 위에는 리히트를 중심으로 주변 농촌의 촌장으로 보이는 몇 명이 무릎을 꿇고 대기하고 있었다. 핫세 촌장이 처벌받게 되면서 리히트가 대표로 겨울 저택을 관장한 것으로 보였다. 촌장이 아닌 리히트가 대표로 인사를 시작했다.

"신전장님, 신관장님. 핫세에 잘 와 주셨습니다. 불의 여신 플뤼트레네가 맺어 주신 깊은 인연에 진심으로 감사를 드립니다."

귀족에게 보내는 정중한 인사를 받고, 우리는 가볍게 고개를 끄덕였다. 무릎을 꿇고 고개를 든 리히트의 시선이 내 눈높이와 같았다.

"신전장님, 핫세는……."

"미안합니다, 리히트. 핫세에 내릴 처벌은 편지에 쓴 대로입니다. 제가 아무리 양아버님께 부탁드려도 그것만은 바뀌지 않더군요."

나는 리히트에게 그렇게 말하고, 광장에 모인 주민을 향해 말했다. 페슈필 연주회 때 쓴 목소리를 증폭하는 마술구를 들고.

"핫세 주민 여러분. 작은 신전에 공격을 가하는 행위는 영주 일가를 향한 반역죄입니다. 제가 양아버님을 열심히 설득해도 그 사실만은 바뀌지 않습니다. 반역죄는 귀족도 피할 수 없는 중범죄입니다. 촌장의 지시로 많은 주민이 습격에 동참하게 된 이상, 핫세는 영주에게 적의를 품은 위험한 마을로 간주하고 마을 전체를 멸해 버릴 수도 있을 만큼 그 죄가 큽니다."

순간 광장이 술렁거렸다. "촌장은 대체 무슨 짓을 저지른 거야!" "농촌에 사는 우린 전혀 관계없잖아." "이 무슨 날벼락이야." 라는 원망스러운 목소리가 눈앞에서 들렸다.

"하지만 이곳에는 평소에 농촌에서 지내는 농민도 있습니다. 촌장에게 협박당하거나 속은 사람도 있겠지요. 전 연대책임으로 핫세를 통째로 없애는 것만큼은 다시 생각해 달라고 최대한 부탁드렸고, 영주님께서 처벌 내용을 다시 생각해 주셨습니다."

오오, 하고 놀란 소리를 지르며 모두의 안색이 다시 희색을 띠었다. 나는 기대치가 커지기 전에 얼른 덧붙여 말했다.

"내용만 다시 생각해 주신 것이지 처벌이 아예 없진 않습니다. 핫세에 내릴 형벌은, 올해 기원식의 신관 파견 금지와 10년간의 증세입니다. 주민들의 목숨은 구할 수 있었지만 이 형벌 역시 결코 가볍지 않습니다. 힘이 부족한 저를 용서해 주십시오."

기쁨에 찬 환호성이 일었다. 주민들은 가슴을 쓸어내리고, 서로 부둥켜안으며 좋아했다.

"연대책임만이라도 피하게 되어 천만다행입니다. 감사합니다, 신전장님."

광장이 흥분에 휩싸인 가운데, 페르디난드가 조용히 앞으로 나와 내 손에서 목소리를 증폭시키는 마술구를 빼앗았다. 그 마술구를 손에 들고, 싸늘하게 말했다.

"반역자를 끌고 와라. 처벌을 내리겠다."

순간 광장이 고요해졌다. 꼴깍 침을 삼키는 소리가 들릴 정도로 적막이 그 자리를 지배했다. 리히트가 눈을 꼭 감고, "알겠습니다."라고 고개를 끄덕였다.

선별의 문

페르디난드의 명령에 리히트가 "잠깐 실례하겠습니다."라고 말하고 일단 퇴장했다.

그 뒤 몇몇 남성들에게 양팔을 붙잡힌 촌장이 무대 위로 끌려왔다. 여위고 후줄근한 차림이라 불쌍하게 보였지만 평민으로 치면 평범한 차림이다. 발걸음이 비틀거렸지만 언뜻 보기에 폭력을 당한 상처는 없어 보였다. 겨우내 그렇게 심한 대우는 받지 않았던 모양이다.

내 앞에 무릎을 꿇린 촌장이 살짝 고개를 들어 나를 흘긋 쳐다보고 다시 머리를 숙였다. 그 짧은 순간에 보여준 눈빛은 묘하게 번쩍거렸다. 살짝 가늘게 뜬 눈에서 나는 명확한 모멸감을 느꼈다. 자비롭기로 소문난 어린애라면 어떻게든 구슬릴 수 있다는 조소가 시선 속에 엿보였다.

'예전의 나였다면 촌장의 깔보는 시선을 눈치채지 못했겠지.'

요 1년 정도 귀족 사회에 시달리면서 표정 변화가 거의 없는 페르디난드와 온화한 미소로 본심을 숨기는 플로렌치아의 안색을 조금이라도 읽어내려고 노력한 끝에 조금이나마 성장했나 보다. 이런 일로 성장을 실감해서 그다지 기쁘진 않지만, 눈치채지 못한 채 그냥 넘어가지 않아 다행이라는 생각이 들었다.

"신전장님, 전 몰랐습니다."

고개를 숙인 채 촌장이 비통하게 말하며 자기변호를 시작했다. 작은 신전을 공격하는 행위가 반역인 줄 몰랐다는 말을 구구절절하게 설명했다. 전혀 몰랐다는 말은 거짓말이다. 수확제 때 프랑이 리히트에게 신전의 습격에 관해 말을 꺼냈는데 리히트의 안색이 싹 변했다고 했었다. 촌장을 보좌하던 리히트도 아는 사실을 촌장이 몰랐을 리가 없다. 전 신전장에게 수습을 부탁할 생각이었을 뿐이다. '그릇된 일'임을 알았기 때문에 리히트의 부재중에 습격한 것이다.

어느새 내 속에 불쾌감이 점점 커지는 것을 느꼈다. 내 한 발짝 뒤에 있는 페르디난드가 더욱 험악한 표정을 짓고 있는지 목덜미가 오싹오싹했다.

"계속 몰랐다고만 하는데, 어째서지?"

페르디난드가 촌장의 자기변호를 딱 잘라 버렸다. 위를 올려다본 촌장이 순간적으로 말을 잃었다. 페르디난드보다 내가 더 구슬리기 쉽다고 생각했는지, 시선을 내게 고정했다. 촌장은 페르디난드 쪽은 일절 쳐다보지도 않고 나를 향해 말을 이었다.

"핫세를 궁지에서 구해 주신 너그러운 신전장님, 이 모든 일은 전부 마을을 지키기 위해서였습니다. 무지했다는 사실은 충분히 인정하지만 부디 제 행동에 자비를……."

일단은 사람들을 통솔한 위치에 있었던 사람답게 촌장은 웅변의 발성과 백성의 마음을 움직이게 하는 단어가 뭔지 잘 알았다. 광장에 모인 사람들도 "신전장님, 부디 자비를." 하고 탄원하기 시작했다.

'어쩌지?'

고민되었다. 나는 가능하다면 촌장 한 사람의 희생으로 다른 핫세 주민들 전부를 구하고 싶었다. 자칫 촌장 편을 드는 사람이 늘어나면 처벌할 대상이 늘어나 버린다.

"당신은 고아에게도 자비를 베푸셨지 않습니까!"

그때부터 촌장은 핫세의 고아를 불쌍히 여겨 자비를 베푼 사실을 술술 내뱉으며 고아에게 베푼 자비를 자신에게도 베풀어 달라며 간청하기 시작했다. 리히트가 '이제 그만해'라고 말하고 싶은 얼굴로 촌장 쪽으로 살짝 움직였다. 그런데 촌장을 막을 줄 알았던 리히트가 위를 올려다보고 새파랗게 질리더니 손을 멈췄다. 아마 페르디난드가 노려봤으리라.

다음 순간, 누군가의 손끝이 내 등을 톡톡 두드렸다. 고개를 돌려 위를 쳐다보니 페르디난드가 맹렬한 눈빛을 내뿜으며 입꼬리만 미소를 띠듯 일그러뜨렸다. 얼른 끝내라는 무언의 압박이 전해져 왔다. 내 입가가 굳어졌다.

나는 조금 전에 만들어 낸 성녀다운 모습을 유지하면서 촌장에게 처벌을 내림이 타당하다는 방향으로 이끌어야 한다. 입뿐만 아니라 손발까지 동원해서 호소하는 촌장을 가만히 바라보면서 나는 살짝 시선을 내리깔았다.

"……촌장, 제게 자비를 베풀어 달라고 하셨지요? 하지만 당신은 일상적으로 고아들을 때렸습니다. 제가 거둔 토르와 릭은 온몸이 상처투성이더군요."

팔아 버리려던 노라와 마르타는 비교적 영양 상태가 좋았다. 하지만 토르와 릭은 허약했고, 일상적으로 폭력을 당한 듯한 상처와 멍이 군데군데 있었다. "약한 자에게 폭력을 행사하는 당신에게 제가 자비를 베풀어야 할까요?"라고 묻자, 촌장은 눈에 띄게 초조해하기 시작했다. 하지만 어떻게든 구슬려서 내게 협상을 끌어내려고 기를 쓰며 말을 이었다.

"그건, 그러니까 벌입니다. 애들이 나쁜 짓을 하지 않았다면 저도 그런…… 그러진 않았을 겁니다. 나쁜 짓을 하면 당연히 벌을 받아 마땅하지 않겠습니까?"

"때리면서까지 벌을 줘야만 했던 나쁜 짓이 뭔지 모르겠군요. ……가령 토르와 릭이 당신의 가족을 공격했다면 그건 나쁜 짓인가요?"

내가 볼에 손을 대고 일부러 느긋하게 고개를 갸웃거려 보였다. 촌장은 세상 물정 모르는 어린애를 구슬리려고 두 손을 싹싹 비비며 몇 번이고 고개를 끄덕였다. 무릎걸음으로 슬금슬금 다가오면서 호소하는 강렬한 눈빛이 오싹하다.

"그건 명백히 나쁜 짓이지요. 고아가 제 가족에게 폭력을 쓴다면 대체 무슨 짓이냐고 화를 낼 것이고, 당연히 폭력으로써 벌을 내려야 마땅합니다. 아무도 저를 비난하지 않을 것입니다. 고아들에게는 누가 자기를 키워 주는지 톡톡히 알게 해야 하지 않겠습니까."

촌장 뒤에서 리히트가 눈을 꼭 감고 고개를 툭 떨구었다. 리히트 주위로 무릎을 꿇은 농촌 촌장들도 씁쓸한 표정을 지었다. 나는 촌장을 똑바로 응시한 채 마지막 질문을 던졌다.

"토르와 릭이 누가 당신의 가족인지 몰랐다고 해도 말인가요?"

"그 둘이 제 가족을 모를 리가 없습니다. 그런 거짓말은 안 통해요."

나는 천천히 한숨을 내쉬고 "안타깝군요." 라고 중얼거리며 페르디난드에게로 고개를 돌려 올려다보았다.

"신관장, 이것이 촌장의 주장입니다."

냉정한 미소로 눈을 가늘게 뜨고, 입꼬리를 씩 올린 페르디난드가 "그렇군. 잘 알겠다." 라고 말하며 한 걸음 앞으로 나와 내 옆에 나란히 섰다. 반대로 나는 한 걸음 뒤로 물러서서 발언권을 페르디난드에게 넘겼다.

"그대의 주장에 따르자면 딸인 신전장을 위해 영주가 지은 작은 신전을 공격한 자를 처벌함이 당연하겠구나. 하얀 건물은 귀족의 거주지이며 영주의 힘으로 세운 건물. 그 사실을 모르는 사람은 없다."

"아닙니다, 전 정말 몰라서……."

상대가 페르디난드로 바뀐 사실을 알게 된 순간, 촌장은 뒷걸음질을 치기 시작했다. 안색이 나빠졌고, 조금 전처럼 수다스럽던 모습도 사라졌다. 한 걸음 뒤로 물러선 내게 시선을 보내며 필사적으로 도움을 구했지만, 나는 응하지 않았다. 슬금슬금 뒷걸음질을 치는 촌장에게 페르디난드는 한 걸음 다가가며 거리를 좁혔다.

"촌장으로서 귀족과 접하는 위치에 앉은 자가 모를 리가 없다. 그대가 몰랐던 것은 자신의 죄를 숨기고 무마해 줄 전 신전장이 죽었다는 사실뿐이다. 그대는 알면서 주민들에게 작은 신전을 습격하라고 명령했다."

섬뜩해진 듯 촌장이 눈을 크게 떴다. "그게 아니라……." 하고 발뺌하려고 했지만 촌장을 구명해 달라고 간절히 바라던 광장 사람들의 눈은 차갑게 식어 갔다. 혹시 핫세 사람들에겐 '몰랐다'는 변명만 했던 걸까.

"뭐, 알았든 몰랐든 무슨 상관이겠는가. 핫세의 주민은 영주 일족을 공격했고, 그것은 곧 반역이다. 반역자는 처벌받아야 마땅하며 처벌을 결정한 영주를 비난할 사람은 아무도 없다. 평민은 귀족 덕분에 사는 존재임을 철저하게 가르쳐야만 한다. 바로 그대가 한 말이지."

"그러나……."

"거짓말로 꾸며 댄 구차한 변명을 차마 들을 수가 없군. 더는 입을 열지 마라."

반론을 딱 잘라 버리고 페르디난드는 몸을 돌려 내 옆으로 돌아왔다. 그리고 이번에는 촌장을 내려다보던 맹렬한 눈빛을 내게 보냈다.

"로제마인."

혼나는 줄 알고 나는 등을 꼿꼿이 세우며 턱을 당겼다. 그런 나를 보고 부자연스럽게 한숨을 푹 내쉰 페르디난드는 악역에 어울리는 얼굴로 섬뜩한 목소리를 냈다.

"그대는 핫세의 주민이 자신들이 저지른 사태의 중대성을 이해하고, 깊이 반성한다면서 영주에게 감형을 간원했다. ……그런데 내 눈엔 전혀 이해하는 것처럼 보이지 않는구나."

페르디난드의 시선이 내게서 촌장으로 옮겨 갔고, 마지막에는 광장 전체로 돌아갔다. 페르디난드와 시선이 마주침과 동시에 모두가 입을 꾹 다물어 버렸다.

"로제마인, 핫세 주민에게 에렌페스트의 성녀라 불리는 그대의 자비가 필요한가?"

내가 발표한 연대책임에서 경감된 벌까지 취소될 것 같은 분위기에 광장이 얼어붙었고, 물을 끼얹은 듯 적막감이 감돌았다. 다음에 페르디난드가 무슨 말을 할지, 모두가 움직이는 것조차 망설일 정도로 무거운 침묵이 그 자리를 지배했다. 숨을 삼키는 것마저 답답하게 느껴질 정도로 침울한 분위기 속에서 리히트가 무거운 머리를 들어 올리듯 천천히 고개를 들었다.

"신관장님, 신전장님. 가능하다면 제게 발언을 허가해 주십시오."

떨리는 목소리로 허가를 구하는 리히트의 안색은 새파랗게 질려 있었다. 긴장한 나머지 머리칼 아래가 진땀으로 축축하게 젖은 듯했다.

"허가한다."

페르디난드의 허가에 "감사합니다." 라고 감사의 말을 하고, 리히트가 입을 열었다.

"신관장님, 촌장의 명령으로 저희가 저지른 짓이 얼마나 무거운지, 주민 모두가 깊이 이해하고 있습니다. 원래라면 마을 통째로 사라졌어야 마땅할 저희를 살려 주신 성녀의 자비도 가슴에 사무치게 감사하고 있습니다. ……저 촌장만 몰랐지, 주민은 잘 알고 있습니다."

리히트가 페르디난드의 압력에 몸을 떨면서 필사적으로 핫세 주민을 감쌌다. 그 모습에 가슴을 찌르도록 감동한 내 등을 누군가가 툭 밀었다. 옆에 서서 마찬가지로 리히트를 진지하게 내려다보던 페르디난드를 올려다보자, '그대의 역할은 무엇이지?' 라고 묻는 듯한 시선을 보내 왔다.

'아, 맞다. 나 성녀였지.'

리히트의 말에 감동할 때가 아니다. 나는 몸을 빙글 돌려 페르디난드에게 대항하듯 마주 보았다. 그리고 페르디난드에게서 리히트를 감싸듯 얼른 양팔을 벌렸다.

"신관장, 리히트도 이렇게 말하지 않습니까. 주민은 알고 있습니다."

"……신전장님."

등 뒤의 리히트와 촌장들과 광장에서 매우 감동한 듯한 목소리가 들려왔다. 존경과 감동의 시선에 죄책감이 내 가슴을 찌른다. 도저히 배길 수가 없다. '나한테 성녀 역할은 무리야!' 라고 소리치면서 얼른 이 자리에서 도망치고 싶다. 하지만 마왕같은 표정을 짓던 페르디난드와 마주 보는 상황에서 도망칠 수는 없었다. 이것은 내 과제이기도

하니까.

　마주 보는 내게 페르디난드는 천천히 고개를 저었다.

　"로제마인, 상냥함은 때때로 독이 된다. 반역자는 어서 싹을 뽑아 버려라."

　"신관장, 핫세 주민은 반역 따위 생각하지도 않습니다. 괜찮아요. 그렇지요, 여러분?"

　내가 뒤를 돌아보며 등 뒤의 리히트와 촌장, 광장 사람들에게 호소했다. 바로 "물론입니다."라며 리히트가 소리를 질렀다. 광장에서도 동의하는 목소리가 우렁차게 일었다.

　"다들 이렇게 말하고 있습니다. 그러니……."

　이대로 이야기를 원만하게 해결하려던 순간, 페르디난드가 오른손을 어깨높이만큼 슥 올렸다.

　"그럼 그렇다는 증명을 보여라."

　"네?"

　'죄송해요. 전개가 어떻게 흐르는지 전혀 모르겠어요. 제가 뭘 하면 되나요?'

　어떻게 해야 정답인지 몰라서 내심 안절부절못하면서 페르디난드를 올려다보았다. 페르디난드가 슈타프를 꺼내 들었다.

　"이 기회에 반역의 싹은 철저하게 뿌리를 뽑아야겠지."

　그렇게 선언한 페르디난드가 "게티르트."라고 중얼거리고 슈타프를 크게 휘둘렀다.

　무대 바로 아래, 광장에서 가장 앞쪽에 해당하는 곳에 앞뒤가 비쳐 보이는 투명한 호박색이 나타났다.

　'슈첼리아의 방패?'

전에 내가 기도로 생성한 슈첼리아의 방패와 똑같은 무늬가 새겨져 있다. 다만 내가 생성한 슈첼리아의 방패는 동그랬는데 페르디난드가 생성한 것은 두께가 없는 얇은 네모꼴로 딱 성인 두 사람이 나란히 들어갈 만한 문처럼 보였다.

"여기를 지나가라. 진심으로 반성한다면 이 선별의 문을 통과할 수 있을 것이다."

리히트가 당혹스러운 시선을 내게 보냈다. 저 사각형이 슈첼리아의 방패라면 해의나 악의를 품고 있지 않으면 통과할 수 있을 터였다. 나는 리히트의 눈을 보며 천천히 고개를 끄덕였다.

"리히트라면 괜찮아요."

내 말에 리히트는 눈에 강렬한 빛을 띠면서 한 걸음 내디뎠다. 무대를 내려와 호박색 사각형 앞에 섰다.

조금 멀찍이 물러서면서도 대체 뭐가 어떻게 되는지 마른침을 삼키며 지켜보는 광장 사람들 앞에서 리히트는 방패를 향해 걷기 시작했다. 잔뜩 겁먹은 표정이었지만 아무 일 없이 문을 통과했다.

"보세요. 신관장. 괜찮지요?"

"흠, 리히트는 신용해도 될 만하지만 이놈은 어떨까?"

페르디난드는 그렇게 말하고 싸늘한 눈빛으로 촌장을 내려다보았다. 리히트는 촌장을 주변 마을 촌장 몇 명과 무대 아래로 끌고 내려가서 선별의 문을 통과하게 했다.

"으악!?"

내 예상대로였다. 촌장은 문을 통과하지 못하고, 강한 바람에 튕겨 나갔다. 그 순간 에크하르트의 슈타프에서 빛의 띠가 날아와 촌장을 결박했다.

"페르디난드 님, 반역자를 포박했습니다."

"수고했다."

광장에 모였던 사람들이 숨을 멈추는 소리가 들렸다. 리히트는 통과했지만 촌장은 통과하지 못한 선별의 문을 두려운 눈으로 바라보았다. 아마 작은 신전을 습격한 주민들은 자신들에게도 똑같은 힘이 적용되리라는 사실을 알았을 터이다. 눈에 띄게 안색이 창백해지는 사람도 있었다.

"리히트, 핫세 주민을 전부 지나가게 해라. 이 기회에 위험인물은 전부 처리하겠다."

"신관장."

그렇게까지 해야겠냐며 내가 페르디난드의 소매를 가볍게 잡아당겼지만, 페르디난드는 엄격한 눈빛으로 광장에 모인 사람과 빛의 띠에 묶여서 뒹구는 촌장을 번갈아 보았다.

"……이 중에 저 녀석과 같은 자가 얼마나 있을지 모른다. 모든 핫세 주민을 한꺼번에 처벌하고 싶지 않다면 선별이 필요하겠지?"

"저, 전 핫세 주민을 믿습니다. 선별이라니……."

필요 없습니다, 라는 말보다 먼저 페르디난드가 씩 웃었다.

"그럼 선별해도 아무 문제 없다는 말이군."

다그치는 페르디난드에게 반론하지 못한 나는 "문제 없습니다. 그렇죠, 리히트?" 하고 판단을 떠넘길 수밖에 없었다. 하지만 리히트는 거부는커녕 웃으며 선별을 받아들였다.

"네, 신전장님. 아무런 문제도 없습니다. ……혹시나 촌장처럼 튕겨 나가는 자가 있는데 제거하지 않는다면 그자 때문에 핫세가 또 궁지에 빠질지도 모릅니다. 저희는 이제 영주의 의심을 사고 싶지 않습니다.”

　리히트는 반역을 저지를지도 모를 위험인물을 선별하자는 말에 아무런 거부감도 보이지 않았다. 또 영주 일족의 역정을 살 순 없다, 핫세 전체가 없어지는 사태만은 피해야 한다며 오히려 의욕적이었다.

　“에렌페스트의 성녀에게 자비를 받을 자를 가려냅시다. 보는 바와 같이 나는 통과했습니다. 반역자로 처벌당하고 싶지 않다면 이 문을 통과해야 합니다!”

　리히트가 그렇게 말하자, 광장에 모인 모든 사람이 선별의 문을 지나갔다. 촌장별 농촌 단위로 문을 통과했다. 농민들은 촌장의 영향도 적을뿐더러 습격에 관여하지도 않아서 싱거울 정도로 스스럼없이 지나갔다. 문제는 작은 신전의 습격에 가세한 주민이었다.

　“지나가지 않아도 좋다. 촌장과 똑같이 포획해라.”

　“네!”

　페르디난드의 말에 에크하르트가 슈타프를 꺼냈다. 그 모습을 본 몇몇 주민들이 비명을 지르면서 선별의 문으로 달려갔다.

　“으악!?”

　“꺅!?”

　대다수가 문을 통과하는 가운데, 몇 명이 문에서 튕겨 나갔다. 바로 에크하르트가 빛의 띠로 그들을 포획했다.

　모두가 선별을 받자, 선별의 문은 사라지고 포획된 여섯 명이 무대 위로 끌려 올라왔다.

처벌

"문에 튕겨 나간 자는 우리에게 악의를 품은 자다. 이 자리에서 처벌하겠다."

"상관없습니다. 이들은 확고한 촌장파입니다. 변호할 여지도 없습니다. 오히려 선별의 문으로 저희의 결백을 증명하도록 배려하신 신관장님께 감사드립니다."

리히트는 그렇게 말하고 페르디난드와 내 앞에 무릎을 꿇었다.

내 심장이 요란한 소리를 내며 크게 뛰었다. 지금부터 여기서 처벌을 하겠다는 말에 핏기가 싹 가셨다. 페르디난드는 처음부터 촌장을 처벌하겠다고 했기에 처벌이 이뤄진다는 것쯤은 각오하고 있었다. 그런데도 심장이 불길한 소리를 내면서 뛰었고, 차가운 땀이 등줄기를 타고 내렸다.

"로제마인, 똑똑히 봐 둬라."

"······네."

리히트는 물론 광장에 모인 사람도 자신들을 궁지에 빠뜨린 자가 처벌당하는 이 상황이 아무렇지도 않은 듯했다. 감정이 전혀 없는 것은 아니다. 혐오감이나 거부감이 보이지 않는다는 표현이 맞을지도 모른다. 반역자라는 오명을 쓴 피해자가 가해자의 처벌을 당연히 여기는 분위기였다.

"유스톡스."

"알겠습니다, 페르디난드 님."

페르디난드에게 지명을 받은 유스톡스가 무대에 가져온 커다란 상자로 손을 뻗었고, 찰카닥 소리를 내며 자물쇠를 열었다. 옆면이 앞으로 쓰러지면서 상자 속이 보였다. 마치 서류 케이스처럼 작은 서랍이 다섯 개 정도 보였다. 하지만 서랍 속에 무엇이 들어 있는지, 내 위치에서는 보이지 않았다.

"신관장, 저 상자는 뭔가요?"

"핫세 주민의 등록증이 들어 있다."

등록증이라는 건 세례식 때 피도장을 찍어서 영민으로 등록하는 메달을 가리킨다. 에렌페스트에 사는 평민의 몫은 등록, 혼인, 장례로 인한 삭제까지 전부 신전이 도맡아서 처리하므로 신전에 보관하지만, 그 외의 직할지는 가을 수확제 때 모든 등록을 처리하고, 촌장에게 삭제 보고를 받는다. 신관과 징세관이 성에 보고를 올리면 문관이 등록증을 처리한다고 한다.

"오늘은 얼마나 많은 사람이 처벌될지 몰라 전부 가져와 봤다. 원래는 성에서 반출할 물건이 아니다."

'시청에서 호적부를 빼내는 일 같은 건가?'

그렇다면 관리하는 문관은 등록증 곁에 꼭 붙어 있어야 하고, 엄중히 지켜야만 하리라.

유스톡스는 종이 한 장을 쓱 꺼내면서 에크하르트에게 말을 걸었다.

"에크하르트, 아무도 접근하지 못하게 엄중히 지켜봐 줘."

유스톡스의 부탁에 에크하르트는 슈타프를 검으로 바꾸고 자세를 취했다. 접근하는 자는 베어 버리겠다는 자세다. 그 상자가 얼마나 중요한 물건인지 알 수 있었다.

"시작해라, 유스톡스."

"알겠습니다, 페르디난드 님."

유스톡스가 슈타프를 쥐고 "메서." 라고 외웠다. 슈타프가 나이프 형태로 바뀌었다. 그 나이프와 한 장의 종이를 손에 들고 반역자가 된 자의 앞으로 갔다.

빛의 띠에 묶인 채 무대 위에서 구르는 반역자가 유스톡스의 움직임을 주시했다. 다가오는 유스톡스의 발을 보며 공포로 굳은 얼굴로 "살려 줘." 하고 쉰 목소리로 중얼거렸다. 하지만 그 애원에 응하는 사람은 없었다. 터벅터벅 걸어간 유스톡스가 제일 가까이에 쓰러진 남성 옆에 나이프를 들고 "피도장을 찍겠다." 라며 웅크리고 앉았다.

유스톡스가 빛의 띠에서 살짝 삐져나온 남성의 손가락에 나이프를 대고 살짝 움직여 상처를 냈다. 부풀어 오르는 피를 손에 든 종이에 눌렀다. 종이에 붉은 동그라미가 선명하게 찍혔다.

'아파, 아프다고!'

아무리 남의 손가락이지만 칼에 베여 피를 흘리는 모습을 보니 내 손가락이 아팠다. 나는 내 손가락을 누르면서 되도록 빨간 피를 보지 않으려고 조금 초점을 흐렸다.

지문이 드러난 피도장이 제대로 찍혔는지 확인한 유스톡스는 가벼운 동작으로 나이프를 휙 휘둘렀다. 나이프에 조금 묻어 있던 빨간 줄기가 단숨에 사라졌다.

'나이프가 깨끗해졌어?'

유스톡스는 피도장을 찍은 종이를 사람들에게 확인시키려는 듯 광장을 향해 보였다. 광장에서 환호성이 일었고, 페르디난드는 고개를 끄덕였다. 유스톡스는 그 옆에 드러누운 남자에게 다가가 마찬가지로 피도장을 찍었다. 그리고 또 광장을 향해 종이를 보였다. 그 행동이 계속 반복되었다.

"신관장, 유스톡스는 대체 뭘 하는 건가요?"

"등록증을 골라내는 과정이다. 등록증을 다루는 신관과 문관의 역할이지."

등록증은 세례를 받은 연도로 나누어 보관한다. 귀족의 등록증은 마력이 등록되어 있지만, 평민은 피만으로 등록되어 있다. 그 사실은 마인일 때 세례를 받아 봐서 안다. 하얗고 평평한 돌 같은 등록증에 피를 찍기만 하면 됐었다. 이름도 묻지 않았으니 당연히 등록증에도 이름은 없다. 세례를 받은 연도순으로 보관되어 있다는데, 그래서는 어느 것이 누구의 등록증인지 모른다. 그래서 등록증을 골라낼 때 기본적으로 피로 찾는다고 했다. 예를 들어 장례식 때도 사체 위에 등록증을 올려 두어서 본인의 등록증이 맞는지 확인한다. 마인의 장례식 때도 필요한 등록증을 찾기 위해 페르디난드가 내 피를 뽑았다고 한다.

'쓰러져서 의식이 없을 때라 전혀 알아채지 못했지만.'

에렌페스트 외에서는 장례식 때 고인의 피를 목패에 찍어 두고, 가을 수확제 때 문관에게 보고한다. 문관이 징세된 물품과 함께 목패를 성에 보내면 각각의 등록증을 끼운 목패를 되돌려 보낸다고 한다. 그 등록증을 묘비에 단다.

등록증의 설명을 듣는 사이에 유스톡스는 마지막 남은 한 사람에게 다가갔다.

"일이 이렇게 되어 버리다니……."

반역자가 된 마지막 사람은 여성이었다. 빛의 띠에 묶인 촌장의 부인이 눈물을 흘리면서 적의를 드러낸 눈빛을 나에게 보냈다.

'무서워.'

정면에서 감정을 드러내며 나를 날카롭게 올려다보는 강렬한 시선에 침을 꼴깍 삼켰다. 팔뚝에 소름이 돋았고, 손끝이 덜덜 떨렸다. 뒤로 물러서서 페르디난드의 등 뒤에 숨고 싶다. 시선만이라도 피하고 싶었다. 하지만 페르디난드는 내게 이 처벌을 끝까지 보라고 했다. 눈을 피해서는 안 되었다.

나는 어금니를 꽉 깨물고, 손이 떨리지 않도록 깍지 낀 손을 강하게 쥐었다. 내가 촌장의 부인과 서로 노려보는 동안 유스톡스는 눈 하나 깜빡 않고 피도장을 눌러 작업을 끝냈다.

모두의 피도장을 찍은 유스톡스가 뭐라고 말하면서 나이프를 가볍게 휘둘러 슈타프로 되돌렸다. 슈타프를 휘두르면서 "아우스발." 이라고 외었다. 그러자 피도장을 찍은 종이가 계약 마술처럼 금빛 불꽃에 휩싸였고, 타들어 가면서 에크하르트가 지키는 상자 위로 날아갔다. 금색 꼬리를 그리며 상자 위로 날아간 종이는 빛 가루를 뿌리며 사라졌다.

직접 만지지도 않았는데 서랍이 덜컹덜컹 흔들리기 시작했다. 첫 번째 단, 두 번째 단으로 서랍이 제멋대로 튀어나오고 들어가며 신기하게 움직이더니, 안에서 여섯 개의 등록증이 튀어나왔다.

"오오오오!"

광장에서 흥분한 목소리가 일어나는 가운데 영민으로 등록한 메달처럼 생긴 흰 등록증이 슝 하고 날아가 유스톡스의 손안에 들어갔다. 여섯 장의 등록증을 손에 든 유스톡스가 자기 손안을 확인한 후, 물 흐르는 듯한 걸음걸이로 페르디난드의 앞에 걸어가서 무릎을 꿇었다.

"페르디난드 님, 이것입니다."

"수고했다."

유스톡스가 정중하게 바쳐 올리는 등록증을 페르디난드가 건네받았다. 노고를 치하하는 말을 들은 유스톡스는 정중하게 인사하고 일어나 얼른 등록증을 담은 상자 쪽으로 돌아갔다. 조심스러운 손길로 단단히 자물쇠를 잠그고, 상자를 지키듯 앞에 섰다.

"로제마인, 유스톡스가 있는 곳까지 물러나거라."

페르디난드가 왼손으로 등록증을 쥐고, 오른손을 가볍게 흔들어 슈타프를 꺼냈다. 뭔가 마술을 사용하려는 모양이다. 나는 명령대로 유스톡스 옆으로 이동했다.

무대 중앙에는 페르디난드만 남았다.

주변 사람들과 거리를 확인하듯 주변을 돌아본 페르디난드가 슈타프를 슥 들어 올렸다. 슈타프 끄트머리에서 흘러나오는 마력으로 빛나는 글자와 복잡한 무늬를 그려 갔다.

"오오, 처음 봐……."

옆에 선 유스톡스가 흥분한 목소리를 냈고, 갈색 눈동자가 기쁨으로 반짝였다. 눈을 크게 뜬 상태에서 몸을 내밀어 페르디난드가 그리는 마법진을 바라보았다.

"유스톡스, 대체 무슨 일이 일어나려는 거죠?"

"영주에게 반역한 자를 처형하려는 겁니다, 공주님. 영주 후보생만이 배울 수 있는 기술이기 때문에 저 마술을 사용할 땐 주변 사람을 물려야 합니다."

주문을 외는 소리가 남의 귀에 들어가거나, 복잡한 무늬를 그리는 세밀한 마법진을 보지 못하게 주변 사람을 멀리 물리고 행해야 한다고 유스톡스가 가르쳐 주었다.

"반역자를 처형하는 마술이 있다는 건 알았지만 지금까지 본 적은 없었습니다."

평소 영주에게 반역하는 자는 없기 때문에 이런 처형을 내리는 경우는 거의 없다고 했다.

"아아, 페르디난드 님과 담당자를 졸라 핫세에 따라오길 잘했어."

주먹을 불끈 쥐고, 만감이 서린 목소리로 절절하게 이 처형을 보고 싶었다는 괴짜의 발언에 나는 유스톡스와 동행한다는 사실을 굉장히 언짢아하던 페르디난드의 심정이 이제야 이해가 되었다. 나는 유스톡스에게서 살짝 한 발짝 떨어졌다.

"공주님도 언젠가 배우시게 될 겁니다. 사용할 기회가 생기시면 꼭 절 불러 주세요."

"……그런 기회가 없기를 신께 빌어야겠네요."

있어도 절대 안 불러, 하고 마음속으로 중얼거리면서 나는 페르디난드를 쳐다보았다.

무대 한가운데서 페르디난드가 슈타프를 휘둘렀다. 마력으로 그린 마법진이 완성되었는지 마법진에서 불꽃처럼 일렁이는 검은 안개가 흘러나왔다. 어쩌면 어둠의 신에 관련된 마술인지도 모른다. 마법진에서 나온 검은 안개가 작년 기원식에서 공격을 받았을 때 봤던 마력을 빨아들이는 검은 안개와 비슷한 점에서 대충 그러리라 짐작했다.

마법진을 지긋이 바라본 채 뭔가 주문을 외듯 페르디난드의 입술이 움직인다. 시꺼멓게 일렁이는 섬뜩한 마법진에 페르디난드가 등록증을 던져 넣었다. 마법진에 찰싹 달라붙듯이 공중에 뜬 등록증이 검은 안개에 휩싸여 갔다.

"에크하르트, 포박을 풀어라!"

"네!"

페르디난드의 목소리에 대답하며 에크하르트가 지체 없이 슈타프를 휘둘러 여섯 명을 포박한 빛의 띠를 없앴다. 반역자를 옭아매던 빛의 띠가 한순간에 사라졌다.

갑자기 포박이 사라진 반역자들의 반응은 다양했다. 무슨 일이 일어났는지 몰라 눈을 끔뻑이며 그대로 움직이지 않는 자, 비명을 지르며 도망치려는 자, 보복하려고 페르디난드를 향해 달려가는 자…….

"신관장!?"

무대 중앙을 향해 달리는 한 사람, 촌장의 부인을 보고 내가 무심코 "위험해요!"라고 소리쳤지만, 페르디난드는 눈썹 하나, 눈 한 번 깜빡이지 않았다. 움직이는 자들을 쳐다보지도 않고 시선을 마법진에만 고정한 채 입을 열었다.

"걱정하지 마라. 문제없다."

그들이 움직인 건 아주 짧은 순간이었다.

헐레벌떡 일어나 도망치려고 움직인 촌장도, 페르디난드를 덮치려고 한 촌장의 부인도, 몇 걸음 움직인 곳에서 푹 고꾸라졌다. 그리고는 그대로 그 자리에 털썩 쓰러졌다. 몸을 일으키려고 팔을 바둥바둥 움직여도 다리가 전혀 움직이지 않는 듯했다.

"다리가, 내 다리가!"

비통한 비명이 울렸다. "싫어!" "살려 줘!" "죄송합니다!!"라며 제각각 소리를 질렀다. 나는 미간을 찌푸리며 자세히 바라보았다. 여섯 명의 다리가 회색으로 옅게 물들었다. 처음에는 똑같은 회색 부츠라도 신은 줄 알았는데 그게 아니었다. 다리가, 옷자락이 점점 회색으로 물들었고, 그와 동시에 움직이는 부분이 줄어드는 듯했다.

"……마치 다리가 돌이 되어 가는 것처럼 보이는데요……."

"아마 저게 온몸으로 퍼질 겁니다."

기대하는 표정을 노골적으로 드러낸 유스톡스는 그들을 뚫어지듯 응시했다.

나는 도무지 그렇게 즐길 기분이 들지 않았다. 가끔 나를 쳐다보는 페르디난드의 냉정한 시선만 없었다면 그들의 비명이 들리지 않게, 발버둥 치는 모습을 보지 않게, 당장 귀를 막고 눈을 감았으리라.

검은 안개가 불꽃으로 불태우듯이 서서히 등록증을 좀먹었다. 마치 종이가 타들어 가듯, 흰 등록증은 아랫부분부터 천천히 형태를 잃어 갔다. 등록증이 절반 정도 형태를 잃었을 땐 반역자들의 몸도 허리춤까지 굳었다. 순식간에 가슴까지 굳고, 목 언저리까지 굳어서 목소리조차 내지 못하게 되었다.

등록증이 완전히 형태를 잃었을 때 그들의 온몸은 석상처럼 굳어 버렸다. 페르디난드가 슈타프를 휙 하고 움직이자 마법진이 단숨에 사라졌다.

그 순간 여섯 개의 석상이 맥없이 부스러지기 시작했다. 처음에는 쩍 하고 커다란 금이 갔다. 거기서부터 갈라진 조각이 묵직한 소리를 내며 떨어졌다. 땅에 부딪힌 충격으로 커다란 덩어리가 몇 개의 파편으로 부서졌다. 파편은 마치 모래로 만든 물건이었던 것처럼 우수수 부스러지기 시작했다. 결국, 재만큼 가벼워진 부스러기가 아직 차디찬 봄바람에 날려 산산이 흩어졌다. 그들에겐 묘표가 되는 등록증도 없고, 유체도 남지 않았다. 매장조차, 애도조차 허가받지 못한 반역자의 최후였다.

'토할 것 같아.'

공포와 절망으로 굳어 버린 표정이 머릿속에서 떨어지지 않는다. 귓속에는 그들의 절규가 박혔고, 눈에는 최후까지 괴로움에 몸부림치던 모습이 각인되었다. 그 모습이 석상이 되고, 회색이 되어 부서져서 사라져 없어지고 말았다. 이것은 인간의 죽음이 아니었다.

"훌륭했어. 그렇게 생각하지 않습니까, 공주님?"

유스톡스는 흥분한 목소리로 말했지만 나는 억지웃음을 지으며 고개를 끄덕이는 것조차 성가셔서 하지 못했다. 인간의 존엄성을 빼앗은 죽음 앞에 어떻게 그렇게 흥분한 목소리가 나올 수 있는지 이해할 수가 없었다.

'기분 나빠.'

팔다리가 비정상적으로 차게 느껴졌다. 위 속을 휘젓는 듯한 느낌에 불쾌감이 들었다. 차라리 이대로 정신을 잃고 쓰러지면 편해질까. 하지만 체력도, 마력도 소비하지 않은 나는 의식을 잃고 싶어도 그러지 못하고 눈을 꼭 감는 것조차 허락되지 않은 채 그저 무대 끄트머리에 서 있었다.

적막이 감도는 광장에는 귀족을 향한 분명한 공포와 두려움이 퍼져 있었다. 귀족의 강대한 힘을 목격하고, 자신들의 목숨 따위 간단히 뺏어 버리는 존재라고 머릿속에 깊게 각인되었으리라. 핫세 주민의 얼굴이 공포로 굳어진 게 보였다. 그때 나와는 반대편 무대 끝에서 무릎을 꿇고 있던 리히트가 몸을 일으켜 광장 주민들을 둘러보고 큰 소리로 호소했다.

"여러분, 이로써 반역자는 사라졌습니다. 그들은 이 마을 전체를 위험에 빠뜨린 반역자였습니다. 그들 때문에 우린 반역자라는 오명까

지 썼습니다. 이 오명을 씻기 위해서는 세례를 받은 아이가 성인이 되어서도 이어지는 오랜 세월을 속죄해야 합니다. 반역자로 처벌될 뻔한 우리 모두를 구해 주신 에렌페스트의 성녀, 신전장님의 자비에 보답할 수 있도록 협력해야만 합니다!"

앞으로가 힘든 여정이 될 거라며 리히트가 모두에게 호소했다. 리히트의 얼굴도 경직되어 있었다. 그래도 그는 핫세를 어떻게든 일으켜 세우려고 필사적이었다. 이것으로 끝이 아니다. 영주 일족을 향한 속죄의 시작이며, 이대로 핫세 전체를 무너뜨릴 순 없다며 몸부림치는 모습이 내 눈을 사로잡았다.

'아직 끝나지 않았어. 리히트만이 아니라 성녀로서의 내 역할도.'

나는 숨을 크게 들이쉬며 호흡을 조금 정리했다.

귓속에서는 아직 그들의 비명이 울렸지만, 그 소리에 질질 끌려가서는 안 된다. 촌장을 처벌한 뒤에 핫세의 미래를 고민하는 것도 과제다. 리히트에게 최대한 협력해서 핫세 주민을 하나로 모아야 한다.

나는 최대한 우아하고 침착하게 보이는 걸음걸이로 천천히 무대 중앙으로 걸어갔다. 몸이 흔들리면 위 속에서 시큼한 것이 치밀어 오르는 구역질을 참으며 페르디난드의 옆으로 나아갔다. 광장 사람들은 물론이고 무대에 있는 사람들의 시선이 전부 내게 집중되었다.

한 번 눈을 감았다. 공포에 발버둥 치던 그들의 모습이 선명하게 떠올랐다. 머리를 재차 흔들어 지탱한 다리에 힘을 주고, 아래로 떨어지지 않게 고개를 빳빳하게 들었다.

"로제마인, 이것을."

페르디난드가 내 손에 목소리를 울리게 하는 마술구를 건네주고 한 걸음 뒤로 물러났다. 나는 마술구를 꼭 쥐고, 입가에 가져갔다. 그리고 천천히 숨을 들이마셨다.

"핫세 주민이여."

목소리가 떨렸다. 한 번 침을 삼키고, 다시 천천히 숨을 마셨다.

"핫세 주민이여. 1년을 견디세요."

이번에는 아까보다는 목소리가 덜 떨렸다. 안도한 나는 말을 이었다. 강대한 마력으로 공포의 구렁텅이에 떨어뜨리는 존재도 귀족이지만, 강대한 힘으로 백성을 구할 수 있는 존재도 귀족이다. 내게 성녀의 역할을 줬다면 조금이라도 핫세의 주민에게 희망을 주고 싶었다.

"내년 기원식이 열리느냐 아니냐는 이 1년 동안 핫세의 행동을 영주가 조사한 후에 결정합니다. 저도 부탁드리겠지만, 중요한 것은 핫세가 어떤 모습을 보이는가입니다."

1년간 노력하면 다음 해에는 기원식을 치를 수 있다. 그 말을 들은 농민들이 고개를 들었다. "1년이라면 견딜 만해." "어떻게든 해 보자." 그런 의견이 터져 나오기 시작했다. 나를 올려다보는 얼굴이 앞을 내다보기 시작한 사실에 내 어깨를 짓누르던 힘이 조금 빠졌다.

"이곳에는 영주를 향해 반감을 품은 사람이 없다는 것이 증명되었습니다. 여러분의 속죄하고픈 뜻을 행동으로 보여 주세요. 전 내년에 이곳에서 기원식을 열고, 핫세에 축복과 기도를 바치고 싶습니다."

터져 나온 환호성 속에서 나는 페르디난드의 지시에 따라 기수를 타고 작은 신전으로 향했다. 커다란 상자와 유스톡스, 프랑과 잠, 브리기테도 함께 탔다.

"로제마인 님, 매우 훌륭하셨습니다."

"고맙게 생각합니다. 브리기테."

어떻게든 웃어 보였지만 머릿속은 어지러웠다. 속이 메슥거린다. 이 불쾌감을 토해내고 싶다. 책의 세계에 몰두해서 현실에서 완전히 도피하고 싶다. 아무 생각 없이 잠들기라도 하고 싶다.

작은 신전의 문 앞에 기수를 내리자 신전 안에서 잇따라 회색 신관과 길베르타 상회의 관계자들, 각자의 시종들이 나왔다. 그들이 재빨리 늘어서서 무릎을 꿇었다.

"유스톡스, 에크하르트, 다무엘, 브리기테. 예배실에 각자의 방을 만들어서 정리하라."

페르디난드가 빨간 마석을 각자에게 건네자, 네 사람과 그 시종들이 일제히 움직이기 시작했다. 유스톡스는 자기 시종을 시켜 내 기수에서 내린 커다란 상자를 옮기게 했다.

나는 모두가 내린 후 기수를 정리했다. 기분은 물론이고 마음까지 무거워진 기분에 고개를 숙인 순간, 위에서 시큼한 맛이 올라왔다. 하지만 모두가 있는 이곳에서 토할 수는 없었다. 필사적으로 목구멍으로 삼켰다. 북받친 눈물을 재빨리 소매로 닦았다.

"로제마인은…… 안색이 나쁘군. 쉬는 편이 좋겠구나. 시종들은 로제마인이 쉴 수 있도록 방을 정리하라."

페르디난드의 말에 내 시종들이 허둥지둥 일어나 신전으로 들어갔다. 먼저 작은 신전으로 출발했던 길에게 비밀의 방을 여는 마술구를 건넨 뒤라서 간단한 준비는 되어 있을 터였지만, 당장에 쉬어야 하는 상황이라면 이것저것 정리해야 할 것이다.

멍하니 시종을 배웅하고, 아무 생각 없이 주변을 둘러보다가, 마중 나온 무리 속에 아빠의 모습을 발견했다. 걱정되어 미칠 것 같은 표정으로 뭔가 해 줄 수 있는 일이 없을까 고민하며 안절부절못하는 모습이 한눈에 들어왔다. "아빠." 하고 부르며 달려가서 품에 안겨 펑펑 울고 싶다.

"로제마인."

"……아."

내 어깨를 누르는 페르디난드의 손길에 번뜩 정신이 들었다. 그런 일이 용납될 리가 없었다. 나는 들어 올리려던 팔을 내리고, 한 발짝 내디딘 다리를 원위치로 돌렸다.

페르디난드의 재촉에 걷기 시작하자, 아빠가 자신의 망토를 내 앞에 내밀었다.

"로제마인 님, 괜찮으시다면 이걸 쓰십시오. ……매우 추워 보이십니다."

나는 아빠가 건넨 망토와 페르디난드를 번갈아 보았다. 페르디난드가 아빠를 노려보았지만 아빠는 망토를 거두지 않고 페르디난드를 바라보았다.

잠시 눈을 가늘게 뜨며 내려다보던 페르디난드가 미간을 잔뜩 찌푸린 뒤, "추운가, 로제마인?" 하고 물었다.

"추워요. ……너무 추웠어요. 귄터, 고맙게 생각합니다."

나는 아빠의 망토를 받았다. 그리고 꼭 껴안듯이 품에 안았다. 옅은 먼지 냄새와 함께 아빠의 냄새가 나서 안심되었다. 동시에 눈물도 복받쳐 올랐다. 나는 얼른 망토에 얼굴을 묻었다.

"신전장님, 아직도 추우시다면 이걸 쓰십시오."

"아닙니다. 이게 더 따뜻합니다."

생각지도 못한 말에 눈물이 단숨에 쏙 들어갔다. 고개를 들어 보니 다섯 명의 병사가 잇따라 내게 망토를 내밀었다. 눈앞에 줄줄이 늘어선 병사들의 망토 앞에 나도 모르게 작은 웃음이 터졌다. 그것만으로도 마음이 조금 가벼워졌다.

"이 이상은 들고 걸을 수 없으니 마음만 받을게요. 여러분의 상냥함에 감사드려요."

아빠의 망토를 안은 채 비밀의 방으로 갔다. 방에는 시종들이 내가 잘 수 있도록 분주하게 준비해 주고 있었다. 모두에게 방해가 되지 않게 나는 아빠가 준 망토를 걸쳐서 몸에 두르려고 방구석에서 망토를 펼쳤다.

"로제마인, 그걸 이리 줘 보아라."

"싫어요."

손을 내민 페르디난드에게서 망토를 지키려고 꼭 껴안았다. 관자놀이를 꾹 누르던 페르디난드가 한 손으로 망토를 덥석 잡았다.

"그 상태로는 침대에 못 올리지 않는가. 세척해 주려는 거다. 이리 줘 보거라."

내가 "……세척?" 하고 고개를 갸웃거리는 사이 페르디난드가 아빠의 망토를 냉큼 빼앗았다. 그리고 그 자리에서 슈타프를 꺼내어 무어라 주문을 외웠다. 어디에선가 나타난 동그란 물방울이 망토를 감싸는가 싶더니 금방 어딘가로 사라졌다.

"이 마술은 뭔가요?"

"말했지 않느냐. 세척이다."

마수 퇴치 때문에 출전하게 되면 며칠 동안 야영도 감행해야 하는 기사에겐 필수 마술이라고 했다. 이 마술로 자기 몸과 도구를 씻는다고 한다.

"……그런 편리한 마술이 있었군요. 처음 들었어요."

"시종과 하인이 있는 그대에게는 필요 없으니까."

바깥에서 지낼 수밖에 없고 시종도 없는 어쩔 수 없는 상황에서만 쓰는 마술이라 평소에 시종에게 맡기면 되는 세척에 굳이 마력을 낭비하지 않는 모양이었다.

"이번에는 특별하다. 이대로 침대에 올리면 침대가 더러워지고, 지금 빨기엔 시간이 없으니."

그렇게 말하며 페르디난드는 먼지 냄새가 씻겨 깨끗해진 망토를 내 머리 위에 툭 얹었다.

"길베르타 상회에는 내가 설명해 둘 테니 오늘은 푹 쉬도록."

그 말을 남긴 페르디난드는 이제 용건이 없다는 듯이 바로 방을 나갔다.

나는 망토 냄새를 맡는 동안 따뜻한 물을 옮기던 프랑이 길에게 "이 정도면 충분합니다." 라고 말을 거는 소리가 들렸다. 모니카가 프랑과 길을 방에서 쫓아냈다.

"로제마인 님, 목욕 준비가 다 되었습니다. 자, 남성분들은 일단 나가 주세요."

그날 나는 아빠의 망토를 머리부터 발끝까지 뒤집어쓴 채 잠들었다.

불쾌감이 사그라들었고, 악몽도 꾸지 않았다.

봄 소재와 기원식 의논

푹 잤다.

상쾌하게 깬 나는 아빠의 망토에서 쏙 기어 나와 크게 기지개를 켰다. 그리고 침대 위에 망토를 크게 펼쳤다. 원래라면 시종에게 맡겨야할 일이지만 내 손으로 직접 개고 싶었다. 손바닥으로 주름을 쭉쭉 펴면서 정성스럽게 망토를 갰다.

"좋아, 완벽해."

나는 프랑에게 망토를 들게 하고, 아침을 먹으러 식당으로 향했다. 귀족이 먼저 먹어야 시종과 평민이 먹을 수 있으므로, 작은 신전에서는 호위 기사도 포함한 모든 귀족 계급이 함께 식사하기로 했다. 페르디난드가 있는 자리에서는 신분을 내려놓고 즐길 수는 없었다.

"안녕하세요, 여러분."

"안녕하십니까, 로제마인 님."

이제 막 먹기 시작한 브리기테와 다무엘, 한눈에 봐도 시종들이 억지로 깨워서 일어난 듯한 유스톡스와 달리 페르디난드는 제일 일찍 일어났는지 슬슬 식사를 마칠 참이었다.

"좋은 아침이다, 로제마인. 푹 잔 것 같구나."

"네. 매우 따뜻했거든요."

나는 모니카와 길이 식사 준비를 하는 동안 프랑에게 아빠를 불러오게 해서 망토를 돌려주도록 지시했다. 사실은 직접 돌려주고 싶지만, 그래선 안 되는 게 귀족이다. 프랑에게 건네주게 하고, 나는 감사의 말만 전했다.

"이걸 돌려드릴게요, 귄터. 덕분에 매우 따뜻하게 밤을 보냈습니다."

무릎을 꿇은 아빠에게 말을 걸자, 아빠가 살짝 고개를 들었다. 나를 보고 안심한 듯 옅은 갈색 눈동자가 가늘어지며 미소를 지었다.

"힘이 된 것 같아 다행입니다. ……로제마인 님은 이제 농촌을 돌며 기원식을 치르신다고 들었습니다. 부디 몸조심하십시오."

"감사하게 생각합니다, 귄터. 당신의 가족에게도 안부 전해 주세요."

"황송합니다."

비록 짧은 대화였지만 그것만으로도 기뻤다. 가슴이 서서히 따스해졌다.

"로제마인 님은 저 병사와 상당히 친하시군요."

병사들 무리 속으로 걸어가는 아빠의 등을 바라보는데 브리기테가 의아한 듯 자수정빛 눈을 깜빡거렸다. 이 자리에 있는 귀족 중에서 내가 아빠의 친자식이라는 사실을 모르는 사람은 브리기테뿐이다. 페르디난드와 다무엘은 물론 마인을 조사했던 유스톡스와 그를 돕던 에크하르트까지 나의 태생을 알고 있다. 나는 방그레 웃으며 미리 입을 맞춘 설정을 브리기테에게 그대로 설명했다.

"귄터는 길베르타 상회와 인연이 깊습니다. 전 세례 전부터 길베르타 상회에 머리 장식을 주문했었죠. 제 머리 장식 제작을 도맡던 에파와 투리라는 모녀가 있었죠?"

"고아원 원장실에서 몇 번인가 본 적이 있습니다. 투리라면 제 치수를 잴 때도 조수로 왔던 아이지요? 로제마인 님께서 좋아하시는 아이라고 들었습니다."

브리기테는 머리 장식을 납품하러 출입하고, 자기의 치수를 쟀던 투리를 기억하는 모양이다. 나는 "맞아요." 하고 끄덕이고 말을 이었다.

"귄터는 투리의 아버지이고, 브리기테의 의상 제작을 맡은 코린나 남편의 상사이기도 합니다. 제가 세례식 전에 고아원 공방 일로 평민 촌에 드나들 때나 고아원 아이들이 숲에 나갈 때 귄터가 호위 기사 대신 종종 동행해 주었죠."

브리기테가 "그런 인연이었군요." 하고 납득하며 고개를 끄덕였다. 그런 인연이라는 설정이다. 이해한 것 같아 다행이었다.

"로제마인, 오늘은 하루 쉬고 내일부터 기원식에 가게 되었다. 의논을 해야 하니 오후에 그쪽 방으로 가마."

먼저 식사를 끝낸 페르디난드가 오늘 일정을 알려주고 자신의 방으로 돌아갔다. 나는 "알겠습니다."라고 대답하고 서둘러 식사를 시작했다. 길베르타 상회와 병사들은 오늘 오전 중에 에렌페스트로 돌아간다고 들었다. 얼른 식사 자리를 교대해 주지 않으면 출발이 늦어져 버린다. 나는 우아하게 보이도록 노력하면서 되도록 서둘러 먹었다.

아침식사를 마치고 나는 모두에게 방해가 되지 않게 내 방으로 돌아왔다. 의자에 앉아 잠깐 눈을 감자, 어제 핫세에서 일어난 여러 가지 일들이 뇌리를 스쳤다. 점점 기분이 우울해졌다.

프랑의 목소리에 번뜩 정신이 든 나는 가볍게 머리를 흔들고 일어났다. 방을 나와 정면 현관으로 향하자, 줄줄이 정차해서 짐을 가득 실은 마차들이 보였다. 딱 하나, 아직 짐을 덜 실은 마차가 있는지 병사와 회색 신관들이 도와주고 있다.

"준비는 끝났나요?"

준비가 끝난 마차 앞에서 얘기를 나누던 길베르타 상회 관계자들에게 말을 걸자 모두가 일제히 나를 돌아보았다. 벤노가 한 발짝 앞으로 나와 무릎을 꿇자 마르크와 루츠도 그 뒤를 이었다.

"로제마인 님, 핫세 건은 정리되었다고 페르디난드 님께 들었습니다. 매우 훌륭한 모습을 보이셨다고 전해 들었습니다."

"길베르타 상회의 협력 덕분입니다. 정말 고맙습니다. 감사해요."

벤노 일행은 내게 조언을 주고, 상인의 인맥을 이용하여 평민들 사이에 정보를 흘리고, 몇 번이고 핫세에 드나들며 종종 상황을 확인해서 나에게 유리하도록 유도해 주었다.

"길베르타 상회 덕분에 겨울 동안 핫세와 차분하게 대화를 나눴고, 생각할 시간을 주게 되었습니다. 덕분에 핫세 주민들이 이번 결과를 순조롭게 받아들인 셈이지요. 만약 무슨 일이 일어났는지, 자신들이 무슨 짓을 저질렀는지 정확한 정보도 없고, 스스로 결론도 내지 못한 채 뜬금없이 촌장이 처벌을 받았다면 반발이 컸을 겁니다."

귀족의 상식에 어두운 나 혼자서는 문관을 잘 구슬리지 못했을 터이다. 앞으로도 계속해서 귀족의 방식을 배우게 되겠지만, 지금은 정말 아는 게 하나도 없는 상태인 셈이다. 벤노와 마르크가 없었다면 훨씬 많은 사람이 처벌당했을 것이다.

"로제마인 님께 도움이 되어서 다행입니다. 저희도 이번 소동을 통해 로제마인 님의 신뢰가 두터운 상회로 소문이 났고, 에렌페스트와 핫세의 거래가 한결 쉬워졌습니다. 앞으로도 저희가 도와드릴 일이 있다면 언제든지 연락 주십시오."

앞의 말은 순수하게 받아들여도 문제가 없겠지만, 뒤의 말은 '보고·연락·상담 원칙은 제대로 지켜'라고 못을 박는 발언이었다. 길베르타 상회에게 뭔가 전달할 게 있었던가, 기억을 더듬다가 나는 손뼉을 딱 쳤다.

"아아, 하나 전해 둬야 할 점이 생각났네요. 지금 당장은 아니지만 새로운 종이 소재를 찾으러 일크너를 방문할까 합니다. 그때 상담에 응해 주세요."

나는 문득 생각난 일을 전했을 뿐인데 벤노는 순간 먼 곳을 바라보았고, 마르크는 눈을 감았고, 루츠는 한숨을 쉬며 어깨를 떨구었다. 의아해하는 나를 벤노가 웃으며 바라보았다. 하지만 적갈색 눈은 웃지 않았다. 여기가 원장실에 있는 비밀의 방이었다면 호통쳤을 눈이다.

"······알겠습니다. 로제마인 님께서 기원식을 마치고 돌아오시길 기다리고 있겠습니다. 부디 자세한 얘기를 들려 주십시오. 저희 쪽에서도 로제마인 님께서 의뢰해 주시는 덕분에 귀족 분들과 거래가 증가한 데 대한 감사 인사와 코린나에게 맡기신 의상 얘기를 드리고 싶습니다."

벤노는 후후후 하고 싹싹하게 웃으면서 그렇게 말했다. 하지만 내 귀에는 '귀족들이 불러 대서 엄청 바쁠 시기에 쓸데없는 일 만들지 마, 이 바보야!'라는 노성이 들리는 것 같았다.

'Noooo! 기원식이 끝나는 게 무서워!'

마음속 외침은 숨긴 채 겉으로만 따뜻한 분위기 속에서 길베르타 상회와 얘기를 끝냈다.

출발 준비가 끝나고, 모두가 마차에 올라탈 때 나는 벤노가 준비해 준 돈을 프랑에게 받아 병사들에게 소은화를 직접 건넸다.

"핫세에서 에렌페스트까지 고생스럽겠지만, 유스톡스와 길베르타 상회를 잘 부탁드립니다."

"알겠습니다."

"맡겨 주십시오."

건네받은 소은화를 본 병사들의 입꼬리가 씰룩거렸다. 호위 임무를 쟁탈전으로 꿰찬 병사들은 보수를 받고 만족스러워했다. 아빠한테는 대은화를 건네주었다. 이 돈으로 병사들에게 뒤풀이에서 술 한 턱을 내는 모양인지 수중에는 거의 남지 않는다고 한다. 아직 글씨를 알아보기 힘든 투리의 편지에 그렇게 적혀 있었다.

모두 출발 준비가 끝났는데도 불구하고 아직 마차에 타지 않은 사람이 있었다. 유스톡스다.

"정말 너무 안타깝습니다. 남은 일정도 꼭 함께하고 싶었는데……."

유스톡스는 되도록 빨리 등록증 상자를 성에 돌려놔야 해서 여기서 헤어져야 했다. 유스톡스의 기수에는 커다란 상자를 실을 수 없어서 마차로 귀족 마을로 돌아가야만 했다. 유스톡스의 시종들도 함께다. 귀족 중에서는 혼자만 돌아갈 준비를 끝낸 유스톡스가 미련이 뚝뚝 떨어지는 눈빛으로 나와 페르디난드를 번갈아 보았다. 페르디난드가 어이없다는 목소리로 얼른 마차에 타라며 가볍게 손을 저었다.

"기원식은 신관이 치러야 하는 행사다. 핫세 건이 끝났으니 문관인 그대가 할 일은 없어. 담당자의 일거리까지 뺏어서 이곳에 왔지 않나. 충분히 만족했겠지?"

"핫세 일은 만족했지만, 공주님과 함께 있으면 재밌는 광경을 볼 수 있을 것 같은 느낌이 듭니다."

"착각이다."

페르디난드가 유스톡스를 날카롭게 노려보며 말을 싹둑 잘랐다. "그대 때문에 출발도 못하고 있지 않은가." 라고 다그치며 유스톡스에게 마차에 타도록 명령했다.

하는 수 없이 유스톡스가 마차에 올라타면서 겨우 출발했다. 마차는 선두부터 천천히 움직였다. 그 속도에 맞춰 호위 병사도 마차 옆을 걷기 시작했다. 호위의 후미를 맡은 아빠가 출발하는 선두 마차를 바라보고 있다. 나는 아빠에게 말을 걸었다.

"귄터, 가는 길 조심하세요."

"로제마인 님도 건강에 주의하십시오."

아빠가 피식 웃을 때 마지막 마차가 움직이기 시작했다. 아빠는 마차의 속도에 맞춰 걸었다.

어젯밤 내가 뒤집어쓰고 잔 망토가 펄럭이며 날렸다. 작아져 가는 망토를 바라보며 나는 다시 작은 신전으로 돌아갔다.

단숨에 사람이 줄어 버린 신전은 고요해졌다. 점심을 먹고 잠깐 쉬는데, 페르디난드와 에크하르트가 대화를 위해 방으로 들어왔다.

"시종은 프랑만 있으면 된다. 나머지는 물러가거라."

"그럼 프랑을 제외하고 모두 자리를 비워 주세요."

내 말에 프랑을 빼고 나머지 시종들이 퇴실했다. 남은 사람은 프랑과 호위 기사 두 사람이다.

프랑은 모두에게 차를 끓여 주고, 꼭 닫힌 문 곁에 자리를 잡고 섰다. 신전의 신전장실에 있는 테이블과 똑같은 직사각형 테이블을 사이에 두고 나와 페르디난드가 마주앉았다. 페르디난드 옆에는 에크하르트가, 내 양옆에는 다무엘과 브리기테가 섰다.

"우선 기원식 일정 중에 채집하러 갈 소재에 관해 얘기해 두겠다."

페르디난드가 그렇게 말을 꺼내자 호위 기사의 얼굴이 서서히 굳어졌다. 갑자기 딱딱해진 분위기를 감지하고, 나도 자세를 똑바로 했다.

"호위 기사들까지 모아서 해야 할 얘기라면 또 마수가 나오나요?"

"마수는 마력이 가득한 곳에 모이는 법이다. 아마 적지 않은 숫자가 있겠지. 유스톡스에게 들은 정보로는 '탈크로쉬'가 있다더군."

이름을 들어도 어떤 마수인지 짐작도 가지 않았다. 하지만 기사들은 금방 알아들은 모양이다. 순간 브리기테가 끔찍하단 듯이 인상을 찌푸렸다. 어쩌면 여자가 싫어하는 타입의 마수가 아닐까 예상되었다.

'윽, 파충류는 싫은데.'

"다만 슈첼리아의 밤에 일어난 사태를 고려하면 플류트레네의 밤도 그리 낙관적으로 볼 수만은 없을 거다. 힘이 강한 상대인지, 아니면 수가 어마어마한지 예측이 안 돼."

"그럼 기사를 늘리면 되지 않나요? 적어도 제 호위 기사인 코르넬리우스 오라버니는 투입할 수 있을 거고요."

되도록 비밀리에 약을 만들기로 했지만, 코르넬리우스는 가족이니 협력을 받아도 되겠다고 생각했다. 하지만 페르디난드는 고개를 저으며 거절했다.

"그건 불가능하다. 코르넬리우스는 미성년자 견습생. 마을 밖을 나가는 임무는 시킬 수 없다."

"이 작은 신전을 세울 때 핫세까지 왔던 기억이 있는데……."

누군가를 기수에 태워 날았던 기억은 내 착각이었을까. 내가 고개를 갸웃거리자, 페르디난드와 에크하르트가 씁쓸한 표정을 지었다.

"……로제마인, 그때는 예외야. 원래 마을 밖으로 나갈 예정이 아니었으니까."

하긴 이탈리안 레스토랑 시식회에서 핫세에 작은 신전을 세울 예정은 나한테도 없었다.

"그럼 이 이상 인원수를 못 늘리겠다는 말인데 정말 괜찮은가요?"

"페르디난드 님이 계시면 대부분의 마물은 문제없어. 걱정하지 마라, 로제마인."

에크하르트는 페르디난드를 전폭적으로 신뢰하는 모양이다. 그리고 이번 기회에 페르디난드를 호위할 수 있어 기쁜지 어딘가 들뜬 모습도 보였다. 분명 페르디난드가 있다면 대부분의 일이 해결되리라. 안전 관리 문제는 전부 페르디난드에게 떠맡기고, 나는 소재에 관한 정보를 얻기로 했다. 서자판을 꺼내어 철필을 잡았다.

"신관장님, 봄 소재는 어떤 건가요?"

"음, 여신이 사랑한 꽃이라고 불리는 '라이레이느'의 꿀이다."

봄의 여신이 멱을 감는 목욕터라고 불릴 정도로 봄이 되면 마력이 넘치는 샘이 목적지라고 한다. 샘 속에 피는 라이레이느의 꿀이 이번에 채집할 소재였다.

"라이레이느는 밤사이에 꽃잎을 다물어 천천히 꿀을 모은다. 동이 트면 꽃이 피지. 우린 다른 마력이 닿기 전에, 마물에게 뺏기지 않게 동이 트자마자 채집할 거다. 그러려면 새벽 전에 출발해서 상황을 지켜보며 동이 트기를 기다려야 하지."

나는 페르디난드의 말을 서자판에 꼼꼼히 기록했다.

"신관장님은 그 샘에 가셨던 적이 있으세요?"

"아니. 난 대부분 귀족원 주변에서 채집했고 졸업하고 나선 에렌페스트로 돌아오느라 그럴 여유가 없었다. 기사단에서 토벌해야 하는 흉포하고 위험한 마물은 알아도, 특별히 해가 없는 마물이나 소재에 관해서는 거의 모르는 셈이지."

에렌페스트에 나타나는 소재에 관해서는 오로지 유스톡스의 정보에 의지한다며 페르디난드가 말했다. 유스톡스는 틀림없는 괴짜지만 정보량이 방대하고 행동력이 빨라서 스스로 소재를 채집하러 돌아다닌다. 에렌페스트 내의 소재에 관한 정보는 상당히 신용도가 높다고 한다.

"채집에 필요한 도구는 준비해 뒀으니 또 빌려주마."

"감사하게 생각합니다."

라이레이느의 꿀에 관한 얘기나 유스톡스가 만난 탈크로쉬의 정보를 교환한 끝에 페르디난드가 호위 기사와 프랑에게 퇴실하라 명했다.

"지금부터 로제마인과 핫세 건으로 할 얘기가 있으니 다들 자리를 비워라."

"네!"

프랑이 차를 다시 끓여 주고 퇴실하자, 다무엘과 브리기테도 프랑을 따라 방을 나갔다. 에크하르트는 호위 기사로서 남고 싶어 하는 눈치였지만 페르디난드가 허가하지 않았다.

프랑이 끓여 준 차를 홀짝이고, 찻잔을 테이블 위에 올렸다. 페르디난드가 옅은 금색 눈동자로 가만히 나를 응시했다. 단둘이 마주 보면 그때는 잔소리와 설교가 시작된다는 신호다. 나는 무릎 위에 손을 포개고 자세를 바르게 고쳤다.

"로제마인, 이번 핫세 건으로 무엇을 배웠는지 들어 볼까."

페르디난드가 꺼낸 말에 나는 가볍게 눈을 감았다. 어제의 정경을 떠올리고 손을 꼭 쥐었다. 페르디난드를 똑바로 바라보면서 최대한 감정을 억누르며 입을 열었다.

"……먼저 귀족의 상식을 최대한 빨리 습득해야겠다고 통감했습니다."

귀족의 대접, 하얀 건물, 평민과 귀족의 사고방식과 다른 상식, 이 모든 일은 나의 무지에서 시작되었다. 비슷한 일이 일어나지 않으려면 서둘러 귀족의 상식을 익혀야만 한다.

"그렇군. 그대가 다른 귀족의 자제처럼 부모의 품 안에서 자라는 아이였다면 상식은 성장에 맞춰 천천히 배우면 그만이다. 하지만 그대는 공방을 경영하고, 인쇄업을 영지 내에서 확산시키기 위해 이미 어른의 세계에서 활동하고 있다."

다른 귀족 아이와 전혀 다른 행동을 하므로 내게는 공부가 시급하다. 이제 나는 평민이 아니다. 상인도 아니다. 귀족으로 활동하려면 지침이 필요하다.

"평민과 상인의 상식을 내세워 봤자 귀족은 움직이지 않는다. 핫세는 이제 고아원을 늘려서 공방을 세웠을 뿐이다. 사전 교섭도 없이 급하게 움직였지만, 상대가 다행히 영주 직할지의 평민이어서 골치 아픈 일 없이 마무리되었지."

"상당히 골치가 아팠다고 생각하는데요……."

처형당한 사람이 그렇게나 나왔는데 골치 아픈 일이 아니었다면 대체 무엇이 골치 아픈 일이란 말인가. 나도 모르게 반론하자, 페르디난드가 흥 하고 콧방귀를 뀌었다.

"그건 그대가 반역죄를 저지른 핫세를 남기고 싶다, 구하고 싶다고 고집을 부렸기 때문이다. 일반적으로는 전부 없애 버리면 끝이라 시간도 걸리지 않고, 뒤탈 걱정도 없지."

"네? 절대 없진 않을걸요?"

"견해차로군. 내게는 핫세를 없애지 않고 남겨 두는 쪽이 훨씬 성가시고 손이 간다."

사람 목숨의 무게에 대한 생각이 다르다. 평민과 귀족 사이의 거리감이 너무 크다. 나는 천천히 고개를 저었다.

"제 상식이 이 세계에 받아들여지지 못하는 건 알겠어요. 하지만 사람 목숨을 쉽게 빼앗는 짓은 절대 못 받아들이겠어요."

"……그대에겐 평민 가족이 있기 때문이다. 귀족의 생각에 적응하기 힘들겠지만, 최대한 이해하도록 해라."

설명을 듣고, 배우면서 이해하려고 노력할 생각이다. 하지만 이해하려고 해도 순간순간의 사고방식과 기준에 우라노 시절의 상식이 깔린다. 완벽히 덮어쓰기란 쉽지 않다.

"생활 습관쯤이야 주변을 보고 따라 하면 어떻게든 익히겠지만, 사고방식은 쉽게 바뀌지 않아요. 모든 생각의 중심이 되는 토대가 어긋나 있어요. 제가 이 세계에서 뭘 어떻게 해야 좋을지 모르겠고, 두 사고방식을 조정하기도 쉽지 않아요."

"하지만 앞으로 영주의 양녀로서 영지 내에 인쇄업을 확산하고자 한다면 귀족을 상대해야 한다. 귀족의 상식을 모르면 문제가 일어났을 때 핫세처럼 수습되진 않을 거다. 영주의 권력으로도 해결하지 못하는 사태가 일어날 수도 있다."

평민 사이에서 일어난 문제도 이렇게 골머리를 앓았다. 귀족 상대로 문제가 일어난다면 이 정도로 끝나지 않는다. 신중하고, 차근차근일을 추진해야 한다.

"언질을 잡히지 않게 두루뭉술하게, 실패하지 않게 신중하게 일을 추진해야 한다는 말씀이지요? 그럼 우선 저의 성급한 성정을 고쳐야 한다는 말인가요?"

페르디난드는 원하던 대답을 끌어냈는지 입꼬리를 살짝 올리며 고개를 끄덕였다.

"다른 무엇보다 책을 원하고 책밖에 보이지 않는 그대의 마음은 도무지 이해하기 힘들지만, 얼마나 원하는 마음이 큰지는 나도 알고 있다. 하지만 그대만큼 책을 원하는 사람은 아마 없겠지. 인쇄업을 확산하고 싶다면 제멋대로 성급하게 일을 벌이는 성격을 고쳐야 할 것이야."

그 말은 즉, 다른 곳에서 책을 원하기 전까지 인쇄업을 확산하지 말라는 뜻일까. 지금 운영하는 공방을 풀가동해서 책을 제작하면서 영업과 개량에 힘을 쏟는 쪽이 좋을지도 모른다.

"그럼 인쇄업을 확산하는 건 반발에 주의해서 시간을 들여 천천히 진행하기로 하고, 종이 개량과 문맹률을 낮추는 쪽에 힘쓸게요."

귀족 자제의 교육에 힘을 쏟은 다음은 평민의 문맹률도 낮추고 싶다. 그렇게 고객을 늘리겠다는 계획을 말하자, 페르디난드가 내 앞에서 가볍게 팔을 펼쳐 말을 끊었다.

"잠깐만. 그대는 대체 무슨 말을 하는 건가?"

"그러니까 넓히는 게 아니라 깊이 파는 쪽으로 생각을 전환한 건데요?"

"앞까지는 잘 나가다가 왜 얘기가 그렇게 흐르지?"

내 말에 페르디난드가 머리를 싸맸다. 이상하다.

"음, 앞까지 잘 나갔다면 인쇄업 얘기가 아니라 핫세 사건 얘기로 되돌릴까요? 전 이번 평민과 귀족의 생각과 상식의 차이도 가볍게 볼 문제가 아니라고 느꼈어요. 특히 촌장 자리에 앉은 사람에게 귀족의 사고방식을 가르쳐야 하지 않을까요?"

"그건 왜지?"

페르디난드는 평민에게 귀족의 사고방식을 가르쳐야 하는 의미를 모르겠다고 했다. 하지만 귀족과 접하는 위치에 앉은 평민이니까 꼭 알아야 한다는 게 내 생각이다.

"신관과 귀족에게는 돈과 여자, 술만 내면 요구가 통할 거라 착각한 촌장 때문에 핫세가 그런 사태를 맞았어요. 분명 전 신전장과 돈독했던 직영지라면 또 그렇게 착각하는 권력자가 있겠죠. 이제부터는 예전과 똑같지 않다고 얘기해 두어야 할 거예요."

내가 그렇게 말하자, 페르디난드는 노골적으로 언짢은 표정을 지었다.

"그런 걸 내가 일일이 설명하며 돌아야 하는가?"

"그야 전 어린애니까 어른들만의 밤 얘기엔 끼워 주지 않는걸요."

내게는 얘기할 기회가 없고, 어린애가 말해 봤자 얼마나 알아들을지 불분명하다. 한눈에 보아도 엄격하고 진지하고 근엄해 보이는 페르디난드가 말해 준다면 분명 가슴속에 깊이 새기며 한 번에 이해해 주리라. 하지만 페르디난드는 고개를 가로저었다.

"당연히 상대가 다르면 대응도 바꿔야 하지 않나. 그 정도도 못하는 무능한 자를 위해 왜 내가 귀찮게 설명해야 하지?"

"……기원식이나 수확제로 돌 때 짧게 얘기해 두면 되는 일이잖아요. 설명을 귀찮아했다가 성가신 문제가 일어나서 마을을 뭉개 버리거나 처형하러 돌아다니는 쪽이 훨씬 힘들고 귀찮아요. 효율성을 고려하면 설명하는 편이 원만하고 빠른 길이에요."

페르디난드는 손끝으로 테이블을 톡톡 두드리며 나를 보았다.

"하긴 그대가 하는 말도 일리는 있군. 그렇게 꼭 설명하고 싶다면 그대가 직접 해라. 묵는 곳에서만 설명하면 결국 설명을 들은 곳과 안 들은 곳이 생겨 버리겠지. 기원식 전에 그대가 신전장으로서 얘기하면 된다. 귀찮은 일을 내게 떠맡길 생각은 마라."

"……예이."

그리하여 다음날부터 나는 기원식을 치르러 오전과 오후에 방문하는 겨울 저택에서 마중 나와 준 촌장들에게 핫세 마을에서 일어난 사태를 간추려 설명했다. "설마 이곳에서 똑같은 일이 일어나진 않겠지만 전 신전장의 영향력이 어디까지 침투했을지 모르니 불안하군요."라고 성녀다운 연기까지 덧붙여 가며 걱정하는 모습을 보였다.

눈동자를 여기저기 굴리는 촌장도 있었으니, 약간은 위험을 회피했으리라.

여신의 목욕터

전 신전장이 돌던 지역은 직할지 중에서도 정말 에렌페스트와 매우 가까운 곳들뿐이었다. 어느 선을 경계로 촌장의 태도가 확연히 달랐다.

"이런 상황을 영주는 알아차리지 못하는 건가요?"

"……전 신전장은 영향력이 강한 후원자 덕분에 오랜 세월을 신전장직에 몸담았고, 징세관까지 자기 멋대로 지정했다. 하급 귀족인 문관보다 영향력이 컸던 셈이지. 세만 정확하게 납부하면 평민과 관계가 어떠하든 눈감아 줬을 거다."

페르디난드는 "지금은 돌아가신 아버님도 질베스타의 모친에겐 약했지. ……나를 거둬준 게 가장 큰 원인이었다."라고 덧붙이며 씁쓸하게 웃었다.

"질베스타도 아우브 에렌페스트가 된 지 겨우 몇 해째다. 몇십 년이나 신전장으로 군림해 온 자신의 외숙부를, 더 나아가서 자신의 모친을 제거할 힘과 대의명분이 부족했지. 어찌 됐든 귀족이란 참으로 성가신 존재다. 올바른 일을 해도 반발이 생기니. 힘을 쌓거나 사전교섭을 하려면 상당한 시간이 필요하지. 성급하게 바로잡으려다가는 다른 곳이 뒤틀릴 가능성도 있다. 다소 불쾌하더라도 방치해서 상황을 지켜볼 수 있는 인내심을 길러라."

불쾌한 일을 억지로 넘어가긴 어려운데, 하고 속으로는 생각하면서 일단은 수긍했다. 그러자 페르디난드가 노려보았다.

"전혀 이해하지 않았지?"

"……책과 제 가족이 엮이지 않은 일이면 지켜보도록 노력할게요."

엮였을 때는 아마 유유히 상황을 주시하고 있지만은 않으리라. 내 말에 페르디난드는 일부러 언짢은 얼굴을 하고 관자놀이를 눌렀다.

겨울 저택의 촌장에게 협박성 설명을 하는 일 말고는 기원식 자체는 작년과 똑같아서 특별한 문제 없이 진행되었다. 물론 작년과 비교하면 이래저래 다른 점은 존재했다. 작년에 내가 내려 줬던 축복으로 수확량이 오른 덕분에 올해는 어느 겨울 저택에 가도 열광적인 환대를 받게 되었다. 청색 견습무녀에서 신전장이 된 내게 건 기대가 작년보다 더욱 크다는 사실이 시선과 열기로 느껴졌다. 그리고 겨울 저택을 오전과 오후로 나눠 한 곳씩 도는 일정은 여유가 있었다. 작년처럼 약에 찌든 강행군은 없었다.

오전에 겨울 저택에 도착해서 기원식을 치른다. 유력자와 대화를 나누며 점심을 먹고, 오후부터 다음 겨울 저택으로 이동해서 기원식. 그 뒤에 유력자와 저녁을 먹는 매일이 이어졌다. 다만 마을 유력자와 함께하는 식사 시간은 신경 쓸 일들이 은근히 많아서 피곤했다. 영주의 양녀이며 신전장 자격으로 참가하는 자리다. 나름대로 그럴싸하게 행동해야 했다. 식사가 끝나면 아직 어리다는 이유로 얼른 방에 갈 수 있으니 페르디난드보다는 편했지만.

점심때 "부디 조금 더 얘기를……." 하고 붙잡아도 "저도 가능하면 느긋하게 보내고 싶지만 조금이라도 많은 땅에 축복을 내려야 하는 처지라." 라며 성녀의 미소로 거절하는 일에도 익숙해졌다.

시종들은 아침에 마차를 타고 묵기로 한 겨울 저택에 출발하지만, 우리는 기수를 타고 이동한다. 레서버스로 함께 이동하는 시종은 프랑과 잠이다. 신구 관리와 점심 시중을 맡기 때문이다.

점심은 각자의 전속 요리사가 준비한다. 나는 엘라가 도시락을 만들어 주었다. 겨울을 넘기느라 남은 식재료가 부족한 겨울 저택에 부담을 주지 않기 위해서라는 표면상의 이유가 하나 있었다. 전속 요리사가 만든 요리면 독을 확인할 필요가 없다는 이유도 있었다. 하지만 가장 큰 이유는 "내 입에 맞는 요리가 좋다." 라며 페르디난드가 일절 양보하지 않아서였다. '아주 가끔은 서민의 요리도 참고 먹겠지만 매일은 싫다'고 했다. 그 의견에는 나도 반대하지 않았다. 요리는 맛있는 편이 좋다. 봄에 농촌 부근에서 캘 수 있는 나물이나 조금 딱딱한 양상추 같은 채소를 신전에서 가져온 곡물과 교환하거나 사들이면서 기원식 여행을 이어 갔다.

"이곳이 여신의 목욕터와 가장 가까운 마을이다."

폰테도르프의 겨울 저택에 도착했을 때 페르디난드가 그렇게 말했다.

오후의 기원식을 마치고 여느 때와 마찬가지로 마을 유력자에게 저녁 식사 초대를 받았다. 저녁을 먹으면서 나는 촌장을 비롯한 유력자에게 여신의 목욕터에 관한 얘기를 물었다.

"호오. 여신의 목욕터 말입니까? 그곳 물은 어지간한 병이나 상처를 치유하는 효과가 있습니다. 지금은 아직 눈이 다 녹지 않아서 찾아가는 사람은 없지만, 여름에는 그 물을 구하려고 조금 먼 곳에서까지 찾아오지요."

"샘물에 그런 효과가 있군요? 물의 여신 플류트레네의 샘인가요? 아니면 치유의 여신 룽슈멜인가요?"

내가 치유를 관장하는 여신의 이름을 들자, 유력자가 "여신을 실제로 본 사람은 없습니다만, 봄의 여신들이 모이는 장소라는 전설이 있습니다."라며 옛날얘기를 조르는 손자에게 이야기를 들려주는 할아버지 같은 얼굴로 샘에 관해 전해 내려오는 얘기를 해 주었다.

"플류트레네의 밤이 아주 기대되기 시작했어요."

"응? 설마 플류트레네의 밤에 샘에 도착하셔야 합니까? 그럼 이미 늦었습니다. 가깝긴 해도 여기서 가려면 산을 타야 하는데……."

촌장이 허둥대며 나와 페르디난드를 번갈아 보았다. 여신의 목욕터로 불리는 샘은 촌락에서 떨어진 작은 숲속에 있다고 한다. 지금은 눈도 남아 있어서 샘까지 말을 타고 가도 며칠은 걸린다고 했다. 지금부터는 아무리 서둘러도 제시간에 맞추지 못할 것이라고 촌장이 말했다.

하지만 페르디난드는 천천히 고개를 저었다.

"걱정할 것 없다. 우리는 기수로 이동하니 며칠씩이나 필요 없고, 눈도 상관없다."

"아…… 아아, 그렇군. 그랬었지요. 하늘을 나는 기수가 있다면 문제없지요."

안도한 듯 가슴을 쓸어내리는 촌장과 마찬가지로 몇몇 사람이 안도의 한숨을 쉬었다. 그런데 한 사람이 걱정스러운 표정으로 팔짱을 끼었다.

"샘에 있는 탈크로쉬의 힘이 제법 강해졌을 겁니다. 기사와 동행한다면 쓸데없는 걱정이라고 생각하실지 모르겠으나 부디 조심해 주십시오."

"신경 써 주셔서 감사하게 생각합니다."

탈크로쉬는 샘에서 나오지 않아 촌락에 해를 끼치는 일은 없으므로 평소에는 방치한다고 했다. 그만큼 상당히 거대해져 있을 테니 샘에 용무가 있다면 조심하는 편이 좋을 듯하다.

"샘까지는 그다지 시간이 걸리지 않겠지만 해가 있을 때 탈크로쉬를 퇴치해 두고 싶군. 여유를 가지고 출발하도록 하지."

페르디난드의 말 한마디로 숲속에서 야영하기로 결정되었다. 탈크로쉬를 잡는 김에 그 주변 마물도 다 같이 퇴치하기로 했다.

"앞으로 밭을 가는 시기라 해수를 퇴치해야 했는데, 숲의 마수를 퇴치해 주시면 그것만으로도 큰 도움이 됩니다."

촌장이 눈가에 주름을 깊게 새기며 기쁘게 웃었다. 지금은 식량이 풍부한 숲에 머무르는 작은 마수가 밭갈이를 시작할 무렵이 되면 농촌까지 내려올 때가 있다고 한다. 기사단을 부를 만큼 크기가 크지 않은 마물은 농민들끼리 퇴치하지만, 농사와 병행하기엔 고되다고 했다.

"마수 퇴치는 정보료 정도라고 생각해 두게."

그러자 한 할아버지가 페르디난드에게 고마워하면서 손뼉을 탁 쳤다.

"그럼 또 하나 정보를 알려 드리겠습니다. 여신의 목욕터에 가신다면 단것을 가져가시면 좋을 겁니다."

"단것이요?"

내가 고개를 갸웃거리자, 할아버지는 단것의 용도를 알려 주었다.

"기수를 타고 하늘로 가시려면 필요할 것 같아서요. 아무래도 그 샘에 계시는 여신님은 벌꿀, 우유, 나무 열매 등 단것을 좋아하는지, 숲의 입구에 있는 여신상에 제물로 바치면 헤매지 않고 샘에 도착할 수 있습니다."

"그렇군요. 그럼 단것을 준비해야겠네요. 유익한 정보를 주셔서 고맙습니다."

마력을 담은 기도가 마법이 되는 세계다. 제물을 바쳐서 여행길이 편해진다면 잔뜩 준비해서 바치는 게 낫겠지.

"단것은 로제마인에게 맡기마. 내일까지 출발 준비를 해 둬라."

폰테도르프의 겨울 저택에 시종 대부분을 남기고 여신의 목욕터에는 소수 정예로 가기로 했다. 기사들은 자기 신변을 스스로 챙기기 때문에 시종 없이 가고, 여러 사람을 태울 수 있는 내 기수에는 내 신변을 챙길 시종을 함께 태워 가게 되었다.

데리고 가는 사람은 프랑, 모니카, 니콜라, 엘라, 로지나다. 내 시중을 들 사람을 고른 데 더해 "요리사를 데려가면 만족스러운 식사를 할 수 있겠지."라고 페르디난드가 말해서였다. 전속 악사인 로지나는 남아도 됐지만 혼자 남기는 싫다기에 데려가기로 했다. 니콜라와 모니카가 요리도 돕게 될 테니 로지나에게는 손가락이 상하지 않는 수준에서의 시종 업무를 시킬 생각이다.

나는 식사 시중을 들어 준 프랑과 함께 내 방으로 돌아와 니콜라와 모니카를 불렀다.

"니콜라, 모니카. 숲속에서 며칠간 지낼 준비를 해주세요. 엘라와 로지나도 준비를 돕게 하고요."

"여신의 목욕터에 갈 물과 식료와 옷가지, 약을 준비하면 되지요?"

모니카가 이해하자, 프랑도 가볍게 고개를 끄덕였다.

"로제마인 님, 준비는 저희에게 맡기십시오. 필요한 물건은 신관장님께 들었습니다."

"짐은 전부 제 기수에 실으면 되니까 호위 기사들의 식량까지 고려해서 준비해 주세요."

나는 지시를 내리면서 시종의 얼굴을 둘러보고, 니콜라에게 시선을 멈췄다.

"니콜라, 엘라에게 벌꿀이나 잼 같은 달달한 걸 준비하라고 전해 줘요."

음식과 관련된 얘기라면 가장 적극적인 니콜라다. 달콤한 제물 준비는 니콜라에게 맡겨 두면 문제가 없을 터다. 즐겁게 엘라를 도우러 가는 니콜라는 엘라와 가장 사이가 좋았다.

"여신님께 바칠 제물로 쓸 거예요. 단것을 바치면 헤매지 않고 샘에 도착한대요."

촌락의 할아버지에게 들은 얘기를 해 주자 니콜라의 얼굴이 기쁨에 반짝거렸다.

"로제마인 님, 단것을 좋아하신다면 벌꿀과 과자도 바쳐 보세요. 먹어본 적이 없는 과자라면 여신님께서 더욱 기뻐하실지도 몰라요."

"그러네요. 그럼 니콜라가 엘라에게 부탁해 줘요."

"네!"

주황색에 가까운 빨간색 땋은 머리를 크게 흔들며 힘차게 대답하고는 니콜라가 내 표정을 힐끔거리며 살폈다.

"……로제마인 님, 제물로 바칠 몫 말고는 어떻게 할까요?"

"샘에 가져가서 다 같이 간식으로 먹을까요?"

"네!"

간단하게 집어 먹을 수 있는 쿠키를 구워 가기로 했다. 오븐이 없어서 쿠키는 엘라가 가져온 프라이팬으로만 구워야 했다. 그래서 맛은 쿠키지만 모양은 한입 크기의 팬케이크처럼 보이는 과자가 완성됐다. 한 입 먹어 봤는데 맛은 문제가 없었다.

우리는 오전 중에 준비를 끝낸 후 점심을 먹고, 폰테도르프에 페르디난드와 호위 기사의 시종들을 남겨둔 채 기수를 타고 여신의 목욕터로 향했다. 밭 사이사이를 잇는 좁은 길을 더듬듯 상공을 달리면서 숲으로 향했다. 말을 타면 며칠은 걸리는 거리라고 들은 대로 조금 시간은 걸렸지만 다섯 점 종이 울리기 전에 여신의 목욕터가 있는 야트막한 산과 숲이 펼쳐진 곳에 다다랐다. 산 중턱부터 꼭대기까지는 아직 눈이 남아 있어서 하얗지만, 산기슭의 싱그러운 녹색이 봄이 왔음을 실감케 했다.

일단 숲의 입구에 내리자 페르디난드가 호위 기사들에게 지시를 내리기 시작했다.

"에크하르트, 다무엘, 하늘에서 샘을 찾아라. 브리기테와 로제마인은 여기서 대기다."

여신의 목욕터라 불리는 샘을 찾기 위해 세 사람이 다시 기수를 타고 하늘로 날아올라 갔다.

숲 입구에서 대기하라는 명령을 받은 우리는 일단 기수에서 내려서 기지개를 켰다. 마차보다는 편안하지만 계속 운전하느라 피곤했다. 나와 똑같이 시종들도 밖으로 나와 아직 차가운 공기를 들이마시고 몸을 쭉 폈다. 그러던 도중 모니카가 숲 쪽을 가리켰다.

"앗! 로제마인 님, 저게 제물을 바치는 여신님의 상이 아닌가요?"

폰테도르프에서 이어지는 길을 따라 숲에 들어가는 입구 근처에 시든 식물에 휘감긴 채 겨울 동안 방치되어 더러워진 여신상이 보였다. 오랜 세월 동안 그곳에 있었으리라. 얼굴과 장식 군데군데가 마모되어 자세히 훑어봐도 어떤 여신상인지는 알아볼 수가 없었다.

"로제마인 님, 청소해 드려도 될까요?"

"이렇게 더러워진 여신님을 두고 볼 수가 없습니다."

신전 출신인 시종들 전부가 풀이 죽었다. 항상 신상을 깨끗하게 닦는 그들은 더러워진 여신상을 보고 그냥 넘길 수 없었던 모양이다.

"마른풀을 제거해서 조금 깨끗하게 해 주는 정도라면 상관없어요. 신관장과 기사들이 돌아오기 전까지 시간이 없으니 잽싸게 처리해요."

일제히 움직이며 프랑과 모니카와 니콜라가 재빨리 여신상을 청소하기 시작했다. 마른 잎과 풀들을 치우고 제물을 올리는 자리를 마른 천으로 깨끗하게 닦자 금세 말끔해졌다.

"엘라, 제물을 준비해 주세요."

엘라가 소중하게 품에 안은 목제 상자에서 벌꿀, 우유, 말린 과일, 쿠키를 꺼내어 니콜라에게 전달했다. 니콜라가 다시 내게 그것들을 건네주었다. 나는 니콜라가 가져다 준 제물과 함께 근처에 피어 있던 봄의 도래를 알리는 하얀 렌퓨르 꽃 몇 송이를 바쳤다.

"여신의 목욕터까지 무사히 도착할 수 있기를."

기도할 때 나도 모르게 우라노 시절에 몸에 밴 버릇대로 손뼉을 두 번 쳤다. 의아해하는 주변 시선에 퍼뜩 정신을 차린 나는 서둘러 제대로 된 기도를 올렸다.

"신에게 기도를!"

양팔을 번쩍 올리고 왼쪽 다리를 올린 나를 따라 시종들이 "신에게 기도를!" 하고 복창하며 기도를 올렸다.

완벽하게 기도를 올린 뒤에는 얼른 기수에 올라탔다. 봄꽃이 피기 시작한 무렵이지만 아직 추웠다. 기수 안에서 넉넉하게 가져온 말린 과일을 먹으면서 페르디난드와 기사들이 돌아오기를 기다리기로 했다.

"많이 기다렸나?"

페르디난드를 선두로 세 마리의 기수가 땅에 착지했다. 우리는 황급히 손을 털고 기수에서 내려 모두를 맞았다.

"어서 오세요, 여러분. 여신의 목욕터는 찾았나요?"

"안타깝게도 하늘에서는 보이지 않았다. 이상하리만치 물줄기도, 숲이 끊어진 곳도 없더군. 아마 마력으로 가려서 하늘에서는 도달하지 못하도록 하는 장치가 있는 모양이다. 유스톡스는 여름철에 왔을 때 하늘에서 간단히 샘까지 도달했다고 했는데 이상하군. 지금은 플류트레네의 밤이 가까워져 오고 마력이 가장 넘치는 시기라 특별한지도 모르지."

슈첼리아의 밤처럼 마력이 고조되는 특별한 시기라면 그만큼 사전 정보가 도움이 되지 않을 수도 있다. 무슨 일이든 준비를 철저히 하는 페르디난드에게 예측하지 못한 사태는 달갑지 않으리라. 뭔가를 경계하듯 팔짱을 낀 페르디난드가 주변을 둘러보다가 여신상이 있는 입구에서 시선을 멈췄다.

"……여기서부터 숲에 들어가는 방법뿐이군."

나도 마찬가지로 여신상을 바라보고, 쭉 나열한 제물을 확인하며 고개를 크게 끄덕였다.

"괜찮아요. 저희가 조금은 닦아 드리고 제물도 바쳤고 여신님께 기도도 올렸거든요. 그러니까 무사히 샘까지 도착할 거예요."

"그대는 참 놀랄 만큼 낙천적이구나. ……뭐, 좋다. 선두는 나, 이어서 브리기테, 로제마인, 다무엘, 끝에는 에크하르트 순서로 전진하자. 따라와라."

페르디난드가 기수를 움직여 숲속을 헤치며 들어갔다. 기수는 평소 크게 펼치는 날개를 고이 접고 땅 위를 살짝 뜬 상태로 달려갔다. 브리기테가 페르디난드의 뒤를 이어 기수를 달렸고, 나는 레서버스로 브리기테의 망토를 쫓았다. 페르디난드와 호위 기사들의 기수가 살짝 공중에 뜬 상태로 달리므로 내 레서버스도 마찬가지로 조금 뜬 상태다. 나도 하면 되는 사람이다.

숲속을 조금 깊이 들어오니 입구 근처에서는 보이지 않던 눈이 아직 많이 쌓여 있었다. 그리고 빽빽하게 자리 잡은 높은 나무들이 하늘을 가린 탓에 어두침침했다.

"다무엘, 잔체가 온다!"

"네!"

에크하르트의 목소리에 다무엘이 기수를 달려 고양이 같은 마수를 사냥했다. 바로 돌아왔지만 "한 방에 죽여라." 라든지 "공격이 약하다!" 라며 에크하르트의 주의가 날아들었다.

"다무엘, 아이핀테다. 가라!"

이번에는 다람쥐 같은 모양새에 크기가 고양이만 한 마수였다. 작은 뿔 두 개가 삐죽 나와 있는 게 보였다. 상당히 날쌘 마수였다. 이

나무, 저 나무를 홱홱 옮겨 다니며 도망치는 아이핀테를 다무엘이 쫓아갔다. 우리는 다무엘이 마석을 회수해서 돌아올 때까지 대기했다.

"다무엘은 아직 민첩성이 떨어지는군. 마력이 적어서 되도록 몸으로 싸우려는 자세가 완전히 몸에 밴 것이 아닌가?"

"신체능력 향상은 물론이고, 마력을 써서 싸우는 훈련을 중점적으로 할 필요도 있어 보입니다."

페르디난드와 에크하르트가 다무엘의 움직임을 관찰하면서 앞으로의 교육 방법에 대해 의논했다. 아무래도 다무엘은 기사단 내에서 성장을 기대하는 기간이 아직 남은 모양이다.

우리들 앞에 나타난 마수는 몸집이 작고 수도 적어서 사냥은 순식간에 끝났다. 다무엘이 혼자 고군분투하며 나아가는 사이, 야영지로 쓰는 듯한 좁은 공터가 나왔다. 우리는 그곳을 지나쳐 샘을 향해 더 깊숙이 들어갔다.

"……어느 쪽으로 가면 되지?"

마수를 쓰러뜨리면서 몇몇 야영지를 지나 더 깊숙이 들어가려 할 때 길이 끊겨 버렸다. 정확하게 말하면 눈에 묻혀서 길이 보이지 않았다. 페르디난드가 주변을 둘러보는 모습을 보고 나도 따라서 주변을 둘러보았다. 비슷비슷한 나무들에 둘러싸인 공터에 딱 한 곳만 빛이 내리쬐는 장소를 발견했다.

"신관장님, 저기 아닌가요? 희미하게 빛이 보여요."

"어디지?"

내가 "여기요." 하고 레서버스를 움직이자, 나무들이 스스슥 움직이며 길을 만들어 주었다. 생각지도 못한 나무들의 움직임에 눈을 끔뻑거리며 나는 페르디난드를 보았다.

"제, 제물이 효과를 본 걸까요?"

"……그럴지도 모르고, 그것뿐만이 아닐지도 모르지."

페르디난드가 씁쓸한 얼굴로 중얼거리며 나무들이 터 준 길로 기수를 몰았다. 브리기테에 이어 나도 새로 생긴 길로 들어갔다.

급커브를 튼 좁은 길을 나아가자 점점 길이 밝아지며 갑자기 시야가 확 트였다. 나무들에 둘러싸여 어두침침했던 숲속에서 눈부신 빛이 내리쬐는 넓은 공간으로 풍경이 바뀌었다.

"……여기가, 여신의 목욕터일까요? 너무 아름다워……."

놀랍게도 그곳만은 완연한 봄이었다. 지금까지 눈에 파묻힌 길을 달려온 게 꿈인가 싶을 정도로 찬란하고 눈부신 빛이 쏟아 내리는 곳에 샛말간 물이 솟아나는 샘이 있었다. 샘 주변에는 눈 대신 봄의 도래를 알리는 흰 렌퓨르 꽃이 어우러져 피어 있고, 지저귀는 새소리가 들려 왔다.

부드러운 바람에 수면이 잔잔하게 물결치고, 반짝이며 빛을 반사했다. 샘솟는 물이 흐르며 더 깊은 곳을 향해 맑은 물줄기를 만들었다. 파란색인지 초록색인지 딱 잘라 말하기 힘든 맑은 샘 가운데에 옅은 분홍색 꽃이 피어 있다. 언뜻 봐서는 연꽃처럼 보였다.

"저게 여신이 사랑한 꽃이라고 불리는 라이레이느다."

"저 꿀을 채취해야 하나요?"

"그렇다. 하지만 지금은 그 자리에서 움직이지 마라. 마물의 기척이 느껴져. 아마 탈크로쉬겠지. 지금은 비전투요원이 너무 많으니 일단 야영지까지 되돌아가자."

페르디난드의 말에 이번에는 진행 순서와 반대 순서로 가장 가까운 야영지까지 돌아갔다. 아름다운 봄의 광경을 본 뒤에 눈이 남은 야영지로 돌아가자 어두침침함에 우울해지는 느낌이다.

"로제마인, 조금 뒤로 물러나라."

내가 브리기테와 함께 나무 가까이 물러나자, 페르디난드와 에크하르트가 넓게 트인 야영지에 무언가를 손가락으로 튕기며 던졌다.

다음 순간, 주변의 눈들이 순식간에 녹아서 사라졌다. 어안이 벙벙해져서 눈앞에 일어난 현상을 바라보자, 페르디난드가 기수를 몰고 다가왔다.

"로제마인, 이 마술구를 기수 안에 놔둬라. 그러면 그대가 없어도 기수가 사라지지 않고 남을 거다."

페르디난드의 지시대로 내가 없어도 사라지지 않게 하는 마술구를 레서버스 안에 두고 바깥으로 나와 보았다. 주변 눈 때문인지, 아니면 높게 둘러싼 나무들이 해를 가려서인지 상당히 차가운 공기가 살을 에는 듯했다.

"로제마인의 시종은 식사 준비를 하도록. 우리는 탈크로쉬를 토벌하고 오겠다. 로제마인은 채집 준비물을 챙겨서 브리기테와 함께 기수를 타고 와라. 토벌이 끝나면 라이레이느 꿀을 채집하는 방법을 가르쳐 주마."

페르디난드가 나의 전속과 시종에게 식사 준비를 명령하고, 다른 자들에게도 제각각 역할을 주었다. 나는 페르디난드에게 빌린 채집 도구 세트에 빠진 게 없는지 확인하고, 브리기테의 기수에 올라탔다.

"그럼 여러분, 식사 준비를 부탁할게요."

"부디 조심하십시오. 일찍 돌아오시기를 기다리고 있겠습니다."

플류트레네의 밤

나는 브리기테의 도움으로 기수에 올라타 다시 여신의 목욕터로 향했다. 나무들이 만들어 준 급커브 길을 지나 밝은 빛이 내리쬐는 샘 앞으로 나아갔다. 선두에 선 페르디난드가 샘 근처로 기수를 몰자, 샘 표면이 부풀어 오르기 시작했다.

"탈크로쉬다! 로제마인, 축복을!"

앞장서서 돌진하는 페르디난드의 지시에 나는 반지에 마력을 담았다. 이미 몇 번이나 무용의 신의 축복을 빌어 온 터라 익숙했다.

"불의 신 라이덴샤프트의 권속, 무용의 신 앙리프의 가호가 그들에게 있기를."

반지에서 뿜어져 나온 파란 빛이 모두에게 쏟아져 내렸다. 전력으로 치면 최저인데다 체력도 없어 방해만 되는 내가 유일하게 도울 수 있는 일이다.

"다무엘과 브리기테는 로제마인과 함께 대기! 에크하르트, 가자."

"네!"

샘의 거의 중앙 부근에서 무언가가 쑤욱 나타났다. 세 개, 아니, 네 개의 그림자가 샘에서 튀어나왔다. 탈크로쉬는 어른이 양팔을 펼친 크기만 한 두꺼비였다. 가을 채집 때 싸운 골체나 겨울의 주인이었던 슈네티름에 비하면 매우 작아 보였다. 징그러운 생김새로 따지면 능가할 자 없겠지만.

"왜 항상 내 앞길을 가로막는 적은 '두꺼비' 투성이일까요."

나도 모르게 깊은 한숨을 내쉬자, 브리기테와 다무엘이 잘 모르겠다는 듯이 "……두꺼비라니요?"라며 나를 보았다.

"탈크로쉬를 꼭 닮은 생물이에요. 다무엘은 알죠? 빈데발트 백작과 판박이 아닌가요? 신관장님에게 토벌당하기 전까지……."

다무엘의 웃음이 터졌다. 철커덩 소리를 내며 손목 덮개로 입가를 틀어막고 앞을 돌아보았지만, 미세하게 떨리는 움직임을 보아 웃음 포인트를 찌른 듯하다. 브리기테는 직접 빈데발트 백작을 본 적이 없는지 "탈크로쉬를 닮은 사람입니까? 가까이하고 싶지 않군요." 하고 중얼거렸다.

"합체한다."

에크하르트의 목소리에 뒤돌아보았다. 가장 큰 탈크로쉬가 긴 혀를 내밀어 바로 옆에 있는 조금 작은 탈크로쉬를 휘감더니 꿀꺽 집어삼켰다. 그러자 작은 탈크로쉬를 삼킨 탈크로쉬가 서서히 거대해졌다. 어느 정도 몸집이 커지자, 또다시 혀를 날름거리며 작은 탈크로쉬를 잇따라 잡아먹었다.

"으아아악!"

"진정하십시오, 로제마인 님. 탈크로쉬 따위는 두려운 상대가 아닙니다. ……징그러울 뿐이죠."

브리기테는 탈크로쉬가 징그러워서 싫은 모양이다. 그 마음에 공감했다. 내 몸을 감싸고 지탱하는 브리기테의 왼팔에 지금도 힘이 들어가 있다.

페르디난드와 에크하르트는 슈타프를 검으로 바꾸고 탈크로쉬를 노려보며 마력을 서서히 담았다. 점점 동료를 잡아먹으며 커지는 탈크로쉬의 한껏 부풀어 오른 배를 노려 공격하려고 두 사람이 검을 치켜들었다.

다음 순간, 탈크로쉬의 입에서 기나긴 혀가 빠른 속도로 튀어나왔다. 무슨 일이 일어난 건지 모를 정도로 빠르게 혀가 브리기테를 기수째로 휘감았고, 우리는 공중을 날았다.

"핫!?"

"꺄악!?"

브리기테가 슈타프를 꺼내어 변형하기도 전에 우리는 쩍 벌린 탈크로쉬의 입속으로 끌려들어갔다.

혀가 줄어들며 입이 닫히자 그곳은 빛도 들어오지 않아 어두컴컴한데다 눅눅하고 비린내 나는 장소가 되었다. 탈크로쉬의 입속에 들어온 채 혀에서 풀려나는 것과 동시에 브리기테가 기수를 집어넣고 슈타프를 언월도처럼 키보다도 긴 무기로 바꾸었다. 마력 때문인지 무기 주변이 희미하게 빛나 보였다.

"로제마인 님, 다치신 데는 없으십니까?"

탈크로쉬가 우리를 삼켜 버리려고 하자 브리기테가 무기를 탈크로쉬의 입에 꽂아넣고는 내가 무사한지 확인했다.

브리기테에게 안겨 있던 나는 상처 따위 전혀 없었다. 브리기테가 갑옷 강도를 올리지 않고 나를 안은 탓에 부드러운 가슴에 푹 안겨서 질식할 뻔했을 뿐이다.

"여기저기가 기분 나쁘게 끈적거리지만 상처는 없어요."

"그럼 채집용 나이프에 마력을 담아서 이놈의 혀를 찔러 주시지 않겠습니까? 전 지금 무기를 움직일 수가 없습니다."

브리기테는 삼켜지지 않으려고 길게 만든 무기를 오른손으로 힘주어 잡은 채로 왼손으로는 나를 겨드랑이에 끼우고 웅크렸다. 브리기테는 나를 탈크로쉬의 혀 위에 내려 주었지만, 손으로는 내 배를 감싼 채 놓아주지 않았다. 각자 발바닥으로, 무릎으로 느끼는 눅눅하며 끈적이는 부드러운 바닥의 감촉에 브리기테와 나는 똑같이 인상을 찌푸렸다.

"할게요."

내가 나이프를 꺼내 마력을 담자 내 배를 감싼 브리기테의 왼손에 힘이 들어갔다. 무슨 일이 있어도 지키겠다는 브리기테의 의지가 느껴졌다. 나는 마력을 듬뿍 담은 채집용 나이프로 탈크로쉬의 혀를 힘껏 찔렀다.

"……어, 어라?"

아무런 변화가 없었다. 탈크로쉬는 비명도 지르지 않을뿐더러 입도 뻥긋하지 않았다. 설마 이렇게까지 무반응일 줄 몰랐던 나는 식은땀을 흘리며 마력을 담아 연신 나이프를 찔렀다.

"에잇, 에잇, 에잇!"

그때 갑자기 어두컴컴했던 시야에 눈부신 빛이 들어와서 무심코 눈이 감겼다. 바닥이 출렁이며 흔들리더니 몸이 급격하게 기울었다. 나이프를 쥔 채 균형을 잃은 우리는 기울어진 바닥을 데굴데굴 굴렀다. 내 배를 두른 브리기테의 팔에 힘이 들어갔고, 브리기테가 나를 안고 공중을 날아오르는 감각이 들었다.

시야가 밝아진 이유는 탈크로쉬가 쩍 입을 열어서라는 것을 깨달았을 땐 이미 브리기테에게 안긴 채 다시 하늘로 튕겨 나와 있었다.

비린내가 사라지고 주변 공기가 맑아졌다. 다양한 소리가 다시 들렸다. 공기가 피부를 가차 없이 때리는 감각이 들었다.

"그대로 샘으로 뛰어들어!"

페르디난드의 고함이 들렸다. 브리기테는 자유 낙하 속도 그대로 샘을 향해 떨어졌다. 수면에 직격하는 충격을 각오한 나는 눈을 질끈 감으며 브리기테에게 매달렸다.

꽝음과 함께 샘에 떨어졌다. 하지만 물은 생각보다 부드럽게 우리를 받아들였다. 딱딱하지도 않고 아프지도 않게 우리는 샘에 잠겨들었다.

이상한 감각이었다. 원래 눈이 녹아 고인 샘물은 나처럼 허약한 사람쯤은 단숨에 심장마비로 죽을 만큼 온도가 현저하게 낮을 터였다. 하지만 물은 차갑지도 뜨겁지도 않았다. 어찌 된 일인지 숨도 막히지 않았다. 눈을 떠 보니 출렁이는 수면이 보이고, 내 입에서 나온 공기 방울이 꿀렁이며 위로 올라갔다.

빛이 내리쬐는 파란 하늘에 드리운 거대한 그림자를 향해 눈부신 빛이 날아가는 것이 보였다. 페르디난드와 에크하르트의 공격이 탈크로쉬를 향해 날아간 듯했다. 탈크로쉬는 두 사람의 공격에 공중으로 튕기며 폭발했다.

"푸하……."

나와 브리기테가 수면 위로 얼굴을 내밀었을 땐 두 사람의 공격으로 생긴 여파가 사그라지려던 참이었다.

"……끝났네요."

안도의 한숨을 내쉬는 나와 달리 브리기테는 위를 올려다보며 "아니요, 옵니다!" 하고 긴장감 넘치는 날카로운 소리를 질렀다. 다시 슈타프를 쥐는 브리기테를 따라 덩달아 나도 위를 올려다보았다. 뭔가가 떨어지는 것이 보였다. 폭발한 탈크로쉬의 내장인가 뭔가 싶어 미간을 찌푸린 순간, 떨어지는 대량의 개구리 중 한 마리와 눈이 마주

쳤다.

"히익!?"

손가락 마디만 한 작은 크기부터 어른 주먹만 한 크기까지 다양한 개구리, 아니, 탈크로쉬가 떨어졌다. 내 머리에, 얼굴에, 어깨에, 우수수 떨어진 탈크로쉬가 찰싹 달라붙었다. 미끄덩거리는 감촉이 내 볼 위에서 움직인 순간, 등줄기에 소름이 싹 돋았다.

"……끼야아아아아아아! 떼 줘, 떼 줘, 떼 줘!"

"로제마인, 소리치지만 말고 얼른 떼서 찔러! 그대의 나이프로도 없앨 수 있다. 그냥 놔두면 금방 다시 합체해."

페르디난드는 무정하게도 나를 내팽개치고 주변 탈크로쉬 퇴치에 몰두했다. 에크하르트도 마찬가지다. 탈크로쉬는 공격해도 분열할 뿐, 가장 작은 크기가 되지 않는 한 없어지지 않아서 성가신 상대다. 브리기테는 자기 주변의 탈크로쉬에 대항하느라 급급했다. 아무도 도와주지 않는다는 걸 깨달은 나는 손발과 머리를 파닥파닥 흔들어 떼어내려고 했다. 하지만 떨어지고 싶지 않은지 탈크로쉬는 내 몸에 더욱 밀착했다. 그때 탈크로쉬가 얼굴 위를 미끄럽게 움직였다. 결국, 나는 귀족 아가씨다운 모습은 내팽개치고 울면서 발악했다.

"무리, 무리, 무리야! 아니면 코 위에 있는 애라도 떼 주세요! 제발!"

"로제마인 님, 이쪽으로! 제가 떼어 드릴게요!"

"다무엘이 최고로 멋져 보여요!"

기수를 탄 다무엘이 수면에서 바둥바둥하는 나를 브리기테에게 받아서 끌어올려 주었다. 다무엘이 탈크로쉬를 떼 주었고, 나는 눈물과 콧물을 훔쳤다.

"이제 끔찍해요! 다시는 이 샘에 오지 않을래요!"

"바보 녀석. 내일 새벽에 꿀을 따려고 이 고생을 하는 거다. 반드시 와야 해."

즉시 페르디난드의 질책과 차가운 시선이 날아왔다.

"탈크로쉬는 쓰러뜨렸다. 그러니 내일은 안전하게 채집할 수 있을 거다."

"진짜죠?"

"시끄럽다! 플류트레네의 밤인 오늘 밤은 일찍 자고, 새벽에 대비해라."

나는 야영지에 돌아가자마자 레서버스의 창문을 절반 이상 닫고, 밖에서 보이지 않는 상태를 만들어 모니카와 니콜라의 도움을 받으며 옷을 갈아입었다.

"이 계절에 샘에 떨어지다니 자칫하면 건강한 사람도 죽어 버려요. 그렇지 않아도 연약하신 분인데 몸은 괜찮으십니까? 신관장님께서는 뭐라고 하시던가요?"

"내일 열이 나 버리면 채집이 힘들어집니다. 조심해 주십시오."

모니카와 니콜라는 내게 설교하며 젖은 옷을 벗기고, 따뜻한 물에 담근 수건으로 내 몸을 닦았다. 옷을 갈아입는 건 브리기테도 마찬가지다.

"로제마인 님의 기수는 훌륭하네요. 거점에서 멀리 떨어져 수행하는 임무 중에 이렇게 느긋하게 옷을 갈아입게 될 줄은 몰랐습니다."

내 레서버스가 없었다면 브리기테는 나무들 사이에 망토를 펼치고 눈 속에서 옷을 갈아입을 생각이었다고 한다. 비록 마석 갑옷을 해체

하는 것뿐이라지만 귀족 영애가 보일 행동이 아니었다. 브리기테의 말을 들어 보니 미성년자는 바깥 임무에 투입하지 않고, 성인이 되면 꽤 빠르게 결혼하는 탓에 보통 여기사를 거점도 없는 토벌이나 채집에는 보내지 않는다곤 했다.

　시종들이 준비해 준 음식을 먹고, 페르디난드에게 꿀을 채취하는 방법을 배웠다. 꽃 중앙에 고인 꿀을 병에 넣으면 되는데 반드시 금속제 숟가락을 가져가서 퍼야 한다고 했다.

　"이 숟가락은 마력의 영향을 받지 않게 하는 물건이다. 꿀은 반드시 이걸로 퍼서 병에 넣도록. 슈첼리아의 밤에 채집한 류엘의 꽃과 열매도 다른 계절의 소재와 전혀 다른 성질을 가졌었다. 이번 라이레이느의 꿀도 여느 계절과 다른 성질이 있을지도 모른다."

　페르디난드의 표정이 매드 사이언티스트처럼 변했다. 취미에 몰두할 시간이 생겨서 좋겠네요 라고 솔직하게 말하지 못했는데, 난 독서 시간을 확보하지 못했기 때문이다. 속이 좁다고 하든 말든 페르디난드가 치사하게 느껴졌다.

　"꿀을 병 여러 개에 나눠 넣도록 해라. 그대의 마력을 머금은 꿀과 아닌 꿀의 차이도 조사해 보고 싶으니까."

　페르디난드가 소재를 연구하든 말든 상관은 없지만 나를 위한 소재 채집이라는 목적에서는 조금 벗어난 느낌이 드는데 기분 탓일까.

　그런 이야기를 한 뒤 우리는 이른 잠자리에 들기로 했다. 나는 얼른 레서버스의 시트를 뒤로 젖히고 다리를 쭉 뻗어 잘 수 있는 자세를 잡았다. 시종이 몇 장 실어 온 모포를 바닥에 까는 모습을 보던 페르디난드가 어이없다는 표정을 지었다.

"그대의 기수는 보면 볼수록 가관이군."

"편리하면 장땡이에요. '캠핑카'로 만들지 않은 것만으로도 이성은 유지하고 있는 셈이죠."

"정말이지……. 안이 꽤 넓으니 여긴 여성들 침실로 쓰도록 하지. 프랑은 이리 와라."

페르디난드의 지시로 레서버스는 여자들의 침실로 쓰이게 되었다. 브리기테가 들어왔고 프랑은 살짝 안심한 표정으로 여자들만 북적이는 기수에서 나갔다.

그날 밤, 레서버스가 덜컹거리며 흔들리는 이상한 감각에 눈이 뜨였다. 꾸물거리며 몸을 일으키자 창문 너머로 여신의 목욕터가 보였다.

'분명 야영지에 있었는데, 왜지?'

꿈인가 싶어 바깥을 응시했다. 밤에 보는 샘은 낮과 전혀 달라 보였다. 플류트레네의 밤이라서일까. 진한 분홍색으로도 보이는 붉은 달이 수면에 비쳤다.

'샘이 빛나고 있어.'

달빛 때문만이 아니었다. 크기가 조금씩 다른 거품 같은 작고 동그란 물체가 샘에서 튀어나왔다. 반딧불보다 밝고 반짝거리는 이상한 동그란 빛이 샘에서 잇따라 나와서는 그 주변을 둥실둥실 튕기며 돌면서 환상적인 광경을 만들어 냈다.

"와아, 멋있어요. 반짝반짝하네요."

갑자기 니콜라의 목소리가 들려서 몸을 휙 돌렸다. 니콜라가 잠이 덜 깼는지 다 깼는지 모를 멍한 표정으로 창밖을 보았다. 그 니콜라의 목소리에 벌떡 브리기테가 일어났다. 브리기테는 즉시 슈타프를 꺼내고 바깥 상황을 살폈다. 그리고 잠시 뒤에 곤란한 듯 나를 보았다.

"……로제마인 님, 이건 대체 뭡니까? 주변에 마력이 가득 찬 느낌이 듭니다."

"모르겠어요. 하지만 너무 아름다워요. 적의도 없어 보이네요."

샘에서 빛이 튀어나온 순간, 짤랑 하고 맑은 소리가 울렸다. 그런 소리가 음으로 이어져 신비한 음악을 만들었다. 로지나가 잠꼬대로 음계를 흥얼거리는가 싶더니 갑자기 벌떡 일어났다. "제 페슈필은 어디 있죠?" 하고 멍한 얼굴로 손을 더듬으며 악기를 찾았다.

"로지나, 정신 차려요."

그쯤 되니 엘라와 모니카도 부스스 일어났다. 모두가 똑같이 바깥을 보고 눈을 끔뻑였다.

"대체 무슨 일이 일어난 건가요?"

샘에서 빛이 떠오르면서 나오는 음악에 로지나의 손가락이 꼼질거리기 시작했다. 로지나의 시선은 당연한 짐의 일부로서 싣고 온 페슈필로 향했다.

"모두 깨 버렸고, 이대로는 못 잘 테니 조금 켜 봐도 좋아요."

"감사하게 생각합니다."

로지나는 부리나케 페슈필을 가져오더니 샘에서 흘러나오는 음악에 맞춰 페슈필을 튕겼다. 샘이 연주하는 높은음에 맞춰 로지나가 페슈필을 연주한다.

"로제마인 님의 악사는 정말 실력이 훌륭합니다."

샘과 로지나의 협주를 넋이 빠진 채 들었다. 그러자 레서버스 주변으로 반짝거리는 물체들이 잇따라 다가왔다. 마치 제각각 의지가 있는 듯 창문 쪽으로 통통 튀어 와서는 안으로 들어오려고 했다.

"이 빛들이 로지나의 음악을 좋아하나 봐요."

"이왕 이렇게 됐으니 바깥에 나가서 들려 주면 어때요?"

모니카와 니콜라가 키득키득 웃으며 말하자, 마치 찬성하는 듯 빛들이 깜빡거렸다.

"그럼 음악을 봉납하지요. 봄의 여신님은 음악을 좋아하시거든요. 플류트레네의 밤에 봉납하면 기뻐하실지도 몰라요."

"로제마인 님, 이 샘에 있는 여신님은 단 것을 좋아하시지요? 남아 있는 쿠키도 가져가서 바쳐요."

니콜라의 제안에 엘라가 웃으면서 찬성했다. 엘라와 니콜라가 쿠키가 든 목제 상자를 들고, 로지나가 페슈필을 들고, 브리기테는 자연스럽게 주변을 경계하면서, 또 모니카는 어쩔 수 없다는 표정으로 레서버스에서 내렸다.

나는 한밤중에 소풍이라도 하는 기분으로 뛰쳐나갔다. 추위가 전혀 느껴지지 않는 이상한 공간에서 샘은 아직도 반짝거리는 빛을 만들어 내보냈다. 높게 울리는 아름다운 음에 마음이 상쾌해지는 느낌이다.

빛나는 샘을 들여다보았다. 샘의 깊은 곳에서 신비한 빛이 계속해서 올라왔다. 그때 그 빛을 먹는 탈크로쉬 몇 마리를 발견했다.

"브리기테, 탈크로쉬가······."

내가 샘을 가리키자 브리기테가 얼른 슈타프를 꺼내어 탈크로쉬를 하나씩 사냥했다. 샘에서 튀어나온 빛이 브리기테를 따르는 것처럼 주변을 에워쌌다. 마치 탈크로쉬를 없애 줘서 고마워하는 듯하다.

내가 주변을 확 둘러보자, 전체적으로 몽글몽글한 빛이 지금은 세 무리로 나뉘어 모인 것이 보였다. 로지나의 페슈필, 엘라와 니콜라와 모니카가 있는 과자 주변, 탈크로쉬를 무찌른 브리기테 주변을 깜빡거리며 통통 튀었다. 이 빛은 음악을 좋아하는지, 로지나의 페슈필 소리에 맞춰 꺼졌다 켜지기를 반복했다. 그중에서도 우라노 시절의 곡을 편곡한 곡이 마음에 드는지 깜빡이는 모습이 마치 손뼉을 치는 듯하다.

"로제마인 님이 만드신 곡이 좋은가 봐요. 노래를 봉납하심이 어떠세요?"

"……그럼 모처럼이니까 새로운 노래를 봉납하지요."

내 전용 페슈필은 가져오지 않았지만 노래만이라면 상관없다. 처음 듣는 음악을 좋아하는 듯하니 우라노 시절의 노래를 한 곡 불러 보기로 했다. 페르디난드에게 뭔가를 요청할 때 미끼로 쓰려고 이쪽 말로 가사를 바꿔 둔 봄의 노래다.

샘 앞에 서서 천천히 숨을 들이마셨다.

"봄의 물은~……."

내가 노래를 부르기 시작하자 반지가 멋대로 마력을 빨아들였고 노래와 함께 내 마력이 주변으로 퍼져 갔다. 샘에서 반짝이는 빛의 강도가 강해지고, 주변이 점점 눈부시게 밝아졌다. 그와 동시에 물속에서 라이레이느 꽃봉오리가 스르륵 자라기 시작했다. 무수한 꽃봉오리가 뻗어 나가며 줄기끼리 얽혀 마치 거대한 나무처럼 샘의 중심에서 성장하더니 서서히 꽃을 피웠다.

"여신님, 라이레이느의 꿀을 받아도 되겠습니까?"

노래를 마친 나는 여신에게 계시를 바랐다. 그러자 샘 중심에 있던 이파리 하나가 크게 펼쳐지더니 내 앞까지 뻗어 나왔다.

빛에 등을 떠밀리듯 발을 올리자, 이파리는 더욱 커졌다. 내가 이파리 위에 완전히 올라타자, 이번에는 천천히 하늘을 향해 뻗어 가기 시작했다.

"와아!"

이파리가 움직이며 나를 활짝 핀 라이레이느 앞에까지 데려가 주었다. 나는 허리춤에 찬 채집 도구에서 페르디난드가 말한 대로 숟가락을 꺼내 꿀을 채집했다.

몇 개나 가져온 병 가득 꿀을 넣고 뚜껑을 닫았다.

"이걸로 끝. 완벽한데?"

하늘 높이 오른 이파리 위에서 숲 너머로 하늘을 밝히며 떠오르는 아침 해가 보였다.

그 아침 해와 함께 샘 주변을 둘러싸던 빛이 점점 옅어지며 사라져 갔다.

"응?"

하늘 높이 뻗었던 꽃줄기가 스르륵 작아지면서 수면 속으로 돌아가기 시작했다. 동시에 내가 딛고 선 커다란 이파리도 점점 작아졌다. 결국, 내 체중을 견디지 못한 줄기가 뚝 소리 내며 꺾였다.

기원식 종료

"꺅!?"

휘청거리며 균형을 잃은 나는 이파리 위에서 미끄러져 공중 위로 붕 떠올랐다. "로제마인 님!?" 하고 외치는 모두의 목소리와 기수를 꺼내는 브리기테의 모습이 보였다.

브리기테의 기수보다도 빠르게 나무들 너머에서 무언가가 불쑥 튀어나왔다. 공중에서 무거운 머리가 아래를 향하며 시야가 빙글빙글 도는 가운데 잔상처럼 보인 무언가가 이쪽을 향해 돌진해 왔다.

중력에 사로잡혀 머리부터 거꾸로 떨어지던 내 몸을 무언가가 덥석 붙잡았다. 다음 순간, 몸이 공중을 떠오르는 감각이 내장을 자극했고, 으윽, 하고 신음이 새어 나왔다. 대체 무슨 일이 일어난 거지? 내가 눈을 깜빡이며 눈동자를 굴리자 어째선지 무서운 얼굴을 한 페르디난드가 바로 옆에 있었다. 미간에 새겨진 주름이 평소보다 두 배는 더 깊었다.

"……신관장님? 왜 여기에?"

"떨어지는 그대를 잡기 위해서지 뭐겠는가. 싫다면 다시 떨어뜨려 줄까?"

불쾌감을 드러낸 옅은 금색 눈동자가 나를 노려본다. 나는 여기서 떨어뜨릴까 싶어 "덕분에 살았어요. 감사하게 생각합니다." 하고 얼른 페르디난드의 팔에 매달렸다. 낙하하는 날 구해 주긴 했지만, 그다지 구조된 듯한 느낌이 들지 않는 건 이 뒤에 올 설교를 확신해서다.

매우 심기가 불편한 페르디난드의 모습에 바들바들 떠는 동안에 내 몸은 레서버스 앞에 내려왔다.

"로제마인 님, 무사하십니까!?"

프랑이 걱정스러운 얼굴로 달려왔다. 내가 "신관장님이 구해 주셔서 괜찮아요."라고 대답하자, 안심한 듯 프랑의 몸에서 힘이 빠져나갔다.

"그럼, 로제마인."

기수를 정리한 페르디난드의 저음이 내 이름을 불렀다. 아이고, 설교 시작이네, 하고 마음을 단단히 먹었다. 하지만 페르디난드는 피곤한 목소리로 "채집은 했는가?" 하고 물을 뿐이었다. 나는 예상 밖의 전개에 조금 얼떨떨하며 고개를 끄덕이고 라이레이느 꿀을 담은 병을 페르디난드에게 보였다.

"네. 무사히 라이레이느 꿀을 채집했으니까 칭찬해 주세요."

내가 내민 병을 집은 페르디난드는 병뚜껑을 열고, 손바닥 위에 아주 조금 꿀을 흘렸다. 색과 냄새를 확인하고, 꿀에 마력을 흘려 넣더니 인상을 찌푸린다.

"……예상했던 대로 이건 완전히 그대의 마력에 물들어 버렸군. 마력이 통하지 않아."

"네? 그럴 리가요……. 신관장님이 시킨 대로 이걸로 폈는걸요?"

채집 방법은 절대 틀리지 않았다. 내가 허리춤에서 숟가락을 꺼내며 "이게 불량품인 거 아닐까요?"라며 샐쭉거리자 페르디난드가 고개를 천천히 저었다.

"그렇지 않다. 그대의 마력으로 성장한 라이레이느다. 꽃 자체가 그대의 마력에 물들어 버린 셈이지."

"윽……. 설마…… 저 또 실패했어요?"

힘들게 탈크로쉬를 퇴치하고, 여신님께 부탁해서 라이레이느 꿀을 얻었는데 실패해 버린 걸까. 페르디난드는 물론 함께 와 준 모두에게 미안한 마음으로 묻자, 페르디난드는 꿀이 묻은 손을 마술로 닦으면서 휙휙 털었다.

"아니, 실패는 아니다. 목표였던 그대의 소재를 채집했으니 문제없지. 문제는 없다만…… 하아."

페르디난드뿐만 아니라 프랑도 에크하르트도 다무엘도, 어째선지 남성들 모두가 피곤한 기색이 역력하다. 얼굴빛이 나쁘고, 매우 지친 한숨을 내쉬었다.

"무슨 일 있었나요?"

"이것저것 많았지만 숲이나 샘에 관한 이상한 얘기는 내일 하지. 지금은 얼른 돌아가서 쉬는 게 먼저다. 그대들도 푹 못 잤지 않은가."

자세한 얘기는 내일 하자며 얘기는 중단되었지만 페르디난드 쪽도 이상한 숲에 휘둘러서 정신이 없었다고 한다. 대체 무슨 일이 있었는지 궁금해서 얼른 돌아갈 준비를 시작하는 남성들을 불러 세웠다.

"잠깐만 기다려 주세요. 여기 샘물을 조금 퍼 가고 싶어요. 상처나 병을 어느 정도 치료해 주는 물이라죠? 고아원에 아픈 아이가 나왔을 때 쓰려고요. 그리고 며칠간 신세 진 폰테도르프 촌장에게도 조금 나눠 주면 좋아할 거예요."

"맘대로 해라."

다행히 여행 도중에 먹을 물을 퍼 담을 나무통이 레서버스에 있다. 몇 리터쯤 들어가는 나무통인데 벌써 두 통이나 텅 비었다. 어젯밤 요리할 때와 나와 브리기테가 몸을 닦을 때 써 버려서다. 나는 시종들에게 샘물을 퍼서 레서버스에 싣게 했다.

"이왕이면 식수도 보충하도록 해요."

각자 식수용 가죽 주머니에 샘물을 보충한 후 폰테도르프의 겨울 저택으로 돌아갔다. 피로한 기색이 역력한 남성들은 물론이고, 재밌었지만 한밤중에 떠든 여성들도 잠이 부족했다. 모두 하품을 억지로 참고, 이따금 눈을 비볐다. 피로 때문에 하루는 푹 쉬기로 했다.

"로제마인, 자기 전에 이걸 마셔 둬라."

목욕하고 상쾌해진 나는 페르디난드가 내민 피로회복제를 마시고 이불 속으로 쏙 들어갔다.

"그래서 신관장님 쪽은 대체 어떤 이상한 체험을 했어요?"

다음날 아침 식사 후, 나는 차를 마시면서 페르디난드에게 물었다. 들뜬 기분으로 질문한 나와 달리 페르디난드와 에크하르트와 다무엘은 동시에 인상을 찌푸렸다. 아무래도 즐거운 기억이 아니었던 모양이다.

"……간단하게 설명하자면 여신에게 괴롭힘을 당했다."

"네? 괴롭힘이요?"

우리가 반짝반짝 빛나는 신비한 빛과 함께 놀았던 플류트레네의 밤은 남성들에겐 괴로운 밤이었다고 한다.

"로제마인, 밤사이에 우리가 교대로 망을 봤지?"

에크하르트의 말에 나는 고개를 끄덕였다. 훈련으로 익숙한 브리기테, 에크하르트, 페르디난드, 다무엘이 순서대로 일어나 망을 보기로 했었다.

사태가 일어난 건 페르디난드가 망을 보는 시간대였다고 한다.

"갑자기 나무들이 바스락거리며 움직이더군. 처음엔 바람인 줄 알았는데 바람은 불지 않고, 나무만 흔들거리는 것이다. 내가 경계하면서 주변을 둘러보는데 갑자기 나무가 의지를 가진 것처럼 움직이면서 나뭇가지들이 그대의 기수를 넘기면서 옮기는 게 아니겠느냐."

페르디난드의 설명으로 나는 나무들이 양동이 릴레이를 하듯 레서버스를 옮기는 장면을 상상했다. 그 초자연적인 현상에 입이 저도 모르게 쩍 벌어졌다.

"믿기 어렵겠지. 직접 본 나도 내 눈을 의심했다. 의사를 가진 나무들이 서로 협력하듯이 그대의 기수를 옮겼으니까. 말도 안 되는 광경이었다."

레서버스가 양동이 릴레이처럼 옮겨지는 모습을 본 페르디난드는 얼른 기사들을 깨웠고, 레서버스를 되찾으려고 추적하며 나무들을 공격했다고 한다. 하지만 혹시나 우리가 위험해질까 봐 직접 공격을 할 수도 없었다. 페르디난드와 기사들은 끌려간 레서버스를 쫓아 기수를 몰았다.

"……신관장님과 에크하르트 오라버니에게 전력으로 공격당하지 않아서 다행이에요."

나무들은 앞을 가로막으며 방해했고, 거리는 점점 벌어져 갔다. 기사들이 공격에 애먹는 동안 레서버스는 여신의 목욕터까지 끌려갔다고 한다. 방해하는 나무를 자르면서 어떻게든 샘 앞에 도착했지만 이번에는 마력으로 만든 두꺼운 벽에 가로막혀 들어갈 수 없었다고 한다.

"샘 주변만 눈도 없고 추위도 안 느껴지지 않던가? 탈크로쉬를 토벌할 때부터 그 자리에 가득 찬 마력의 기운을 느꼈지만, 설마 우리를 팅겨낼 정도로 강력한 줄은 몰랐다."

마력이 풍부해서 지금까지 돌파하지 못한 마력의 벽이 없는 페르디난드가 씁쓸한 표정으로 말했다. 나무 사이로 샘과 레서버스가 보이는데도 불구하고 그곳에 들어가지도 못해 상당히 짜증나고 답답했다고 한다. 마력에 가득 찬 빛이 뛰어다니며 레서버스 쪽으로 모여들 때는 대체 무슨 일인지 가슴이 철렁했고, 우리가 레서버스에서 내려서 놀기 시작했을 때는 "바보 같으니!" 하고 무심코 고함쳤다고 한다.

'그런 소리 전혀 안 들렸는데.'

"어쨌든 그런 마력 덩어리가 대량으로 꿈틀거리는 위험한 곳에 아무 생각 없이 나가는 무모한 행동은 두 번 다시 하지 않았으면 싶군."

내 마력으로 가득 찬 기수 안에 있는 한은 안전하다고 페르디난드가 말했다. 마력을 가진 상대가 적인지 어떤지 구별도 하지 않은 채 바깥에 나가는 행위는 위험하다고 했다.

"그 반짝거리는 빛에는 적의가 전혀 느껴지지 않았어요."

"……처음에 적의를 느끼지 못했더라도 나중에 비위를 건드리기라도 하면 어찌 될지 장담할 수 없다."

"아아, 그럴 수도 있었겠네요."

마력의 벽에 가로막힌 곳에서 페르디난드를 비롯한 프랑, 다무엘, 에크하르트까지 우리의 행동에 머리가 아팠다고 한다. 아무리 불러도 아무도 듣지 못했다. 사실 정말 들리지 않았다. 지켜보는 사람의 마음도 모르고, 악사는 페슈필을 켜기 시작했고, 요리사와 시종들은 과자를 펼쳐 놓고 피크닉을 시작했다.

"샘 속을 들여다보고 탈크로쉬를 잡을 정도로 제정신이었다면 우리가 없다는 사실을 눈치챘어야지."

째려보는 페르디난드의 눈빛에 나는 브리기테와 서로 얼굴을 마주 보았다. 그러고 보니 왜 남자들이 없다는 생각을 못 했을까. 이상하지만 그때는 전혀 생각나지 않았다.

"주변 광경이 너무나도 비현실적이라 꿈 같아서 그랬나?"

"저도 기수 안에서는 연락을 취해야겠다고 생각했는데, 기수에서 나간 순간 잊어버렸습니다. 그때는 정말 사람이 부족하다는 의식이 머릿속에 떠오르지 않았습니다."

브리기테는 레서버스에서 내리면서 올도난츠를 날릴 생각으로 마석을 쥐었다고 한다. 하지만 바깥에 나온 순간, 무엇 때문에 마석을 쥐고 있었는지 까먹었다고 했다.

그대들에게도 마력의 영향이 있었던 모양이군, 하고 페르디난드가 미간을 꾹 눌렀다.

"그때 그대가 샘을 향해 노래를 부르기 시작했다. 노래에 맞춰 마력이 퍼졌고, 꽃이 자랐지. 그때 우리가 얼마나 초조했는지 그대는 아는가?"

라이레이느의 꿀을 정말 채취할 수 있을지. 꽃이 피기 시작했는데 끝없이 노래를 부르는 나를 보고 애간장이 탔다고 한다. 에크하르트도 어깨를 으쓱거렸다.

"네가 잎을 타고 꿀을 채취하러 하늘로 올라갔을 땐 정말 깜짝 놀랐다."

"발판이 불안정한 이파리에 탈 생각은 보통 사람이라면 안 하지. 무엇 때문에 기수가 있는지, 내가 왜 그대에게 기수를 줬는지 곰곰이 생각하라."

페르디난드의 말에 나는 손뼉을 딱 쳤다. 그랬다. 기수로 채집했다면 아침 해가 닿아서 이파리가 작아져도 떨어지지 않았을 것이다.

"보통 사람들은 현명하네요."

"아니. 그대가 어리석은 거다."

바람이라도 불면 떨어질 것 같은 이파리 위에서 부지런히 채집하는 내 모습에 위가 찌릿찌릿할 정도로 아슬아슬해 보였다고 한다.

"혹여나 떨어질까 조마조마하면서 지켜봤더니 하늘이 밝아지면서 마력의 벽이 약해졌다."

아침 햇빛에 빛이 사라져 갔다. 동시에 신비한 광경이 사라지고, 우리가 알던 샘의 모습으로 돌아왔다. 모든 것들이 원래의 모습으로 돌아오고, 발아래의 이파리가 순식간에 작아지는데도 나는 계속 멍하니 하늘만 바라보더라고 했다. 프랑은 그 위험한 모습에 비명을 질렀다고 한다.

"내가 기수를 타고 얇아진 마력의 벽을 부수고 달려간 순간에 아니나 다를까 줄기가 부러지더군."

줄기가 부러지기 전에 페르디난드가 기수로 달려온 덕분에 공중에서 떨어지는 나를 바로 받아낼 수 있었다.

"그렇게 들으니 정말 위험한 상황이었네요. 신관장님한텐 정말 큰 빚을 졌어요. 만들 수만 있다면 제가 신관장님께 위장약이라도 만들어 드리고 싶을 정도예요."

"그런 위험한 약은 거절하겠다. 마음만으로 충분하니 너무 위험한 짓은 하지 마라."

"……그럴게요."

사람 말을 들었으면 지키라는 말에 나는 한숨을 내쉬었다.

"설마 남성분들이 그렇게 생고생했을 줄은 몰랐어요."

우리는 꿈꾸는 것 같아 너무 즐거웠다. 설마 남성들이 그렇게 고생하며 조마조마했을 줄은 전혀 생각지도 못했다.

"그나저나 왜 남자는 못 들어온 걸까요? 달달한 제물이라면 프랑도 함께 바쳤는데."

"샘의 여신이 남자를 싫어하는지도 모릅니다. 여신의 목욕터라고 불릴 정도니까요. 어쩌면 플류트레네의 밤은 남자 금지인지도 모르겠습니다."

나와 브리기테가 생각해 봐도 남자와 여자의 차이를 알 수 없었다. 어쩌면 레서버스 안에 있는 과자를 노렸는지도 모른다. 다양한 대답을 고민해 봤지만 결국 아무도 정답을 알 리가 없다.

"어쨌든 라이레이느 꿀은 수확했다. 원래의 목적은 달성했으니 내일부터 기원식을 치르자꾸나."

"네."

봄의 소재도 수확했으니 폰테도르프를 떠나 우리는 기원식 일정으로 돌아갔다. 폰테도르프를 출발하기 전에 처음 생각대로 샘물을 나눠줬다.

"신세 많이 졌습니다. 이건 샘물이에요. 부상자나 환자가 생겼을 때 쓰세요."

"황송합니다."

"아마 다른 물보다도 효과가 높을 거다. 에렌페스트의 성녀가 직접 떴으니까."

페르디난드가 촌장에게 그렇게 말하자, 깜짝 놀라 숨을 삼킨 촌장이 나와 물이 들어간 밀폐된 용기를 번갈아 바라보았다.

"어찌 이런 귀중한 물을 주시다니……!"

"신관장!?"

내가 페르디난드를 째려보자, 페르디난드는 "그냥 그렇다고 해 둬."라며 속삭였다. 봄의 샘은 마력의 힘이 강하다는 사실이 알려지면 이래저래 불편한 사정이 있는 듯하다. 그것을 숨기려고 페르디난드가 이상한 말을 내뱉은 탓에 내가 준 물은 치유의 성수가 되어 고이고이 소중하게 다루어지게 되었다.

'뭐 소중히 사용해 준다면 상관은 없다만.'

무사히 남은 기원식을 끝내고 신전에 돌아온 며칠 뒤, 잔뜩 흥분한 페르디난드가 나를 호출했다.

"무슨 용무세요? 오늘은 길베르타 상회와 면담이 있는데요……."

"됐으니까 오거라."

나는 페르디난드의 공방이 되어 있는 비밀의 방으로 끌려갔고, 이번에 채집한 라이레이느 꿀에 관한 얘기를 들었다. 페르디난드가 흥분하며 빠른 말로 설명해 줬지만 전문 용어투성이라서 이해가 가지 않았다.

"……그러니까 무슨 뜻이에요? 전문 용어는 빼고 좀 쉽게 설명해 주세요. 아니면 전문 용어를 설명한 책을 제게 주시던가요. 바로 읽게요."

쉽게 설명하는 말을 풀어 보면 채집한 라이레이느 꿀은 내 마력의 기운을 띠긴 해도 완전히 물든 것은 아니라고 한다. 의미를 모르겠다.

"이 꿀에 마력을 완전히 채우면 결정이 된다. 그대의 약에 쓸 양은 이렇게 결정으로 만들어라."

마력을 채워 넣으면 초록색 마석 같은 결정이 된다고 한다. 페르디난드는 자신의 마력으로 물든 결정을 보여주고 내게 병 하나를 건넸다. 병에 마력을 쏟아부으면서 나는 페르디난드의 얘기를 들었다.

"그대의 마력으로 키운 꽃에서 채집한 꿀은 처음부터 그대의 마력 함유량이 높았다. 마력을 많이 포함하고, 물의 속성 순도가 상당히 높은 소재지."

"제 마력에 물들면 다른 사람은 사용할 수 없다면서요?"

"일반적으로는 그렇다. 그런데 이 라이레이느 꿀은 다른 사람의 마력으로도 물들일 수가 있는 게다. 바탕에 그대의 마력이 있으니 다소 반발은 크지만 물들일 가치가 있어."

페르디난드는 들뜬 듯이 손바닥 위에 초록색 결정을 굴리면서 그렇게 말했다.

"이런 일이 가능한 이유가 플류트레네의 밤에 채집한 라이네이느의 꿀이어서인지, 아니면 다른 소재라도 똑같은 일이 가능한지 상당히 궁금하구나. 로제마인, 다양한 마목을 길러 보지 않겠는가?"

페르디난드의 허가 하에 마목을 길러 종이 제작의 연구에 활용할 수 있다면 꼭 하고 싶었다. 하지만 그러기에는 커다란 불안이 있었다.

"종이 연구도 쓸 수 있을 것 같으니까 마목을 기르는 건 상관없지만…… 제 마력으로 마목을 기르고, 실험에 투자할 정도로 에렌페스트에 마력이 풍부한가요?"

토론베를 몰래 키우고 있는 사실은 비밀에 부쳐 두고 나는 고개를 갸웃거려 보였다. 눈을 크게 뜬 페르디난드가 미간을 잔뜩 찌푸린 괴로운 표정으로 고개를 저었다.

"……아니지."

"그죠?"

마목 재배 계획은 바로 틀어졌지만, 페르디난드는 쉽게 포기하지 않았다.

"로제마인, 10년쯤 지나 영지에 마력의 여유가 다소 생기거나, 그대가 자라 마력이 증가하면 실험해 보지 않겠나?"

새로운 소재인지, 마술에 관한 새로운 학설인지 모르겠지만 페르디난드는 의욕이 넘쳤다. 10년짜리 계획이 나올 줄이야.

"제 마력은 비싸요."

후후 하고 웃으며 당당하게 말하자, 페르디난드는 깔보듯이 콧방귀를 꼈다.

"뭘 원하나? 돈이라면 준비하겠다."

"신관장님, 제가 돈을 원할 것 같으세요?"

내가 씩 웃자, 페르디난드가 살짝 경계하는 표정을 지었다. 하지만 페르디난드의 입에서 포기라는 단어가 나오지 않는 이상, 실험을 위해서라면 내 마력은 꼭 필요한 모양이다. 제법 가치를 높게 설정해 준 듯하니 최대한 비싸게 바가지를 씌워 두기로 했다.

"10년 후라도 상관없어요. 제 마력을 주는 대가로 제게 도서관을 세워 주세요."

페르디난드는 미간에 주름을 새긴 채 명확한 대답을 피했다.

에필로그

"이것도 로제마인의 레시피입니까? 기원식 일정 중에 먹었던 요리와는 풍미가 좀 다른 듯합니다만……."

에크하르트는 페르디난드의 저택에서 제공된 쿠키라는 과자를 먹으면서 물었다.

"여행 중에는 도구가 부족했다더군. 그리고 이건 찻잎을 넣어 맛을 낸 과자다."

찻잎이 들어간 쿠키를 좋아하는 페르디난드를 위해 로제마인이 신전에서 전속 요리사에게 쿠키를 만들게 해서 줬다고 한다.

"오늘 이 저택에서 칼스테드와 만난다고 했더니 가져가라고 과자 몇 개를 떠넘기더군. 로제마인이 만드는 과자는 맛이 다양해서 상대의 취향에 맞출 수 있지. 이 카트르 카르에는 술에 담근 과일이 들어가 있어서 칼스테드가 가장 좋아하는 맛이라고 한다. 단맛이 적고 대신 술의 풍미가 강해서 나도 가끔은 먹지."

자신도 몰랐던 아버님의 취향을 들은 에크하르트는 기분이 이상했다. 로제마인은 원래 평민 신식이다. 에렌페스트에 마력과 새로운 인쇄라는 사업을 일으키기 위해 에크하르트의 여동생으로 세례를 받았고, 아우브 부부의 양녀가 되었다.

"로제마인은 신전 출신이라 아무리 친자식이라는 설정이라지만 아버님과는 접할 기회가 그렇게 많이 없었을 텐데 취향까지 파악한다니 참 이상하군요."

"로제마인은 여성 한정 다도회에서 엘비라에게 과자 레시피를 팔고 있지. 다과회에서 정보를 주고받지 않았겠는가? 고객의 취향을 파악해서 그들이 원하는 물건을 팔아야 마땅하다는 말도 했었지. 귀족이라기보다 상인에 치우친 생각이다. 하지만 협상 상대의 취향을 파악하는 것은 귀족에게도 필요한 기량이다. 나한테까지 갖가지 수단으로 비싼 레시피를 팔려고 혈안이다."

페르디난드는 무뚝뚝한 어투로 무심하게 툭 던지듯 말했다. 다른 사람이 들었다면 그렇게 생각하지 않을지도 모르지만 결국 내용은 '로제마인에게는 협상 상대의 취향을 파악하는 기량이 있다'고 말한 셈이다. 오랜 세월을 봐 온 에크하르트에겐 원래 채점에 엄격한 페르디난드가 제법 로제마인을 칭찬하는 듯이 들렸다.

"레시피라니 생각나는데, 기원식 일정 중에 페르디난드 님께서 점심을 로제마인의 전속 요리사에게 전부 맡기실 줄은 몰랐습니다."

"딱히 전부 맡긴 건 아니다. 로제마인의 전속에게만 부담을 줄 생각은 없어서 내 요리사에게도 돕게 하겠다고 제안했더니 로제마인이 레시피를 공짜로 훔쳐갈 생각이냐며 거절하더군. 하는 수 없으니 재료만 제공해 주고 끝냈다."

마뜩잖은 표정으로 페르디난드가 쿠키를 먹으면서 말했다. 하지만 에크하르트가 하고 싶은 말은 돈이나 레시피가 아니었다.

"……아니요. 제 말은 페르디난드 님께서 독살을 전혀 의심하지 않으신 점에 놀랐다는 겁니다."

귀족은 웬만해서는 요리 속의 독을 경계해서 전속 요리사를 공유하지 않는다. 경계심이 강한 페르디난드는 특히나 식사에 주의를 기울였다. 그런 페르디난드의 행동이라고 생각할 수 없을 정도로 페르디난드는 로제마인을 신뢰했다. 로제마인이 먼저 먹으며 보여주긴 했지만, 에크하르트는 설마 페르디난드가 자기 시종에게 다시 먹여 보지도 않고 로제마인이 낸 요리를 입에 넣을 줄은 꿈에도 생각하지 못했다.

이 눈앞의 과자도 마찬가지다. 남이 가져가라고 떠민 물건을 그대로 가져오는 행동도, 자신이 준비한 과자와 함께 내고 스스로 먼저 먹어서 독이 없음을 보여주는 행동도, 그간 보인 페르디난드의 언행으로 보아 말도 안 되는 일이었다.

"페르디난드 님이 로제마인을 신용하시는 근거를 알 수가 없어 혼란스럽습니다."

에크하르트는 페르디난드의 신용을 얻기까지 상당한 시간이 걸렸다. 그런데 간단히 그의 신용을 거머쥔 로제마인에게 질투까지 느꼈다. 로제마인의 어떤 점이 신용받는지, 자신과 무엇이 다른지, 기원식 내내 고민해 봤지만 모르겠다. 핫세 사태도 그렇고, 심각하게 허약한 몸도 그렇고, 소재 채집 때마다 일으키는 사건도 그렇고, 에크하르트의 눈에 로제마인은 페르디난드에게 부담만 주는 것처럼 보였다.

그런데 페르디난드는 로제마인이 일으킨 수많은 사건을 '귀찮다'느니 '성가시다'느니 인상을 찌푸리며 말하는 것치고 꽤 즐기는 듯했다. 그 증거로 마치 귀중한 약초라도 관찰하듯이 성심껏 로제마인의 상태를 확인했다. 부지런하게 몸 상태를 확인하고, 귀중한 약을 아낌없이 주는 모습은 보호자의 행동으로서야 일반적이겠지만 페르디난드의 행동으로 보면 놀랄 노자였다. 적어도 에크하르트가 알던 페르디난드와는 상당히 거리가 있었다.

"내가 로제마인을 신용하는 근거라……. 가장 큰 이유는 신전 출신이고, 순수 귀족이 아닌 점이다. 그리고 이 눈으로 확인했던 점들이 몇 가지 있지. 아무리 그대라도 말하기 어렵다만……."

페르디난드는 '신전 출신'이라고 얼버무렸지만, 로제마인은 귀족이 아닌 평민 출신이라 신용한다는 의미이리라. 자신과 로제마인의 분명한 차이를 듣고, 에크하르트는 이해했다.

"페르디난드 님, 칼스테드 님께서 오셨습니다."

시종 라자팜이 저택에 도착한 칼스테드를 안내해 왔다. 에크하르트는 결혼해서 집을 나온 이후로는 호출이 없는 한 본가에 가지 않기 때문에 기사단이 아닌 곳에서 아버님을 만나는 것도 오랜만이다.

페르디난드와 인사를 나누고 자리에 앉은 칼스테드는 에크하르트를 쳐다보고, "에크하르트, 이번에도 수고했다."라며 기원식의 호위 임무 수행을 치하해 주었다.

"아닙니다. 오히려 제게 페르디난드 님과 함께할 기회를 주셔서 감사합니다. 앞으로도 절 지명해 주십시오."

이 말은 진심이다. 페르디난드가 신전에 들어가면서 에크하르트는 호위 담당에서 해임되고 수행조차 금지되었다. 성에서 공적으로 활동할 때만 잠깐씩 동행이 허가되었다. 그것마저도 영주의 모친인 베로니카 앞에서는 떨어져 있어야 한다는 제한이 있었다. 베로니카가 붙잡히고 로제마인의 보호자로서 페르디난드가 당당하게 성에 출입하는 기회가 늘었지만, 신전 출입은 로제마인과 엮인 일이 아닌 한 허가되지 않았다. 비록 기원식이라는 신전 행사에 딸을 걱정한 아버님이 오빠를 호위로 붙이는 명분일지라도 페르디난드와 동행할 수 있어 에크하르트는 기뻤다.

"두 사람 다, 이것을…….."

페르디난드가 도청 방지 마술구를 꺼내 테이블 위에 올려 두었다. 로제마인의 소재 채집은 비밀리에 행해야 하는 일이다. 페르디난드의 저택 안에서도 마술구를 써서 얘기해야 할 내용이다.

"로제마인의 채집은 겨울에 이어 봄도 성공했나?"

"그래. 솔직히 우리에겐 엄청난 체험이었지만, 채집 자체는 대성공이라고 볼 수 있다."

페르디난드는 플류트레네의 밤에 있었던 신비하고도 불편한 체험을 칼스테드에게 말했다. 전날 치른 탈크로쉬 토벌, 심야에 일어난 로제마인의 기수 납치, 남자를 가로막는 마법 장벽, 붉은 달빛 속에 마력을 가득 풍기는 빛 덩어리, 로제마인의 노래 봉납과 함께 성장한 라이레이느, 꿀 채집과 아침 해와 함께 사라진 신비한 힘…….

에크하르트는 순식간에 작아지는 이파리 위에서 하늘을 올려다보던 로제마인과 공중에서 떨어지는 여동생을 위기일발의 순간에 기수를 타고 받아낸 페르디난드의 활약을 얘기했다. 페르디난드가 언짢은 듯 인상을 찌푸리며 "지금 생각하면 그렇게 서둘러 로제마인을 구할 필요가 없었던 것 같군." 하고 내뱉었다. 점점 작아지는 이파리를 본 순간 표정이 싹 바뀌어서 얇아진 마력장벽을 몇 번이고 마력으로 내리쳐 파괴하고 기수를 몰던 페르디난드의 발언으로 생각되지 않았다. 에크하르트가 눈을 끔뻑거리자, 페르디난드는 심기가 불편한 듯 미간을 잔뜩 찌푸리며 차를 마셨다.

"로제마인이 샘에 떨어져도 다치진 않았을 거다. 전날 탈크로쉬를 토벌했을 때도 로제마인은 샘에 빠졌었다. 숨이 막히지도, 차갑지도 않은 신비한 샘이라고 했었지 않은가? 물속에 빠져도 죽지 않는 그런 샘이었겠지."

그 말을 듣고 에크하르트는 페르디난드가 인상을 찌푸린 이유를 깨달았다. 기수를 쓰라고 로제마인을 잔뜩 혼낸 뒤라 조금 겸연쩍어서다.

"그 높이에서 샘에 빠지면 정말 무사했을지 장담할 수 없습니다. 페르디난드 님께서 구하셔서 다행이라고 생각합니다."

페르디난드와 에크하르트의 이야기를 듣던 칼스테드는 "뭐라고 할까……. 도통 영문을 모르겠군." 하고 난처한 표정으로 팔짱을 꼈다.

"그래. 상식적으로 생각할 수 없는 밤이었다. 심지어 로제마인의 마력으로 자란 라이레이느의 꿀도 신기한 성질이 있더군……."

그때부터 페르디난드는 채집한 꿀에 대해 자세히 설명하기 시작했다. 플류트레네의 밤 외에 유스톡스가 모아온 꿀과 비교하고, 큰 차이점을 발견했다고 한다.

"플류트레네의 밤에 수많은 마력 덩어리가 떠 있던 샘에서 핀 라이레이느여서겠지만, 일반적인 소재와 마력 함유량이 전혀 다르다. 유스톡스가 갖고 있던 꿀로 미루어 추측했던 내 예상보다 훨씬 많더군. 물 속성의 순도도 매우 높고, 다른 속성이 거의 느껴지지 않을 정도다."

심지어 원래는 다른 사람의 마력으로 물든 소재는 자신이 물들일 수 없어 쓸 수가 없는데, 어째서인지 로제마인의 마력에 영향을 받은 라이레이느 꿀은 페르디난드의 마력으로 다시 물들일 수가 있었다고 했다. 귀족원에서 배운 상식을 뒤집는 결과를 페르디난드가 살짝 흥분한 기색으로 말했다.

연구자로서의 기질이 강한 페르디난드와 달리 뼛속부터 기사인 칼스테드는 신비한 소재에 관한 강의에 그다지 흥미를 보이지 않았다. 일단 페르디난드의 설명에 맞장구를 치고는 있지만, 어찌 됐든 좋다는 분위기가 스며 나왔다. 부자지간이군. 에크하르트는 속으로 그렇게 생각했다. 페르디난드가 즐거워하니 막지 않으나 에크하르트도 소재 연구에 관해서는 딱히 관심이 없다. 유스톡스라면 적극적으로 들었겠지만.

"플류트레네의 밤에 채집한 라이레이느의 꿀이라서인지, 아니면 로제마인이 마력을 퍼뜨리면 다른 소재라도 똑같은 현상이 일어나는지 상당히 궁금하군. 가능하다면 플류트레네의 밤을 자세히 조사해 보고 싶지만 남자는 거부하는 데다 뭔가 정신적인 간섭도 하는 것 같다."

매우 안타깝게 페르디난드가 "연구하기는 어려운 소재다." 라고 결론을 지음으로써 겨우 연구 얘기에 끝이 보였다. 칼스테드가 에크하르트를 보았다. 에크하르트는 고개를 끄덕였다. 여기서 화제를 바꾸고 싶다는 에크하르트의 의사가 정확히 전달된 모양이다. 칼스테드는 "그렇군." 하고 페르디난드의 말에 동의를 표하면서 화제 바꾸기를 시도했다.

"보고를 들을 때마다 느끼는 거지만, 로제마인의 채집은 항상 놀라움의 연속이구먼. 나는 슈네티름의 토벌에서 라이덴샤프트의 창을 쓰는 모습도 놀랐다. 아무리 기사단에 로제마인이 들 만한 무기가 없다 한들 설마 신전의 장식을 그런 데 쓸 줄은 몰랐다. 심지어 그런 위력까지 낼 줄은 생각지도 못했지."

칼스테드는 수염을 쓰다듬으면서 겨울의 주인을 토벌했던 얘기를 시작했다. 물론 모든 기사단에게 내린 무용의 신 앙리프의 축복에도 놀랐지만, 로제마인의 축복은 이미 몇 번인가 받은 적이 있는 에크하르트에겐 라이덴샤프트의 창 쪽이 더 인상에 남았다.

앞이 새하얄 정도로 눈이 퍼붓는 날씨 속에서 날뛰는 슈네티름. 기사단이 일제히 공격해서 약해진 슈네티름을 향해 파랗게 빛나며 상공에서 떨어지던 한 줄기의 빛. 그 공격만으로 슈네티름이 폭발해 버렸다.

"저도 그 파랗게 빛나는 창에 넋을 잃고 보게 되더군요. 신전에 있는 신구가 실제 전투에도 견딜 수 있는 무기라는 사실을 페르디난드 님께서는 알고 계셨습니까?"

"각 영지의 신전에 모시는 신구는 마술구이면서 실제로 쓰였다는 기록을 오래된 자료에서 읽었다. 마술구라면 자신의 마력으로 물들이면 쓸 수 있으니 슈타프를 쓰지 못하는 로제마인에게 딱 맞겠다 싶었지."

다양한 책을 섭렵하는 페르디난드가 아니면 몰랐을 사실이다. 칼스테드도 감탄하듯 고개를 끄덕였다.

"그 한 번의 공격으로 슈네티름을 잡아냈으니 라이덴샤프트의 창이 강력한 무기로 보이겠지만, 사실 신구는 사용하기 편한 무기는 아니다. 상당한 마력을 담지 않으면 자신의 무기로 쓸 수도 없지. 그리고 말도 안 되게 어마어마한 마력이 필요해서 공격은 단 한 번밖에 못 한다고 생각하는 편이 좋다. 슈타프를 변형하면 쓸 수 있는 자기 무기와 비교 대상이 안 돼."

페르디난드는 매우 큰 마력을 삼키는 무기라고 담담하게 말했다. 하지만 그 말은 즉 로제마인이 그만한 마력을 가졌다는 뜻이었다. 세례식까지 겨우 살아남은 평민 신식이 어찌 그만한 마력을 가지는 걸까. 로제마인은 존재 자체가 비정상이다.

"그나저나 슈네티름의 마석 값이 필요하다며 로제마인이 바가지를 씌우고 다닌다는 얘기를 들었는데, 로제마인의 재산은 다 어쩌고?"

성과 신전을 드나들지만 굳이 따지자면 신전 쪽에 있을 때가 많은 로제마인의 예산은 페르디난드가 관리한다. 기사단의 보상은 그 예산에서 내면 되는데도 불구하고 로제마인은 돈을 마련하려고 분주한 듯했다.

"왠지 모르겠지만 로제마인의 머릿속에는 돈이 필요해지면 스스로 번다는 방법밖엔 떠오르지 않는 듯하다. 시종을 늘리게 되었을 때 내가 자신의 양아버지와 아버지에게 받은 예산을 맡고 있다는 말을 했는데도 이 모양이다."

아우브와 아버님에게 받은 예산에서 내겠다고 페르디난드가 말하니 보충하려면 돈을 벌어야겠다며 고군분투했다고 한다. 평민 출신이라서일까. 금전 감각도 이상한 여동생이라고 에크하르트는 생각했다.

"이상할 정도로 굳이 자기 힘으로 벌려고 하고, 자기가 번 돈으로 생활해야 한다는 생각이 머리에 박혀 있다. 어쩌면 애초부터 스스로 버는 행위를 좋아하는지도 모르겠군. ……지금으로서는 에렌페스트의 경제를 굴리고 파벌에 변화를 초래하니, 남의 초상화를 팔아 치우는 짓만 하지 않는 한은 내버려 둘 생각이다."

"……아, 그거 말이군."

칼스테드가 턱수염을 쓰다듬으면서 씁쓸하게 웃었다. 엘비라도 유스톡스도 에크하르트 자신도 세 종류를 전부 가지고 있는 예의 초상화를 말한다. 훌륭한 화가가 그린 페르디난드의 그림이 앞으로 나오지 않는 건 안타깝다며 에크하르트가 엘비라와 한탄했었다.

"앞으로는 그림이 아니라 책 제작에 힘쓸 거다. 로제마인이 애초에 바라던 책이 귀족 자제들에게 제법 잘 팔렸거든."

페르디난드는 그림보다 책을 만든다며 안심한 듯 말한 직후, 관자놀이를 톡톡 두드리며 인상을 찌푸렸다.

"왜 그러십니까, 페르디난드 님?"

"불안한 예감이 드는군. 교재를 살 아이는 한정적이고, 한 권을 사서 형제끼리 물려줄 수도 있다. 앞으로도 아이는 태어나겠지만 그렇게 고객은 많지 않아. 그러면 새로운 상품 개발에 뛰어들지, 아니면 판로를 확대하려고 엉뚱한 짓을 시작할지……. 또 무슨 짓을 저지를 게 분명하다."

"무슨 짓, 이라면 어떤 짓을?"

"그걸 알았다면 이 고생도 안 하지. 녀석의 별난 사고방식은 예측할 수가 없다."

그렇게 말한 페르디난드는 로제마인의 언행이나 관계자들에게 뭔가 실마리가 없을까 기억을 더듬었다.

"구텐베르크에게 인쇄기 개량을 맡겼다고 들었는데, 그 외에 뭐가 있었지? 아, 종이 연구를 했댔지. 그러고 보니 겨울에 기베 일크너와 면담도 했었군. 몇 년 안에 일크너를 방문하겠다고 리카르다에게 말했다고 보고를 받았다……. 일크너라?"

에크하르트는 그 기억력에 감탄했지만, 칼스테드는 고개를 저었다.

"그것보다 우선 여름 채집을 고민해야 하지 않나? 채집을 나갈 때마다 예상외의 사건이 일어났어. 여름도 평온하게 끝날 것 같진 않군. 로엔베르크 산과 발슈미데 산 중 어느 쪽으로 갈지 정했나?"

칼스테드의 질문에 페르디난드가 미간을 더욱 찌푸리며 난처한 표정을 지었다.

"위험부담이 적은 곳은 발슈미데 산이지만 지금까지 채집한 재료와 품질을 맞추려면 로엔베르크 산이겠지. 리즈팔케의 알을 찾을 생각이다.

'로엔베르크 산이라.'

리즈팔케는 불의 신 라이덴샤프트의 분노를 가라앉히는 새라고 불리는 새 모양의 거대한 흰색 마물이다. 상당히 강력하여 알을 훔치려면 시간과의 싸움이 된다. 굼뜬 로제마인이 과연 알을 채집할 수 있을까. 시간과의 싸움은 물론이고 로엔베르크에 사는 마물을 죽이게 되면 라이덴샤프트의 분노가 폭발한다. 예전에 유스톡스가 알을 잔뜩 훔치는 바람에 큰일이 날 뻔한 것을 페르디난드가 귀중한 마석을 몇 개나 써서 무사히 넘어간 적이 있다.

'아마 다음 채집도 아무 문제 없이 원만하게는 끝나지 않겠지.'

그 예상만큼은 에크하르트도 확신할 수 있었다.

겨울 데뷔 무대와 어린이 방

겨울 사교계는 겨울 세례식과 데뷔 무대로 시작된다.

나의 주인인 빌프리트 님은 아버님인 아우브 에렌페스트에게 '데뷔 날까지 기본 글자와 숫자를 익히고 페슈필을 연주하지 못하면 후계자에서 제명한다'는 말을 들으셨다. 그날부터 빌프리트 님의 생활은 크게 바뀌었다. 도망치지 않고 노력을 거듭하여 과제를 해냈고, 지금은 단상에서 페슈필을 연주하며 노래하고 계신다. 영주의 자제로서 걸맞은 모습을 자리에 모인 귀족들에게 선보이셨다.

"빌프리트 님, 어쩜 저리도 훌륭히……."

단상을 올려다보는 수석 시종 오즈발트의 입에서 감탄이 새어 나왔다. 오즈발트가 감동에 목이 메는 심정도 이해가 간다. 아우브가 조건을 붙인 지 한 달하고도 며칠이 지난 기간 동안 빌프리트 님의 시종들은 정말 힘든 시간을 보냈다. 빌프리트 님이 폐적되지 않도록 죽기 살기로 공부하는 가운데, 오즈발트는 잇따라 해고되는 시종들을 관리하느라 필사적이었다. 도망치는 빌프리트를 잡으러 다니는 일이 줄어든 호위 기사인 나와 달리 오즈발트는 일거리가 잔뜩 늘었다.

'베로니카 님이 붙이신 그 많은 시종의 절반 이상이 잘렸으니 어쩔 수 없지.'

잘린 측근은 수두룩했지만 새로 들어온 사람은 없었다. 플로렌치아 님은 새로 인원을 보충하길 바라셨지만 만약 빌프리트 님의 교육을 제시간에 맞추지 못하고 후계자에서 제외되면 새로 측근이 된 자는 고작 한 달간의 직무로 경력에 상처를 입게 된다. 그러면 그들이 너무 불쌍하다고 오즈발트가 주장했고, 결국 데뷔 무대가 끝난 뒤에 인원을 보충하게 되었다.

'죽자 살자 노력하느라 피폐해진 빌프리트 님께서 낯선 사람과의

생활로 정신적 피로를 느끼지 않게 하려는 게 오즈발트의 가장 큰 이유겠지만.'

제명의 위기에 놓인 주인을 보살피고 노력한 측근들 눈에는 지금 단상에서 페슈필을 선보이는 빌프리트 님의 모습이 심히 자랑스러울 터였다.

"빌프리트 님이 여기까지 성장하시다니 감회가 깊네, 오즈발트."

호위 기사로서 도망치고 장난치는 빌프리트 님을 매일같이 쫓아다녔던 나도 생활 습관을 바꿔 과제를 끝까지 완수하고, 영주의 자제로서 데뷔 무대를 해내는 어린 주인의 훌륭한 모습을 보고 있자니 가슴이 뜨거워졌다.

'빌프리트 님은 정말 노력하셨어. 이제 아우브도, 다른 귀족들도, 로제마인도, 빌프리트 님을 차기 아우브로 대접해도 불만은 없겠지.'

가끔 불쑥 성에 찾아와서 빌프리트 님의 상태를 보고 가는 로제마인은 "아직 노력이 부족해요." "과제를 조금 해냈다고 정신이 해이해진 것 아닌가요?" "측근들이 너무 오냐오냐한다고 생각해요."라며 측근들을 자르고, 주변 상황은 무시하고 "빌프리트 오라버님, 고작 그 정도예요?"라며 자존심을 자극했다. 비록 플로렌치아 님께 허락을 받았다지만, 잔소리가 심한 로제마인의 모습에 혹시나 측근에서 잘린 귀족들의 반감을 살까 조마조마했다.

'코르넬리우스에게 주의를 줬다가 쓸데없는 참견이라고 핀잔을 들었지.'

"오늘 같은 날은 빌프리트 님을 듬뿍 칭찬해 드리더라도 로제마인이 불평하지는 않겠지?"

"그럼요, 램프레히트. 물론 앞으로도 계속 노력이 필요하시겠지만,

리카르다도 눈에 불을 켜고 화내지는 않겠지요."

내가 오즈발트와 마주 보며 키득키득 웃을 때 연주를 끝낸 빌프리트 님이 전속 악사와 함께 단상에서 내려왔다.

"빌프리트 님, 축하드립니다. 성공적인 무대였습니다. 단상에서도 당당하신 모습에 제 가슴도 뜨거워지더군요. 램프레히트도 감동했답니다."

오즈발트를 비롯한 측근들이 제각기 칭찬하며 자랑스러운 마음을 털어놓았다. 자신의 측근들에게 둘러싸인 빌프리트 님은 목소리를 죽여서 넌지시 질문했다.

"살짝 음이 틀렸는데 정말 성공한 걸까?"

"아우브 부부께서도 자랑스러운 표정이셨습니다. 빌프리트 님은 대단히 노력하셨습니다."

시종인 린하르트의 말에 빌프리트 님은 인정받아 무척 기쁜 듯 조금 쑥스럽게 웃었다. 자신의 노력으로 이겨낸 성취감에 찬 미소는 베로니카 님의 품속에서 응석을 부리던 무렵에는 볼 수 없던 것이었다.

"앞으로도 빌프리트 님의 건투를 진심으로 빕니다."

"음. 나도 영주의 아들로서 앞으로도 노력하고자 한다."

측근들은 가슴을 펴고 당당하게 데뷔 무대를 마친 주인을 자랑스럽게 바라보며 자신들의 자리가 보장된 사실에 안도했다. 하지만 그 직후, 측근들의 안도감은 바로 내 여동생에 의해 산산조각이 나게 된다.

"로제마인."

이름이 호명되자 밤하늘 같은 짙은 남색 머리에 희귀한 꽃장식을 단 여자아이가 느긋하고 우아한 걸음으로 단상을 올라가 가운데에 놓인 의자에 앉았다. 나의 여동생이며 영주의 양녀가 된 로제마인이다.

아우브가 직접 "영주의 양녀로서 적합한 마력이 있으며 고아들을 구한 자비로운 마음씨, 새로운 산업을 추진하는 우수한 아이로 에렌 페스트의 성녀다." 라며 귀족들을 향해 소개했지만, 다른 소개 방법이 없었던 걸까. 귀족들 사이에서는 의심하는 분위기가 풍겼고, '에렌페 스트의 성녀'라는 간판을 짊어지고 살아가야 하는 로제마인 본인에게 도 무거운 짐만 될 뿐이다.

하지만 로제마인은 당황한 기색도 없었다. 오히려 당연한 소개였다 는 듯이 고운 미소를 띠었다. 지금껏 신전에서 봐 왔던 내 눈에는 내 심 당황한 모습이 보였지만, 얼굴에는 드러나지 않았다.

에크하르트 형님은 "페르디난드 님께서 교육한 로제마인과 베로니 카 님께 어리광을 부리며 자란 아이를 비교해 봤자 의미가 있겠어?" 라고 말했다. 그만큼 로제마인은 교육을 잘 받은 아이였다. 계속해서 과제를 달성하는 빌프리트 님을 칭찬하는 내게 "너무 오냐오냐하세 요."라며 주의를 주는 로제마인의 모습을 보면 대체 어떤 교육을 받았 는지 불쌍해질 정도다.

띠링 하고 높은음이 울려 퍼졌다.

로제마인이 악사에게 건네받은 페슈필을 연주하기 시작했다. 어린 손으로 튕기는 그 곡은 지금까지 아이들이 연주한 곡보다 월등히 어 렵고 아름다운 멜로디였다. 하지만 새로운 곡인지 로제마인의 연습 때에는 들은 적이 없었다. 연주에 맞춰 로제마인의 어린 노랫소리가 더해졌다.

"호오. 대단하군. 귀족원에서 주는 과제보다 더 어려운 곡이야."

"듣던 대로 매우 우수한 아이임에는 틀림없나 보군."

'힘내. 로제마인.'

빌프리트 님에게, 그리고 내게도 성장할 기회를 준 여동생의 무대다. 호위 기사가 된 코르넬리우스보다는 만날 기회가 적지만, 나는 로제마인에게 애정을 느꼈다.

하지만 페슈필 실력도 훌륭한 내 여동생을 여유롭게 바라본 건 단 몇 분뿐이었다.

'뭐지?'

갑자기 로제마인의 손이 파랗게 빛났다. 세례식 때 아버님에게 받은 반지가 빛나는 듯했다. 첫인사에서 축복을 내릴 때 외에는 거의 쓰지 않는 반지가 왜 빛나는 걸까. 대답은 단 하나였다. 로제마인이 축복을 내렸기 때문이다.

페슈필을 튕기는 한 음마다 반지에서 파란 축복의 빛이 넘치며 큰 강당에 퍼졌다. 이렇게 대규모로 축복의 빛을 본 일은 로제마인의 세례식 이후로 처음이다. 2백 명이 넘는 내빈들을 향해 축복을 보낸 그날도 놀랐지만, 오늘은 에렌페스트의 모든 귀족이 모인 자리다.

'왜 저런 짓을?'

감탄과 함께 가슴에 용솟음치는 감정이 있다. 불안감이었다. 훌륭하다는 생각보다 불안한 예감에 심장이 빠르게 뛰었다.

"세례식 때도 굉장했는데, 이번엔 화려하네."

파란 축복의 빛을 올려다보며 감탄하듯 내뱉은 사람은 빌프리트 님이었다. 하지만 빌프리트 님의 측근들은 감탄할 겨를이 없었다. 데뷔 무대에 성공하면 빌프리트 님이 차기 아우브로 인정받는 게 아니었나, 이래서는 완전히 로제마인의 들러리가 아닌가, 라는 초조함과 짜증이 엿보였다.

세례식 때는 세 보호자가 모든 내빈에게 축복을 돌려주라는 지시를 내렸고, 로제마인은 그 말대로 따랐다고 했다. 이번에도 강요당한 걸까. 조금이라도 로제마인보다 실력이 떨어져 보이지 않기 위해서 필사적으로 노력하신 빌프리트 님과 우리의 노력이 짓밟혔다는 느낌이 가시지 않았다.

'로제마인뿐만 아니라 빌프리트 님의 데뷔 무대이기도 한 자리에서 대체 뭘 시킨 겁니까!?'

나는 무심코 아우브와 아버님과 페르디난드 님을 째려보았다. 시선 끝에서는 아우브 부부도, 나의 부모님도, 형님과 동생도 눈을 크게 뜨고 파란 축복의 빛을 바라보고 있었다. 아무래도 처음부터 정해진 일이 아니라 돌발적으로 일어난 예상 밖의 상황인 모양이다.

'대체 무슨 짓이야, 로제마인!?'

그만두라고 소리치고 싶은 충동을 억제하면서 파란 빛을 바라보는 사이에 로제마인의 연주가 끝났다. 귀족들도 대규모의 축복에 어떤 반응을 보여야 할지 모르는지, 드문드문한 박수만 일었다.

"에렌페스트에 은총을 내려 준 성녀에게 축복을!"

연주를 마치고 얼떨떨해하는 로제마인을 번쩍 안아 든 페르디난드 님이 기사단에 명령할 때처럼 우렁찬 소리를 질렀다. 어떤 반응을 보여야 하는지 난감하던 귀족들은 일제히 명령대로 슈타프를 꺼내 빛을 보냈다.

매우 담담한 페르디난드 님의 표정을 본 순간 이 대규모 축복을 독단적으로 로제마인에게 명령한 줄로 의심했다. 하지만 로제마인에게 손을 흔들게 하고 재빨리 대강당을 빠져나가는 모습을 보아 페르디난드 님에게도 예상 밖의 일이었음을 깨달았다.

로제마인이 퇴장하고, 술렁이는 귀족들을 진정시키고자 아우브가 단상 중앙에 섰다.

"마력이 풍부하고 신들의 사랑을 받는 아이임을 인정하겠지. 로제마인은 새로운 산업을 에렌페스트에 도입할 에렌페스트의 성녀다."

상황을 무마하기 위해서라지만 아우브가 거듭 말함으로써 귀족들 사이에서 '에렌페스트의 성녀'라는 거창한 호칭이 '허풍'에서 '확신'으로 바뀌어 가는 것이 뚜렷하게 보였다.

"훌륭하도다! 역시 내 손녀다!"

"보니파티우스 님의 말씀대로군요. 라이제강의 피를 이은 영주 후보생이 탄생하다니 참으로 기쁜 일이 아닐 수 없습니다. 일족 전체가 밀어 드려야 합니다."

로제마인의 축복은 모든 보호자에게 생각지도 못한 일이었던 모양이다. 하지만 이곳에 모인 귀족들은 그렇게 생각하지 않으리라. 오랜 세월을 베로니카 님에게 냉대받았던 라이제강 계통 귀족들은 자신들이 섬길 영주 후보생이라며 로제마인을 극구 칭찬했다. 어머님과 에크하르트 형님은 "로제마인 님은 아우브 자리를 원하지 않습니다."라며 부정했지만, 라이제강 계통 귀족들은 그 말을 받아들이지 않는 듯했다.

"오늘은 새로운 요리를 가득 준비해 뒀다. 기대한 자도 많겠지. 앞으로 에렌페스트의 큰 무기가 될 요리를 마음껏 즐기기 바란다. 수여식은 점심 후에 열겠다."

아우브가 예정을 변경하여 점심시간을 앞당긴 의도로 보아 논의와 조정이 필요한 사태가 일어났음을 쉽게 상상할 수 있었다.

나는 보호자들을 향한 짜증이 사라지는 대신 주변 귀족들의 반응에 점차 불안이 커졌다. 아우브 에렌페스트와 아버님은 '로제마인을 차기 아우브로 삼을 생각은 없다'고 말씀하셨다. 하지만 베로니카 님이 실각하고, 지금까지 냉대를 받았던 라이제강 계통 귀족의 대두가 보이는 이 시기에 정말 빌프리트 님이 차기 아우브로 오르실 수 있을까.

누가 봐도 로제마인은 누구보다도 마력이 출중하게 많고, 행동거지와 교육 수준으로 영주의 양녀가 되기에 걸맞은 인물임을 보여 주었다. 로제마인 본인의 의사와 관계없이 차기 아우브로서 받들어지게 될 미래가 눈앞에 아른거렸다.

측근들도 모두 똑같은 생각을 품은 듯하다. 복잡한 표정으로 서로 얼굴을 마주 보았다. 그런 가운데 점심을 먹으러 식당으로 이동하던 빌프리트 님이 해맑게 웃었다.

"데뷔 무대가 성공해서 안심했더니 배가 고프네. 점심시간이 앞당겨져서 다행이다. 오늘은 로제마인이 고안한 새로운 요리가 잔뜩 나온다던데 램프레히트도 좋아하지?"

빌프리트 님의 말에 온몸에 힘이 빠졌다. 그렇다. 데뷔 무대는 성공했다. 후계자 자리도 지켰다. 오늘은 그것만을 기뻐하고, 앞으로 어떻게 빌프리트 님을 도와 아우브 자리에 앉힐지 고민하자.

"로제마인의 요리는 참 맛있지요. 저도 기대됩니다."

점심 중에 측근들 사이에서는 하나의 명령이 오갔다. '연회 동안 정보를 수집하라'고.

연회 동안 정보를 수집한 측근들은 빌프리트 님이 잠자리에 든 후에 앞일을 의논했다. 지금까지 남아 있는 빌프리트 님의 측근 중에는 내가 유일한 라이제강 계통 귀족이며 로제마인의 친오빠다. 부모에게 로제마인의 행보를 묻고, 라이제강의 움직임에 관한 정보를 입수하는 역할을 할 수 있는 사람은 나뿐이다.

불침번을 빌프리트 님의 방에 남기고, 그 외의 시종들이 빠짐없이 오즈발트의 방에 모였다. 어두운 침묵 속에서 말문을 연 사람은 오즈발트였다.

"다행히 제명은 면하셨다. 그럼 앞으로는 아우브의 말을 믿고 나아갈 수밖에."

"그래. 빌프리트 님을 차기 아우브 자리에 앉히려면 우리는 따를 수밖에 없어."

"라이제강 계통의 귀족은 로제마인 님을 차기 아우브로 세우자고 난리야. 빌프리트 님이라면 베로니카파의 귀족을 끌어들일 수 있지 않을까?"

"그렇지. 베로니카파의 귀족들은 빌프리트 님을 지지할 거야. 라이제강 계통 귀족보다 수적으로도 우세하니까 든든한 아군이 될 거야."

다양한 의견이 나왔다. 하지만 빌프리트 님의 측근 대부분은 원래 베로니카 님이 모은 자들이라 아무래도 베로니카 님이 계시던 무렵과 비슷한 느낌으로 의견이 흘러 갔다. 나도 모르게 그들을 저지했다.

"잠깐만. 그런 억측은 위험해."

"무슨 말이야, 램프레히트?"

"지금은 베로니카 님과 그 측근들이 유폐된 것만으로 끝났지만, 주변 귀족들이 어떤 처우를 받을지 아직 명확해지지 않은 상황이야. 성급히 구 베로니카 파벌 귀족을 끌어들인다 한들 지금은 빌프리트 님의 지지층을 두껍게 하진 못해. 당분간은 신중하게 귀족들 사이의 거리를 재고, 중립파부터 끌어들여야 하지 않을까?"

오즈발트가 조금 고민하더니 내 의견에 동의해 주었다.

"램프레히트의 말이 맞군요. 아우브께서 베로니카파의 귀족을 어떻게 처리하실 생각인지 확실해진 뒤라도 늦지 않습니다. 지금은 차기 아우브로서의 교육에 주력하고, 빌프리트 님께서 어린이 방에서 최대한 우수한 측근을 얻으시도록 하는 게 가장 먼저겠지요."

어른의 사정은 좀 더 경향을 지켜보고 판단하기로 하고, 먼저 귀족원에서 곁을 보좌할 또래 아이부터 끌어들여야 한다고 오즈발트는 주장했다.

"내년에는 샤를로테 님까지 세례를 받으시니 귀족원은 측근을 갖기 위한 세 사람의 쟁탈전이 될 겁니다. 로제마인 님은 올해 안에 최대한 여성 측근을 얻으려고 하시겠죠. 그러니 남성 측근은 빌프리트 님 쪽으로 모아야 합니다."

귀족원의 기숙사에 있는 개인 방은 원칙상 이성 출입금지다. 그래서 자연스럽게 동성 측근을 먼저 모으게 된다. 문관이나 기사는 이성이라도 문제없지만, 생활에 가장 밀접하게 관여하는 시종은 반드시 동성이어야 한다.

"어린이 방에서 빌프리트 님이 최대한 로제마인 님보다 부족해 보여서는 안 됩니다."

오즈발트의 의견에 나도 공감했다. 다만 아무리 생각해도 무리가 있었다. 후계자 후보에서 제명되어도 할 말 없는 빌프리트 님의 교육 계획을 세워 준 사람이 로제마인이다. 칭찬과 부추김으로 의욕을 끌어낸 것도, 칭찬에만 익숙하고 꾸중에 약했던 우리보다 로제마인이 훨씬 사람을 다루는 솜씨가 좋았다. 그 기세로 어린이 방을 쥐고 흔든다면 빌프리트 님은 한 발짝도 맞서지 못하리라.

"오즈발트가 하고 싶은 말도 이해는 가. 하지만 이건 오빠로서 좋게 봐서가 아니라, 빌프리트 님이 로제마인보다 부족해 보이는 데는 방법이 없어. 어린이 방에는 그 페슈필 연주를 듣고, 축복을 본 애들이 온다고."

측근들은 일제히 입을 굳게 닫았다. 말도 안 되는 억지였다는 사실은 자기들이 더 잘 알 터였다.

"그렇다고 두 손 놓고 있을 순 없잖습니까. 뭔가 좋은 생각이 있습니까? 이대로는 로제마인 님에게 차기 아우브 자리를 뺏길 겁니다."

"램프레히트는 로제마인 님의 친오빠가 아닙니까? 뭔가 약점을 알지 않나요?"

로제마인에게 차기 아우브 자리를 뺏기는 상황을 경계하여 적대적인 자세를 보이는 린하르트의 모습에 '그래, 그렇게 나와야지.' 라고 느끼면서 피식 웃었다. 지금까지처럼 차기 아우브는 빌프리트 님이 분명하다며 두 손 놓고 있던 쪽이 이상했다.

"딱히 로제마인과 적대할 필요는 없어. 로제마인에게 없는 점이라든지 빌프리트 님의 우수한 부분을 전면적으로 내세우면 충분해."

내 말에 측근들은 인상을 찌푸리며 "빌프리트 님이 더 우수한 부분이라면?" 하고 물었다. 아무래도 로제마인의 우수함에만 정신이 팔려 알아차리지 못한 모양이지만, 로제마인은 절대 아우브가 될 수 없다. 왜냐면 로제마인에게는 중대한 결점이 있기 때문이다.

"로제마인에게는 없고, 빌프리트 님에게 있는 것. 그것은 건강과 튼튼한 몸이다. 저택 내의 도서실에 가다가 흥분해서 의식을 잃고, 연회에 끝까지 남지 못하는 허약함은 로제마인이 아무리 우수하더라도 아우브가 되기엔 치명적이지 않겠어? 난 연회 동안 부모님과 페르디난드 님에게 얘기를 들었어. 보호자들은 로제마인이 아무리 우수해도 차기 아우브로 앉힐 생각은 없어. 차기 아우브의 보좌역으로 삼으려고 양녀로 들인 거야."

측근들은 술렁이면서 서로의 얼굴을 보았다. 그렇게 우수해도 아우브 후보가 될 수 없다는 사실에 안도도 낙담도 아닌 애매한 소리가 새어 나왔다. 물론 자신들이 모시는 빌프리트 님이 아우브가 되었으면 했다. 하지만 한편으로는 에렌페스트의 차기 아우브는 마력이 풍부한 인재여야 한다는 생각도 했다.

"로제마인 님의 후견인들이 그런 의견이라면 베로니카 님에게 대항하기 위해 플로렌치아 님에게 교육받은 샤를로테 님 쪽이 더 위협적인 존재가 될지도 모릅니다."

오즈발트의 말에 나는 눈을 크게 떴다. 전혀 하지 못한 생각이었다. 로제마인과 샤를로테 님이 여자 측근을 얻으려고 경쟁하게 되리라는 예상은 했지만, 샤를로테 님을 차기 아우브 후보로 보지 않았다.

"예전이었다면 베로니카 님이 절대 용서하지 않으셨을 테고, 여성 영주 후보생이라는 범위 내에서 보면 로제마인 님 쪽이 압도적으로 우위에 있습니다. 하지만 로제마인 님이 차기 아우브로 거론되지 않는다면 샤를로테 님이……."

"샤를로테 님은 여성 영주 후보생이야. 남성인 빌프리트 님이 훨씬 유리하지 않아?"

측근들은 모두 고개를 끄덕였다. 이대로 빌프리트 님이 영주 후보생으로서 계속 노력해 준다면 샤를로테 님이 성별의 우위를 뒤집기는 어렵다. 그 사실은 질베스타 님과 그 누님들의 관계에서도 명백했다. 즉, 성별의 우위를 거뜬히 뒤집어 버리는 로제마인의 존재감이 그만큼 강렬하다는 뜻이다.

"그럼 로제마인 님을 적대시할 게 아니라 협력하며 대처하도록 빌프리트 님을 지도합시다. 협력 체제를 쌓고, 언젠가 로제마인 님과 빌프리트 님이 혼인하시게 된다면 라이제강 계통 귀족을 쉽게 우리 편으로 끌어들일 수 있겠군요."

오즈발트가 주먹을 불끈 쥐었다. 그 주장에 반대하는 사람은 아무도 없었다. 로제마인이 라이제강 계통 귀족을 모으고, 빌프리트 님께서는 베로니카 님이 쌓은 정치 기반을 그대로 이어받는다면 가장 이상적인 전개가 아닐까.

'허약한 로제마인을 차기 아우브에 앉히는 것보다 현실적이야. 차기 아우브를 조력하기 위해 로제마인을 양녀로 들였다면 아버님과 아우브는 두 사람의 결혼을 시야에 두고 있을 거야.'

다음 날부터는 어린이 방에 가야 했다. 우리는 아침 식사 자리에서 빌프리트 님에게 어린이 방에서 해야 할 일을 설명했다. 데뷔 무대의 성공이 우선적이라 그 뒤의 행동에 관해서는 얘기할 여유가 지금까지 전혀 없었다.

"첫날에는 인사가 있다. 나는 의자에 앉아서 인사를 받아 주면 되는 거지? 그 뒤에는 어린이 방의 상황을 지켜보면서 측근을 고르면 된다, 맞지?"

"맞습니다. 측근은 오늘 당장 골라야 하는 건 아닙니다. 빌프리트 님께서 귀족원에 입학하게 되실 때까지 3년간 천천히 시간을 들여 고르십시오."

"귀족원에 입학하시면 겨울 동안 계속 함께 지내야 하는 측근입니다. 우수함도 물론 중요하지만, 자신과 감각이 맞는 사람이 아니면 서

로에게 상처만 주게 되지요."

섬길 마음이 없는 자를 측근으로 들이면 위험하다. 주인에게 위험을 초래할 가능성이 커지고, 시종 측은 해고되면 앞으로 출세가 막힌다. 자신과 감각이 맞는 자는 스스로 가려내는 방법밖에 없다.

"어린이 방을 통솔하는 기량이 부족하면 귀족들은 차기 아우브로서의 자질을 의심할지도 모릅니다. 로제마인 님과 협력해서 아이들을 통솔하십시오."

오즈발트의 말에 빌프리트 님이 살짝 불안한 표정을 지었다.

"그렇게 걱정하지 않으셔도 빌프리트 님은 몸을 움직이는 상황에서 적극적으로 움직이시면 문제없으십니다."

"허약한 로제마인 님에게는 어려운 부분이기도 하지요."

끊임없는 측근들의 조언을 들은 빌프리트 님은 뾰로통한 표정으로 팔짱을 끼고 고민했지만, 이내 "알겠다." 라고 수긍했다.

"하긴 로제마인은 걷기 연습이 필요할 정도이긴 해. 몸을 움직여야 할 때는 내가 솔선하도록 하지."

많은 학생이 모이는 어린이 방에서는 모두가 로제마인과 빌프리트의 언행에 주목한다. 첫인사를 하려고 모두 길게 줄을 섰고, 인사가 끝난 학생들은 입학 전인 아이들과 대화하는 모습이 보였다.

예년이라면 상급 귀족이 하급 귀족에게 으스대거나 갓 세례를 받은 아이들을 자기 파벌에 끌어넣으려고 혈안이 되는데, 이번에는 그런 모습이 없었다. 학생들은 자신의 우수함을 보이려고 어린아이들에게 귀족원의 상황을 알려주거나 자기가 배운 수업 내용을 살짝 과장된 목소리로 떠들면서 빌프리트 님과 로제마인의 표정을 살폈다. 평소에는 중급과 하급 귀족이 자신을 보호해 줄 상급 귀족을 발견하는 데 사용되는 시간이 상당히 평온하게 느껴졌다.

"올해는 학생들이 제법 얌전한데?"

"당연하지. 영주 후보생이 오잖아. 측근으로 발탁되는 게 출세의 지름길이니까. 측근으로 발탁되려면 그들이 어떤 성격이며 어떤 언행을 좋아하는지 조사부터 시작할 필요가 있어. 당분간은 얌전하겠지."

린하르트의 말이 맞았다. 확실히 영주 후보생 앞에서 갑자기 자신을 드러낼 순 없다. 특히 로제마인은 고아들에게도 자비를 베풀었다고 알려져 있다. 권력을 등에 업은 횡포는 주의하는 편이 좋다고 판단한 모양이다. 베로니카 님이 실각한 지 1년도 지나지 않은 탓도 있고, 어른의 파벌 내에 역학관계가 정리되지 않은 탓도 있으리라. 파벌 싸움도 큰 진전은 없어 보였다.

나는 방 안에 있는 아이들을 둘러보면서 빌프리트 님과 같은 시기에 귀족원에 가게 될 자를 가만히 지켜보았다. 오즈발트는 내게 최대한 라이제강 계통 귀족들을 우리 편으로 끌어들일 수 있는 다리 역할을 부탁한다고 했다.

'귀족원에서 성적이 나오면 알렉시스와 하르트무트 쪽에 말을 걸어 볼까? 아니지, 코르넬리우스라면 먼저 귀족원에서 로제마인의 측근 후보들에게 이야기를 건넬지도 몰라.'

허약한 여동생을 주인으로 두고 심하게 과보호한다고 소문난 코르넬리우스라면 로제마인의 측근 후보도 이미 검토했으리라. 귀족원 재학 중에 코르넬리우스가 미리 후보를 떠보기라도 하면 나중에 우리 쪽에서 말을 걸어도 소용이 없어진다.

코르넬리우스가 귀족원에 가기 전날, 집으로 돌아온 나는 귀족원에 갈 채비 중인 동생에게 물어보았다.

"코르넬리우스, 로제마인의 측근으로 고민하는 사람은 없냐?"

하지만 과보호로 소문난 코르넬리우스는 고개만 갸웃거렸다.

"딱히 고민하고 있진 않아요. 신전에 드나들고, 영주의 양녀이면서 보호자들이 차기 아우브로 삼지 않겠다고 단정해서 위치가 애매하니까요. 로제마인에게 푹 빠진 사람이거나 어지간한 사정이 있는 사람이 아니면 측근은 어렵겠지요."

코르넬리우스 자신은 적극적으로 로제마인의 측근을 타진해 볼 생각이 없는 듯하다. 빌프리트 님을 위해 측근 후보에게 이야기를 건네려던 내가 더 주인을 과보호했다는 생각이 들었다. 그때 코르넬리우스가 조금 망설이더니 입을 열었다.

"아버님과 어머님도 단단히 쐐기를 박으셨어요……."

놀랍게도 코르넬리우스는 앞으로도 측근으로서 꼭 붙어서 자기가 추천한 측근과 주인을 엮어 줄 생각이 없다면 로제마인의 측근 고르기에 참견하지 말라며 부모님에게 혼이 났다고 한다.

"코르넬리우스, 호위 기사를 그만둘 생각이었냐?"

"로제마인이 스스로 측근을 고르게 되면 그만둬도 좋다는 조건으로 호위 기사가 된 거예요. 사실 아직 계속 로제마인의 측근을 해야 할지 말지 못 정하고 있어요. 로제마인이 곤란한 주인은 아니지만……."

코르넬리우스가 고민을 토로했다.

"다무엘은 처벌과 속죄를 위해, 브리기테는 고향인 일크너를 위해 로제마인을 섬기고 있습니다. 안게리카는 기사단장이 의사를 물어서 거절을 생각할 겨를도 없었다고 합니다. 하지만 전 아직 제가 한 사람의 주인을 섬기고 싶은지 모르겠어요."

　로제마인을 계속 주인으로 섬기는 것도 나쁘지 않지만, 그럴 만한 충분한 이유가 없다. 나 역시 비슷한 고민을 하던 시기가 있었기에 코르넬리우스의 초조함이 이해가 갔다.

　'그런 상태에서 로제마인의 측근 후보를 고르고 있을 때는 아니겠군.'

　"램프레히트 형님은 왜 빌프리트 님을 계속 모시기로 한 겁니까? 도망칠 수도 있었을 텐데……."

　빌프리트 님의 시종이 잇따라 그만두는 가운데 오즈발트는 내게 그만둬도 좋다고 말했다. 어머님을 압박하던 베로니카 님이 실각하셨고, 친여동생인 로제마인이 영주의 양녀가 됐으니 이제 내가 빌프리트 님의 측근으로 있을 필요가 없다며.

　나는 심각하게 고민하는 표정을 짓는 코르넬리우스를 내려다보았다. 어머님과 얘기했을 때 자신도 이런 표정을 지었을까.

　"굳이 대답하자면 빌프리트 님에게 내가 필요하다고 느꼈기 때문이야. 그리고 빌프리트 님의 측근으로 만족스럽게 일하지 못한 채 다른 사람을 모실 생각이 없었어. 함께 성장할 수 있다고 믿었다. ……하지만 이런 문제에 명확한 답은 없어. 스스로 답을 낼 수밖에 없는 거야."

　코르넬리우스의 머리를 토닥이며 그렇게 말하자, 코르넬리우스는 뭐라 말할 수 없는 표정으로 나를 올려다보았다.

　"스스로 일을 만족스럽게 못 해서……? 그런 이유로 빌프리트 님을 주인으로 선택했다고요? 에크하르트 형님과 전혀 다른데……."

"에크하르트 형님은 특수한 편이야. 참고로 하면 안 돼. 그 기준으로는 평생 모실 주인이 없을 거다."

세상의 중심이 자신의 주인으로 인해 돌아가는 에크하르트 형님과 비교하자 나는 조금 먼 곳을 바라보았다. 주인에게 심취한 나머지 해임을 당하고서도 마음속으로 유일한 주인으로 정한 한 사람만 모시는 그런 사람은 드물다. 보통은 정세에 따라 모시는 주인을 바꾸는 사람이 대부분이다.

"기사단장으로서 아우브를 모시는 아버님, 목숨을 바쳐도 페르디난드 님만을 모시겠다는 에크하르트 형님을 보고 자라면 누구나 기준이 이상해지겠지. 하지만 처음부터 깊은 충성심을 요구하진 않아. 무슨 일이 일어나도 변하지 않을 충성심을 얻느냐, 아니냐는 주인 쪽에도 책임이 있거든."

"에크하르트 형님이 특수했던 거군요……. 제 주인을 고른다면 그만큼 강한 마음이 필요하다고 생각했었는데, 램프레히트 형님의 말을 듣고 조금 안심했습니다. 제 나름의 이유를 찾고, 조금 더 고민해 보겠습니다."

코르넬리우스가 속 시원한 표정으로 그렇게 말하며 등을 돌렸다. 로제마인을 계속 모시기 위해 이유를 찾는 시점에서 이미 코르넬리우스의 마음은 결정된 것이나 마찬가지지만 딱히 지적은 하지 않기로 했다.

귀족원에 갈 학생들이 모두 떠나면 어린이 방에는 앞으로 겨울을 함께 보낼 아이들만 남는다. 그렇게 된 순간, 로제마인이 카루타를 꺼내어 "다 함께 놀아요." 라고 제안했다. 얼른 학년별로 나누고, 경험자인 자신들은 가장 위의 학년과 섞여서 카루타를 시작했다. 두 사람의 압승이었다.

"린하르트, 램프레히트! 나보다 연상이지만 로제마인이 아닌 사람한테 이겼어."

빌프리트 님은 자신감을 회복했지만, 아마 연상인 아이들은 부모가 '접대'하라고 시켰을 터였다. 패배한 상대방은 전혀 분해하지도 않고, 기뻐하는 빌프리트 님을 상냥한 눈빛으로 바라보았다. 한눈에 일부러 져 줬음을 알 수 있었다. 로제마인도 그렇게 느꼈는지 살짝 불만스러운 표정을 지은 뒤, 입꼬리를 올려 싱긋 웃으면서 아이들을 둘러보았다.

"당분간은 경험자인 우리가 강하겠지만, 겨울 동안 한 번이라도 우리를 이기지 못한 사람에겐 도무지 측근을 맡길 수가 없겠네요, 그렇죠, 빌프리트 오라버니?"

"응?"

빌프리트 님은 무슨 말인지 모르겠다는 듯이 고개를 갸웃거렸지만, 주변 아이들은 로제마인의 말을 듣고 일제히 표정이 굳어졌다.

"다음 대결을 기대할게요. 내일부터는 가장 우수했던 사람에게 과자를 선물하겠어요."

접대 따위 시킬 생각이 없는 것이다. 로제마인은 그러기 위해 전속을 시켜서 만든 과자를 꺼내 들었다. 평소에는 자신의 차례가 올 때까지 기다려야 하는 과자가 그대로 자신들의 것이 되는 셈이다. 중급과 하급 아이들은 이글거리는 눈빛으로 카루타를 노려보았다.

중급과 하급 귀족 아이들이 진지해지면 상급 귀족도 느긋하게 접대나 할 때가 아니다. 상급 귀족이 중급과 하급에게 지면 능력을 의심받게 되기 때문이다. 고작 하루 만에 로제마인은 아이들을 진지하게 만들었다.

"훌륭하네……."

린하르트의 중얼거림에 나는 고개를 끄덕였다. 사람 다루는 솜씨가 너무 뛰어나서 멍하니 보고 있을 수밖에 없었다. 도무지 어린이 방 안에서 가장 어려 보이는 자의 언행으로 보기 어려웠다.

카루타나 트럼프로 의욕을 부채질하고, 영주 후보생과 함께하는 시간에는 모리츠 선생과 개개인에 맞춘 학습을 했다. 빌프리트 님의 옆에서 지켜보기만 해도 아이들은 눈에 띄게 성장했다.

모두가 모리츠 선생에게 배우며 공부하는 동안 로제마인은 혼자만 성의 도서실에서 빌려온 어렵고 두꺼운 책을 조용히 읽거나, 새로운 책으로 만들 이야기를 썼다. 이미 귀족원에 입학해도 문제없을 정도로 페르디난드에게 교육받았는지 다른 아이들과 똑같은 공부를 할 필요가 없어 보였다.

로제마인은 필린느에게 이야기를 듣고 받아쓰기를 시켰고, 그림책 낭독을 시키거나 가끔 카루타 대결에서 완승해서 빌프리트 님을 자극했다. 누가 봐도 교육을 받는 자가 아니라 모리츠와 함께 교육자의 위치에서 움직이는 듯했다.

'빌프리트 님이 부족하고 아니고 이전의 문제였네. 로제마인은 혼자 차원이 달라.'

하지만 차원이 너무 달라서인지, 아니면 허약해서 두꺼운 책만 읽어서인지, 활발한 남자아이는 로제마인에게 어떻게 다가가야 할지 몰라 멀리서 바라볼 뿐이었다. 그런 남자아이들은 빌프리트 님이 잘 이끌었다.

"이 기회에 실력을 갈고닦아서 반드시 로제마인을 이기자!"

로제마인이 봉납식 때문에 신전에 돌아가자, 빌프리트 님은 어떻게 해야 로제마인을 이길지 작전 회의를 시작했다. 로제마인이 자리를 비우자 남자아이들은 활발해졌고, 얌전한 여자아이들은 카루타와 트럼프에 참가하지 않게 되었다. 빌프리트 님과 거리를 두고 상황을 엿보았다. 로제마인도 빌프리트 님도 동성과 더 친해지는 경향이 있는 듯하다. 측근 후보 쟁탈전을 고려하면 공존할 수 있어서 균형이 잡힌 셈이지만, 여자아이들은 조금 거북스러워하는 듯했다. 역시 빌프리트 님과 로제마인 두 사람이 필요한 모양이다.

"강한 로제마인 님을 어떻게 하면 이길까요…….."

중립파인 이그나츠, 라이제강 계통의 트라우고트, 구 베로니카파의 이시도르, 라우렌츠, 로데리히 등 빌프리트 님의 주변에는 파벌을 뛰어넘은 학우들이 모였다. 서로 머리를 맞대고 작전 회의를 하는 모습이 매우 흐뭇했다. 이미 접대 분위기는 사라지고, 포상인 과자를 거머쥐기 위해서라면 빌프리트 님을 이기는 것도 망설이지 않을 동료가 되어 있었다.

썩 괜찮은 분위기였다. 아이들을 이끄는 빌프리트 님의 모습을 보니 장래에 귀족들을 통솔하는 모습이 아른거렸다.

'이그나츠와 트라우고트는 최대한 측근으로 끌어들여야 해.'

빌프리트 님의 측근으로서 할 수 있는 일이라면 최선을 다할 것이다. 그렇게 생각하면서 나는 학우들과 눈을 반짝이며 대화하는 빌프리트 님을 바라보았다.

신
전
장
의

전
속

"……그리하여 핫세에 새로 지은 작은 신전의 내부 공사와 가구는 목공 협회의 책임 아래 업무를 지시하라는 명령이 떨어졌다. 최대한 빨리, 한 달에서 두 달 안에 완성하라는 새로운 신전장님의 주문이다. 대리인은 상업 길드의 구스타프 길드장과 길베르타 상회의 벤노 두 사람이다. 보다시피 기간이 짧으니까 금액은 크게 상관하지 않겠다고 한다. 건축 협회에도 말을 건 것 같지만, 가구나 내부 공사에서 이쪽이 질 수는 없지. 각자 전력을 다해 임무를 다하도록."

마을 내의 모든 목공방 주인들이 모인 목공 협회 회의에서 관계자가 이렇게 말했다. 의욕을 보인 주인장들이 "좋았어!" 하고 힘차게 대답하며 일어나는 가운데 나는 혼자서 넋을 잃었다.

'잠깐만 있어 봐. 이건 또 뭔 소리야?'

핫세에 작은 신전을 새로 지었다는 얘기도, 그런 대규모 일거리를 목공 협회에 의뢰하겠다는 얘기도, 신전장의 전속인 내 귀엔 처음 듣는 얘기였다. 원래라면 신전장이 전속에게 의뢰해서 전속이 협회에 얘기를 꺼내야 한다. 어느 공방에 어떤 업무를 내릴지, 예산은 얼마나 되는 업무인지 고민하면서 전속과 협회가 함께 지휘한다. 그런데 나는 공사가 있을 것이라는 사실조차 듣지 못했다. 심지어 대리인으로 길드장과 벤노의 이름은 공표하면서도 전속 목공 장인인 내 이름은 호명되지 않았다.

'내가 신전장의 전속 아니었어?'

신전장은 길베르타 상회의 전속 공방 주인장인 도스탈에게 소개받고부터 몇 번인가 의뢰를 주었다. 인쇄기를 만들어 달라는 말도 있었고, 고아원의 겨울 수작업 준비도 우리 공방에 주문했다. 소개해 준 길베르타 상회도 신전장이 납품된 물건의 질에 만족한다고 했었고,

도스탈 주인장은 "신전장이 될 아기씨인 줄 알았다면 너한테 맡기지 말 걸 그랬어." 라며 몇 번이나 후회할 정도여서 나는 내가 신전장의 전속이 된 줄로만 알았다.

'아니었어? 아니면 뭔가 불만이 있어서 전속에서 잘렸나?'

냉수를 뒤집어쓰기라도 한 것처럼 몸속이 차갑게 식어 갔다. 손끝이 덜덜 떨렸다. 인고 공방은 목공 협회 안에서 가장 신생 공방이다. 영주의 양녀가 된 신전장의 전속이냐 아니냐로 협회 내의 입지가 크게 달라진다. 전속에서 잘렸다면 공방은 상당히 어두운 미래를 걷게 되는 셈이다.

"어이, 인고. 너희 공방이 맡을 일 말인데……."

협회 관계자가 말을 걸자 나는 느그적 느그적 자리에서 일어나 맡을 업무를 들으러 갔다. 새로운 작은 신전의 창틀을 만들라는 말을 들은 나는 고개를 끄덕여 승낙하고 목공 협회를 나왔다.

하늘은 맑고, 태양은 눈부셨다. 피부를 태우는 뜨거운 여름 햇살이 내리쬐었다. 목공 협회를 나오자 큰일을 맡게 되어 흥분한 공방 주인장들이 있었다. 도스탈 주인장이 나를 발견하고 손을 흔들며 다가왔다. 덥석 어깨동무하며 내 몸을 끌어당기더니 작은 목소리로 물었다.

"인고, 대리인에 네 이름도 없고, 지휘를 맡은 것도 아닌 것 같던데 정말 신전장의 전속 맞냐?"

가슴속에 소용돌이치는 불안을 그대로 지적당한 나는 딱 잘라 '당연하지, 바보 같은 질문은 하지 마.' 라고 되받아칠 수 없었다. 우물쭈물한 태도를 대답으로 이해해 버린 모양이다. 도스탈 주인장이 의미심장하게 웃었다.

"……그랬군. 그럼 이번 의뢰가 기회겠어."

큰일이다, 라고 생각했을 땐 이미 늦었다. 주인장들은 도스탈 주인장의 눈짓만으로 '인고 공방이 신전장을 만족시키지 못해 전속에서 잘렸다'고 인식한 모양이다. 그 무리들이 하나같이 신전장의 전속 자리를 노리기 시작했음을 느껴 버렸다.

"급하게 대규모 공사를 시작하게 됐어."

나는 공방에 돌아와 장인들에게 새로운 신전 업무를 설명했다. 신전장이 의뢰한 대규모 공사라는 말에 두 명의 다프라가 "해냈다!" 라며 기쁨의 환성을 질렀다. 우리 공방이 약진했다고 믿는 두 사람의 웃음에 나는 괴로운 기분을 꾹 참으며 가볍게 손을 들었다.

"리누스, 디모. 이건 기뻐할 일이 아니야. 목공 협회에 들어온 의뢰지, 신전장님은 내게 사전 말씀도 없으셨을 뿐더러 신전장 대리인으로 지명하지도 않았어. ……어쩌면 우리 공방을 전속에서 잘랐는지도 몰라."

내 말에 두 사람은 눈을 크게 뜨고 입을 다물었다. 하지만 내 아내인 아니카는 내 말을 웃어넘겼다.

"어두운 표정 지을 것 없어. 신전장님한테 직접 잘렸다고 들은 건 아니잖아?"

"그건 그렇지만 신전장님께 우리 공방을 어떻게 생각하는지 물어볼 기회나 연줄도 없어. 갑자기 잘라도 우리가 알 턱이 없잖아."

아니카의 말대로 완전히 정해진 사항도 아니고, 만약 신전장이 평민이었다면 직접 방문해 볼 수도 있다. 본인에게 직접 확인하는 방법이 가장 확실하겠지만, 신전장은 우리 같은 장인이 그렇게 쉽게 만날 수 있는 상대가 아니었다.

"걱정도 참. 지금껏 의뢰도 많이 받았으니까 그렇게 걱정하지 않아도 돼. 다음 의뢰로 전속으로 인식하는지 아닌지 금방 알 수 있어. 그러니까 지금은 이번에 맡은 일을 확실히 해내는 게 가장 중요해. 신전장의 전속이라고 당당하게 말할 만큼 다른 공방에 지지 않는 실력을 보여줘야지."

굳이 말하자면 아담한 체격인 아니카가 내 등을 세차게 두드리면서 웃음을 섞어 말했다. 아니카의 체격과 어울리지 않은 기세와 활기가 넘치고 쾌활한 웃음에 조금 기분이 밝아졌다.

"너무 낙천적인 거 아냐?"

"그래? 전속이여도 설렁설렁 했다간 잘리는 법이야. 우리가 할 일은 주어진 임무를 꼼꼼하고 정성스럽게 완수해서 고객을 만족시키는 거잖아?"

회색 눈동자가 나를 지긋이 응시했다. 불안함을 꾹 참고 어떻게든 내게 힘을 북돋아 주려는 아니카의 마음이 느껴졌다. 아니카와 다프라들 앞에서 풀이 죽어 있을 순 없다. 나는 등을 꼿꼿이 세워 몸을 쭉 뻗었다.

"당신 말이 맞아. 고민해 봤자 아무것도 안 바뀌지. ……우리 공방은 새 신전에 묵으면서 작업을 하게 됐어. 내일은 상업 길드에서 묵으면서 작업할 공방에 설명회가 있으니까 다녀올게."

목공 협회가 아니라 상업 길드에서 설명회를 여는 이유는 상업 길드장이 신전장의 대리인으로서 착수금을 지급하기 위해 목공방뿐만 아니라 건축 공방의 주인장들까지 모았기 때문이다.

나는 상업 길드의 2층에 모인 낯선 얼굴들을 둘러보았다. 길드장은 몇몇 공방 주인장을 모아 놓고 핫세의 작은 신전에 교대로 묵으면서 작업해 줬으면 한다는 말을 전했다. 아내든 딸이든 하인을 고용하든 가사를 도울 여성도 데려갈 필요가 있다고 한다. 새 신전에는 장인들이 묵을 방만큼은 충분하지만, 처음부터 문이나 창틀은 각자 달고, 이불 같은 일용품도 가져가야 하는 듯했다.

'그렇단 말은 문과 창틀을 공방에서 만들어서 가져가지 않으면 묵지도 못한다는 말이잖아? 서둘러 만들지 않으면 현장에 가지도 못하겠어.'

"작은 신전까지 짐마차로 생활용품을 옮기면 되네. 그리고 주인장이 오랫동안 공방을 비우면 부담스러울 테니, 공방별로 교대로 묵도록 하게. 오늘 모인 사람들은 제일 먼저 출발할 공방일세. 각 협회에서 작업이 빠른 공방을 선별해 주더군. 부담이 크겠지만 잘 부탁하네. 당연한 얘기지만 업무량과 작업의 질에 따라 보수는 달라질 걸세."

길드장이 "자네들은 서둘러 출발해야 하니 착수금을 미리 지불하겠네."라고 말하며 소금화를 슬쩍 비치자 주인장들이 씩 웃었다.

"귀족님이 세운 하얀 건물은 문과 창 크기가 정해져 있으니까 작업은 빨리 끝나. 핫세와 여기서 마음껏 만들자고."

식료품은 오트마르 상회가 몇몇 식료품점에 분담해서 신전까지 팔러 간다고 한다. 핫세와 주변 농민들의 식료품도 사들이라며 생활면에서도 주의를 들었다.

"잉고, 자네는 남아 주게."

설명이 끝난 뒤, 주인장들이 돌아갈 때 길베르타 상회의 벤노가 나를 불러 세웠다. 주인장들의 사정을 살피는 듯한 의미심장한 시선을 받으면서 벤노에게로 갔다.

"인고, 자네는 로제마인 님의 전속이니까 처음부터 끝까지 작은 신전에 머물면서 작업을 해줘야 해. 그러니 준비 단단히 해둬."

어디에 어느 공방 물건을 배치할지 현장에서 지시할 역할이 필요한 듯했다. 그 역할을 내게 맡기겠다고 한다. 벤노도 우리 공방을 전속으로 생각한다는 사실에 안도하면서도 나는 "……이봐, 벤노 주인장, 내가 정말 신전장의 전속 맞아?" 라고 물었다. 명확한 대답을 듣고 싶었건만, 벤노는 애매하게 고개를 갸웃거릴 뿐이었다.

"구텐베르크 쪽에는 들어가 있으면서 전속이라는 말은 못 들었나? 그럼 도스탈 공방 녀석들한테 잔뜩 불평을 들은 나만 손해 봤군."

"그런 일이야 어찌 됐든 좋아. 내가 전속이라면 왜 나한텐 알리지 않았지? 이런 대규모 공사라면 꽤 오래전부터 얘기가 나왔을 거 아냐?"

납기 기간이 한 달에서 두 달 사이로 짧고, 마을 내의 목공방과 건축 공방이 총출동하는 공사다. 사전에 결정되지 않고서는 도무지 전체를 움직일 규모가 아니다. 그런 내 말을 듣던 벤노는 인상을 찌푸리며 고개를 저었고, 손가락 세 개를 세웠다.

"아니, 사흘 전에 결정됐어."

"뭐!?"

벤노는 간단하게 사정을 설명해 주었다. 신전장, 길베르타 상회, 오트마르 상회가 함께 투자한 이탈리안 레스토랑이 완성되어 개점 전에 영주님을 초대해서 시식회를 열었다고 한다. 그 자리에서 이 마을 외에도 고아원을 세워서 공방을 늘리고 싶다는 제안이 나왔다고 한다.

"신전장은 전부터 고아원이 필요하다고 말했는데 그 시점에는 하얀 건물로 세울 생각이 없었어. 건축 공방에 의뢰하고, 내부 공사는 목공방에 부탁하는 평민촌 방식으로 세울 계획이었지. 다른 마을에 고아원을 세우는 계획을 허가받으면 장인들에게 말을 할 예정이었는데…….”

“하긴 높으신 분의 허가도 없이 공개적으로 일을 벌일 수도 없었겠군.”

영주님의 허가도 없이 사업 계획을 진행할 수는 없다. 벤노의 설명은 납득할 만한 일반적인 얘기였다. 그럼 어째서 일이 이렇게 되어 버린 걸까. 내가 팔짱을 끼고 독촉하자, 벤노가 그날의 상황을 떠올리듯 먼 곳을 바라보며 시선을 돌렸다.

“허가를 얻으려고 로제마인 님이 영주님께 말씀드렸더니 당일로 마술을 써서 작은 신전을 뚝딱 만들어 버렸어. 수확제까지 고아들의 생활을 안정화하고, 공방을 운영하게끔 하라는 명령까지 추가되었지.”

“그런 말도 안 되는 얘기가…….”

“원래 사정 따위 거들떠도 보지 않는 게 귀족님들이다. 투자자로서 동석한 나와 길드장을 그 자리에서 대리인으로 삼아 버렸어. 자네도 대리인이 되고 싶으면 내가 로제마인 님께 부탁해 보지.”

“정말이야!?”

대리인으로 이름을 올릴 수 있다면 목공방과 주인장 무리의 시선도 단숨에 바뀔 터이다. 내가 무심코 몸을 들이밀자, 벤노가 웃으며 크게 고개를 끄덕였다.

“그럼. 목공 협회나 건축 협회를 움직이기 위해 미리 돈을 댈 대리인은 항상 모집하고 있지. 납기일이 짧은 만큼 금액이 어마어마하거든."

"……미안. 무리야."

겨울 준비를 대비하며 돈을 모아야 하는 시기에 목공 협회와 건축 협회에 마구 지불할 돈 따위 우리 공방에는 없다. 오트마르 상회나 길베르타 상회처럼 큰 상점과는 자금력이 천지차이다. 인고 공방이 전속임을 주위에게 인정받는 가장 간단한 방법은 '돈'이었지만, 이 방법은 포기해야 했다.

'작업 완성도로 인정받을 수밖에. 일단 핫세에서 일하면서 반드시 전속으로 인정받고 말겠어.'

나는 아니카와 함께 건설 중인 신전에 묵으면서 작업에 몰두했다. 장인들은 끊임없이 작은 신전에 들어왔다. 처음부터 끝까지 새로운 신전에 묵었던 나는 이곳을 찾아온 모든 장인을 본 셈이다. 정말 많은 사람들이었다. 에렌페스트에 있는 공방을 총동원하고, 핫세나 주변 마을이나 촌락에 있는 목공방에서도 장인이 왔다. 규모가 대단한 공사였다.

한 달이라는 기간은 맞추지 못했지만 작은 신전은 무사히 완성했다. 인고 공방은 다른 녀석들에게 '전속에서 잘렸다'는 말을 듣지 않을 만큼은 해냈다고 생각했다.

작은 신전의 작업이 끝나자, 길베르타 상회의 다프라인 루츠가 겨울 수작업 의뢰를 가져왔다.

"인고, 작은 신전 작업이 막 끝난 참에 미안하지만 다음 작업을 부탁해도 될까?"

매번 신전장에게 오는 의뢰에 아니카는 자신만만하게 가슴을 펴고 회색 눈동자를 반짝이며 웃었다.

"거봐! 그러니까 말했잖아. 괜찮아. 인고는 전속에서 잘리지 않았어."

다프라들은 안심하고 일에 착수하게 되었고, 나도 신전장에게 의뢰가 와서 일단은 가슴을 쓸어내렸다. 그런 겨우내 수작업 준비가 완전히 끝나기 전에 루츠는 또 한 번 신전장의 의뢰를 가져왔다. 이번에는 인쇄기의 개량이라고 했다.

"고아원 공방에서 실제로 작업하는 신관들과 의논하면서 개량해 달라는 의뢰가 들어왔어. 난 신전장의 전속임이 틀림없어."

나는 신전장에게 받은 의뢰서를 목공방에 가져가서 그렇게 주장했다. 하지만 협회 관계자는 신전장의 의뢰서를 보면서 회의적인 눈빛을 바꾸려고 하지 않았다.

"인쇄기 개량이라면 앞서 만든 제품이 만족스럽지 못했다는 뜻 아닌가?"

"그건 이후 개량을 전제로 최소한의 사양으로 만들라고 해서 만든 물건이었어."

작은 신전과 마찬가지로 단기간 완성이 최우선인 의뢰였다. 그렇게 설명해도 주위의 시선은 여전했다. 울컥해서 노려보는 나와 의뢰서를 번갈아보며 협회 관계자는 가볍게 눈썹을 치켜세웠다.

"입으로는 뭔들 못하겠어. 어쨌든 내 손에 이렇게 개량 의뢰서가 들려 있잖아. 이번 작업이 끝나면 자네가 전속이라는 자필 증명서라도 가져와. 그러면 아무도 의심하지 않겠지."

나는 입술을 잘근 깨물고, 더이상의 논쟁을 피했다. 여기서 무슨 말을 해도 헛수고다. 일을 해서 전속으로 인정할 수 있는 뭔가를 가져올 수밖에 없다. 이대로 공방의 평가가 떨어진 채로는 다른 손님의 의뢰에도 영향이 생길지도 모른다.

"어이, 루츠. 너 전에 로제마인 님이 신전장이 된 이후로 평민촌에 못 나오게 됐다고 했었지?"

"응? 아아, 그랬지. ……이젠 가볍게 나올 신분이 아니야. 로제마인 님도 마음 내키는 대로 돌아다니던 무렵이 그립댔어."

루츠를 따라 나는 다프라인 디모와 함께 길베르타 상회에서부터 신전을 향해 걸었다.

"신전 내에 있는 고아원 공방이라면 신전장님이 찾아오기도 하는 건가?"

"음, 그렇지. 오후에는 가끔 상황을 보러 올 때도 있어."

자신이 원하는 물건을 위해 평민촌 공방까지 직접 나간 신전장이라면 어떤 식으로 작업하는지 확인하러 올 가능성도 클 터였다. 만날 가능성이 커졌다. 그렇게 생각하면서 나는 내 꼴을 내려다보았다. 오늘은 평소 공방에서 입는 작업복 차림이다. 매일 공방에서 일하는 이상 어쩔 수 없다. 하지만 이 꼴로 신전장을 만나도 될까.

'공방 주인장으로서 마을 북쪽을 걷는 것도 좀 찝찝할 정도인데……'

"인고, 왜 그렇게 옷을 내려다봐? 무슨 일 있어?"

루츠가 의아하게 나를 올려다보았다. 아무래도 루츠는 인고 공방의 입장을 모르는 듯했다. 상인이 가는 상업 길드와 우리들이 사용하는 목공방은 평소 왕래가 없으니 어쩔 수 없는지도 모른다.

"아무것도 아니야. 이번 작업을 좀 고민한 것뿐이야."

내가 처한 불쾌한 상황을 모르는 녀석에게까지 일부러 떠벌릴 필요는 없다. 나는 그렇게 생각하면서 신전 문을 올려다보았다. 문 근처에서 문지기를 하던 회색 신관이 보였다. 루츠는 내게 "흠. 그랬구나……."라고 맞장구를 친 후, 문지기에게 말을 걸었다.

"놀트, 이쪽은 인쇄기 개량 건으로 초대받은 구텐베르크의 인고와 그 제자인 디모입니다. 이미 로제마인 님께 허가를 받았습니다."

"수고하십니다. 루츠. 길한테도 얘기 들었습니다. 통과하십시오."

의식을 치를 때와 달리 출입문은 사람이 딱 들어갈 만큼만 열렸다. 문을 통과해서 안으로 들어가자, 그 순간 내 주위를 감싸던 공기가 바뀌었다. 소음이 단숨에 멀어지고, 발소리가 또렷하게 들리는 고요함에 휩싸였다. 말하기도 주저하게 될 정도로 적막이 감도는 가운데 우리는 공방이 있는 남자동을 향해 걸었다.

"인고, 이번 인쇄기 개량 말입니다만, 로제마인 님은 공방에서 일하는 회색 신관들의 의견을 듣고, 그들이 쓰기 편하게 개량해 주기를 바라십니다."

신전에 들어오자마자 루츠의 말투와 태도가 싹 바뀌었다. 신전에 있는 녀석들과 비슷한 느낌이 되었다. 열 살도 안 된 아이가 이런 태도 전환을 해내는 상황에 혀를 내둘렀다. 나 역시 조금이라도 좋은 고객과 거래하도록 고객의 움직임이나 말투를 내 것으로 만들려는 노력은 한다고 생각했다. 나는 다루아 계약만 맺었다가 실력만으로 벨프 자격을 얻었다. 하지만 다루아 시절의 주인장은 나를 거래처 현장에 데려간 적이 거의 없었다. 길베르타 상회 관계자들과 신전 내의 공방에 처음 인쇄기를 납품했을 때 처음으로 평민촌과 귀족이 있는 신전에서는 그들의 태도와 말투가 전혀 다르다는 사실을 알았을 정도였다.

'역시 귀족과 거래하는 큰 상점 수습생은 다르구나. 대체 어떤 교육을 받는 걸까?'

고아원 남자동 1층, 신전 놈들은 지층이라고 부르는 곳에 고아원 공방이 있었다. 디모는 처음 인쇄기를 납품할 때도 왔기 때문에 이번에도 함께다. 디모의 긴장이 내게도 전해져 왔다.

"그럼 지금부터 인쇄기에 관해 의견을 말해 보세요. 조금이라도 편하고, 조금이라도 빠르게 많은 인쇄물을 찍어내기를 로제마인 님께서는 바라십니다."

공방 안을 관리하는 사람은 길이라는 아이다. 키가 루츠와 별반 다를 바 없어 보였다. 아마 나이도 비슷하리라. 어린애지만 로제마인 님의 견습 시종인 그가 이 공방 안에서 제일 위치가 높은 모양이었다.

길의 말에 고개를 끄덕인 회색 신관들이 나와 디모 앞에 일렬로 쭉 서서 순서대로 의견을 술술 말하기 시작했다.

"조판을 놓기 편하게 고쳤으면 합니다."

"잉크 자리는 최대한 인쇄기와 가까이 둘수록 좋아요. 조금만 멀어지면 주변이 심하게 더러워집니다. 이쯤에 잉크 관련 물건을 놓을 자리를 만들어 주시겠어요?"

고아원 공방에 가니 누더기 차림은 평민 장인과 똑같은데 언행이 전혀 다른 신관들이 잇따라 고칠 점을 말하기 시작했다.

"자, 잠깐만 기다려. 조판을 놓기 편하게 하고, 잉크 관련 물건을 놓을 자리를 단다……."

"이렇게 많은 사람의 의견을 전부 기억하긴 힘들어요. 기록하는 게 어떻습니까?"

잘못 만든 종이라며 회색 신관 한 명이 종이와 펜을 건넸다. 일리 있는 말이지만 평소에 글을 쓰는 일이라곤 목공 협회에 제출하는 서류가 전부고, 계산은 아니카가 해서 업무에 쓰지 않는 글자까지는 잘 몰랐다. 어떻게 쓰면 좋을지 몰랐다. 그래도 호의를 받아들였다. 모든 의견을 기억하기에는 무리가 있었다. 어쨌든 일단 펜을 집었다.

"……거기 글자 틀렸어요."

고아 주제에 어지간히 교육을 잘 받은 회색 신관에게 지적당하고, 나는 머리를 벅벅 긁었다. 하지만 신전장의 의뢰를 받은 몸으로 '못 쓴다'고는 할 수 없었다. 펜을 쥐고 "으으으……." 하고 신음하자, 한 회색 신관이 입을 열었다.

"길, 인고 대신 적어 주세요. 인고에겐 글쓰기보다 실제로 인쇄기를 만지고, 우리가 어떤 식으로 개량해 줬으면 하는지, 어떤 부분이 불편한지 실감해 주는 편이 좋다고 생각해요."

"프리츠의 말대로 목패와 눈싸움하기 전에 먼저 인쇄를 체험해 보세요."

길이 나를 보고 아차 싶은 듯이 그렇게 말하고, 내 손에서 종이와 펜을 뺏었다. 프리츠라는 회색 신관이 글을 못 쓰는 나를 도와준 것이다. 가볍게 손을 들어 감사 의사를 표해 뒀다. 온화한 미소로 응해 주는 프리츠가 길에게 뭔가 속삭였다.

"발츠, 인쇄기 준비를 부탁합니다. 디모와 인고도 함께 인쇄를 해 보세요. 의견을 쓰는 건 프리츠에게 부탁할게요."

"알겠습니다."

아직 어린 길 혼자서 공방을 운영하는 건 아니었다. 성인 회색 신관들이 뒤에서 도와준다는 사실을 알았다. 평민촌 공방에서는 기술과 경험을 인정받은 자만이 주인장이 될 수 있어서 경험이 적고 실력이 불안정한 아이는 높은 위치에 앉히지 않는다. 그래서 실력으로는 훨씬 위인 어른이 길과 루츠를 따르는 고아원 공방의 운영 방식이 매우 기묘해 보였다.

'귀족 사회라서 그렇겠지만 좀 느낌이 이상하구만.'

"인고, 디모. 이것이 조판입니다. 인쇄는 이렇게 합니다."

발츠라고 불리던 회색 신관이 인쇄 순서를 알려 주었다. 나와 디모는 실제로 해 보았다. 그 정도로 전부 알게 된 건 아니지만, 압착기를 살짝 손본 인쇄기는 압착할 때만큼이나 힘이 필요했다. 또 지금은 옆에 따로 자리를 마련해 둔 잉크와 종이를 왜 인쇄기에 붙이고 싶어 하는지도 이해할 수 있었다.

"종이를 놓는다면 이쯤일까?"

나와 디모가 인쇄기를 만지자, 루츠가 옆에서 인쇄기의 한 부분을 가리켰다.

"아니요, 이쯤에 이런 느낌으로 얇은 상자를 비스듬히 설치할 순 없겠습니까? 종이 크기는 거의 균일하니까 이만한 종이가 들어간다고 치고……."

"흠, 그렇군. 이 위치에서 인쇄하면 더 편할지도 몰라."

루츠의 구체적인 제안에 감탄하면서 나는 종이를 놓을 위치를 확인하고, 종이를 꺼내는 흉내를 내 보였다.

"잉크를 다는 도구는 이쯤에 놓는 식으로……."

루츠는 끊임없이 의견을 내놓았다. 감탄하면서 듣던 나는 점점 의아해졌다. 너무 구체적이다. 나는 뭔가 알고 있는 루츠를 수상쩍게 생각하면서 말을 유도했다. 반드시 신전장이 만족해야 한다. 틀림없이 개선안은 많을수록 좋다.

"판자나 종이를 갖춘 작업대를 밀고 당기면서 압축 기계 아래로 쉽게 옮길 수 있으면 작업이 굉장히 편해진다고 하던데……."

뭔가를 떠올리듯 고개 숙여 루츠가 말했다. 아직 실현지도 않은 작업대를 밀고 당긴다는 생각, '편해진다고 한다' 라는 말을 듣고, 완성형을 아는 누군가가 있음을 확신하고 울컥했다.

"어이, 루츠. 자세히 아는 녀석이 있지?"

나는 루츠와 공방 책임자인 길을 노려보았다.

"더 좋게 개량된 인쇄기를 아는 녀석이 있다면 회색 신관들의 의견 따위 필요 없어. 녀석의 말만 들어도 신전장이 만족하는 인쇄기를 만들 수 있다고."

"아, 그건……."

루츠가 주변의 눈치를 보며 말끝을 흐렸다. 뭔가 숨기는 듯한 모습에 나는 짜증이 일었다. 목공 협회에서 떨어진 평가를 뒤집으려면 의뢰를 성공해서 신전장을 만족시키는 방법밖에는 없다. 나는 벼랑 끝에 내몰린 상태다.

"보다 완성도가 높은 물건을 아는 녀석이 있다면 그 녀석에게 말하라 그래! 우리한테 쓸데없는 시행착오를 시킬 셈이냐!?"

내가 버럭 소리치자 회색 신관들이 움찔거리며 뒷걸음질을 쳤다. 별다른 말도 아니었지만 분위기가 싹 바뀌었다. 조금 전까지 화기애애했던 공기는 사방으로 흩어지고, 내게 노골적인 경계심을 드러냈다.

'뭐야? 난 루츠한테 화낸 건데?'

당황한 듯 시선을 교환하는 회색 신관들의 모습에 나는 무심코 미간을 찌푸렸다. 회색 신관들에게는 아무 말도 하지 않았는데 어쩐지 분위기가 묘해졌다. 루츠가 공방 내를 둘러보고 난처해하며 머리를 긁었다.

"아이고~, 인고. 난 평민 출신이라서 이 정도 호통쯤이야 익숙하고, 일반적이라는 것도 알아. 하지만 신전에서는 폭력이 금지고, 그런 식으로 소리치는 무서운 녀석이 없어. 다들 무서워하니까 바깥에 나가서 이야기하지 않겠어? 평민촌 방식으로 대화하는 편이 인고도 편하지?"

'폭력이 금지라고? 소리치는 녀석이 없어? 여긴 대체 어떤 환경이야?'

평민촌과 상식이 전혀 다르다는 사실을 실감했다. 루츠의 시선과 말로 이곳에서는 내가 이상하다는 것을 알았다.

"길. 미안하지만 공방의 의견을 정리해 줘. 난 바깥에서 인고랑 얘기하고 올게."

루츠는 내게 밖으로 나오라고 했다. 나는 디모를 남겨두려고 했지만, 루츠는 함께 나오라고 했다.

"이 공방에 구텐베르크만 출입을 허가한 이유는 고아들을 지키기 위해서이기도 해. 지금은 디모를 공방에 둘 순 없어."

"……그 말은 나를 구텐베르크에서 자르겠다는 말이야?"

"그런 권한은 내게 없어."

루츠는 그렇게 말하면서 신전 밖으로 나왔다. 평민촌의 소란 속으로 돌아왔다. 내가 있어야 할 곳으로 돌아온 기분이다. 루츠는 "얘기는 인고 공방에서 할까?"라고 말하며 성큼성큼 걸었다. 위치상 길베르타 상회가 더 가깝지만 나와 디모가 입은 작업복은 북쪽 상점에 들어갈 만한 차림새가 아니었다. 나는 고개를 끄덕이고 루츠를 공방에 데려갔다.

"인고는 완성형을 아는 녀석과 말하게 해 달라고 했지만, 그 녀석이 바로 로제마인 님이야. 이젠 평민 상인과 얘기를 나눌 수 없어."

얼굴을 마주보자마자 제일 먼저 루츠의 입에서 나온 말이었다. 귀족으로서 세례를 받고 신전장이 되었기 때문에 더 이상 평민과 가볍게 대화할 수 없게 되어 버렸다고 했다.

"그럴 리가 없잖아!? 지금도 봐. 넌 신전장과 대화하잖아. 공방에 올 때도 있다며!"

나는 테이블을 세게 내리쳤다. 루츠의 눈썹이 씰룩거렸다.

"거짓말은 하지 않았어. 하지만 귀족과 거래가 익숙하고 완벽한 대응이 가능한 어용상인인 길베르타 상회와 평민 장인을 똑같이 취급할 리가 없잖아? 무엇 때문에 짜증이 나는지 모르겠지만 신전은 엄연한 신분 사회야. 그 공방에서는 신전장의 시종인 길이 신전장 대리인이야. 평민 장인이 억지를 부리며 화내도 되는 상대가 아닌 셈이지. 인고는 웃으면서 모든 상황을 받아들이고, 의견을 정리할 수밖에 없어."

루츠가 한숨을 내쉬며 만약 신전장이 끔찍한 귀족이었다면 대리인에게 대든 태도를 나무라며 처벌을 내렸을 상황이었다고 말했다.

"마음대로 밖에 나가지 못할뿐더러 신분제 사회를 모르는 평민 장인이 혹시나 신전장의 측근에게 역정을 살까 봐 만나지 않게 하려는 이유도 있어. 귀족의 화를 사면 그 자리에서 단칼에 죽어도 할 말이 없거든."

그러니까 직접 신전장을 만나는 건 포기하라고 루츠가 말했다. 그 충고에 나는 어금니를 악물었다.

"내가 신전 방식을 몰라서 실수한 사실은 인정해. 하지만 나도 그렇게 간단히 물러날 수 없는 사정이 있어. 내 공방을 위해서 인쇄기 개량을 반드시 성공해야만 한다고."

나는 루츠에게 작은 신전의 대규모 공사를 주문받고부터 시작된 공방 평가에 관해 얘기했다.

"상인은 장인의 방식을 이해할 수 없겠지만, 우리는 우리 나름대로 심각해. ……공방의 미래가 달렸어."

"아니, 알아. 내 아버지와 큰형은 건축, 아래 형들은 목공 장인이거든."

아버지인 디도도 핫세에서 작은 신전 공사 작업에 참여했다고 루츠가 무덤덤한 얼굴로 말했다. 디도라면 안다. 작은 신전에서 함께 작업했었다. 지크는 도스탈 공방의 다루아인 모양이었다. 친근한 이름이 잇따라 나오자 나는 당황했다.

"……어떻게 목공 장인의 아들이 길베르타 상회의 다프라이고, 신전장님의 마음에 든 구텐베르크일 수 있지?"

장인의 아들이 큰 상점의 상인 수습생을 하더라도 연줄이고 뭐고 없을 터였다. 영문을 몰라 눈을 끔뻑거리는 나를 보아도 루츠는 "이래 저래 복잡해."라고 말할 뿐 자세히 말하려고는 하지 않았다. 앞을 바라보는 녹색 눈동자로 나를 보았다.

"공방에 협회의 입장이 얼마나 중요한지 나도 잘 알아. 그 발단이 로제마인 님이라는 사실도 알겠어. 인쇄기 개량이 무엇보다 중요하다는 말도 이해했어. 일단 주인님께 장인의 상식을 설명하면서 보고하고, 면담 자리를 만들 수 없을지 물어봐 줄게."

"고맙군!"

루츠를 통해 벤노와 협상한 끝에 인고 공방의 현황을 동정해 준 벤노가 신전에 데려가 주기로 했다. 조건은 세 가지. 길베르타 상회에게 중개료를 지불할 것. 그리고 벤노가 허락하기 전까지는 입도 뻥긋하지 말 것. 각오할 것.

"중개료가 너무 비싼 거 아냐? 고작 한 번 신전에 가는데 대은화 3닢이라니, 이봐……."

내가 중개료를 깎으려는 순간, 벤노의 적갈색 눈이 번쩍이며 빛났다.

"뭐? 이쪽도 이익이 되는 귀족 순회와 상점 업무까지 뒤로 미루고 신전에 함께 가 주는 거야. 이 중개료가 마음에 안 들면 따라가 주지 않을 테니 진심으로 원한다면 혼자 신전에 가."

"크윽……."

그건 곤란했다. 나는 귀족의 방식을 전혀 모르기 때문이다.

"알았어. 낼게. 낸다고. ……젠장, 이래서 큰 상점 주인은."

나는 매우 비싼 중개료를 지불하고, 당일에 입을 의상부터 시작해 세세한 주의 사항을 들을 수 있었다. 귀족과 접할 때의 주의 사항에 관한 정보료라고 생각하면 그렇게 비싼 편이 아닐지도 모른다. 각오하라는 말이 무슨 뜻인지 잘 몰랐지만 신전장과 만날 기회를 잡는 것이 중요하다. 나는 '죽을지도 모른다'는 각오로 신전으로 향했다.

◆

"하아, 겨우 끝났네……."

기사와 신관들에게 일거수일투족을 감시당하며 숨이 턱 막히는 공기가 감도는 신전을 빠져나온 나는 익숙한 마을의 광경에 숨을 내쉬며 딱딱하게 굳은 몸을 풀었다. 작은 신전을 건설할 무렵부터 가장 많이 신경이 쓰였던 전속 확약까지 얻어서 안도했다.

'어서 돌아가서 아니카와 디모에게도 얘기해 줘야지.'

인고 공방이 신전장의 전속에서 제외되지 않았느냐는 말이 흘러나왔을 때 아내인 아니카도 공방의 다프라들도 억지로 밝게 웃었지만 내심 나와 마찬가지로 불안했을 터였다. 신전장에게 대장장이와 의논하라는 이상한 의뢰를 새로 받았지만, 그 고민은 나중에 하기로 하고, 조금이라도 빨리 모두에게 알려서 안심시켜 주고 싶었다.

해방감에 휩싸인 내 옆에서 신전장을 중개해 준 길베르타 상회의 점주 벤노가 반듯하게 고정했던 머리를 헝클면서 나를 노려보았다.

"멍청이. 아무것도 끝난 건 없어. 오히려 더 일이 성가시게 되었어. 다른 업종끼리 의견을 교환하라고? 의견 교환으로 끝날 리가 없지. 이대로는 다른 업종끼리 보수를 나누면서 일해야 해."

"고작 한 번 가지고 엄살은……."

상인의 상식을 모르는 신전장이니까 그런 엉뚱한 생각이 튀어나온 것이다. 그런 귀찮은 일을 의뢰할 사람이 달리 어디 있을까. 이번 의뢰만 마치면 끝이다. 그렇게 말하는 나를 루츠가 싸늘한 눈빛으로 보았다.

"로제마인 님의 입에서 나온 말이 고작 한 번으로 끝낼 것 같아? 한 번 하게 되면 다음부터는 당연하다는 듯 요구할 거야. 앞으로 로제마인 님의 모든 의뢰는 다른 업종간의 의견 교환을 바탕으로 이뤄진다고 생각해 두는 편이 좋아."

루츠가 의미심장한 얼굴로 그렇게 말했다. 나보다도 훨씬 로제마인 님을 잘 아는 녀석이 하는 말이다. 갑자기 불안감이 커진 내 어깨를 벤노가 두드렸다.

"하지만 자네가 떠맡은 이상 하는 수밖에. 새로운 일을 시작하기 전에 상업 길드와 각 협회, 그리고 지명하신 자크와 요한 공방에도 인사와 사전 교섭이 필요하겠어. 내일은 대장간에 인사하러 가자. 길드장과의 면담은 내가 의뢰해 두지. 자네가 의뢰해 봤자 기간에 제때 못 맞춰."

"그, 그래."

해야 할 일들을 촉새처럼 늘어놓았지만 장사치가 말하는 사전 교섭은 어떤 것인지 잘 모른다. 당황한 내 마음을 알아챘는지 벤노가 날카로운 눈으로 나를 노려보았다.

"멍하게 있지 마, 인고. 이번에 건네받은 대장장이 소집일까지 전부 해내야 해. 원래라면 내가 아니라 자네가 할 일이야."

일이 귀찮아졌다며 벤노가 팔짱을 끼고 말했다. 하지만 나는 아직 '귀찮다'는 말의 진짜 의미를 이해하지 못했다.

내가 그것을 실감하게 된 건 각 관계자에게 인사를 돌기 시작하고부터다.

"핫세의 작은 신전에 에렌페스트의 목공방과 건축 공방을 총동원하는 대규모 공사가 겨우 끝났다 싶었더니 이젠 또 뭘 할 속셈이야!?
다른 업종과 협력해서 제작하는 인쇄기라고!? 거창한 칭호를 받은 전
문가들끼리 해결해. 이쪽은 제발 내버려 둬!"

　손사래 치며 포기하는 상업 길드장을 보고서야 나는 어처구니없는
사태가 시작되었음을 이해하게 되었다.

후기

오랜만입니다. 카즈키 미야입니다.

이번 「책벌레의 하극상~사서가 되기 위해서라면 뭐든지 할 수 있어~제3부 영주의 양녀 Ⅲ」을 구입해 주셔서 감사합니다.

이번 이야기는 인쇄기 개량부터 시작됩니다. 거의 압착기나 다름없는 인쇄기를 편하게 쓰기 위해 개량하게 되는데, 평민 장인들은 지금까지 전례가 없었던 다른 업종과의 의견 교환을 하거나 설계도를 사고팔게 되었습니다. 그 사이를 조정하는 벤노나 루츠는 엄청 고생하게 되지요. 자기 공방의 앞날을 고민하며 고군분투하는 인고의 얘기를 단편에 실었으니 기대해 주세요.

지금까지 두드러진 활약이 없었던 호위 견습 기사 안게리카를 위해 '안게리카의 성적 올리기 부대'가 결성되었습니다. 덕분에 호위 기사들의 결속도 단단해졌지요. 웹 연재판에서는 '공부가 싫어서 기사를 선택했습니다' 라는 안게리카에게 공감해 주신 독자분들이 의외로 많았는데 서적판은 어떨까요?

이번 권의 볼거리는 역시 판타지다운 소재 채집 부분일까요. 앞권의 마지막에 나왔던 류엘 채집에 이어 겨울의 주인을 토벌하거나 라이레이느의 꿀을 채집합니다. 조금만 움직여도 쓰러지는 로제마인이 자신의 건강을 위해 액션 신도 불살라 줬습니다. 물론 정말 고생한 사람은 호위 기사와 페르디난드지만요. 소재 채집을 설명하는 지도를 만들었으니 로제마인 일행이 어디쯤에서 어떤 소재를 채집했는지 상상하며 즐겨 주시면 고맙겠습니다.

그리고 놀랍게도 「책벌레의 하극상」 드라마 CD 제작이 결정되었습니다. 로제마인과 페르디난드가 어떤 목소리로 어떤 식으로 말할지 저도 무척 기대됩니다. 궁금하신 분은 꼭 TO북스 홈페이지를 확인해 주세요.

이번 표지는 라이덴샤프트의 창을 든 용감무쌍한 로제마인, 컬러 일러스트는 신비한 밤을 즐기는 여자아이들과 그 뒤에서 안절부절못하는 남자들로 그려졌습니다. 전부 이미지대로라서 기쁩니다. 시이나 유우 님, 감사합니다.

마지막으로 이 책을 구입해 주신 여러분께 최고의 감사를 바칩니다.

3부 4권은 초여름에 출판될 예정입니다. 그 책에서 다시 만납시다.

2017년 1월 카즈키 미야

코타츠에 귤

…귤?

화제가 돌아왔군

아, 그리고 코타츠엔 '귤'이 있으면 좋아요

바구니에 담아 코타츠에 올리면 완벽해요

붉은기 띤 노랗고 새콤한 과실 이에요

샤아아아아악

겨울 독서엔 필요해요!

그건… 필요한 일인가?

짜악

윈터 스포츠

놀이는 어린이나 하는 일 아닌가

이쪽에선 눈 놀이는 안 해요?

스키나 스노보드 타기

네에? 어른도 하는 걸요

봉으로 땅을 밀며 눈 위를 미끄러지는 거예요

다리에 판자를 고정하고

스으으으윽

저는 독서가 더 즐거워요!!

그건… 즐거운가?

매번 등장하는
꼰말 부록

화기 l애애한 가족의 일상

만화: 시이나 유우

추워지니 '코타츠'가 그리워져요

그건 뭔가?

추워—

위에는 판자를 얹고 발을 넣어 덥혀요

그걸 솜을 채운 이불로 감싸서

겨울 하면 코타츠

음, 다리가 네 개 달렸고

코타츠는 마물 이에요~

그대가 있던 세상에서는 그런 무서운 짓을 하는가?

유레베에 필요한 소재

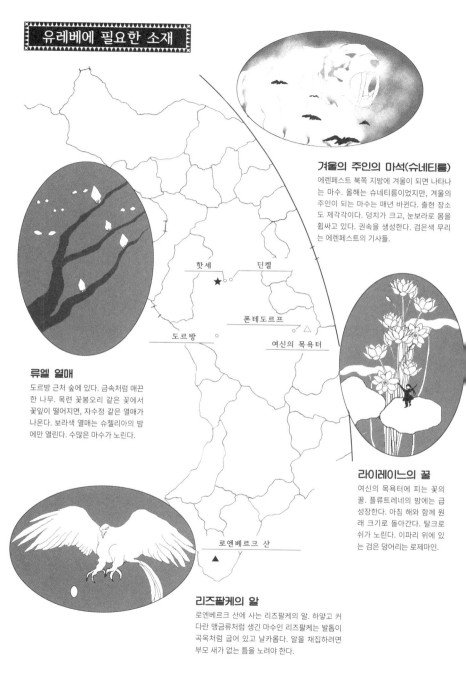

겨울의 주인의 마석(슈네티룸)

에렌페스트 북쪽 지방에 겨울이 되면 나타나는 마수. 올해는 슈네티룸이었지만, 겨울의 주인이 되는 마수는 매년 바뀐다. 출현 장소도 제각각이다. 덩치가 크고, 눈보라로 몸을 휩싸고 있다. 권속을 생성한다. 검은색 무리는 에렌페스트의 기사들.

류엘 열매

도르방 근처 숲에 있다. 금속처럼 매끈한 나무. 목련 꽃봉오리 같은 꽃에서 꽃잎이 떨어지면, 자수정 같은 열매가 나온다. 보라색 열매는 슈첼리아의 밤에만 열린다. 수많은 마수가 노린다.

지명 표시

핫세 ★ 딘켈 ◦◦

폰테도르프 →

도르방 ◦

여신의 목욕터 △

로엔베르크 산 ▲

라이레이느의 꿀

여신의 목욕터에 피는 꽃의 꿀. 플류트레네의 밤에는 급성장한다. 아침 해와 함께 원래 크기로 돌아간다. 탈크로쉬가 노린다. 이파리 위에 있는 검은 덩어리는 로제마인.

리즈팔케의 알

로엔베르크 산에 사는 리즈팔케의 알. 하얗고 커다란 맹금류처럼 생긴 마수인 리즈팔케는 발톱이 곡옥처럼 굽어 있고 날카롭다. 알을 채집하려면 부모 새가 없는 틈을 노려야 한다.

책벌레의 하극상 [3부] 영주의 양녀 Ⅲ

초판 1쇄 발행   2018년 2월 28일
초판 2쇄 발행   2019년 5월 15일

저자 카즈키 미야

발행인 원종우
발행처 (주)이미지프레임

주소 (13814) 경기도 과천시 뒷골1로 6, 3층
영업부 02-3667-2653   **편집부** 02-3667-2654   **팩스** 02-3667-2655
메일 edit01@imageframe.kr   **웹** vnovel.co.kr

ISBN 979-11-6085-247-9 02830

Honzukino Gekokujo Shisho ni naru tameni ha Syudan wo Erande Iraremasen
Dai San-bu Ryoushu no Youjo 3
By Miya Kazuki
Copyright © 2017 by Miya Kazuki
First published in Japan in 2017 by TO BOOKS, Inc.
Korean translation rights arranged with TO BOOKS, Inc.
through Shinwon Agency Co.

글 : 박제후 / 그림 : GAMBE

가격 : 10,000원

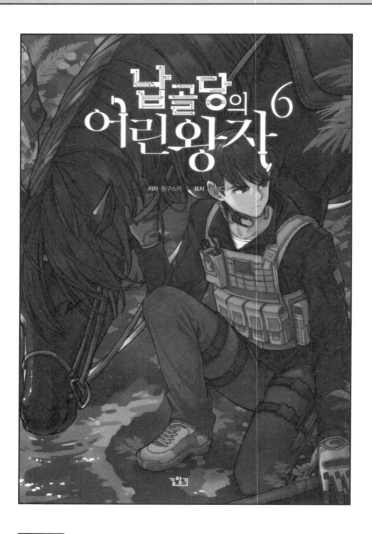

글 : 퉁구스카 / 그림 : MARCH
가격 : 10,000원